BİR DİNOZORUN GEZİLERİ

Mîna Urgan, İstanbul Üniversitesi Edebiyat Fakültesi'nden emekli oldu. Thomas Malory, Henry Fielding, Balzac, Aldous Huxley, Graham Greene, William Golding, John Galworthy ve Shakespeare çevirileri yaptı. Elizabeth Çağı Tiyatrosunda Soytarılar, Sir Thomas More ve Shakespeare üstüne iki ciltlik bir incelemesi yayınlandı. *Shakespeare ve Hamlet* adlı incelemesi 1984'te, beş ciltlik *İngiliz Edebiyatı Tarihi* 1986 ile 1993 yılları arasında, *Virginia Woolf* 1995'te, *D.H. Lawrence* incelemesi ise 1997 yılında Yapı Kredi Yayınları arasından yayımlanmıştır. Mîna Urgan'ın *Bir Dinozorun Anıları*'ndan sonra kaleme aldığı *Bir Dinozorun Gezileri* kitabı da 1999'da Yapı Kredi Yayınları arasından çıktı. İngiliz Edebiyatının duayeni Prof. Dr. Mîna Urgan 15 Haziran 2000'de 85 yaşında İstanbul'da öldü.

Mîna Urgan'ın
YKY'deki öteki kitapları:

Virginia Woolf (*1995*)
D. H. Lawrence (*1997*)
Bir Dinozorun Anıları *(1998)*

MÎNA URGAN

Bir Dinozorun Gezileri

YAŞANTI

YKY
İSTANBUL

Yapı Kredi Yayınları - 1262
Edebiyat - 337

Bir Dinozorun Gezileri / Mîna Urgan

Kitap Editörü: Ayfer Tunç
Düzelti: Alev Özgüner

Kapak Tasarımı: Nahide Dikel
Baskı: Şefik Matbaası

1. Baskı: İstanbul, Ekim 1999
68. Baskı: İstanbul, Ocak 2002
ISBN 975-08-0138-5

Yapı Kredi Kültür Sanat Yayıncılık Ticaret ve Sanayi A.Ş.
Yapı Kredi Kültür Merkezi
İstiklal Caddesi No. 285 Beyoğlu 80050 İstanbul
Telefon: (0 212) 252 47 00 (pbx) Faks: (0 212) 293 07 23
http://www.yapikrediyayinlari.com
e-posta: ykkultur@ykykultur.com.tr
İnternet satış adresi: http://www.estore.com.tr/bulvar/yky

İÇİNDEKİLER

Önsöz • 7
I. Küçük Mutluluklar • 9
II. Deniz Tutkusu • 27
III. Eski ve Yeni Bodrum • 36
IV. Mavi Yolculuk • 61
V. Anadolu • 84
VI. Avrupa'ya Yolculuklar • 118
VII. Paris • 131
VIII. İngiltere • 150
IX. İtalya ve Bazı Avrupa Kentleri • 180
X. Sovyet Rusya ve Doğu Bloğu Ülkeleri • 198
XI. Amerika-Los Angeles ve Meksika • 214
XII. Amerika-New York ve San Francisco • 232
Sonsöz • 257
Albüm • 259

Önsöz

Çok saf bir insan olduğum için, çok şaştığım oldu bugüne dek. Ama *Bir Dinozorun Anıları*'nın çok satan kitaplar listesine girmesine, bilmem kaç baskı yapmasına afalladığım kadar hiçbir şeye afallamadım bu uzun ömrüm boyunca.

İngiliz edebiyatıyla ilgili zararsız kitaplar yayınlayan bir kocakarı, sekseninden sonra ortaya çıkıyor. "Ben bir komünistim" diyor, "ben tanrıtanımazım" diyor; "ben zenginleri hiç sevmem" diyor, "yaptığı iş ne olursa olsun, herkesin eline aynı miktarda para geçmeli" diyor. Kocakarı, toplumumuzun damarına basacak bu türden lâflar ediyor boyuna. Buna karşılık, kadın ya da erkek, genç ya da yaşlı, çok kitap okumuş ya da çok az kitap okumuş bir yığın insan, o kocakarıya telefonlar ediyor, mektuplar gönderiyor. Kendilerini onunla özdeşleştirip, "biz de tıpkı sizin gibiyiz" diyorlar. "Bütün düşündüklerimizi, siz açıkça yazdınız" diyorlar. "Yolumuzu aydınlattınız" diyorlar. "Bunları yazdığınız için size teşekkür ederiz" diyorlar. Daha çok yaşayıp daha çok yazması için dualar ediyorlar bir dinsize.

Oysa ben, bu anılarımın ikinci bir baskı bile yapmayacağını, kitabımı çok az kişinin okuyacağını; okuyanların da, günümüzde benimsenen bütün değerlere böylesine saldıran bir dinozoru yerin dibine batıracaklarını sanmıştım.

Akıllara sığmayacak kadar şaşırtıcıdır bizim insanlarımız.

I.
Küçük Mutluluklar

Küçük mutluluklar denilen şeyleri doğru dürüst değerlendirmesini bilirseniz, bunların aslında büyük, hem de çok büyük mutluluklar olduğunu anlarsınız. Örneğin, bütün bir yaz gününü, Anadolu yollarında toz toprak içinde külüstür bir otobüste geçirdikten sonra, akşamleyin küçük bir kıyı kasabasına varmışsınız. Ucuz bir pansiyonda soğuk bir duş yapıp, kumsaldaki kır gazinosuna gidiyorsunuz. İki ayağınız suya değecek biçimde masanızı denize doğru çekiyorsunuz. Garson, beyaz peynirinizi, kavununuzu ve rakınızı getirdikten sonra, hiç kimse görmeden usulcacık ayakkabılarınızı çıkarıp, bütün gün sıcaktan pişen ayaklarınızı bileğinize kadar serin denize sokuyorsunuz. Ve güneş karşınızda batarken rakınızı yavaş yavaş içiyorsunuz. Sorarım size, büyük bir mutluluk değil mi bu küçük mutluluk?

Bunca felâket, bunca zulüm, bunca haksızlıkla dolu bir dünyada köpekler gibi mutsuz olmanın kolaylığını bildiğim için, mutsuzluklarıyla övünenlere fena halde bozulurum. Mutsuz olmak bir marifet değildir. Çektiğin acıları gözler önüne sermemek, büyük kişisel mutlulukların peşinden koşmak ayıbından vazgeçip, küçük mutluluklara sığınmak, onlarla yetinmektir asıl marifet.

Bu küçük mutlulukları tadabilmeniz için, beylik anlamda mutlu olmanız, aile çevresinde huzurlu bir yaşantınız, başarıyla yürüttüğünüz bir işiniz, toplumda önemli bir mevkiniz, bol paranız filân olması şart değildir. Hattâ bunlar, küçük mutluluklara zaman ayırmanızı engelleyebilir bana kalırsa. Beş duyunuzun olması ve bu beş duyunun tam kapasite çalışması, yani sahiden görebilmeniz, sahiden işitebilmeniz, sahiden koklayabilmeniz, sahiden dokunabilmeniz ve ağzınıza koyduğunuz şeyin tadını sahiden alabilmeniz, küçük şeylerin sizi mutlu etmesine yeter de, artar da. Örneğin, işyerinizde gün boyunca çeşitli aksiliklerle boğuşmuşsunuz. Akşam evinize dönerken trafik sıkışıklığından ötürü sinirleriniz büsbütün bozulmuş. Sonunda oturacak yer bulamadığınız kalabalık vapurdan itile kakıla çıkıp, perişan bir halde Kadıköy'e varıyorsunuz. Evinize doğru yürüyünce, kafeslerdeki kuşların ve çiçeklerin satıldığı yerin yanından geçerken, bir güvercinin uçtuğunu görüyor, Çingene kızlarının sattığı karanfillerin kokusunu alıyorsunuz. Melih Cevdet'in o çok sevdiğiniz şiiri aklınıza geliyor hemen:

Bir çift güvercin havalansa,
Yanık yanık koksa karanfil.

Ezbere bildiğiniz şiiri mırıldanıyorsunuz yürürken. Bu arada muhabbet kuşlarının cıvıltısını duyuyorsunuz; denize bakıyorsunuz, batan güneşe bakıyorsunuz; pembe, yeşil, uçuk mavi bulutları görüyorsunuz. Ve havanız tümüyle değişiyor. Fransızların *douceur de vivre* dediği duyguyu, yani yaşamanın tatlı keyfinin verdiği küçük mutluluğu tadıyorsunuz. Ne yazık ki, çoğumuzun farkına bile varamadığı bu önemsiz görünen ama aslında çok güzel şeyleri göremezseniz, koklayamazsanız, duyamazsanız, yandınız gitti demektir. Sinir içinde evinize dönüp yaşamı kendinize de, çevrenize de zehir etmekten başka çareniz kalmaz o zaman.

Küçük mutluluklar, yaşamın bizi fazlasıyla yıpratmasını engeller ama, büyük felâketlerle, büyük acılarla karşılaşırsak, hiçbir işe yaramaz diyeceksiniz. Felâketlerin en büyüğüne uğrayan, yani sevdiği birinin ölümünü gören insanın karşısında iki seçenek vardır: Ya kendisi de hemen ölecek ya da felâkete katlanıp yaşamaya karar verecektir. Birinci seçenek ikincisinden çok daha kolaydır. Çünkü kendini öldürmek için anlık bir cesaret yeter. Oysa bir felâketle birlikte ömür boyu yaşamayı göze alabilmek için gerçekten yiğit olmak gerekir. Bencillikten arınmaya çalışıp, "başka insanlara hayrım dokunabilir; onlara yardımcı olmalıyım; bir solcunun işin kolayını seçip, acı çekmekten hemen kurtulmaya hakkı yoktur" diye düşünecek kadar yiğit olmak gerekir. Ve bu yiğitliği gösterebilecek kadar güçlüyseniz, acınızı hiçbir zaman unutmayacağınız halde, zamanla küçük mutluluklar sayesinde biraz avunmayı öğrenebilirsiniz. Zâten yaşlandıkça aklınız başınıza geldiğinden, büyük mutluluklar peşinde koşmak budalalığından vazgeçtiğiniz için, bu küçük mutluluklar gittikçe daha önemli bir yer tutar yaşamınızda.

Küçük mutluluklar, ağır hastalıklarda tüm antibiyotiklerden daha etkileyici bir ilâçtır. Ateşler içinde tifodan yatarken, güzel çakıl taşlarına merakımı bilen Sevgi, yakın arkadaşım olmadığı halde, Podima kıyısında özenle seçip topladığı çakıl taşlarını cilâlayarak küçük bir torbaya koyup bana armağan etmek inceliğini göstermişti. O güzel taşları yanan alnıma, şakaklarıma sürünce, gözkapaklarımın üstüne koyunca, ateşim sanki düşmüş gibi, nasıl rahatladığımı hiç unutamam.

Yalnız ağır hastalıklara değil, insanı onlar kadar sarsan büyük sıkıntılara da devâdır küçük mutluluklar: Akyaka köyünde bir gece bir türlü uyuyamıyordum. Hani insanın bütün çektiklerinin bir bir muhasebesini tuttuğu, bunca acı karşısında savunmasız kaldığı o çok karanlık gecelerden biriydi. Sabahın üçünde sundurmaya çıkıp bir sigara yaktım. Derken, uzaktan bir kaval sesi geldi kulağıma. "Olamaz, burada bu saatte hiç kimse kaval çalamaz" dedim kendi kendime. Ama gaipten sesler duymuyordum. Biri gerçekten kaval çalıyordu. Birinin, belki dolaylardaki inşaatlarda çalışan bir köylünün benim gibi uykusu kaçmıştı. "Bana huzur vermek için, tâ uzaklardan kaval çalıyor sanki" diye düşündüm. Küçük bir mutluluk değil, büyük bir mutluluk oldu bu.

Bodrum'da bir başka sıkıntılı gecemde, gırtlağımı sıkıyorlarmış gibi neredeyse nefes alamayacak hale gelince, kendimi avluya attım. Birdenbire, dünyalar güzeli bir hanımeli kokusuyla göğsüm ferahladı, rahat solumaya başladım. O güzel koku, sanki elini başıma koymuş, "kendine gel" demişti bana. Oysa hiç hanımeli dikmemiştim avluma. Kokunun geldiği yere doğru bir iki adım attım. Üstünde ancak bir iki çiçeğin açtığı bir hanımeli filizi, bütün duvarı kaplayan kocaman begonvilin bir dalına sarılmıştı. Bana umut vermek için, "yaşamaya devam etmelisin" demek için, nereden geldiyse, kendiliğinden gelmişti oraya.

Doğa herkese, özellikle acı çekenlere mutluluk sunmaya hazırdır her zaman. Yeter ki, benliğimizin kafesinden, her bir yanı kapalı o daracık, o kapkaranlık kafesten çıkabilelim. Derin bir nefes alıp çevremize şöyle bir bakabilelim. Kör olmayalım, sağır olmayalım doğaya.

Yıllarca önce, sıcak bir haziran günü, sabahın yedisinden akşamın yedisine kadar üniversiteye giriş sınavında görevli olduktan sonra, kan ter içinde eve döndüm. Gece yarısı, oğluma ve bizde konuk olan Murat Belge'ye, Kalamış'ta denize girmeyi önerdim. (Kalamış koyunda yüzülürdü o günlerde.) Moda iskelesinden bir sandal kiraladık. Çok karanlık bir geceydi. Denize dalınca şaşırıp kaldım: Akdeniz'de de, Ege denizinde de geceleyin çok yüzmüştüm. Ama ne gariptir ki, yakamozun en güzelini bizim Kalamış koyunda gördüm. Kulaç attıkça, ellerimizden kollarımızdan akıl almaz ışıltılar saçılıyor, yıldızlar akıyordu karanlık sulara. O karanlık sularda sürekli parlayan, sürekli alev alev yanan canlı maytaplara dönmüştük üçümüz de.

Bir sonbahar günü Abant'ta çok yüksek ağaçların altında yürürken, çok hafif bir esinti oldu. Kimi kızıl, kimi altın sarısı yapraklar, hışırdayarak düşmeye başladı. Fransızcada da, İngilizcede de o yapraklara "ölü" derler. Oysa hiç de ölü değildir onlar. Tam tersine çok canlıdırlar. Kendimi yere attım. Yapraklar üstüme yağdı, her bir tarafımı örttü. Yanımdaki arkadaş, kızıl ve altın sarısı yaprakların birkaçını yüzümden alıp, bana alaycı gözlerle baktı. "Ne oluyoruz? Galiba ormanla sevişmektesin" dedi. Hakkı vardı. Sahiden aşk halindeydim o ağaçlarla, o yapraklarla.

Yalnız doğa değil, evcil hayvanlar da küçük mutlulukların önemli bir kaynağıdır. Ben köpekleri severim. Ama, evimde hiç köpek beslemedim; hep kedi besledim. Çünkü Yakup Kadri'nin zoraki diplomat olması gibi, ben de kızım Zeynep yüzünden zoraki kedisever oldum: Zeynep, iştahlı olmasına iştahlı küçük bir kızdı. Ne var ki, öğleden sonra okuldan eve dönünce, bütün gün aç kalmışçasına buzdolabına saldırmasını gene de anlayamıyorduk. Bir sabah Zeynep okula giderken, bir polis hafiyesi gibi, uzaktan gizlice izledim. Öğleyin yemesi için verdiklerimizi ne yaptığını anlamaktı amacım. Fındıklı'daki ilkokula giden Zeynep, Kazancı yokuşunun belirli bir noktasına gelince, etrafına şöyle bir bakıp, durdu. O durur durmaz, her bir yandan kediler üşüştü yanına. Zeynep, sefertasını açtı, köftelerin hepsini yolun kenarına döktü. Bir süre daha yürüdükten sonra, gene etrafına bakındı, gene durdu, kediler gene üşüştü. Bu kez pilavını döktü yolun kenarına. Böylece bu iştahlı çocuğa, öğle yemeği olarak, kala kala ancak bir elmayla bir mandalina kalıyordu. Elbette ki, eve dönünce saldıracaktı buzdolabına.

Bu saldırıları önlemek için, Zeynep'e evde besleyebileceği bir kedi almaktan başka çare yoktu. Böylece evimde her zaman kedi bulunduğundan, doğuştan öyle olmadığım halde, ben de kediseverler soyundan oldum zamanla. Bu "soy" sözcüğünü çok bilinçli olarak kullanıyorum. Çünkü kedilere tutkuyla bağlananlar, öteki insanlardan bambaşka bir soydandır bana kalırsa. Bu soy, gerçekten soylu bir soydur. Belirli bir kültür düzeyi ve duyarlılık şarttır kedileri tutkuyla sevebilmek için. Kaba saba bir hödüğün kedi sevmesinin yolu yoktur. Kedisever soyuna geç girdiğim halde, bununla gurur duyuyorum. Çünkü bu soydan olanlar, kültürlü, ince, sanat meraklısı insanlardır genellikle. Dünyanın en büyük şairlerinden biri olan Charles Baudelaire'in Kediseverlerin Şahı olması; kedileri yücelten birbirinden güzel şiirler yazması, yeter de artar da bu gururu duymama.

İnsanlar birbirlerinden ne denli farklıysa, kediler de kişilikleri ve zekâ düzeyleri açısından o denli farklıdırlar birbirlerinden. Onlar da bulundukları ortama göre değişimlere uğrayabilir, çok şaşırtıcı olabilirler. Örneğin iğdiş edilmemiş, tam anlamıyla maço bir kara tekirimiz vardı. İstanbul'dayken kasıla kasıla çevresini uzaktan süzer, hiç kimseye sokulmaz, hiç kimsenin onu okşamasına izin vermezdi. Gelgelelim, Bodrum'a gidince, aynı kedi, tahammül edilemeyecek kadar yılışık bir herife dönüşürdü. İsteyenin de istemeyenin de kucağına hoplar, yerleşir; nereye gitsem peşimi bırakmaz; geceleri yatağımın ucunda yatabilmek için kapımın önünde acıklı acıklı miyavlar dururdu. İstanbul'a geri dönünce de, eski maço davranışlarını benimserdi yeniden.

Yıllardır birlikte yaşadığım kediler arasında en çok Patik'i sevdim. Bu yavru tekir öyle küçücüktü ki, Zeynep onu bir çay fincanı içinde getirmişti bana. Öksüz Patik beni anası bildi. Göğsüme oturur, gır gır ederek, gömleklerimin yakasını emerdi zavallı. Onu biberonda sütle beslemeliydim belki de. Ama bunu yapamadım; çünkü Gönül Kayra ile tanışmıyordum henüz. (Bu kediseveri ilk gördüğümde, Bodrum'daki Artemis otelinin kapısında ayakta duruyor, kucağında tuttuğu kedi yavrusuna çok küçük şişeli bir biberonla süt veriyordu.) Kendi kedimi biberonla böyle beslemediğim için, sevgili Patik yedi aylıkken öldü. Çok sıcak bir gündü. Evde yalnızdım. Kediler ölülerini göstermezler. Patik divanların altında saklanmaya başladı. Onu zorla oradan çıkardım, bir arkadaşımın arabasıyla, Anadolu yakasında bir veteriner aradık. Pazar günü olduğu için veterinerler hep kapalıydı. Sonunda Kartal dolaylarında, muayene odası çeşitli diplomalarla dolu bir veteriner bulduk. Adam, "bir şeyi yok, iyileşir" dedi. Ama o gece Patik kucağımda öldü. Onu gazetelere sarmalayıp kapıcıya vermek üzere paketledim. Ama küçük kuyruğu, sicimlediğim paketten çıkınca, işte o zaman dayanamadım: Ağlayamayan ben, hüngür hüngür ağladım. Sonra ömrümde yapmadığım bir şey yaptım: Evin bir köşesinde bulduğum hiç açılmamış bir cin şişesini balkonda önüme koydum, ağlaya ağlaya bütün cini içtim, ama acemice yapılmış paketten çıkan o küçük kuyruk gene de hiç gitmiyordu gözümün önünden.

Patik'in ölümünden sonra, kızım kıyametler kopardığı halde, kedi almamaya karar verdim; çünkü o geceyi bir daha yaşamak istemiyordum. Gelgelelim, kedisever soyunun saygıdeğer temsilcilerinden, bol sayıda kedi sahibi Gönül ve Cahit Kayra'nın, bana ille yamamak istedikleri bir kedi yavrusu vardı. İstanbullu genç bir çift, bu kediyi, Kayraların Uslu çıkmazına bırakmış; "siz bir hafta ona bakın, biz sonra gelip alırız" demişler ve ortadan yok olmuşlar. Kayralar beni kandırmak için diller döküyorlardı. "Tam senin tipin, tekir ve erkek" diyorlardı. Bodrum kedileri biraz uyuz olduklarından, "üstelik İstanbullu" diye ekliyorlardı. Ama ben "olmaz, istemem, almam" diyerek direniyordum.

Derken, Kayralar beni akşam yemeğine çağırdılar. Bahçede çardağın altında kurulan sofrada Gönül'ün nefis yemeklerini yerken beni aralarına oturttular. Her nedense rakı bardağım hep doluydu o gece. Meğer Gönül'le konuşurken, Cahit Bey bardağıma gizlice rakı boca edermiş; Cahit Bey'le konuşurken de Gönül Hanım aynı şeyi yaparmış. Her zaman olduğu gibi sâdece iki tek içtiğimi sandığım için, ayağa kalkınca hafif sendelediğimi hayretle gördüm. Sarhoş edip beni tuzağa düşürmüşler meğer. Barok müzik dinletmeleri de bir tuzaktı: İyice keyiflendiğim sırada, kapı açıldı. Kesinlikle istemediğimi söylediğim dünyalar sevimlisi tekir yavrusu, daha önceden Kayralar tarafından sanki özellikle eğitilmiş gibi, doğru bana koşup, hop diye kucağıma yerleşti. Hemen teslim oldum elbette. Kediyi aldım, eve götürdüm. Ne var ki, bu tekirle mutluluğum ancak bir ay sürdü. Çünkü, asıl sahipleri İstanbul'dan dönüp, kediyi benden aldılar. Kedi genç çiftin yanından kaçar, bana geri gelir diye, boşuna romantik düşler kurdum bir süre.

Mamo gelinceye kadar akıllı uslu Püsük'ün, o sırada bebek olan torunum Yunus'u kıskanıp Othello-Püsük'e dönüşmesi dışında, kedilerimle ilişkilerim psikolojik açıdan her zaman rahat olmuştu. Ama iki yıl önce, bir Bodrum dönüşü, Mamo'yu eve yerleşmiş bulunca, durum değişti. Mamo, kusursuz bir estetik görüntü sunmakla birlikte, hiç hoşlanmadığım bir kedi tipi. Bembeyaz, gözleri masmavi, aristokrat bir yaratık. Bense bu aristokrat yaratıkları değil, sokak kedilerini, yani halk tipi kedileri severim. Üstelik, Mamo'nun psikopat bir kedi olduğu hemen anlaşıldı: İlk geldiğinde görmediği beni iki ay sonra Bodrum'dan dönüp eve yerleşmiş bulunca, fena halde içerledi. Sabaha karşı yatağıma çıkıp, üstüme işedi. Dört gece, üst üste yineledi bu hakareti. Yanından her geçişimde bir tırmık attı. Mamasını verirken, elimi ısırdı. Kollarım bacaklarım yara bere içinde kaldı. Mamo, yalnız bana değil, telefona da saldırıyordu. Çünkü spiral biçiminde tele dayanamıyor, hemen kemirmeye başlıyor. Bu yüzden ikide birde işlemez hale gelen telefonu kocaman yuvarlak bir sepetin altında gizlemek zorunda kaldık.

Mamo ile karşılıklı antipatiyle başlayan ilişkimiz zamanla değişime uğradı. Mamo, ben uyurken yatağıma işemekten vazgeçti. Beni daha az tırmıkladı, daha az ısırdı. Bense, içinde sevgi kırıntıları bile bulunan bir hayli çapraşık duygular beslemeye başladım Mamo'ya karşı. Gelgelelim, çoğu davranışlarına alışamıyorum gene de. Örneğin Mamo öteki kediler gibi miyavlamıyor, resmen uluyor. Kitaplıkların, büfelerin, dolapların üstüne çıkıp, en yüksek yerlere tırmanıp, başlıyor ulumaya. Eskiden bas bariton sesle ulurdu. İğdiş edildikten sonra tenor sesiyle ulumaya başladı.

Uluması bir yana, Mamo, ruh hastalığını açığa vuran davranışlarda bulunuyor: Koltukların arkasına gizlenip ya da kilimlerin altından sinsice sürünerek beklenmedik bir anda saldırıya geçiyor. Saçları düzenle taranmış beylerin tepesine çıkıp, saçlarını sapıkça yalıyor. Özenle hazırlanmış bir sofranın yemek dolu tabaklarının üstüne yüksek bir yerden güm diye atlıyor. Amacı, o tabaklardakileri yemek değil, salt muzırlık yapmak; Mamo'ya âşık olan kızım, bu manyakça davranışları çok normal sayıyor. Ama ben ifrit oluyorum.

Evde bir de muhabbet kuşu bulunması, Mamo'yu büsbütün çıldırtıyor. Biz o kuşu isteyerek almadık. Küçük bir mutluluk olarak, cık cık öte öte kendiliğinden evimize girdi açık balkondan. Biz de ona aynalarla süslü bir kafes ve gereken mamaları aldık; benim yatak odamda Mamo'nun şerrinden koruyoruz. Bir kedinin bir kuşu yemek istemesinin normal bir içgüdü sayılması gerektiğini bildiğim halde, ona "katil!" diye bağırmaya da başladım. Ne var ki, bu katil hastalanınca, yüreğim parçalanıyor. Bu beyaz hayvanlar meğer albino sayılırmış. Albinoların sağlık durumları da sık sık bozulurmuş. Bizim albino da ikide birde hastalanıyor. Örneğin, konjonktivit oluyor. O masmavi gözleri, ateşten iki topa dönüşüyor. Canavar gibi dört nala koşmaktan, yükseklere çıkıp ulumaktan, sağa sola tırmık atmaktan vazgeçip, yatakların altına sessizce sığınınca, telâşlanıyorum; ne denli hasta olduğunu anlamaması için, önünde kızımla Türkçe değil, Fransızca konuşacak kadar abuk sabuk şeyler yapıyorum. Ne var ki, böyle saçmalayacak kadar Mamo'ya acımam, öteki kedilerimle paylaştığım o karşılıklı güvene ve sevecenliğe özlemimi azaltmıyor. Keşke şu Mamo uluyacağına öteki kediler gibi miyavlasaydı; böyle güzel, aristokrat ve ruh hastası olacağına, sıradan ama normal bir sokak kedisi olsaydı diyorum içimden. Ama elimde olmadan Mamo'yu küçük mutluluklarımdan biri sayıyorum gene de. *

Şimdi beni belki çok ayıplayacaksınız ama, güzel bir yemeğin küçük mutluluklarım arasında çok önemli bir yer tuttuğunu hiç utanmadan açıkça itiraf ediyorum. "Lezzetli yemek sağlıksız yemektir" sözünü kendime şiar edindiğim halde, yediğimin lüks denilen türden olması, yani hazırlanması ve pişirilmesi uzun zaman alan komplike bir yemek olması hiç de şart değildir. Basit bir pilav da olabilir. Yeter ki, bu pilav tam kıvamında olsun. Zâten gerçekten güzel bir pilav pişirmek aslında öyle güçtür ki, annemden duyduğuma göre, eskiden ahçı seçerken adama sâdece bir pilav yaptırırlarmış. Sahiden kusursuz bir pilav yapanı hemen tutarlarmış.

Mideme düşkünlüğümden ötürü bir yemek cenneti olan Paris'te ne acılar çektim! Neden derseniz, öğrenciyken de, daha sonraları da iyi bir lokantaya gidecek param olmadı hiçbir zaman. Ben de ucuz bir lokantada kötü bir şeyler yiyeceğime; birazcık jambon, peynir, *pâté* alıp, hava güzelse bir parkta ya da Seine'in bir rıhtımında oturur; yağmur yağıyorsa odama gider, karnımı doyururdum. Bu yemek cennetinin bir açlık cehennemine dönüşmesini engellerdim böylece. Üstelik karnımı tatsız tuzsuz bir şeylerle doyurunca, kendimi manevi açıdan aç hissederim.

İyi yemekten hoşlanmayanlara, büyük bir haz kaynağından yoksun kaldıkları için hem acırım, hem de biraz hor görürüm

* Ne yazık ki bunları yazdıktan bir yıl sonra, 4 Temmuz 1999'da, bir böbrek hastalığı yüzünden, sevgili Mamo'yu yitirdik.

böylelerini. Ustaca fırınlanmış bir ahtapot güveci sofraya getirilince heyecanlanmayan biri, Boticelli'nin bir tablosu karşısında da heyecan duymayacak gibi gelir bana. Çünkü bunların ikisini de insan dehâsının ürettiği birer sanat eseri sayarım. Biri küçük çapta, öteki büyük çapta, insanın yaratıcı gücünü kanıtlar bence. İşte bu yüzden damak zevki olmayanlara kızarım. Günün birinde Cahit, "birkaç hap yutsak da, bunca zahmete girmeden şu yemek sorunu halledilse, karnımız doysa" demişti. Cahit neler söylemişti de kılım bile kıpırdamamıştı. Ama bunu duyunca, çileden çıktım. "İşte seni şimdi boşarım!" diye bağırdım öfkeyle. Şaşırıp kalmıştı, midesine hiç mi hiç düşkün olmayan zavallı. Ne var ki, daha sonraları o da benden hıncını aldı. "Sofraya her oturuşunda hazdan kendinden geçerek beyni işlemez hale gelen bir kadından ne beklenebilir ki!" diye bağırdı.

Hakkı da vardı, çünkü sahiden kendimden geçerek, bir aşk anısı gibi hiçbir zaman unutamayacağım yemekler yemişimdir. Bu yemeklerde, yalnız yenilen şey değil, yenilen yer de önemlidir benim açımdan. Güzel bir yemeği, müşteriler bağıra çağıra konuşurken, mutfak kokuları içinde, çirkin bir lokantada yemekle; aynı yemeği ıssız bir kır gazinosunda, yaprakları hafifçe hışırdayan ağaçlar altında ya da bir deniz kıyısında yemek arasında büyük bir fark vardır. Biri insana damak tadı verir sâdece; öteki ise, aynı zamanda göze de hoş gelir kulağa da.

Kefal balığına ayrıca düşkün değilimdir. Ama kefal, Halil'in yerinde yenince, durum değişir. Halil'in yeri, Gökova'da bir azmağın üstünde, ağaçların gölgesinde kurulmuş küçük bir kır lokantasıdır. Azmağın suları, sazlar arasında, iki yanınızdan akar. Hiç de derin olmayan o suların dibinde, Gökovalıların "kazayağı" dedikleri ve belirli bir mevsimde nefis salatası yapılan zümrüt yeşili bir bitki vardır. Şırıl şırıl akan o saydam suların üstünde, attığınız ekmek parçalarına üşüşen ördekler yüzer. Kefal böyle bir yerde yenince, lezzeti kat kat artacaktır elbette.

Ne var ki, açık havada, böyle şiirsel mekânlarla hiç ilgisi olmayan yerlerde yediğim ve tadına hiç doyamadığım balıklar da olmuştur. Örneğin, yemek içmek konusunda gerçek bir üstat, gerçek bir sanatçı saydığım Aydın Boysan'ın, Bodrum'dan İstanbul'a birlikte dönerken, Karamürsel'de Coşkun'un balık lokantasında bana sunduğu deniz ürünlerini aslâ unutamam. Eşi trata kaptanı olan çıkmazdaki komşum Huriye Hanım'ın barbunya balıklarını da unutamam. Bodrum'a ilk yerleştiğim günlerde, Huriye Hanım bir öğle vakti, üstü kapalı bir sahan getirdi bana. "Bilmem, siz İstanbullular böyle balıkları yer misiniz?" dedi. Kapağı kaldırınca bir de ne göreyim! Mis gibi deniz kokan, kıpkırmızı, kocaman barbunyalar! Sevinç çığlığımı zor zapt ederek, "yeriz; yani paramız olunca yeriz" diyerek teşekkür ettim.

Barbunyaları saydım. Yedi sekiz tane vardı. Çok iri olduklarından, iki, hattâ üç kişiye yeterdi. Vicdanım, "buzdolabına koy bunları. Akşama iki arkadaş çağır, onlarla paylaş!" diye buyuruyordu. Ama oburluğum, "hayır! Olmaz! Buzdolabına girerse, o mis gibi deniz kokusu kalmaz!" diye kıyametleri koparıyordu. Ve her zaman olduğu gibi, vicdanımın değil, oburluğumun sesine uydum. Ocakta ızgara edip, barbunyaların hepsini afiyetle yedim.

Barbunyayla ilgili bir kalleşliğim daha var: Bilkay ile Ferdi, sandallarıyla beni Bardakçı koyuna götürmüşlerdi. Denizden çıkınca, Bilkay, özenle hazırladığı güzel sandviçleri ortaya koydu. Ama tam o sırada, başka bir sandaldan ızgara balık kokusunu aldım. Sandalda ancak bir tanesini tanıdığım dört adam, mangalda barbunyaların kızarmasını beklerken rakı içmekteydiler. Vicdanım, "burada kal; ayıp olur arkadaşlara" dediği halde, oburluğum gene ağır bastı. Suya atladım, barbunyalı sandala yüzdüm. Barbunyaları yerken o tanımadığım üç adamla kadehler tokuşturup rakılar içtim üstelik.

Hiçbir dostuma kalleşlik etmeden, vicdan azabı da duymadan yediğim balıklar da oldu elbette: Füreya, atölyesinde büyük bir ziyafet verdi. (Sevgili Füreya çok güzel yemek yapardı. Meksika'dan döndüğü sırada, bana yedirdiği *chilli* biberli ve çikolata soslu tavuğu hiç unutamam.) Füreya'nın uzun çalışma masası birbirinden güzel yemeklerle dolu bir büfe olmuştu. Bu büfenin ortasında kocaman bir seramik balık vardı. Ben bu mavi balığı sofranın bir süsü sandım doğal olarak. Ama bir de baktım ki, Füreya eline bir küçük çekiç almış, seramik balığın üstüne indirmek üzere. Onu engellemeye kalktımsa da, Füreya beni dinlemedi, çekici indirdi. Seramik balık paramparça olunca, içinden gerçek balık çıktı. Kocaman bir levrek. Meğer Füreya o levreği kile sarmış, güzel güzel boyamış ve seramiklerini yaptığı fırında tam kıvamında pişirmiş. Usta bir seramikçinin düş gücünün, usta bir ahçının düş gücüyle birleşince, ne hârikalar ortaya çıkacağını işte o zaman anladım.

Damak tadımın balıkla sınırlandığı sanılmasın. Unutamayacağım daha nice yemekler var. Örneğin, sonbaharda, Bodrum'daki evimin şöminesinde ızgara ettiğim mantarları unutamam. O mantarlar, İstanbul'da satılan pamuk gibi beyaz ve pamuk kadar kokusuz kültür mantarlarına hiç mi hiç benzemezdi. Bodrumluların "çintar" dedikleri türden, yağmurlardan sonra ormanda toplanan, kahverengi, irice, doğal mantarlardı. Ve bütün güzel şeyler gibi ölüme neden olabilirlerdi. Arkadaşlarım, "bunları yeme, geçen sene şu mahallede iki kişi, bu sene öteki mahallede üç kişi zehirlenmiş, kurtulamamış" diye diller dökerek, beni uyarıyorlardı. Ama ben, "öleceksem, ölümüm bunlardan olsun" der, mantarları kızarmış tereyağlı ekmek dilimlerinin üstüne koyar, afiyetle yerdim.

Bodrum'da bir arkadaşımın bize verdiği yaban domuzu şölenini de unutamam. Güneşli ılık bir kış günüydü. Bodrum'da çok hoşlandığım o kış günlerinden biri. Bahçede kurulan sofraya hep birlikte oturduk. Sevdiklerimle beraber yemek, tek başına yemekten kat kat daha güzel gelir bana. Bahçenin uzak bir köşesinde bir mangal yakılmıştı. Arkadaş, kendi avladığı yaban domuzunu, şaraplarda, çeşitli kokulu bitkiler ve baharatlarda "marine" ettikten sonra, o mangalda ızgara edip, soframıza getiriyordu koşa koşa.

Yaban domuzuyla güvercin yavrusunun ne gibi bir ilişkisi olabilir diyeceksiniz. Ama o yaban domuzunu unutamadığım gibi, kızartılmış güvercin yavrularını da unutamadım: Üniversite öğrencisiyken, yarım yıl tatilinde, bir Mısırlıyla evlenip Kahire'ye yerleşen teyze kızım Melike'yi görmeye gitmiştim. Ara sıra mutfağa inip, ahçı ve yamaklarının yemek hazırlıklarına bakardım. (Teyze kızımın ailesi, o günün Mısır'ının ölçülerine göre pek zengin sayılmamakla birlikte, evde sekiz dokuz yardımcı çalışırdı gene de.) Bir defasında mutfakta bir kafes dolusu küçük güvercin gördüm. Hemen yukarıya koştum; o güvercin yavrularının mutfakta ne işi olduğunu Melike'ye sordum. "Onları kızartacaklar, akşama yiyeceğiz" dedi teyze kızım. Çocukluğumdan beri güvercinleri sever, onları beslerim. Güvercin yavrusunu yemek, bana yamyamlık gibi göründü, bir bebeği yemekten farkı yoktu sanki. Dehşete düştüm. O güvercinleri kesinlikle yemeyeceğimi söyledim. Ne var ki, huyumu bilen teyze kızım, "kızartılıp pilavın üstünde gelsinler de sofraya, görürüz yer misin yemez misin" dedi. Hakkı vardı. "Vah zavallı yavrucuklar! Bu düpedüz cinayet!" diye söylene söylene, o küçücük güvercinleri bir güzel mideye indirdim. Aynı cinayeti, İtalya'nın en güzel kasabalarından biri olan Orvieto'nun tepesindeki bir lokantada işledim. Ne var ki, vicdan azabım biraz hafiflemişti bu arada. Çünkü bu işlerden anlayan arkadaşım Fuat'ın dediğine göre, bunlar bizim bildiğimiz kent güvercinleri değil, asıl adı üveyik olan dağ güvercinleriymiş.

Buna pek inanmayacaksınız ama, vejetaryenliği, hem ahlâk hem de sağlık açısından tamamıyla doğru sayanlardanım. Ne var ki, birçok durumda olduğu gibi, bu konuda da teoriyle pratik arasında bir uçurum açıldığından, canlıları yemeye devam ediyorum. Ama yaban domuzlarına, kuşlara filân zarar vermeyen damak zevklerim de var. Örneğin, Bafa Gölü'nün kıyısındaki bir kır lokantasında yediğim tahin-bal gibi. Tahin-pekmezi herkes bilir de, bambaşka bir karışımdı bu. Kavanozlar dolusu pekmezler ballar aldım, o kıvamı bulamadım bir türlü.

Bodrum'da evime yakın, deniz kıyısında Big Ben adlı bir lokal vardı eskiden. Ahçısı gecenin tam on ikisinde çiğ börek yapardı. Ben gece yarısı hiç üşenmez, oraya uğrardım. Bardan yeşil mandalinalı bir cin tonik, mutfaktan iki sıcak çiğ börek alırdım. Sonra, elimde küçük tepsim, Big Ben'in gürültüsünden uzaklaşır, kumsalda otururdum. Önce böreklerimi yer, sonra cin toniğimi yavaş yavaş içerdim. Hava sıcaksa, karanlıkta denize girdiğim de olurdu.

1974 yılının Ağustos ayında Londra'da, Regent's Park'ta yediğim ananası da aslâ unutamam. Ertesi gün erkenden bir kongre için Los Angeles'a uçacak, Amerika'ya ilk kez gidecektim. Türkiye'de o sırada ananasın ancak konservesi bulunduğu için, hiç taze ananas yememiştim. Salkım söğütlü, nilüferli ve kuğulu o güzel gölün karşısına oturdum. Erkek çocuk olduğum dönemden kalma bir alışkanlıkla çantamda her zaman taşıdığım çakıyla, ananası soydum. Derken, hafif, çok hafif bir yağmur başladı. Londra'nın o ılık yaz yağmurlarını çok severim. Kocaman bir ağacın altındaki bankta oturduğum için ıslanmıyordum da. Bu cennet gibi parkta, çiçekler arasında, en çok sevdiğim meyveyi yerken, öyle bir haz duymaktaydım ki, "bu kadar keyfin sonu kötü olacak" dedim kendi kendime. Nitekim, ananas kabuğundan bir diken, tırnağımın altına battı, dolama oldum. Ertesi gün uçakta başparmağım zonk zonk zonkluyordu. Los Angeles'ta ilk günlerim de zehir oldu bu yüzden.

Şimdi ananas keyfimin dolamayla sonuçlanması, oburlukla günah ilişkisini aklıma getirdi. Hınzır Katolikler, insan psikolojisini çok iyi bilirler. Günah çıkarma olayı bile bunu kanıtlamaya yeter. (Bir düşünün hele: Aklın alamayacağı ahlâksızlıklar yapacaksınız; sonra bir papaza içinizi döküp hem rahatlayacaksınız; hem de pişman olduğunuzu söyler söylemez, dakikasında bağışlanacaksınız.) İnsanı böylesine rahatlatmasını bilen Katoliklerin, oburluğu, yedi ölümcül günahtan biri, şehvet kadar ağır bir günah saymalarının nedenini ilkin anlayamamıştım. "Oburluğun başkalarına zararı yok ki! Oburca yiyen, midesini bozarak, ancak kendine zarar verir" diyordum. Daha sonraları düşünüp taşınınca, güzel yemeklerden hoşlanmanın, yani bir *gourmet* olmanın, hiç de kötü sayılmayacağını; ama obur, yani *gourmand* olmanın, şehvet düşkünlüğü kadar kötü sayılması gerektiğini anladım. Çünkü insanı insan yapan başlıca niteliklerden biri, hayvansı içgüdüleri denetim altında tutabilmektir. Oysa oburlar, bunu yapabilecek gücü bulamazlar kendilerinde. Ben elime, dilime, belime egemendim. İçkiyi de az içer, aslâ sarhoş olmazdım. Gelgelelim, mideme ancak yaşlanınca, yetmişimden sonra egemen olabildim. Bu bir egemenlik de sayılamazdı belki. Bedenin bir yenilgisi, fena yıpranan sindirim sisteminin, oburluğa artık katlanamamasıydı aslında.

Ama bu mutlu yenilgiye varıncaya kadar neler gelmedi ki başıma! Arkadaşlarım, bu vahim kusurumu bilirlerdi. Behice

Boran, bakkaldan kasaptan uzak, Armutlu kumsalında kiraladığı elektriksiz, susuz eve beni götürünce, Mehmet Ali Aybar, "Mîna'yı oraya götürüyorsun ama, nasıl besleyeceğini hiç düşündün mü?" diye sormuştu. Behice ise, bu soru karşısında biraz paniğe kapılmakla birlikte, beni mükemmel beslemenin yolunu bulmuştu ne yapıp yapıp.

Büfeli yemek verenler beni çağırmamaya başladılar. Çok da hakları vardı. Çünkü, "tabakları elimde tutarak, öyle ayakta yiyemem ben" derdim ve büfeye bir iskemle çekip oturur, masadaki yemeklerin nerdeyse yarısını bitiriverirdim.

Oburluğum yüzünden Roma'da bir lokantada rezil oldum bir gece: Çok ağır soslu iki kocaman tabak *spaghetti* yedikten sonra, değişik soslu bir üçüncüsünü ısmarlayınca, genç garson, beni dâvet eden arkadaşlara dönüp, elini kolunu sallaya sallaya, ateşli bir nutuk atmaya başladı. İtalyanca bilmiyordum ama, delikanlının bir şeylere itiraz ettiği besbelliydi. "Bu kadının bu kadar çok yemesine izin vermeyin. Sonu felâket olacak. Lokantamızın önüne ambulans gelmesini istemiyoruz. Ben o üçüncü tabağı getirmeyi reddediyorum!" demiş meğer.

Gene İtalya'da, dostlarımın deniz kıyısındaki evinde kalırken, ev sahibesi Yvette, görülmemiş güzellikte yemekler yapar, ben de çılgınca yerdim. Bir gece, göğsümde müthiş bir sancıyla uyandım. "Tamam, enfarktüs" dedim kendi kendime. Çünkü arkadaşım rahmetli Profesör Nejat Harmancı, aşırı yemeğin kalp damarlarını çatlatabileceği konusunda beni kaç kez uyarmıştı. "Bari bir mektup bırakayım. Ölümü İstanbul'a göndermeye kalkmasınlar. Şu güzel denize atıversinler" diye düşündüm. İki aspirin yuttum, mektubu yazdım, sonra uyumuşum. Sabahleyin ölmediğim anlaşıldı. Mektubu yırttım. Durumu öğrenirse, o kadar çok yememi engeller korkusuyla, Yvette'e gece çektiğim sancılardan söz etmedim. İkinci gece de, üçüncü gece de, daha sonraları da aynı şey oldu. İstanbul'a geri dönünce, oburluğumdan ötürü yemek borumda bir çeşit fıtık olduğunu, bu yüzden enfarktüse benzer kalp sancıları çektiğimi öğrendim. Çünkü Halet, beni önüne katıp zorla Nejat'a götürmüştü. Nejat, "bu oburluk böyle devam ederse, ameliyat gerekebilir" deyince, "canımın istediği kadar yiyebilmem için, beni hemen ameliyat etsinler öyleyse" demişim Halet'e bakılacak olursa.

Roma'daki genç garson azarlayınca rezil olduğum gibi, oburluğum yüzünden Bodrum'daki "En Güzel Börek Yarışması"nda da rezil olmuştum. Gerçi dostum Cahit Kayra *Hoşça Kal Bodrum* adlı güzel kitabında, iyice kepaze olmamı engellemek amacıyla adımın ilk harfini değiştirerek, yani Mîna'yı Sina yaparak bunu anlatıyor ama, bir de ben anlatayım: Beni onurlandırıp bilirkişi seçtiler. Bütün dâvetliler görebilsin diye öteki jüri üyeleriyle, yüksekçe bir masaya oturduk. Her birimizin önüne, Bodrum'un en iyi yedi lokantasından gelen yedi ayrı tür börek konuldu. Yedisinden de birer lokma alıp, hangisinin en lezzetli olduğuna karar vereceğiz. Rahmetli Tanju Okan da, *gourmet*'lik yeteneklerimizi büsbütün keskinleştirmek için çok duyarlı aşk şarkıları söylemekte o sırada. Bense kendimden geçmiş bir haldeyim. Böreklerin bir tek lokmasını değil, tümünü yiyorum. Yedi tabağı da bitirdiğimde, seçici kurul çoktan kararını vermişti bile. Tam bir yüzsüzlük içinde, benim oyum alınmadan börek birincisi seçildiği için, itiraz etmeye bile kalktım.

1968'de Paris'te, Paul Eluard'ın dul eşi Dominique, Fernand Léger'nin bir resim sergisinin açılması dolayısıyla, Fransız Komünist Partisi'nin verdiği bir kokteyle beni götürmüştü. Partinin bütün kodamanları oradaydı. Dominique de beni onlarla tanıştırmak istiyordu. Ama büyük sergi salonunun bir köşesinde görkemli bir büfe vardı. Bense o büfedeki hepsi birbirinden güzel yemeklerden gözümü ayıramıyordum. Fransa'nın her bir bölgesinden gelen peynirlerle yapılan üçgen biçiminde o minik sandviçlere özellikle bayılmıştım. Nasıl bayılmayayım ki! Çok büyük yuvarlak bir ekmeğin, kucağa sığamayacak kadar kocaman bir ekmeğin içini oymuşlar; nefis peynirli o minik sandviçleri yapmışlar. Sonra, ekmeğin kabuğunu bir tencere gibi kullanarak, sandviçleri içine yerleştirmişler. Daha neler neler vardı o büfede. Boylu poslu, güçlü kuvvetli bir kadın olan Dominique Eluard, ikide birde benim kolumu sıkı sıkı yakalıyor, Partinin kodamanlarından birine sürüklüyordu beni. "Demek Nâzım Hikmet'in yurttaşısınız" diyordu hepsi. Bense Nâzım'ın yurttaşı olduğum için ne kadar çok gurur duyduğumu söyledikten sonra lâfı kısa kesiyor, gene büfeye saldırıyordum.

Bazı hazin gerçekleri olanca çıplaklığıyla dile getirerek, oburluk konusunda kendimi yeterince suçladım. Şimdi biraz aklamak istiyorum: Ne gariptir ki, ara sokaklarda, kimi zaman yağmurun altında ayakta durup berbat midye tavaları ya da kokoreçleri yerim de, zenginlerin dadandığı lüks lokantalarda ünlü iştahım kesiliverir. O ablak yüzlü göbekli adamları, o fazlasıyla süslü rüküş kadınları görünce, "eyvah! Sınıf düşmanlarımın arasına düştüm!" derim kendi kendime ve önüme gelen yemeğe el sürmek gelmez içimden. Bu da, sınıf bilincimin, oburluğumu bile engelleyecek kadar güçlü olduğunu kanıtlamaktadır.

Küçük mutluluklarım dışında, iki büyük mutluluk kaynağım vardır. Biri kitap okumak, öteki de deniz. Gerçi o da hoştur da, "deniz" derken, denize uzaktan bakmaktan değil, denize girmekten ya da bir tekneyle gezinmekten söz ediyorum. Bu büyük mutluluklardan birincisine erişmek kolay da, artık İstanbul'da ya da dolaylarında yüzmenin yolu olmadığından, ikincisini elde etmek bir hayli güç.

Daha önce de anlattığım gibi, çocukluğumdan beri her koşul altında, her zaman okurum. Yatılı okulda, yorganların battaniyelerin altında, el feneriyle okuduğum olurdu. Yeterince okuyamayınca, afyondan yoksun kalmış bir esrarkeş kadar tedirgin olurum. Kimisi bir iskemleye oturup kitabı masanın üstüne koyar, eline kalem alır, öyle okur. Çünkü okumak entelektüel bir uğraştır onun açısından. Benim için ise bir keyif olduğundan, kendimi divanlara atarak, rahat koltuklara gömülerek ya da yatağıma uzanarak okurum.

Sağlıklıyken de okurum, hastayken de. Hattâ bazı yazarları, örneğin Proust'u, yüksek ateşiniz ya da fazla ağrınız sızınız yoksa, hastayken okumakta yarar bile vardır. Çünkü kendi dünyanızın hırgüründen uzaklaşıp, sessiz bir odada kapalıyken, Proust'un o bambaşka dünyasıyla daha kolayca haşır neşir olabilirsiniz. Uzun süren hepatitim sırasında, Proust'u üçüncü kez okuduğumda, o güne değin farkına varmadığım birçok şey anlamıştım.

Büyük sıkıntı çektiğim sıralarda, örneğin 12 Mart ya da 12 Eylül dönemlerinde, benim gibi düşünenler salt öyle düşündüklerinden ötürü hapislerde, mahkemelerde sürünürken, ben kitaplara sığındım. Sevdiğim yazarların kitaplarını tekrar tekrar yeniden okudum.

Mallarmé, *"la chair est triste hélas et j'ai lu tous les livres"* (ten hazindir ne yazık ki ve bütün kitapları okudum) der. Bu ünlü dize güzel olmasına güzeldir ama, doğru değildir bana kalırsa. *La chair* yani cinsel hazlar, artık çok uzaklarda kalan güzel anılardır ancak. Kitaplara gelince, ömrümü okumakla geçirdiğim, büyüteçler yardımıyla hâlâ hep okuduğum halde, değil bütün kitapları, istediklerimin yarısının yarısını bile hâlâ okuyamadım. Okuyamadıklarım arasında öyle önemli kitaplar var ki, gözüm arkada kalacak o hiç inanmadığım öteki dünyaya gidince.

Bana kalırsa, en keyifli okuma, güzel bir bahçede, iki ağaç arasında kurulmuş bir hamakta sallana sallana okumaktır. (Üçüncü bir ağaca bağladığınız ipi ara sıra çekerseniz, okurken sürekli sallanabilirsiniz.) Bundan daha da güzeli, bir teknede, deniz sizi sallarken okumaktır.

II.
Deniz Tutkusu

Küçük mutluluklarımın en büyüğü olan deniz tutkum çok küçükken başladı. İyi yüzen annem Şefika, bir bebeğin korkmazsa boğulmayacağını bilirdi. Çünkü bebelerin doğal ortamı sudur. Ceninler su içinde yaşarlar dokuz ay. Bir dergide, tüy gibi saçları kafalarına yapışmış, yüzleri gözleri ıslak, keyifle yüzen altı yedi aylık bebeklerin fotoğraflarını görmüştüm. Onları korkutan su değil, suyun soğukluğuymuş meğer. Eğer su beden ısısındaysa, bütün canlılar gibi, onlar da rahat rahat yüzerlermiş. Her beden suyun üstünde kalabildiğine göre, insanın boğulmasının nedeni su değil, korkudur. Korkuya kapılıp, beş karış suda çırpına çırpına boğulanlar vardır.

Korkmadığımı bilen annem, beni kucağına alır, suyun üstüne bırakırdı. Daha sonraları, iki üç yaşındayken, sandaldan eğilip beni denize koyardı. Gözünü benden hiç ayırmadan, "gel, Mîna, gel" derdi bana. Ben de köpekleme yüzerek, sandalın peşinden giderdim. Annem, klâsik stilde kurbağalama yüzdüğünden, büyüyünce benim kulaç atarak yüzmemi hiç beğenmedi.

Şefika beğensin beğenmesin, iyi bir yüzücüydüm gençliğimde. Bir eylül günü, okullar yeni açılmışken, kaçmış, Moda plajında yüzüyordum. Sudan çıkar çıkmaz, tanımadığım iri yarı bir delikanlı yanıma geldi. "Fahri Bey seni istiyor, hemen gel" dedi. Ben, "Fahri Bey de kim oluyor? Ona neden gidecekmişim?" diye terslendim. Ama delikanlı, beni kolumdan tuttuğu gibi, biraz ötede olan Fahri Bey'e sürükledi. Fahri Bey, o sıralarda ünlü bir deniz kulübünün kaptanıymış. Öyle sert, öyle gözüpek bir adammış ki, lâkabı "Yedi Belâ Fahri" imiş. Kırkında, yakışıklı bir adamdı. Benim yüzmemi beğenmiş, beni yetiştirecekmiş. Buna öyle sevindim ki, hemen çantama koştum, bir sigara alıp yaktım. "O ne? Yoksa sen sigara mı içiyorsun?" dedi Yedi Belâ. "Evet, içiyorum" dedim. "İçmeyeceksin! İşte o kadar!" diye bağırdı. Ben, "içeceğim" diye direnince de, sigara içen birini yetiştirmek için bir tek dakikasını bile boşuna harcamayacağını söyledi; küfrede ede uzaklaştı. Yedi Belâ'nın yerden göğe kadar hakkı vardı elbette. Onun sözünü dinleseydim keşke. Hem sigaradan kurtulur, hem de belki yüzme şampiyonu olurdum gençliğimde.

Beş altı yaşındayken, Büyükada'da Yat Kulübü'ne bitişik büyük bir konakta oturan İtalyan kökenli bir aile vardı. Ailenin, kızıl saçlı, çilli ve yakışıklı büyük oğlu, beni çok sever, çok şımartırdı. Ondan hoşlanmamın başlıca nedeni, beni sırtına alıp tâ uzaklara açılmasıydı. Ata biner gibi sırtına oturur, düşmemek için suda koyulaşan kızıl saçlarına sıkı sıkı yapışırdım. Delikanlının adını çoktan unuttum da, sırtındaki çiller hâlâ gözümün önünde.

Çocukluğumda, deniz hep düşlerime girerdi. Hazreti İsâ gibi dalgaların üstünde yürürdüm kimi zaman. Kimi zaman, eyersiz dizginsiz bir ata biner, atı dörtnala denize sürerdim. Şimdi düşünüyorum da, erotik bir yanı olan bu çocukluk düşümün nedeni, çilli delikanlının sırtına binmemdi belki de. Zâten çocukluk arkadaşım "*Fou* Celâl"e bakılacak olursa, kadınların "erotojen" bölgesi bütün bedenlerine yayıldığı için, sular tarafından okşanmak üzere, denize girmeye bayılırlarmış.

Bebekliğimden beri denizle haşır neşir olduğum halde, denizde ya da deniz kıyılarında gördüklerim her zaman hayret uyandırır bende. Örneğin kirlenen Boğaz yüzülemeyecek hale gelmeden önce, sularda çok büyük deniz anaları ortaya çıkmıştı. Bunlar, varlıklı ama zevksiz burjuvaların salonlarındaki mor ipekten yapılmış, o koskocaman, püsküllü sakil abajurlara benziyorlardı tıpkı. İnsana değince de, asit gibi yakıyorlardı. Ne var ki, genellikle denizlerde görünenler, bu devanaları gibi çirkin değil, güzeldir, çoğu zaman. Bir defasında, hava yeni kararmışken, büyük mavi bir yıldızın suya yansıdığını görmüştüm. Bir yıldız değil, ancak batan ay böylesine belirgin gümüş bir iz bırakabilirdi suların üstünde. Hayran kaldım. Turgut Reis'ten Akyarlar'a doğru giderken, Fener denilen geniş bir kumsal vardır. İçinde, camın ana maddesi silisyum bulunduğundan, kumsallar her zaman biraz ışıldar güneşin altında. Ama bu kumsal başka türlü ışıldıyordu. Oraya ilk gidişimde, elime bir avuç kum alınca, hayretlere düştüm. Hiçbir deniz kıyısında görmemiştim böyle bir şey: Kum cam kırıntılarıyla doluydu. Doğanın bize sunduğu küçük bir mucize saydım bu camlı kumu.

Anlaşılan deniz aşkı konusunda bana çeken torunum Yunus, küçükken onu zorla sudan çıkarınca, "Nene, bırak da suyu bir defa daha öpeyim" der, tuzlu suları içmek isterdi. Ben de çocukluğumda aynı şeyi yapardım herhalde.

Her koşul altında denizi sevdim. Ilık suları da, buz gibi suları da. Denize girmek beni bütün sıkıntılarımdan arındırır, dertlerimi alıp yok eder, hastalıklarımı iyileştirir. Ağır bronşitlerle denize girdim, öksürüğüm azaldı; yüksek ateşle denize girdim, ateşim düştü. Şu sırada, seksen iki yaşındayken ve dört kaburga kemiğim kırıkken, havalar biraz ısınınca denize gireceğim günleri özlemle bekliyorum. Eminim ki, altı aydır birbirlerine yapışamayan kaburga kemiklerim hemen kavuşacaklar; bu acıklı durumdan, yani kırık kemikli bir ihtiyar olmaktan kurtulacağım.

Hava kapalıyken de denize girerim. Hele yağmur altında yüzmek büyük bir keyiftir benim için. Zâten yağmura özel bir düşkünlüğüm vardır. Gökyüzünden yeryüzüne suların damlamasını doğal bir şey değil de, şaşılacak bir mucize saydım öteden beri. Kar yağınca da aynı hayranlığı duyarım. Eskiden yağmur ya da kar yağınca sokaklara fırlardım hemen. Şimdi pencereme oturup seyrediyorum bunları. Üstelik, yağmura ve kara duyduğum aşka yoğun bir suçluluk duygusu da karışıyor. Çünkü ben, damı akmayan sıcak evimden seyrediyorum bunları. Ama gecekondularda barınan fakir fukara yağmurun da karın da sâdece kahrını çekiyor.

Denize girmek tutkusu deyince, çok garip bir olay gelir aklıma: Kadıköy iskelesinde vapurdan çıkmış evime gidiyordum. Hava kararmak üzereydi; lapa lapa kar yağıyordu. Mühürdar'dan Moda'ya kadar uzanan o güzel gezi yolu yapılmamıştı henüz. Yola hemen bitişik, çakıl taşlı daracık bir kıyı şeridi vardı sâdece. İskeleyi geçip yolda yürürken, bir de baktım ki, suda biri var. Bu karda kışta denize girenin intihar etmek istediğini sandım ilkin. Yoldan atladım, çakıl taşlarının üstünde koştum, "hemen geri dön!" diye bağırdım sudakine. Ancak dokuz on yaşlarında bir oğlan görünce, allak bullak oldum. Giysilerini katlamış, çakıl taşlarının üstüne koymuş, donuyla suya girmişti. Ben, "hemen çık!" diye bağırınca, çocuk korktu, sudan çıkıp eşyalarını kaptı, kaçmak istedi. Sıska bedeni buz tutmuş, zangır zangır titreyen oğlanı zorla tuttum. Kaşkolumla onu biraz kurutmaya çalıştım. Bir yandan da, "anan nerede? Baban nerede? Nerede oturuyorsun? Seni taksiyle evine götüreyim" diyordum. Ama çocuk elimden kurtuldu, koşarak kayboldu karanlıklarda. Nerdeyse otuz yıl önce oldu bu acayip olay. Ama kara gözlü, kara saçlı çocuk hâlâ aklımdan çıkmıyor. Yüzmeyi benim kadar sevse de, hava kararmış, lapa lapa kar yağarken acaba neden suya girmişti? Bilinçsiz bir intihar mıydı bu yaptığı? Yoksa deli miydi? O buz gibi sulara girdikten sonra zatürree falan olup ölmüş müydü acaba? Ölmemişse, şimdi kırkında olmalıydı. Acaba nasıl gelişmişti, ne iş yapıyordu? Yanıtsız kalacak bu sorular, bugün bile kafamı kurcalamakta.

O çocuk belki ölmüştür; ama kendim o buz gibi sulara seksenimde bile girseydim, gene de ölmezdim gibi geliyor bana. Çünkü denizin içinde ya da üstündeyken kendimi resmen ölümsüz hissederim. Karada her an ölebilirim. Bir otomobilin altında kalıp doğru öteki dünyayı boylamadığıma hâlâ şaşıyorum. Neden derseniz, doğma büyüme bir kentli gibi değil, şaşkın bir köylü karısı gibi yürürüm sokaklarda. Bir defasında karşıdan karşıya geçerken, bir otobüsün arkasından çıkıverip, bir taksinin önünde buldum kendimi. Taksi saniyesinde durmasaydı ezilip gitmiştim. Delikanlı şoför, penceresini indirdi, ana avrat küfretti bana. Elimi kaldırıp, "ne dersen hakkın var" dedim. Genç şoför çok terbiyeliymiş aslında. Çünkü ben özür dileyince, "ah teyze! Ben sana nasıl söyledim o lâfları!" diye paralanmaya başladı. Onu bağışlamam için, beni arabasına bindirip ille gezdirmek istedi.

Karada ölmek çok kolay, ama denizde aslâ ölmem. Belki bu sarsılmaz inancım yüzünden, denizdeyken geçirdiğim iki rahatsızlığı da kolayca atlattım. Birincisinde Heybeli plajından suya girmiş, Kaşık Adası'na yüzmüştüm. Dönüşte korkunç bir kramp girdi sol tarafıma. Ben kramp olayını, acemi yüzücülerin bir uydurması sanırdım. Öyle değilmiş meğer. El parmaklarımdan tutun da ayak parmaklarıma kadar, bedenimin bütün sol tarafı hem felce uğramış gibiydi hem de korkunç bir sancı içindeydi. Sırtüstü yatıp dinlenirsem geçer diye düşündüm. Ama o dayanılmaz ağrının geçtiği filân yoktu. Suda çırpınıyor, kıvranıyordum. Acaba hangisi daha yakın diye, Kaşık Adası'na ve Heybeli'ye baktım. İkisinin tam ortasındaydım. Beni alacak bir sandal çıkar umuduyla Heybeli'ye yöneldim. Yüzmek için gereken hareketleri yapmamın yolu yoktu. Sağlam kalan sağ elimi suya şap şap vurabiliyordum ancak. Altımdan kocaman yunus balıkları geçiyordu. İki üç saatte Heybeli'ye varabildim. Kıyıya çıkınca bitik bir haldeydim. Ama boğulma olasılığı hiç aklıma gelmemişti gene de.

İkinci olayda, çok iyi bir yüzücü olan arkadaşım Dr. Fikret Ürgüp ile Kınalıada açıklarında yüzüyorduk. Birdenbire, sanki bir şiş sokulmuş gibi, korkunç bir ağrı girdi sağ gözüme. "Fikret, bir balık gözümü soktu!" diye bağırdım. Fikret, "saçmalama!" deyip yüzmeye devam etti. Yüzümde müthiş bir zonklamayla kumsala döndüm. Beni görenler dehşete düştüler. İki gözüm de birer kan çanağına dönmüştü. Yüzüm de saatlerce yumruklanmışçasına çürümüş, mosmor kesilmişti. Denizden çıkan Fikret yanıma gelince, "inanmadın ama işte görüyorsun, balık soktu" diye söylendim. Fikret yüzümü dikkatle inceledikten sonra, "hayır, balık falan sokmamış, *vagotoni*" dedi. *Vagotoni*'nin ne olduğunu açıkladı ama, pek anlayamadım. Bunun çaresinin ne olduğunu sorduğumda, sinir sisteminin gevşemesi gerektiğini söyledi. "Peki, nasıl gevşeyecek sinir sistemim?" diye sordum. Fikret, "şimdi görürsün" demekle yetindi. Giyindik. Kınalı'da Ermeni şivesiyle "Carden" (*jardin* yani bahçe) denilen kır gazinosuna gittik. Fikret uğradığımız manavdan bir kilo şeftali almıştı. Ağaçların gölgesinde oturunca, önümüze bir büyük şişe rakı getirildi. Benim o saatte, o öğle sıcağında, o sancıyla içmeye hiç niyetim yoktu. Ama Fikret, tepeden tırnağa hekim kesilivermişti. Önüme bir bardak rakı sürdü. "*Vagotoni*'nin tek çaresi budur. İç!" diye emretti. Benim öteden beri saygım vardır tıp bilimine. Hem dahiliye hem de psikiyatride iki uzmanlığı olan arkadaşım Fikret'e güvenmeyeceğim de kime güveneceğim? Şeftalileri meze ederek rakıyı içtik. Biraz sonra zonklama geçti. Akşamleyin gözlerim kan çanağı olmaktan çıktı; yüzüm normal rengine geldi. Fikret'in teşhisinin de, tedavisinin de yüzde yüz doğru olduğu anlaşıldı böylece.

Deniz tutkuma bağlı iki isteğim oldu ömrüm boyunca. Ne yazık ki, ikisi de gerçekleşemedi. Birincisi bir teknem olmasıydı. Ne han istedim ne apartman; ama o tekneyi şiddetle istedim. Tıpkı büyük bir ütüye benzeyen, Mercedes otomobiller gibi varlıklıların toplumsal statüsünün bir belirtisi haline gelen o direksiz, yelkensiz, sâdece motörle işleyen lüks yatlara hiç mi hiç benzemeyecekti benim teknem. Dokuz on metre boyunda bir tirhandil olacaktı. (Bodrum'da herkes, "h" harfini atlayarak "tirandil" der bu tip teknelere. Oysa doğrusu, Cevat Şakir'in dediği gibi "tirhandil"dir.) Emekli olur olmaz, nisan başında, kimi zaman iki üç dostla, kimi zaman yalnız, tirhandilime binip oradan oraya yelken açacak, Türkiye'nin denizlerinde cirit atacaktım yedi ay. Ancak ekim sonunda karaya çıkacaktım. O küçük tekneyi alacak kadar, alabilsem bile bakımını sağlayacak kadar param olmadığından, bu düşüm bir gerçeğe dönüşemedi hiçbir zaman.

Vaniköy'de otururken, geceleyin Boğaz'dan geçen şilepler beni büyülerdi. Nereden geliyorlar, nereye gidiyorlardı böyle? Kimi zaman kocaman bir davulun sesini çıkartırlardı karanlıklarda. Bu dramatik davul sesinin gizemini yıllarca sonra öğrendim: Yükleri hafifleyince, suya havadan çarpan pervanelerinden çıkarmış bu davul sesi.

İşte ikinci düşüm, bu gemilere benzeyen bir şileple uzun bir yolculuğa çıkmaktı. Lüks bir oteli andıran büyük bir yolcu gemisiyle değil; ya hiç yolcu almayan ya da ancak üç dört yolcu alan küçük bir şileple. O koskoca transatlantiklerde, altı katlı bir apartmanın en üst katındaymış kadar uzaksınızdır denizden. Oysa küçük bir şilepte yakın bir ilişki kurarsınız sularla. Öyle yakın bir ilişki ki, suyun şıpırtısını duyarsınız. Elinizi aşağıya sarkıtsanız, parmaklarınız ıslanacaktır nerdeyse. Her bir yanı sıkı sıkı kapalı kutular gibi o iskeleden bu iskeleye seken deniz otobüslerinden hiç hoşlanmamamın nedeni de denizle ilişkilerini kesmiş olmalarıdır. Bir tek kez bindim o kapalı kutuya; klostrofobiye kapılacaktım az kalsın. Oysa o güzelim eski şehir hatları vapurlarına binince, açık havada oturabilir, bir sigara yakıp çevrenize bakabilir, denizi görür, denizi duyarsınız. Deniz otobüslerinden yararlananlar, vakit kaybetmemek için binerlermiş o kapalı kutulara. Oysa benim hiç acelem yok. Çok vaktim var denizlerde harcayacak.

İdeal şilebimin belirli ve kesin bir rotası olmayacak. Sahibi olan şirketten aldığı telgraflara göre, bir limandan ötekine yönelecek. Örneğin Liverpool'a gidiyorum diye bineceksiniz şilebe. Derken oradan bir haber alıp, Hong Kong'a doğru yol alacaksınız. Hong Kong'dan San Francisco'ya gidecek, San Francisco'dan Odessa'ya, Odessa'dan Amsterdam'a vb. Böylece, hiç görmediğiniz limanları göreceksiniz, aylarca dolanacaksınız dünyanın okyanuslarında. Tirhandil düşü gibi, bu şilep düşü de gerçekleşemedi hiçbir zaman.

Ne gariptir ki, o şilebi hep özledim de, milyarder Hutton ailesinin The Sea-Cloud (Deniz Bulutu) adlı görkemli yatıyla Akdeniz'de on günlük bir tur atmak önerisini hiç çekici bulmadım. 1985'te, Bodrum'da, Orhan'ın Yeri'nde, çok sevimli Amerikalı genç bir çiftle dostluk kurdum. Az sayıda yolcu alarak, bir turizm şirketi hesabına bu yatı işletiyorlarmış. "Bodrum'a yatla geldiğimizde sizi de konuk etmek isteriz" dediler; telefon numaramı aldılar. Ben bunu, meyhanelerin sıcak havasında verilen ve dakikasında unutulan o hoş alaturka vaatlerden biri sandım. Meğer öyle değilmiş. Birkaç ay sonra, bana telefon ettiler. Bodrum'a varmışlar; ama yüz metre boyundaki yat rıhtıma yanaşamıyormuş. Akşama beni ve başka dostlarını almak üzere bir motör göndereceklermiş. Birlikte yemek yiyecekmişiz. Sonra öteki dostlar Bodrum'a geri dönecek, ben yatta kalacakmışım.

The Sea-Cloud'u uzaktan görebilmek için, hemen kumsala koştum. Dört direkli, bembeyaz, şahâne bir gemiydi. O dört direğe bağlı tam otuz dört yelkeni olduğunu daha sonraları gemiyi gezerken öğrendim. Hutton ailesi, 1932'de sâdece sekiz çift yolcu almak üzere sekiz kamaralı olarak yaptırmış bu yatı. Kamaraların sekizini de gezdik. Gemi kamaralarına değil, *Belle Epoque* denilen dönemin en lüks otellerinin *suite*'lerine benziyordu bunlar. Hele Barbara Hutton'ın Gary Grant ile ya da başka ünlü bir sinema oyuncusuyla evliyken kullandığı şömineli, koskocaman yatak odasının mobilyaları, rüküş denecek kadar süslü geldi bana. Böylesine zevksiz bir burjuva süsünün denizle ilişkisini göremediğim için, genç çiftin onlarla birlikte Akdeniz turu yapma önerisini kabul etmedim. Etseydim tedirgin olacaktım. Çünkü yolcularla konuşmak, gerekirse İngiliz edebiyatı, özellikle Shakespeare üstüne küçük konferanslar vermek üzere dâvet ediyorlarmış beni. Ne var ki, kendim yaşlı olduğum halde, gençlerden hoşlanırım. Bu yatta ise bir çeşit kültürel animatör olarak benden yararlanmak isteyen çiftten başka genç yoktu. Az sayıda yolcunun hepsi altmışın üstündeydi; çoğu da kadındı. Çünkü mâlum ya, Amerikalı erkekler para kazanmak, çok çok para kazanmak amacıyla, stres altında fazla çalıştıklarından, eşlerinden önce ölürler. Paraya konan dullar da, kırmızılar giyip, boyunlarına beş altı kilo ağırlığında gerdanlıklar ve zincirler, kulaklarına omuzlarına kadar sarkan küpeler takarak, ölen kocalarının kazandığı paralarla böyle pahalı gezilere çıkarlar. Bir Amerikalı turist grubuna bakarsanız, bu yüzden yaşlı kadınların hep çoğunlukta olduğunu görürsünüz.

Yemek salonunda, o aşırı süslü kokonalardan biri piyano çalıp şarkı söylerken, bu şahâne yat sinirime dokundu. İlkin hayran olduğum dört direğini de otuz dört yelkenini de, vahşi kapitalizmin en vahşisi olan Amerikan kapitalizminin bir ürünü olarak görmeye başladım. The Sea-Cloud benim yıllardır özlediğim tirhandile de, küçük şilebe de hiç mi hiç benzemiyordu. Bir gemi değil, yüzen lüks bir oteldi sanki.

Deniz tutkumun doğal bir sonucu olarak, çocukluğumdan beri deniz kabuklarına merakım vardır. Onları küçükken de toplardım, şimdi de topluyorum. Dalmam çoktandır yasaklandığı için, sığ sularda, kayaların arasında düşe kalka ararım onları. Bu yüzden kollarım bacaklarım yara bere içindedir. Bir defasında da dört dikiş atıldı kafama.

Deniz kabukları düşlerime bile girer. Saydam sularda ışıl ışıl ışıldarken görürüm onları. Elime almak için uzanırken, hep uyanırım. Dış ülkelere yolculuklarımda, deniz kabuğu satan dükkânların vitrinine baka baka içimi çekerim. Öyle pahalıdırlar ki, satın almamın yolu yoktur. Beyoğlu'nda Oğuz Bey'in Denizkızı adlı dükkânında da içimi çekerim. Aynı tutkuyu paylaşan eski dalgıç Oğuz Bey, derdimi anlar, bana deniz kabukları armağan eder ara sıra. Güzel bir deniz kabuğunun benim gözümde en pahalı mücevherlerden daha kıymetli olduğunu bilen arkadaşlarım dış ülkelerden döndüklerinde, Akdeniz'de ve Ege'de bulunmayan deniz kabuklarını armağan ederler. Bir defasında rahmetli arkadaşım Azra İnal, Uzakdoğu'dan bir hârika almıştı bana. O deniz kabuğunun fiyatını öğrenen Türk hanımı, "işe yaramayan bu zırıltı yerine arkadaşınıza ipekten bir Çin elbisesi alsaydınız daha iyi olmaz mıydı?" diye sormuş. Azra da, "hayır, olmazdı" diye hanımı terslemiş. İyi ki, sık sık kongrelere giden arkadaşım ve doktorum Profesör Şengün Ulutin, dış ülkelerden aldığı deniz kabuklarının en güzellerini getirir bana. Bunları özel yaptırdığım vitrinlere ve evimin dört bir yanına koyduğum cam kâselere yerleştiririm. Konuklarım hayranlığımı paylaşmayınca; üstelik o doğa mucizelerini boyanmış sanınca, fena halde bozulurum.

III.
Eski ve Yeni Bodrum

1972'de otuz bin liraya, avlulu bir Bodrum evi yıkıntısı almıştım. O perişan yıkıntı, arkadaşım Nail Çakırhan tarafından sâdece yüz bin liraya restore edildi; küçük, ama çok güzel bir Bodrum evine dönüştü. Nail, hem kasabanın içindeki, hem de yarımadadaki yapıları inceledikten sonra, bu işe girişmişti. Ev tamamlandıktan sonra mahallenin ihtiyarlarını çaya çağırmıştı. Hepsinin bir ağızdan, "tıpkı eski evler gibi" dediklerini duyunca bu işi başardığını anlamıştı. Ne var ki, bu ev yapılırken, Bodrum'un çok yakında moda olacağını, milletin oraya akın edeceğini hiç düşünmemiştim. Bu yüzden de, yazın değil, ancak ilkbaharla sonbaharda, ara sıra da kışın oturabiliyorum arkadaşımın bana yaptığı güzel evimde. Haziranda millet Bodrum'a hücum ederken, İstanbul'a kaçıyorum. Eylül sonunda da herkes oradan büyük kentlere dönerken, Bodrum'a gidiyor ve kasım sonuna kadar denize giriyorum.

Bodrum'un tek çirkin mevsimi yazdır aslında. Yalnız kalabalık ve gürültü yüzünden değil, sıcaktan ötürü: Zalim bir güneş insanı cayır cayır yakar. Başımıza yumruklar atar, üstümüze tekme tokat saldırır sanki. Ben o acımasız güneşi gençliğimde bile sevmezdim. Yaşlılığımda büsbütün nefret ettim ondan. Oysa eylülde saldırışlarını sürdüren o öfkeli güneş, ekimde vahşi şiddet gösterilerinden vazgeçer. Size tekmeler yumruklar atmaz artık: Ilık elleriyle sevecenlikle okşar sizi.

Kasımda hava iyice serinler. Hele poyraz esince, pazen elbiseler, hırkalar, yün çoraplarla gidersiniz deniz kıyısına. Ama orada rüzgârsız bir köşe bulunca, Cahit Kayra'nın "mikro-klima" dediği gizemli olay başlar. Dünyalar güzeli bir güneş, sizi kavurmadan ısıtır. Deniz ısısı ancak 17 ya da 18 dereceye düşer. Sudan çıkınca üşümezsiniz. Ayrıca keyiflidir kasım denizleri.

Bodrum'un sonbaharı, ilkbaharından da güzeldir. Bodrumlular "sarı yaz" derler ekimle kasımın o altın günlerine. Kasımda kimi zaman dört mevsim birden yaşanır bir tek günde. Sabahları, serince ama güzel bir ilkbahara; öğleleri yaz günlerine; öğleden sonraları sonbahara, akşamları da kışa benzer. Güneş batınca, evinize sığınır, ocağı hemen yakarsınız. Ocakta alev alev yanan ateşle, derelerde hızla akan su beni büyüler. Gözlerimi ayıramam onlardan; çünkü ateş de su da hem aynı görünür; hem de her an değişir.

Kaliforniya'nınki gibi sürekli bahar iklimlerini sevmediğim için, Bodrum'da mevsim değişikliklerini yaşamaktan ayrıca hoşlanırım. Kimi zaman, özellikle ocak ayında, günlerce süren soğuk yağmurlar yağabilir. Bir iki kez kar bile yağdı. Bir öğretmen arkadaşımın anlattığına göre, karı ancak filmlerde ve televizyonda gören Bodrumlu çocuklar, sınıfta olduklarını unutup, "Kar! Kar!" diye bağırarak dışarıya fırlamışlar hemen.

Bir defasında öyle çok yağmur yağdı ki, pencereden sular içindeki avluma bakarken, kendimi kocaman bir akvaryumda tek başına kalmış çok küçük, yitik bir balık olarak görmeye başladım. Sarı çöpçü yağmurluğumu giyip, ayaklarıma lâstik çizmelerimi geçirip, Bodrum'un bomboş sırılsıklam sokaklarında yürüdüm. Küçük, yitik bir balık olmaktan bir an önce kurtulmak, yeniden insanlar arasına girmek istedim.

Kış günleri, ara sıra böyle yağmurludur, ama çoğu zaman günlük güneşliktir. Sarı yazda, Fransızların *douceur de vivre* dedikleri şey her bir yandan fışkırır sanki. Kişisel mutluluğunuzdan kaynaklanmayan, salt canlı olduğunuz için duyduğunuz, nedenini de bilmediğiniz bir yaşama keyfidir bu. Bu keyfi duyabilmeniz için de çevrenize şöyle bir bakmanız, derin bir soluk alıp havayı koklamanız yeter bile.

Sarı yaz günlerinde, sabah erkenden kalkınca, bir bakarsınız ki, gökyüzü pembe, deniz pembe, her bir taraf pespembe. Biraz sonra güneş yükselince, pembeliğin yerini mavilik alır. Ama hiç değişmeden, hiç bulutlanmadan aylarca sürdüğü için, yazları insana nerdeyse kurşuni bir gökyüzü kadar bunaltıcı gelen koyu mavi bir gökyüzü değil, yer yer küçük beyaz bulutlarla bezeli, uçuk mavi bir gökyüzüdür bu. Ben bu güzel sarı yazın keyfini sürer, her gün denize girerim.

Ama işin tuhafı şu ki, Bodrumlular, değil ekimde ve kasımda, yazın bile denize hiç girmezler. Bir haziran günü hava çok sıcakken, Avcı çıkmazındaki komşum Halil Kaptan'la karşılaştım. Yüzü gözü ter içindeydi. "Kaptan, denize girsene, biraz serinlersin" dedim. Bana ters ters baktı. "Ben turist miyim ki denize girecekmişim!" deyip, söylene söylene uzaklaştı. Bodrumluların denize girmemelerinden daha tuhaf olan bir şey de, oraya yerleşen İstanbullu ya da Ankaralıların, bir süre sonra Bodrumlulaşıp denize girmemeleridir. Arkadaşım Sümer ile Kayralar dışında bir tek kentli tanımıyorum Bodrum'un içinde oturup da denize giren. "Ay! yoksa sen Bodrum'dan mı denize giriyorsun!" diye bana şaşarlar. Bodrum'da deniz kirliymiş, mikrop kaynıyormuş sözde. Civardaki koylara turistleri taşıyarak dünya kadar para kazanan tekne sahiplerinin uydurdukları bir yalandır bu bana kalırsa. Yarım yüzyıldır Bodrum'un içinden denize girdiğime ve seksenimi geçtikten sonra bile girmeye devam ettiğime göre, bunun, Bodrum'un güzel denizine kara çalmaktan başka bir şey olmadığının canlı bir kanıtıyım.

Şu sırada en moda sözcüklerden biri "nostalji". Geçmişe özlem denilmiyor da, "nostalji" deniliyor her nedense. Gencecik insanlar bile nostaljiden söz edip dururken, benim gibi bir dinozorun geçmişteki Bodrum'u düşündükçe nostalji duymamasının yolu yok elbette. İlk 1961'de gördüm orasını ve Fransızların *coup de foudre* dedikleri durum oldu. Yani dakikasında vuruldum Bodrum'a.

Bodrum, süngercilik ve mandalinacılıkla geçinen yoksul, küçük bir kasabaydı eskiden. Şimdi lüks barlarla lokantaların açıldığı yerlerde, şalvarlı kadınlar yere oturur, sabırla sünger ayıklarlardı eskiden. Şimdi pahalı ve "marka" giyim eşyası satan dükkânlarla tıklım tıklım dolu o daracık Cumhuriyet Caddesi'nde, açık kapılarıyla pencerelerinden deniz görülen küçük evler sıralanırdı eskiden. (Zâten eskiden bütün evlerin kapıları açıktı. Kapıları kilitleme âdeti ancak 1970'li yılların ortalarına doğru başladı.) Cumhuriyet Caddesi'nde, ancak bir iki dükkân vardı eskiden. Bunlarda kilim parçaları, mavi boncuklar, deniz kabukları ve Şile bezinden yapılmış, gümüş iplikle işlenmiş uzun entariler satılırdı eskiden. (Ne komiktir ki, bir kongre sırasında Los Angeles'ta bir gece toplantısında, hiçbir zaman suare elbisem olmadığı için, bu entarilerden birini giymiş ve İstanbul'da böyle bir şeyi sırtıma geçirdiğim için yuhalanacakken, orada ömrümde ilk ve son kez olarak şıklığım yüzünden övülmüştüm.) Bodrum'un Cumhuriyet Caddesi, İstanbul'un Rumeli Caddesi'nin küçük bir kopyası değildi eskiden. Orada lüks giyim eşyası satılmazdı. Ama cuma günleri müthiş bir "paçavra pazarı" vardı. Evde kalmış kızcağızların çeyiz sandıklarından çıkarılmış, artık adları bile unutulmuş, sadakor, krepdöşin, bürümcük gibi kumaşlardan yapılmış giysiler satılırdı o paçavra pazarında. Bir defasında ham ipekten dokunmuş, dünyalar güzeli bir gömlek almıştım oradan. Üstünde kahverengi bir sandık lekesi vardı. "Bu leke çıkar mı?" diye sordum gömleği satan ihtiyar kadına. "Eğer şeytan üstüne işemişse çıkmaz; işememişse çıkar" dedi. Anlaşılan bürümcük gömleğe şeytan işemişti ki, o leke hiç çıkmadı. Paçavra pazarı hâlâ var Bodrum'da. Ama tüketim toplumunun bile artık istemediği çirkin şeyler satılıyor orada.

Cumhuriyet Caddesi'nde, şimdi "köfte meydanı" dediğim yere varmadan, güzel bir küçük kilise vardı eskiden. O güzelim küçük kilise yıkıldı; ilkin bir çeşit halkevine, sonra da uyduruk biblolarla incik boncuk satılan kapalı bir pazara dönüştü. Yalıkavak'ta, kumsalda bir yeldeğirmeni vardı eskiden. Deniz doldurulunca, o güzel değirmen denizden uzaklaştı, beton üstüne dikili kaldı şimdi. Adı da güzel, kendi de güzel, küçük bir Balıkçı Pansiyon vardı eskiden. The Temple gibi gülünç adlı bir disko oldu şimdi. (Neden *Temple* yani "tapınak" ve bu komik adın önüne neden bir *the* konuluyor belli değil. The Marmara Hotel'e özeniliyor belki.) Veli Bar'da bir muz ağacı vardı eskiden. O kocaman acayip çiçekleriyle barın bahçesine renk verirdi. Herhalde daha "modern" ve daha "şık" olsun diye, o güzelim ağaç kesildi şimdi.

Bodrum yarımadasında, küçük dereleri aşarak, daracık patikalardan geçerek, ancak ciple gidilebilen köylerin, Müskebi, Kefaluka, Farilya, Salmakiz gibi şiirsel adları vardı eskiden. Bunların yerini Ortakent, Akyarlar, Gündoğan, Bardakçı gibi uydurma adlar aldı şimdi. Bu köylerde en çok sevdiğim şey, o patikaların kenarlarındaki duvarların bir girintisine yerleştirilen bir toprak testiyle bir cam bardaktan oluşan sebillerdi. Çünkü Bodrumlu köylüler şimdi olduğu gibi, para, çok para, daha çok para kazanmayı değil; susayan hemşerilerini düşünürlerdi eskiden.

Şimdi evlerin nerdeyse üst üste bindiği Torba'da, adı – neden bilmem – Villa Hamburg olan bir tek ev vardı eskiden. Şimdi bir tatil köyünün kapladığı alanda da, tek katlı, tek gözlü küçük bir taş ev vardı. Arkadaşımız ressam Cemil Eren orada otururdu. Onu görmeye gidince, önce denize girerdik; sonra, Cemil'in açık havada, mangal yakıp ızgara ettiği balıkları yerdik. Gitmeden önce de, evin çevresinde yetişen, adını bilmediğim, o yıllarca solmayan mavi çiçekleri toplayıp demetler yapardık.

O güzelim küçük ev yıkılarak yerine yapılan o kocaman tatil köyüne bir tek kez gittim ve içimi fenalıklar bastı. Her bir yanı tel örgülerle, duvarlarla sarılı bu binalar, bir toplama kampıdır sanki. Orada ya da öteki tatil köylerinde kalanların çevreleriyle ilişkileri tamamıyla kesilir. Orada yemeye içmeye, çarşısı dükkânı olduğu için orada alışveriş yapmaya, ancak orada oturanlarla görüşmeye, –bu ne biçim eğlenceyse– ancak orada eğlenmeye mahkûmdurlar. *Animer* canlandırmak anlamına geldiğine göre, "animatör" denilen acayip yaratıklar, konukları bir çeşit ölü sayıp, onlara sözde can verir. "Şimdi jimnastik yapacaksınız, şimdi dinleneceksiniz, şimdi güleceksiniz, şimdi yiyeceksiniz, şimdi uyuyacaksınız" derler. İki adım ötede pırıl pırıl güzel bir deniz olduğu halde, onlar herkesin yaptığını yapmak, sularının temizliği bir hayli kuşkulu bir yüzme havuzuna girmek zorunda hissederler kendilerini.

Bodrum yarımadasının her bir yanında, tatil geçirmek için kurulan bu sözümona köylerde kalan dostlarımı görmeye ara sıra oralara gitmem gerektiğinde, hepsinde aynı sıkıntılı havanın egemen olduğunu anladım. Böyle bir yere kapanarak "eğlenmeye" mahkûm olmaktansa, tatillerini neden normal bir otelde ya da bir pansiyonda geçirmediklerini sordum. "O zaman çevrenizle ilişkiniz kesilmez. Canınızın istediği barda, meyhanede içebilirsiniz; canınızın istediği lokantalarda yiyebilirsiniz. Canınızın istediği koya gidip yüzebilirsiniz. Sokaklarda yürüyüp değişik insanlar görebilirsiniz. Yani animatör denilen yaratığın buyurduğu gibi değil, kendi gönlünüzün istediği gibi yaşayabilirsiniz" dedim. Dostlarım, o tatil köylerinin her şey önceden düzenlendiği, her şey hazır olduğu, her şey aynı mekânda bulunduğu için, daha "rahat" olduğunu söylediler bana. Ne yazık ki, insanların düş gücü eksildiği, kafaları uyuştuğu için, öyle bir hale geldiler ki, "rahat" uğruna, yaşamın değişik yanlarından, renkliliğinden, rastlantılarından, yani yaşamı yaşamaya değer yapan her şeyden vazgeçmeye hazırlar artık.

Doğaya kıymak pahasına bir lepra gibi her bir yana yayılan bu toplama kampları yoktu eskiden. Çarşıda bir han ve deniz kıyısında tek düzgün otel sayılan Artemis ile bir iki küçük pansiyon vardı eskiden.

Bodrum'da ancak gece 12'ye kadar elektrikler yanardı eskiden. Gece yarısı jeneratör dururdu ve şimdi sabahlara kadar süren o iğrenç şamatanın yerine; rüzgârın ve denizin sesi, daracık sokaklarda birbirlerine sarılıp yürüyen genç âşıkların fısıltıları duyulurdu eskiden.

Bodrum'da hamburgerler yenilen bir yığın yer yoktu eskiden. Ama çoktan kapatılan bir simit fırını vardı. Fırın da küçüktü, simitleri de. İstanbul pastacılarının "sosyete simiti" dedikleri türden büyük simitler değil, sokaklarda satılan halk tipi küçük simitlerdi bunlar. Vaktinden önce ölen melek yüzlü fırıncıdan sıcak sıcak alır, kaşar peyniriyle yerdik, sabah çayımızı içerken. Simitlerinin neden bu kadar lezzetli olduğunu sormuştum bir defa. Melek yüzlü fırıncı simitleri fırına koymadan önce birazcık bal sürermiş üstlerine meğer.

Bodrum'da marina yoktu eskiden. Yat denilebilecek büyüklükte de çok az tekne vardı. 1975'te İsmet Kaptan'ın Neptün adlı kocaman yatının suya indirilmesi bir olay olmuştu bu yüzden. Bu törene hepimiz dâvet edilmiştik. Çikolatalar konyaklar ikram edilmişti. Neptün'ün teknolojik yeniliklerine, telsiz telefonuna, kamaralarının lüksüne herkes hayran kalmıştı. Ancak üç yaşlı kaptan, genel coşkuya katılmıyor, Neptün'ün şurasına burasına bakmıyor, çikolata yiyip konyak içmeye yanaşmıyordu. Alt "salon"da yan yana oturuyorlardı sessizce. Yeni teknenin sahibi beni onların yanına gönderdi. "Şunların ne düşündüğünü bir öğren bakalım" dedi. Hoşbeşten sonra, yatın güzelliğini ve yeniliklerini övmeye başladım. Yaşlı kaptanları kışkırtmak amacıyla da bu teknenin saatte 12 mil yaptığını söyleyince, kaptanlardan biri, "bok yapar" deyip sustu. Bozulduğumu gören, ondan daha da yaşlı öteki kaptan, yumuşak bir sesle, hüzünle konuştu: "Kızım, artık kaptanlık bitti" dedi. "İyi kaptan, kötü kaptan yok artık. Ancak iyi motör, kötü motör var. Eğer motörün iyiyse, sen de iyi kaptansın. Eğer motörün kötüyse, sen de kötü kaptansın bundan böyle." Teknolojinin insan değerinin yerini almaya başladığını anlayan bu güzel yüzlü ihtiyarın elini öpmek geldi içimden. Yeni tekneyi övmekten vazgeçtim. Yaşlı kaptanların yanına oturup onlarla birlikte sustum.

Bodrumluların Neptün'e benzer yatları yoktu eskiden. Ama tâ uzaklardan, dünyanın dört bir yanından gelen tekneler, ara sıra Bodrum'a uğrardı. Bunları Kale'nin önündeki rıhtıma bağlarlardı çoğu zaman. Gece yarısı elektrikler söndükten sonra, bunları seyretmeye giderdim. Ay ışığı olunca, adlarını ve geldikleri limanları okuyabilirdim. Genellikle küçük olan bu tekneler, Liverpool'dan, Amsterdam'dan, Hamburg'dan, Nice'ten, hattâ Miami'den ya da San Francisco'dan nasıl buraya vardı diye hayret ederdim. Onları buralara getirenler üstüne düşler kurardım. O adamların da benim gibi deniz delisi oldukları belliydi. Ama ben yerli yerimde miskin miskin otururken, tâ oralardan kalkmış, Bodrum kalesinin önüne demir atmışlardı onlar. Poyraz esip de, tekneleri rıhtıma bağlayan ipler gerilince çıkan o gizemli gıcırtılar beni büyülerdi. Gündüzleri değil de ancak karanlık basınca duyulan o gerilmiş ip sesleri acemice çalınan yürek parçalayıcı bir viyolonsel sesini andırırdı.

Şimdi balığın, İstanbul'da olduğu kadar pahalı olduğu Bodrum'da, hem ucuz, hem de balık çiftlikleri henüz kurulmadığı için çok lezzetli bol bol balık vardı eskiden. Sabahları Türkbükü'ne gider, balıktan dönen tekneleri karşılardık. İstediğimiz balıkları seçer, kır gazinosunu işleten Günay'a verdikten sonra denize girerdik. Deniz o kadar güzeldi ki, bir defasında heyecandan şerbetle şurubu karıştırmış, "su şerbet gibi" diyeceğime "su şurbut gibi" demiş, herkesi güldürmüştüm. Denizden çıktıktan sonra, kızartılan balıkları taze ekmek ve bol bir salatayla –tabii rakı da içerek, çünkü rakısız balık olmaz– yerdik. Ben kendimden geçip o kadar çok yerdim ki, kurdeşen olurdum Bodrum'a her gidişimde.

Şimdi Akvaryum denilen Adaboğazı, balıkla dolu gerçek bir akvaryumdu eskiden. Bir defasında arkadaşım Gencay, zıpkın filân kullanmadan eliyle kocaman bir ahtapot tutmuştu. Bir kayaya çıkıp o ahtapotu öldürmek için uğraşmasını dehşetler içinde seyretmiştim. Tekne ve turist bolluğu yüzünden, o güzel akvaryumun suları bulandı, nerdeyse hiç balık kalmadı şimdi. Zâten sâdece orada değil, bütün denizlerimizde balık azaldı. Bodrum yarımadasının kıyılarında ancak balık çiftlikleri var artık.

Bodrum'da sâdece Bodrumlular otururdu eskiden ve onlar son derece güler yüzlü, hoşgörülü, terbiyeli insanlardı. Kısacık şortlu, sutyenli yabancı turist kızlar geçerken, Bodrumlu delikanlılar başlarını kaldırıp onlara bakmazlardı bile. Hırtlık yoktu, hırsızlık yoktu, "vukuat" yoktu, cinayet ise hiç yoktu. O kadar yoktu ki, binde bir kan dökülünce, olayı anlatan bir türkü yakılırdı ardından. Bodrum'da kendinizi tam bir güven içinde hissederdiniz eskiden. Ama daha sonraları oraya yerleşen açgözlüler evleri soymakla yetinmediler. Kolundaki altın bilezikleri çalmak için, gencecik bir gelini de, karnındaki bebeği de öldürdüler. Memlekete saldıran şiddet, Bodrum'da da yaşamı zehirlemeye başladı.

1960'lı yıllarda, özellikle büyük kentlerden gelen kadınlar açısından Bodrum, Türkiye dışı bir yerdi sanki. Orada bir kadın canı istediği gibi gezer tozar, canı istediği gibi içki içer; dökülecek kurtları varsa, canı istediği gibi hepsini dökerdi. Yani büyük kentlerde yapamayacağı her şeyi, Bodrum'da gönül rahatlığıyla yapabilirdi eskiden. Ara sıra çılgınlaşma hakkı, insan haklarının en güzellerinden biridir bana sorarsanız. Bodrum'da kadınlar o çılgınlaşma hakkından yararlanabilirdi eskiden: Bir gece geç vakit, o daracık Cumhuriyet Caddesi'nde, bu haktan yararlanan genç bir kadınla karşılaştım. Saçlarını omuzlarına dökmüştü; incecik giysisinin atkılarından biri hafifçe kaymış, dekoltesini avantajlı bir biçimde gözler önüne sermişti. Eli kolu sallana sallana, bütün bedeni dalgalana dalgalana bana doğru ilerliyordu. Tam karşıma geldiğinde, onu hiç tanımadığım halde, elini uzattı, yanağımdan bir makas alıp, "merhaba şekerim" dedi. Ben de saygıyla eğilip, "merhaba" dedim. Bu karşılaşmadan bir iki ay sonra İstanbul'a döndüğümde, bir havale almak için bankaya gittim. Bir de baktım, benim Bodrum çılgınına tıpatıp benzeyen bir memur hanım var orada. Ensesinde topladığı topuzuyla, belli belirsiz makiyajıyla, gri tayyörü ve beyaz bluzuyla, alçak topuklu iskarpinleriyle, bir bankada çalışabilecek hanımların en rabıtalısı. "Olamaz! Bu rabıtalı hanımla, Bodrum'da gördüğüm çılgın hâtun aynı kişi olamaz!" dedim kendi kendime. Ama memur hanım bana yaklaştı. Kulağıma doğru biraz eğilip hafif bir sesle fısıldadı: "Bodrum ne güzeldi, hatırlıyor musunuz? Korkarım ki sizinle karşılaştığım gece biraz sarhoştum, özür dilerim." Ben de gülümsedim. "Sakın özür dilemeye kalkmayın. Gece saat ondan sonra Bodrum'da herkes biraz sarhoştur" dedim. Ve elimi uzatıp memur hanımın yanağından küçük ve sevecen bir makas aldım. "Ömrünün her yılının on bir buçuk ayı, bankada canı çıkıyor kızcağızın. Bodrum'da on beş gün hiç olmazsa kendini dağıtabiliyor. Aman ne güzel!" diye düşündüm. Değil 1960'lı yıllarda, bugün bile saçlarını döküp o kılıkta Beyoğlu Caddesi'nde dalgalana dalgalana yürüse, dakikasında işinden atarlardı o zavallıyı.

Bu banka memuruna hiç şaşmamıştım. Ama Bodrum'da gördüğüm, gene çok rabıtalı başka bir kadın beni çok şaşırtmıştı: Bir gün öğleden sonra, koylardan birine gitmek üzere, kıçtan takma motörlü küçük bir sandal kiraladık. Sandalın sahibi delikanlı motörü tam işletmek üzereyken, orta yaşlı bir hanım bize yaklaştı. Onu da almamızı, masrafı bölüşebileceğimizi söyledi. Çok rabıtalı bir hanımdı; demin anlattığım banka memuru hanımdan bile daha rabıtalı ve kibardı. O koya gittik, güzel güzel, uzun uzun yüzdük. Derken hava karardı, limana geri dönmek vakti geldi. Ama bir de baktık ki, genç motörcü de ortada yok, rabıtalı hanım da. Kumsala çekilmiş sandalın yanına oturduk, beklemeye başladık. Ne zaman kaybolduklarının farkına varmadığımız rabıtalı hanımla genç motörcü, bir süre sonra tepedeki yüksekçe bir çalılığın arkasından çıktılar, kıyıya geldiler. Delikanlının yanakları pembe pembeydi. Biraz mahcup yere bakıyordu. Rabıtalı hanımın ise kılı kıpırdamıyordu. Hiçbir şey olmamış gibi, kayıtsız bir tavırla saçlarını düzeltiyordu. Bodrum'a geri dönerken, kimse bir tek lâf etmedi. Rabıtalı hanım, genç motörcüye hiç bakmıyor, dalgın dalgın denizi seyrediyordu. Cinsel davranışlar konusunda hiç de dar kafalı sayılmamakla birlikte gelişigüzel çiftleşmelerden pek hoşlanmam. Onun için küçük bir şok geçirmiştim. Sonra düşündüm: Kim olduğunu, evli olup olmadığını bilmediğim bu orta yaşlı kadın, korkunç baskılar altında ezilmiş, büyük sıkıntılar çekmiştir belki. Bizim onu ayıplamaya hakkımız var mı? Böyle münasebetsiz bir biçimde de olsa, yaşlılığın eşiğinde yaşamdan biraz keyif almaya hakkı yok mu? Kendi kendime bu tür sorular sorup durdum. Kılı kıpırdamadan denizi seyreden kadına olanca hoşgörümle baktım baktım. Geçmişini, şu sırada aklından geçenleri, pişman olup olmadığını sezmeye çalıştım. Sonunda işin içinden çıkamadım. "Bir delikanlıyı canı çekse bile, hiçbir kadın böyle davranmayı göze alamaz. Bu rabıtalı hanım gerçekten cesurmuş. Bir kadın gibi değil, çapkın bir erkek gibi davrandı. Ne yapalım, helâl olsun" dedim kendi kendime.

Eskiden Bodrum'da güzel gelenekler vardı. Örneğin sonbaharda büyükçe bir tekne kıyıya çekileceği zaman, imece yapılırdı. Konu komşu, yoldan geçenler, herkes, yardıma koşardı. Tekne hep birlikte kumsala çekilirdi. Sonra tekne sahibi getirdiği lokum kutusunu açar, herkese ikram ederdi. Deniz kabarıp da tekneler tehlikeye girince, herkes gene yardım ederdi. Bir kış gecesi komşum Mehmet, "fırtına çıktı, imdat!" diye bağırınca, konu komşu sıcak yataklarından çıktı, yağmurun altında kumsala koştu, tekneler açığa sürüklenmekten kurtarıldı.

Evlilikle ilgili töreler çok ilginçti eskiden: Düğünden önce, gelinin çeyizi, özellikle süslenmiş bir devenin sırtına yüklenip genç çiftin oturacağı eve götürülür, orada sergilenirdi. Devenin sırtında, rengârenk yorganlar, çarşaflar, yastıklar, halılar, radyolar (daha sonraları televizyonlar), çanak çömlek, tencereler, tavalar ve daha neler neler vardı. O devenin, Bodrum'un bir otomobilin geçemeyeceği daracık sokaklarında, tangır tungur sesler çıkararak ilerlemesi görülmeye değer bir şeydi. Sonra çeyiz devenin sırtından indirilip evin bir odasında sergilenirdi. Eskiden kapılar hep açık olduğu için, konu komşu çeyizi seyretmeye giderdi. Bunu yapmamak da biraz ayıp sayılırdı.

Develerin yük taşıma işlevi kalmadı artık. Şimdi Kale'nin önündeki meydanda turistleri gezdirmeye yarıyorlar ancak. Oysa eskiden deve güreşleri bile yapılırdı. Bunların birine gitmiştim bir gün. Çünkü arkadaşım Behice Boran tarafından Türkçeye çevrilen Joseph Kessel'in *Atlılar* adlı romanında bu güreşlerin çarpıcı bir betimlemesini okumuştum. Ama ne çare ki, edebiyat, her zaman olduğu gibi, gerçekten üstün çıktı. Kessel'in anlattığı develer arası çatışmayı heyecanla okumuştum. Oysa Bodrum'da gözlerimle gördüğüm durum hiç ilgimi çekmedi. Erkek develer, güzel kilim parçalarıyla, renk renk boncuklarla süslenmiş, çok iri, çok görkemli hayvanlardı. Gelgelelim, birbirleriyle dövüşmeye pek yanaşmadıkları için, onları kışkırtmak amacıyla bir maya, yani dişi bir deve, savaşılmayan savaş alanına getirildi. Bu görkemli erkek develeri sözde birbirine düşürecek olan dişi deve, sırtına delik deşik bir çuval parçası atılmış, sıskacık, çirkin, yürekler acısı bir yaratıktı. Dişiliği hiçbir işe yaramadı elbette. Erkek develer gene dövüşmediler. Hakları da vardı; çünkü böyle bir dişi uğruna dövüşülmezdi. Bu çirkin ve cinsel çekicilikten tümüyle yoksun mayaya baktıkça, bir kadın olarak biraz küçük düşürülmüş hissettim kendimi.

Şimdi kiralanan lokallerde ya da otellerde yapılan düğünler, açık havada, Bodrum'un küçük meydanlarında yapılırdı eskiden. Bir defasında böyle bir düğünü gören bazı varlıklı İstanbullu hanımlar, fena halde duygulanmıştı. Kollarından çıkardıkları nispeten değersiz bilezikleri, parmaklarından çıkardıkları gene nispeten değersiz yüzükleri geline armağan etmişlerdi.

Bodrumlu delikanlılarla evlenen yabancı kızların özellikle hoşlandıkları düğün türü, teknelerde yapılıyor şimdi. Bunlardan birini uzaktan seyrettim: Darbukalı, zurnalı birkaç yat birbirine yanaşmıştı. Bağrılıyor, çağrılıyor, yeniliyor, içiliyordu. Derken, beyazlar giymiş, telli duvaklı İngiliz gelin, çılgın kahkahalar arasında cumburlop denize atıldı. Tekneye sırılsıklam çıkarken İngiliz kız da kahkahalar attığına göre, demek ki, düğün töreninin vazgeçilmez bir geleneğiydi bu.

Avrupalı ya da Amerikalı kızlarla Türk gençleri arasında evlilikler en çok Bodrum'da oluyor galiba. Gerçi Türkler arasındaki evlilikler gibi, bunların bir kısmı yürüyor, bir kısmı yürümüyor ama, yeryüzünde bütün sınırların kalkmasından; bütün milletlerin, bütün soyların kaynaşmasından yana olduğum için, bu evlilikler hoşuma gidiyor. Beyaz soydan kişiler, kara ya da sarı ırktan kişilerle sürekli evlenip çocuk yapsalar, dünyanın en çirkin başbelâlarından biri olan ırkçılık ortadan yok oluverir, yeryüzünde bir tek soy, insan soyu kalırdı. Kaldı ki, Türklerle yabancılar arasındaki evliliklerin boşanmayla sonuçlanmaları, sanıldığı gibi, kültür ve töre ayrılıklarından çok, evlilik kurumunun koşullarından kaynaklanıyor. Yani bir Türk erkeğiyle bir Türk kadınının mutlu bir evlilik yaşamaları ne denli zorsa, bir Türkle bir yabancının mutlu bir evlilik yaşamaları da o denli zor.

Örneğin rahmetli arkadaşım Dursun ile Hollandalı eşi Lon'un evliliği, tüm evlilikler gibi zaman zaman güçlüklerle karşılaşmakla birlikte, yıllarca, Dursun ölünceye kadar sürdü. Değişik soyların, değişik kanların karışması genellikle iyi sonuçlar verdiği için, üçü de artık yetişkin olan birbirinden güzel üç çocukları oldu. Oysa, bu kadar aykırı bir çift olamazdı yeryüzünde. Aralarında müşterek bir dil bile yoktu. Dursun Hollanda dilini ya da İngilizceyi öğrenmeye hiç yanaşmadığından, Lon hızla ve çok güzel Türkçe öğrendi.

Lon, kültürlü Avrupa burjuvazisinin narin bir çiçeğiydi. Annesi de, babası da, erkek kardeşleri de hekimdi. Üniversitede sanat tarihi okumuştu. Flütle klâsik müzik çalan, sarışın, ince uzun bir kızdı. Dursun ise, Bodrum yerlisiydi. Kısa boyluydu; boğa tipinde erkeklerdendi. Tepesinde erkenden kırlaşmış bir yığın kıvır kıvır saç vardı. Gözleri bakmasını bilirdi. Çocukluğundan beri süngercilik yaptığı için. Ortaokulu bile bitirememişti. Ama kitap okurdu, doğal olarak kültürlüydü sanki. Bir tek kusuru vardı, fazla içerdi. Bu yüzden de, vaktinden önce yitirdik onu. Lon'un, dul kalınca, Hollanda'ya geri döneceğini sandık. Ama Bodrum'da kaldı, çocuklarını da Bodrum'da büyüttü.

Genellikle düğünlere gitmem, gidince de sıkıntıdan patlarım. Ne var ki, Dursun ile Lon'un düğün yemeğinde, aradan yirmi beş yıldan fazla geçtiği halde hâlâ unutamayacağım, acayibin acayibi bir durumla karşılaştım: Dolfin lokantasında uzun bir sofra kurulmuştu. Sofranın başında nerdeyse iki metre boyunda, albino sayılacak kadar sarışın bir adam oturuyordu ve bu sapsarı dev, en bilgili alaturka meraklılarını şaşırtacak kadar usulüyle kanun çalıyordu. Hollandalı bir müzikologmuş meğer. Bir tek kelime Türkçe bilmediği halde, uzmanlık alanı da klâsik Türk müziğiymiş. Hollandalı olduğunu öğrenince, gelinin annesiyle babası, onu da düğün yemeğine çağırmışlar. Sarı dev, hepimizi hayretler içinde bırakarak, civardaki evlerden getirtilen öteki müzik âletlerini de, udu da, tamburu da, kemençeyi de, neyi de, aynı maharetle ve tam usulüyle çaldı.

Bana kalırsa, ancak Bodrum'da eskiden yaşanılacak bir durumdu bu alaturka müzik gösterisi. Nitekim 1975'te 82 yaşındaki Freya Stark'ın, başında bir güneş şemsiyesi kadar geniş kenarlı kırmızı bir şapka, sırtında kıpkırmızı bir pelerinle, bir delikanlının mobiletinin arkasına binip beni görmek üzere Avcı Çıkmazı'na gelmesi de ancak Bodrum'da olabilirdi. Freya Stark, roman değil de sâdece seyahatname yazdığı için, ne yazık ki, Türkçeye çevrilmemiştir. Oysa Ortadoğu üstüne yazdığı, kendi çektiği fotoğraflarla resimlendirdiği kitapları hem son derece ilginç, hem de çok güzel yazıldıkları için, ona büyük ün sağlamıştır.

Freya Stark, Gümbet'te, deniz kıyısında Motel Sami'de kalıyordu. Arkadaşım Deniz ile onu görmeye gittiğimizde, "ben şu burna kadar yüzerim her sabah" dedi ve suya girip küçük bir kurbağa gibi kurbağalama yüzerek öyle bir hızla ilerlemeye başladı ki, o sırada çok daha genç olduğum ve iyi yüzdüğüm halde, onun temposuna uymakta zorlandım biraz.

Saçlarım sırılsıklam olmadıkça denize girmenin keyfine varamadığım için, kumsala geri dönünce, başındaki o acayip boneyi neden çıkarmadığını sordum. "Kafamı ya böyle bir boneyle ya da bir şapkayla her zaman örtmem gerek" dedi. Bunun nedenini de anlattı: William Morris'in ve başka şair ve sanatçıların propagandasını yaptıkları bir modaya, el emeğiyle güzel eşyalar üretmek modasına uyarak, küçük bir halı dokumaya kalkmış. Ama acemi olduğundan, uzun saçları dokuma tezgâhına dolanmış. Saçlarıyla birlikte, kafatasının derisinden büyükçe bir parça kopmuş. Oradan bir daha saç çıkmamış. Başındaki çirkin yara izini kimseler görmesin diye hep şapka giyermiş.

Konuşmalarımız sırasında, benim kuşağın kadınlarına gıpta ettiğini söyledi. Gerçi aramızda bir kuşak farkı vardı sâdece. Ama ben 20. yüzyılda, dünya modernleşmişken, özgürlük içinde yetişmiştim. Freya Stark ise 19. yüzyılın sonunda, Victoria Çağı'nın o akıllara sığmaz baskıları altında, cinsellikten habersiz olarak yetişmişti. Bu yüzden başına ne dertler açıldığını anlattı: Daha yirmisine basmadan, onu kibar bir ailenin oğluyla evlendirmişler. Gencecik gelin, kocasının ondan hiç mi hiç hoşlanmadığının, ona el sürmediğinin, ona uzaktan kinle baktığının hemen farkına varmış. Meğer delikanlı eşcinselmiş. Ailesi de, Victoria Çağı'nda bir rezalet sayılan bu durumun meydana çıkmaması için, acele baş göz etmişler oğullarını. Zavallı Freya Stark ise, bu konularda öyle karacahilmiş ki, yeryüzünde kadınları değil de erkekleri seven erkekler olduğunu hiç duymamış bile. Dolayısıyla, genç kocasının ondan neden nefret ettiğini bir türlü anlayamıyormuş. Fransızların *mariage blanc* (beyaz evlilik) dedikleri türden, yani gelinin bâkire kaldığı bu evlilik bir süre sonra boşanmayla sonuçlanmış ama, bu arada biçare kızcağızın çekmediği kalmamış. İyi ki, çok daha sonraları, ellisini geçtikten sonra, yeniden evlenmiş, normal bir ailesi olmuş.

Eskiden Bodrum şimdi olduğu gibi kalabalık değil, ancak 4500 nüfuslu olduğundan, yabancı çehreler hemen dikkatinizi çekerdi. Bir akşam, hava kararırken, gözleri çekik, elmacık kemikleri çıkık, kısaca boylu, bacakları hafif çarpık, beyaz şortlu bir adamla karşılaşmıştım. Adama bir daha bakınca, onun ünlü bale dansörü Nureyev olduğunu anlayıp fena bir şok geçirdim. Demek ki, sahnede dans ederken seyircileri büyüleyip kendilerinden geçiren, gökyüzünden yeryüzüne inmiş bir tanrıya benzeyen o eşsiz Nureyev, böyle bir adamcağız oluyormuş sahne ışıklarından uzaklaşıp gerçek yaşamın acımasız ışıkları altında kalınca.

Şimdi çoğu ne yazık ki sevimsiz yerli ve yabancı turistlerle dolup taşan Bodrum'da, birbirinden ilginç marjinal tipler vardı eskiden. Bunlardan biri Huk'tu. Eskiden bir banka şubesi müdürü olduğu rivayet edilen, gerçek adını hiçbir zaman öğrenemediğim Huk, kendini Kızılderili sanırdı. Kızılderili gibi giyinir, saçlarını uzatıp iki örgü yapar, başını saran banda uzunca bir tüy takar ve karşısına çıkan herkesi elini hafifçe kaldırıp "Huk!" diyerek selâmlardı.

Huk'tan çok daha sevimli bir başka marjinal tipe, "Hey yavrum Hey!" denilirdi. Hey Yavrum Hey, Fransızca öğretmeniydi aslında. Emekli olduktan sonra Kumbahçe mahallesindeki kumsalda hâlâ aynı adı taşıyan güzel bir içkili lokanta açmıştı. Kendisine, de lokantasına da Hey Yavrum Hey denilmesinin nedeni, akşam rakısını içerken, denize ve Bodrum Kalesi'ne bakarak coşup "Hey Yavrum Hey!" diye bağırmasıydı. Ölümüyle sonuçlanan kansere yakalanınca, ona artık Hey Yavrum Hey diyemez olduk, Mustafa Öğretmen dedik yüreğimiz sızlayarak.

Bodrum'un renkli kişileri arasında en renklilerinden biri, başkomiser Mustafa Yeşilova'ydı. Onu ilkin bir kış akşamı Çarşıda yağmur yağarken görmüş ve gözlerime inanamamıştım:

Vahşi Batı filmlerinden fırlamış bir *sheriff* vardı karşımda. Geniş kenarlı kovboy şapkasıyla, deri ceketiyle, çizmeleriyle tam bir *sheriff* idi. Bu adamın kim olduğunu sorduğumda, "kim olacak, *Sheriff* elbette" dediler. Bodrumlular başkomiserlerine *Sheriff* adını vermişler meğer.

Ertesi gün yağmur devam ederken, Raşit'in kahvesinde çay içmek için, erkenden rıhtıma gittim. Bu kez kulaklarıma inanamadım. Bomboş meydan Beethoven'in *Dokuzuncu Senfoni*'siyle inliyordu. Müziğin nereden geldiğini arayınca, karakolun küçük bahçesinde *Sheriff*'i gördüm. Bir iskemleye çökmüş, başını elleri arasına almış, pikaptan Beethoven dinliyordu.

Sheriff ile tanışmamız çok daha sonraları, 12 Eylül 1980'den birkaç gün sonra oldu. Denizden eve dönünce, komşularım "*Sheriff* seni aradı, gene gelecekmiş" dediler. "Tamam! Bütün solcuları gözaltına aldılar, beni de alacaklar" dedim kendi kendime. Eşim dostum hapisteyken, beni adam yerine koyup tutuklamamalarına bir hayli bozulduğum için, biraz da sevindim doğrusunu söylemek gerekirse.

Bir süre sonra, başkomiser, koltuğunun altında kalın bir dosyayla çıkageldi. Gözaltına alınmak onurundan gene yoksun kalmıştım. Çünkü kalın dosya Mustafa Yeşilova'nın yazdığı bir romandı. Yayımlamadan önce, edebiyattan anlayan biri olarak bunu okumamı, gereken değişiklikleri ya da düzeltmeleri yapmamı rica etti. Ben de, bir süre sonra yayımlanan ve hiç de fena olmayan romanı özenle okudum, notlar aldım ve bazı önerilerde bulundum.

Mustafa Yeşilova, gülmece duygusu çok gelişmiş, son derece eğlenceli bir adamdı. Anlattıkları birbirinden komikti her zaman. Gelgelelim, polislere fena halde önyargılı olduğum ve bir komiserle yüz göz olmayı, onunla oturup kıkır kıkır gülmeyi ayıp saydığımdan, kahkahalar atmamak için kendimi tutuyor, surat asıyor, hattâ fırsat buldukça saldırıya geçiyordum. Bir gün ayrıca somurtkan bir yüzle, neden böyle hep *sheriff* kılığında gezdiğini, neden her polis gibi üniforma giymediğini sordum. "Size bunun on iki nedenini söyleyebilirim" diyerek bu nedenleri teker teker saymaya başlayınca, kahkahalarımı tutamadım, katıla katıla güldüm. Bundan sonra da kendimi koyuverdim. Mustafa Yeşilova söylüyor, ben de rahat rahat gülüyordum artık.

1985'te vaktinden önce ölen ve Bodrum'un mis gibi adaçayı kokan mezarlığında toprağa verilen *Sheriff*'in gülmece yeteneğinin Nimet Arzık'ın taşlama yeteneğiyle karşı karşıya gelmesi, görülmeye değer bir olaydı. Tiyatroda çok eğlenceli bir komedya seyreder gibi dinlerdim bu ikisini.

Nimet Arzık, Bodrum'da sürekli oturmazdı. Ama orada kaldığı zaman, yaşam büsbütün renklenirdi. Nimet Arzık, şaşırtıcı, hem de çok şaşırtıcı bir kadındı. Annem Şefika, beklenmedik değişik yanları olan insanlar için "çok façetalı" derdi. "Façeta" elmasın tıraş edilen kısımlarına verilen admış. Nimet Hanım da çok façetalıydı. Bir bakardınız, birini, acımasız bir ironiyle yerin dibine batırır, rezil ederdi. Bir bakardınız başka birini öve öve göklere çıkarır, yüceltirdi. Yergisinin de övgüsünün de nesnel ölçüleri olup olmadığını aslâ anlayamazdınız. Ama her tepkisinde aşırı bir duyarlık olduğu kuşku götürmezdi. Bazen merhametsiz görünen bu kadının, Sinan Cemgil'in yetim kalan beş yaşındaki oğluna bakarken gözlerinden yaşlar fışkırdığını gördüm. Bazen de çevresindekilerin üstüne çok can yakan kocaman taşlar yağdırıp etrafı kasıp kavurur, sonra da yarım saat süreyle hiç duraksamadan, kusursuz Fransızcasıyla, Racine'in en güzel parçalarını ezbere okurdu.

Nimet Hanım'ın kişiliği hiç kimseninkine benzemediği gibi, davranışları da kimseninkine benzemezdi: O felâket siteler kurulmadan önce, Bodrum yarımadası bomboş, yemyeşil ve ormanlarla doluyken oralara pikniğe giderdik eskiden. Bir de bakardık ki, Nimet Hanım ortadan yok oluvermiş. Oğlu Ahmet, "gene muzır bir şey yapıyor bizimki" derdi ve yaramaz çocuğunun peşinden koşan bir baba gibi, tırmandığı kayalığın en tepesinde annesini bulur, onu elinden tutup, aramıza getirirdi. Kimi zaman da Azmakbaşı kahvesinde gece yarısı karşılıklı oturup konuştuğumuz sırada, Nimet Hanım birdenbire ayağa kalkar; şalvarını (Bodrum'da hep şalvar giyerdi) ve üstündekileri hiç çıkarmadan, iki üç adım atıp denize giriverirdi. Bazen uzun uzun yüzer, bazen bir dalıp çıkardı. Sonra, hiçbir şey olmamış gibi, neden böyle yaptığını açıklamadan, gene karşıma oturur, konuşmasına bıraktığı yerden devam ederdi. Nimet Hanım, yalnız yaz sıcaklarında değil, kışın da durup dururken denize girerdi. Ben yünlere sarınıp ocak başında otururken, bir de bakardım ki, şalvarından ve her bir yanından sular damlayarak, Nimet Hanım karşıma çıkıverirdi. Bu amaçla aldığım büyük bir naylon parçasını sedirin üstüne serer, onu oraya oturturdum.

Bodrum 1980'e kadar yavaş yavaş, 1980'den sonra hızla bozuldu. Renkli insanlar filân kalmadı artık ortada. Her bir yana saldıran çirkin bir yapılaşma yüzünden doğa güzelliğini yitirdi. Eskiden çiçek çıkan yerlerde çiçekler çıkmıyor artık. Müskebi yalısında (Bodrumlular yalı derler deniz kıyısına) kumsalda zambağa benzeyen güzel beyaz çiçekler vardı. Bunlar yok oldu. Çiçek yerine plâstik şezlonglar var şimdi. Güzelim yarımada betondan yapılmış kutularla doldu. Beş altı delikli bu beton kutuların üst üste yığılmasına "site" adı verildi. Altyapısı bulunmadığından, bu kutuların çoğu boş. Yatırım olsun diye satın alındıkları söyleniyor.

Bodrum yerlilerinin birçoğu, mandalina bahçelerini ya da topraklarını satarak zenginleştiler. Dolayısıyla güzel huyları da değişti. Çoğu sâdece para lâfı ediyor artık. Bodrum'a kârlı işler yapmak amacıyla gelen yabancılar ise, ellerinde cep telefonları, etrafta dolanıp duruyorlar. Böylelerine fena halde bozulurum. Bu yeni yeni palazlanmaya başlayan kapitalistler, yerleşmiş oturmuş eski kapitalistlerden daha açgözlü olduklarından, sinirlerime daha da çok dokunurlar genellikle. Ne var ki, bir iki yıl önce, bunlardan birinin haline yüreğim parçalanmıştı: Denizden yeni çıkmış, güneşleniyordum. Bitişik gazinoya genç bir adam geldi. Bodrum sıcağında herkes tişörtle şortla dolaşırken, bunun sırtında koyu renk bir takım elbise, boynunda kravat, gözünde kara camlı gözlük, elinde Bond çantası vardı. Tam bir *yuppie*'ydi, yani genç bir işadamı. Onu arkadan görebiliyordum. Başını yana eğmiş bir şeyler mırıldanıyordu: "İş bağlandı... Akşam uçağıyla geri döneceğim... Bonolar... 750 bin dolar..." gibi kopuk sözler duydum. "Vah zavallı! Kafayı üşütmüş, kendi kendine konuşuyor" diye düşündüm ilkin. Meğer kulağına dayadığı cep telefonuna söylermiş bunları. Bir ara, ceketini çıkardı, kravatını gevşetti, başını arkaya devirdi, bitik solgun yüzünü güneşe verdi. "Ha şöyle! İş işten geçmeden takım elbiseni at! Cep telefonunu da, kara gözlüklerini de, Bond çantanı da at! Denize koş!" diye bağırmak geldi içimden.

Eskiden Türkiye'nin dışında küçük bir cennet olan Bodrum, Türkiyeleşti, hem de fena halde Türkiyeleşti. Ülkenin üstüne çöken vahşi kapitalizmin en vahşisi, Bodrum'da yaşanılıyor şimdi. 19. yüzyılda Amerika'nın batısında, birdenbire gelişip zenginleşen küçük yoksul kasabalara *boom town* denilirdi. Bodrum bir *boom town* oldu artık.

Yalnız yarımadada değil, Bodrum'un içinde de hızla sürüp giden çirkin bir yapılaşma var. İki katlı eski Bodrum evleri yıkılıyor, onların yerine, üç, hattâ dört katlı çirkin apartmanlar dikiliyor. İmar yasalarına göre, "sit evi" ya da "tarihsel ev" denilen eski binalara dokunmak yasak. Benim evim de bunlardan biri. Yani değiştirilemez, yeni bir pencere ya da kapı açılamaz, avlusuna bir oda daha yapılamaz, bir kat daha çıkılamaz. Bunların yapılmaması için de, herkesten alınan verginin ancak yüzde onu alınır tarihsel evlerin sahiplerinden. Oysa, para hırsı Bodrumluların gözünü öyle bürümüş ki, hepsi elinden geleni yapıyor o güzel eski evlerinin tarihsel sayılmaması için. Çünkü o zaman, iki kat yerine üç katlı olabilecekler, avlularına bir bina daha dikebilecekler. Bunları ya kiralayabilecekler ya da pansiyon olarak kullanabilecekler. Daha çok para kazanacaklar böylece. Eski evlerle dolu çıkmazımda biraz çukurlarda kaldım bu yüzden. Artık daha az güneş ışığı alıyorum. Bu da yetmiyormuş gibi, evimin hemen arkasındaki o güzelim mandalina bahçeleri söküldü; Bodrum'un en geniş caddelerinden Atatürk Caddesi açıldı. Mandalina ağaçları nisanda çiçeklenince, avlum mis kokardı eskiden. Şimdiyse ancak egzoz kokularıyla trafik gürültüsü geliyor sökülüp asfaltlanan mandalina bahçelerinden. Nail Çakırhan'ın bana özenle hazırladığı güzel bir armağan olan evimin, Bodrum'un bu genel çirkinleşmesinden payına düşeni alması kaçınılmazdı elbette.

Bodrum'a dadanan turistleri ikiye bölerim: Darbukasız turistler ve darbukalı turistler. Darbukasızlara bir diyeceğim yok. Hattâ saygım vardır onlara. Bodrum'un eski güzelliğini hisseden insanlardır onlar. Oraya ilkbahar ya da sonbaharda gelmeyi yeğ tutarlar. Büyük kentlerin tozundan dumanından, pis kokularından kurtulmanın sevinci içinde kumsalda yürürler, hayran hayran Kale'yi seyrederler; akşamları gürültüsüz barlarda bir iki tek içip, sessizce keyiflenirler. Darbukasız turistler arasında, Bodrum'a tek başına gelen kadınlara özellikle yakınlık duyarım. Sabah erkenden Bodrum'un boş sokaklarında yürürken, yüzlerinde bir çeşit "huşû" vardır. Ancak beş on gün sürecek özgürlüklerinin tadını çıkardıkları besbellidir. "Kim bilir ne kadar tatsız işlerde çalışıyorlar, kim bilir aile koşulları ne denli güç, kim bilir kocalarından çocuklarından neler çekiyorlar" diye düşünürüm hep.

Darbukalı turistlere gelince, yaz ayları ve bayram tatillerinde Bodrum'u istilâ eden barbarlar sayarım onları. Güzel olduğu için değil, moda olduğu için gelirler Bodrum'a. Sürüler halinde, kimi zaman darbuka çalarak, bağıra çağıra sokaklarda gezerler. Denize, teknelere, batan güneşlere bakmazlar; kıçlarını bunlara çevirip, yoldan geçenleri seyrederler. Dünyanın en güzel müzelerinden biri olan Kale'yi gezmek akıllarının kenarından bile geçmez. Her gece diskolara giderler. Gürültü, daha çok gürültü duymak, ellerinden geldiğince kendileri de gürültü yapmak, başlıca keyifleridir. İnanılır gibi değil ama, bir bayram tatilinde, bunlar yüzünden, Hadigari'nin önünde trafik tıkanmış bir gece. Araba trafiği değil, yayalar trafiği. Kalabalık ne ileriye gidebiliyormuş, ne de geriye. Bir trafik polisi gelmiş, ancak teker teker geçebilecek bir yol açmış orada sıkışıp kalanlara.

Yazları, Bodrum'u işgâl eden barbarlar yalnız gürültü etmekle kalmazlar; sanki sürekli açmışlar gibi, sabahtan akşama kadar durmadan bir şeyler yemeye de meraklıdırlar. Bu yüzden Bodrum, irili ufaklı, yiyecek satan yerlerle dolar. Köfte, lahmacun ve döner kokuları dört bir yana siner. Yollarda bağıra çağıra yürürken hep bir şeyler kemiren değişik milletlerden insanlar görürsünüz. Zâten "barbarlar" derken, yalnız bizim yerli barbarları kastetmiyorum. Bir haziran gecesi o sırada küçük olan torunum Yunus, yiyecek ve içecek satan 150'den çok yer gördüğünü söyledi. Çocuğa inanmadım. Halikarnas Disko'dan Kale'nin önüne kadar saya saya yürüdük. Bir kilometrelik yolda tam 171 tane irili ufaklı lokanta, bar, meyhane, lahmacun ya da sandviç satan büfe, dondurmacı, pastane, lokmacı filân bulunduğunu gördük.

Ekim ayında, darbukalı turistlere hizmet veren o uydurma lokantaların bir kısmı ve büfelerin çoğu kapanınca, içine biraz da kin karışan vahşi bir haz duyarak yürürüm gürültülü kalabalıktan arınmış Cumhuriyet Caddesi'nde. "Oh, ne güzel, şurası da kapanmış, burası da kapanmış!" derim kendi kendime. Hele Gas Station adlı bir disko vardı ki, temelli kapandığını öğrenince keyfimden dört köşe oldum. Çünkü ömrümde bu kadar çirkin bir lokal görmemiştim. Önünde paslı bir benzin sayacı; sayacın yanında da tenekeden yapılmış koskocaman iki kirli bidon vardı. Yerler sanki bir kasap dükkânıymış gibi, beyaz karolarla döşenmişti. Herhalde ahım tuttu da bir daha hiç açılmadı o sakil disko.

Bayağılıkla züppelik çoğu zaman el ele gittiği için, Bodrum'daki dükkân ve lokallerin çoğunun adı İngilizcedir. Bütün kuyumcuların vitrininde *Jewellery* yazılıdır. Gözlükçüler güneş gözlüklerini *sun glasses* diye satar. Bir pastanenin adı Ladies Patisserie'dir, vb. İkisi de Mehmet adını taşıyan iki kişinin diskosu, Mehmet ile Mehmet değil, M and M'dir ve bu Mehmet'ler İngiliz ya da Amerikalıymış gibi "em end em" okunur. Her yere İngilizce ad vermek merakı, kimi zaman müstehcenliğe kaçan gülünç yanılgılara da neden olur. Örneğin lokma satan bir büfenin vitrininde *Sweet Balls* yazılıdır. Oysa İngilizcede *balls* halk arasında "haya" sözcüğünün karşılığıdır. Kimi barlar Lady Diana gibi düpedüz züppe adlar taşır; kimileri de Rick's Bar ya da Vivaldi Bar gibi daha çok entel züppelere çekici gelecek adlar. Oysa, yazın o barlara dadanan züppelerin ne *Casablanca* filminden haberleri vardır ne de *baroque* müzikten. Bar sahipleri, entelliğe başvurdukları gibi, cinsellikten de yararlanırlar. Örneğin bir barın önündeki ilânda, kocaman harflerle *orgasm* sözcüğünü gördüm. "Allah! Allah! Bu ne?" dedim kendi kendime. Yeni bir kokteylin adıymış meğer. Bir kadın, genç barmenin karşısına dikilip, "ver bana bir *orgasm*" derse, delikanlı durumun komikliğini anlayıp güler mi acaba? diye düşündüm. Bir süre sonra, başka bir kokteyl adı çıktı karşıma: *Sex on the Beach* yani "kumsalda cinsellik."

Ünlü saat markalarının mükemmel taklitlerini satan bir tezgâhın önünde gördüğüm *Genuine Fake Watches* (Gerçek Sahte Saatler) bu İngilizce ilânların en esprilisiydi. Ama bu nükteden saat satıcısının bunu neden Türkçe değil de İngilizce yazdığını gene anlayamadım.

Darbukalı turistlerin, özellikle yaz aylarında ve bayram tatillerinde Bodrum'un başına açtıkları belâların en korkuncu gürültü sorunudur. Bodrum'a ilk yerleşen İstanbullulardan biri olan arkadaşım Müntekim Ökmen, bu belâya dayanamayıp, kumsaldaki güzel evini sattı, İstanbul'a geri döndü. Benim de yazın Bodrum'dan kaçmamın başlıca nedeni gürültüdür.

Çirkin seslerle söylenen çirkin şarkıları ancak külüstür otobüslerle nerdeyse yirmi saatte Bodrum'a giderken dinlemek zorunda kalırdık eskiden. Bir defasında, kışın, sabahın ikisinde şoför teybi iyice kısmış, bunları dinliyordu. Benim de sinirlerim bozuluyordu ama, adam uyuklamasın diye hiç itiraz etmiyordum. Derken, göbekli, bıyıklı, kel ve kellifelli bir bayın yanında oturan aşırı süslü, saçları sarıya boyalı, "artiz" tipinde bir bayan, "şoför bey, şoför bey, teybi iyice aç da, hepimiz dinleyebilelim" dedi. Bunun üzerine ayağa kalktım, yolculara dönerek, ömrümün ilk ve son seçim konuşmasını yaptım. Şöyle dedim: "Kendi evimizde bile gece yarısından sonra gürültü yapamayız. Durumu oya koyacağım şimdi. Eğer çoğunluk bu bayan gibi teybin sesinin yükseltilmesini isterse, otobüs duracak, ben de hemen ineceğim." Gözüm öyle dönmüştü ki, kışa kara aldırmadan, gece yarıları Sındırgı dağında ne yapacağımı düşünmeden, otobüsten inmeye sahiden kararlıydım. Bir öğretmen olarak tüm otoritemden yararlanarak, öfkeli gözlerimi yolculara diktim. "Oyları toplayacağım. Bu bayan gibi düşünenler ellerini kaldırsın" dedim. O bayandan başka hiç kimse elini kaldırmıyor, korkuyla öğretmen hanıma bakıyordu. Bayan, elini kaldırması için kellifelli bayı dirseğiyle sürekli dürtüklüyor; ama adam elini gene de kaldırmıyordu. Şoför bile öyle etkilenmişti ki, teybi tamamıyla kapattı ve güzel bir sessizlik içinde Bodrum'a vardık.

Eskiden otobüsler gürültülü, Bodrum sessizdi. Şimdiyse tam tersi oldu: Otobüsler sessiz, Bodrum gürültülü. Dostum Cahit Kayra, *Hoşça Kal Bodrum* kitabının ilk bölümünde "Bodrum Senfonisi" adı altında bu akıllara sığmaz gürültünün özelliklerini, boyutlarını ve çapraşıklığını, büyük bir ustalıkla ve ayrıntılı olarak incelediği için, bunu bir kez daha anlatmaya kalkmayacağım.

Gürültüye karşı açtığım savaşa kısaca değinmeden önce, eski öğrencim ve arkadaşım Ferdi'nin aynı savaşta şahâne bir taktiğini açıklamak istiyorum: Ferdi bir sabah bakmış ki, o sırada oturduğu evin karşısında pansiyon işleten bir hâtun, dama bir hoparlör yerleştirmiş, bütün mahalle arabeskle inliyor. Mükemmel bir müzik seti olan müzik meraklısı Ferdi, penceresini açmış, oraya birer metre boyunda iki ses yükseltici yerleştirmiş, başlamış Bach çalmaya. Ferdi'ye arabesk dinlemek ne denli eziyetse, pansiyoncu bayana Bach dinlemek o denli eziyet olduğundan, damdaki hoparlör dakikasında sökülmüş.

Gürültüye karşı savaşımda, kimi zaman uygar ve demokratik yöntemler kullandım. Örneğin imza topladım; belediye başkanlarını, kaymakamları, polis müdürlerini, sıkıyönetim sırasında komutanları ziyaret edip nazik ricalarda bulundum. Kimi zaman da savaş hilelerine başvurdum: Memleketimizde kadınların borusu pek ötmediği için, zâten kalın olan sesimi büsbütün kalınlaştırarak, erkek sesiyle ve akademik unvanlarımı da vererek, gece yarıları karakollara telefon edip, belirli bir diskonun hoparlörlerinin biraz kısılmasının istedim. "Motosikletli bir ekibi hemen oraya gönderiyoruz beyefendi, hiç merak etmeyin" dediler. Ama gürültü sabahın dördüne kadar gene devam etti. Ancak bir tek gece, gerçekleri söylemekten korkmayan dürüst bir polis, "beyefendi, boşuna uğraşıyorsunuz. Çaresi yok, bunlar kudurmuşlar" dedi.

Gelgelelim, Evren Paşa, bizlerin yıllarca uğraşıp hep yenilgiye uğradığımız sorunu bir tek kez telefon ederek hallediverdi: Kendileri askerî kampta kalıyorlarmış. Ünlü bir diskonun gürültüsü iki koyu aşıp Bodrum'un bir ucundan öteki ucuna vararak, uykularını kaçırmış. Evren Paşa, "hemen kapatın şunu" diye buyurmuş. Emir emirdir. Disko birkaç gün kapalı kaldı ve bu arada gürültüsünün bütün Bodrum'a yayılmasını engelleyen teknik düzenlemeler hızla yapılıverdi. Böylece Evren Paşa, ömründe ilk ve son kez bir işe yaramış oldu. Oysa bu disko güçlüydü. Yalnız sesiyle değil, sıkıyönetim kurallarına uymamak açısından da güçlüydü. Öyle güçlüydü ki, 12 Eylül 1980'in ilk günlerinde gece 11'den sonra sokağa çıkma yasağı varken, bütün Bodrum, belediye hoparlörlerinden özel bir iznin ilân edildiğini duydu: "Her ne kadar gece saat 11'den sonra sokağa çıkmak yasaksa da, adını verdiğimiz diskodan çıkıp evlerine kendi arabaları ya da diskonun önündeki taksilerle dönenlere sokağa çıkma yasağının uygulanmayacağını bildiririz" diyordu belediye hoparlörleri.

Vahşi kapitalizm yüzünden Bodrum'da öyle akıllara sığmaz durumlar oluyor ki, becerikli işadamlarımızın günün birinde Kale'den yararlanıp, gerekirse de bir kısmını yıkarak, orada beş yıldızlı ve olimpik boyda yüzme havuzlu bir otel dikeceklerinden gerçekten korkmuştum bir ara. Oysa Bodrum'da çirkinleşmeyen, hattâ eskiden olduğundan daha da güzel olan bir tek yer kaldı, o da Bodrum Kalesi. Müzenin müdürü, ülkemizde artık hiç kimsenin para ve paranın sağladıkları dışında hiçbir şeyi tutkuyla sevmediği bir dönemde, o kaleyi tutkuyla seviyor. Kale'nin daha da çok ilgi uyandırması, daha da güzel olması uğruna, tüm engellemelere karşı koyarak, yıllardır hiç yılmadan uğraşıp duruyor.

Bodrum kalabalıklaşıyor, Bodrum bayağılaşıyor, Bodrum biçimsiz yapılanıyor, Bodrum çirkinleşiyor, Bodrum fazla gürültülü, Bodrum şöyle kötü, Bodrum böyle kötü oldu filân. Bunların hepsini biliyoruz; hepsi de doğru. Gelgelelim, Bodrum İstanbul'a benziyor bana kalırsa: Onu çirkinleştirmek için ne yaparlarsa yapsınlar, ne kadar uğraşırlarsa uğraşsınlar, gene de güzel kalmanın yolunu buluyor her nedense. İşte bu yüzden, güneş batarken kumsalda oturup Kale'ye bakarken, Bodrum hâlâ ne kadar güzel diyorum kendi kendime.

IV.
Mavi Yolculuk

İlk mavi yolculardan biri olduğum halde "Mavi Yolculuk" deyiminden hoşlanmaz hale geldim. Çünkü "Mavi Yolculuk" lâfı, önce entel züppelerin, sonra da herkesin diline düştü. Artık darbukalı turistler bile toplanıp, darbukalı mavi yolculuklar düzenliyorlar kendi aralarında.

Oysa ilk mavi yolcular, Sabahattin Eyüboğlu'nun özenle seçtiği, çoğu genç aydınlardı. Sâdece gezmek tozmak için değil, Ege ve Akdeniz uygarlıklarının kalıntıları konusunda bilgi edinmek ve bu arada o güzel kıyıları kendi gözleriyle görmek için katılınırdı bu gezilere. Teknemiz yüzen bir seminere dönüşürdü kimi zaman. Gerekli kitapları okuyup araştırmalarda bulunan yetkili biri, gideceğimiz yerler üstüne bir konuşma yapar; o antik kentin tapınakları, anıtları filân konusunda ön bilgi verirdi. Sonra herhangi bir vasıtaya, genellikle bir kamyona doluşup oralara giderdik.

Çok ayıp ama, bu bilimsel incelemelere katılmamak için, benim, ambara ya da herhangi başka bir yere saklandığım olurdu. Ara sıra, gizlice denize atlar, kıyıya çıkar, tekneden kimselerin beni göremeyeceği bir kayanın arkasına gizlenirdim. Ancak herkes uzaklaştıktan sonra ortaya çıkardım. Çünkü kalıntılara ne kadar ilgi duyarsam duyayım, öteki yolcuları ne kadar seversem seveyim, günde mutlaka birkaç saat yalnız kalmak, sessizlik içinde kitap okumak istiyordum. Hocam Sabahattin Eyüboğlu, onlarla gitmediğimin farkına varınca, beni fena halde azarlardı. Özür diler, "uykuya dalmışım, beni çağırdığınızı duymadım" gibi yalanlar uydururdum.

Bu, bilime meraklı, ağırbaşlı teknemiz, güneş battıktan sonra, gürültülü bir meyhaneye dönüşürdü. Türküler söylenir, teypten Rum şarkıları dinlenir, gecenin geç saatlerine kadar bol bol yenilip içilirdi. Ben sâdece iki tek içtiğim için, bir süre sonra şamatadan sıkılırdım. Birazcık yalnız kalabilmek, kafamı dinlendirebilmek için, arkadaşlardan kaçardım. On altı metrelik teknede kendime gizli bir yer bulmaya çalışırdım. Hattâ böyle bir yer bulamayınca, bir maymun gibi, direklerin tepesine tırmanıp oraya tünediğim bile olurdu. Sabahattin ortadan yok olduğumun farkına varınca, "Mîna, hemen gel; hep beraber olmak için buradayız" der, beni gene azarlardı.

Bir de öğle rakısı faslı vardı. Tentenin altında küçük bir çilingir sofrası kurulur ve ancak kodamanlar; yani Sabahattin, Müntekim Ökmen, Şadi Çalık, Melih Cevdet gibi belirli bir yaşta olanlar öğle rakısı içerdi. Yaş açısından benim de kodamanlar arasında yer almam gerektiği halde, öğleyin içmek bana ters gelirdi. Sonra baktım ki, kodamanlara katılmadığım için sosyal *status*'um, yani toplumsal konumum fena halde sarsılıyor: Kodamanlar bir masanın çevresinde koltuklara kurulmuş, efendi efendi sohbet edip içerken, ben güvertenin tahtaları üstünde, çoluk çocuk arasında kalmışım. Oğlum, kızım yaşında gençler, benimle senli benli olmaya, beni dirsekleriyle dürtmeye başlamış. Bunun bilincine varınca, azametle ayağa kalktım; "ben de kodamanım, ben de rakı içeceğim" dedim. İçince de anladım ki, denizdeyken gündüz alkol almanın hiçbir kötü etkisi yok. Kavuran güneşin altında bir terliyorsunuz, bir denize giriyorsunuz, alkol falan kalmıyor kanınızda.

Ege ile Akdeniz'de tekne gezintilerini ikiye ayırırım: Sabahattin Eyüboğlu'ndan önce, Sabahattin Eyüboğlu'ndan sonra. Hocam Sabahattin'i yitirdikten sonra da çok gezdim o denizlerde. Ama onun başkanlığında ilk mavi yolculukların başka bir tadı vardı. Tatlı olmasına çok tatlı olmakla birlikte, mutlak bir egemenlik kurmuştu teknede. Örneğin, sabahları geç uyanmamıza izin vermezdi. "Buraya uyumaya gelmedik" der, güneşin doğuşunu ille seyretmemizi isterdi. Gerektiğinde, heykeltıraş Şadi Çalık öyle komik bir sabah ezanı okurdu ki, kahkahalar atarak uyanırdık. Sabahattin'in bir de gece yarısından sonra yüzmek huyu vardı. Bütün gün denize girmez; sonra bol bol yiyip içtikten sonra, herkes uyurken, karanlıklarda suya dalardı. Bir kalp sorunu olduğu için, ben de telâşlanır, canım istese de istemese de, onunla birlikte yüzerdim.

İlk mavi yolculuğuma 1963'te gittim. Otuz iki kişi, Kuşadası'ndan, Macera adlı, büyük, ama köhne bir tekneye bindik. Gece yarısından sonra yola çıktık. Zâten geceleri rüzgâr kesildiğinden, ancak geç saatlerde denize açılırdık her zaman. Gelgelelim bu ilk yolculuğumda rüzgârın kesildiği falan yoktu. Tam tersine öyle bir fırtına vardı ki, güvertede açık havada yatan bizler, dalgalar üstümüzden geçtiği için, sırılsıklam oluyorduk geceleri. Çalkalana çalkalana, nerdeyse batacak durumlara gelerek, birkaç günde, perişan bir halde Bodrum'a vardık. Beni deniz tutmadığı için, herkesten daha az perişandım. (Ancak bir tek kez, lodoslu havada Büyükada'dan Karaköy'e geçerken deniz tutmuştu; ama yanımdaki hiç obur olmayan ve dehşetler içinde lokmalarımı sayan beye göre, tam on yedi tane midye dolması yemiştim öğle yemeğinde.) Neyse, o deniz yolculuğunda midye dolması gibi şeyler yemediğimden deniz tutmadığı için, herkesten daha az perişandım. Ama ıslak battaniyelerin altında buz kesen ayaklarım, tekneye binmeden önce gittiğimiz Efes'in ılık mermerlerini özlemişti. O mermerler öyle pürüzsüzdür ki, onlara ayakkabıyla basmaya kıyamadığım için, yalınayak gezmiştim Efes'te.

Yolculuğumuzun bu kötü başlangıcı bizleri yıldırmadı. O sıralarda dünyalar güzeli bir yer olan Bodrum'a varır varmaz, aslan kesildik hepimiz. Bu arada yolculuğa Kuşadası'ndan başlamanın yanlış olduğunu; Gökova'ya gitmek için Bodrum'dan,

Fethiye Körfezi'ne gitmek için de Marmaris'ten yola çıkmak gerektiğini anladık.

Bana kalırsa, gerçek bir mavi yolculuk Bodrum'dan başlamalı, Antalya'da, hattâ Alanya'da bitmeli. Gelgelelim böyle bir gezi bir aydan fazla süreceğinden para ve zaman açısından pek olası değil. Üstelik Yedi Burunlar sorunu var. Çok fırtınalı bir denizde, sulara uzanan sipsivri kayalıklara çarpabilirsiniz her an. Bu yüzden de, deniz tutan yolcular da, kaptanlar da pek yanaşmazlar oralardan geçmeye. Ama bunu göze alırsanız, o güzel Patara kumsalına varırsınız. Varınca da başka bir sorunla karşılaşırsınız. Çünkü Patara'nın önü açık denizdir. Sığınıp demir atabileceğiniz bir koy yoktur. Bu yüzden, Patara'ya, Kalkan'dan karayoluyla gitmeyi herkes yeğ tutar. Biz de ancak bir iki kez denizden gidebildik oraya. Tiyatrolu antik bir kent olan Patara, denizden sürekli gelip kıyıya yığılan kumların oluşturduğu tepelerle doludur. O kum tepelerinin altında nelerin gömülü olduğu pek bilinmez.

Bodrum'dan Gökova'ya giderken her zaman uğradığımız, kimsenin oturmadığı Oraklar adasında iki şeye hayran kaldım: Biri oradaki koyun inanılmaz güzellikte yeşil ve saydam suları; öteki de karadaki farelerin yaşayabilmek için verdikleri akıllara sığmaz savaşımdı. Küçük, ama İngiliz gemicilerin dedikleri gibi, *sea-worthy* yani denize gerçekten lâyık bir tirhandilin sahibi ve kaptanı olan Mithat Bey, farelerin tekneye çıkmalarını engellemek için, bizi karaya bağlayan çımanın ucuna bol bol fare zehiri sürdü. Fareler gene tekneye girip sebze ve meyve dolabına saldırdılar. Çünkü bunlardan biri, kendini fedâ edip zehiri yermiş; ötekiler de ipe sarılıp kalan ölü farenin üstünden geçerek, tekneye girmenin yolunu bulurlarmış meğer. Oraklar'a bir günlüğüne gittiğimizde, Genco Erkal anlatmıştı: Güneş tam batarken, kocaman fareler, kayaların üstüne sıra sıra dizilip, suları yemyeşil o güzel koya demir atan teknelere kırmızı gözlerini dikmişler, bekleyip durmuşlar. "Unutamayacağım, korkunç bir bekleyişti onlarınki" diyordu Genco. İki adadan oluşan Oraklar'ın küçüğünde bir tek ev varken, büyüğünün tamamıyla ıssız kalmasının nedeni bu farelerdir belki de.

Gökova'ya giderken Oraklar'a uğradığımız gibi, dönüşte de Çökertme'ye uğrardık mutlaka. Bu kıyı köyünün başlıca çekiciliği, Çakır Ayşe ile Paluko efsanelerinden kaynaklanırdı. Onları tanıdığımda, Çakır Ayşe, masmavi gözlü, olağanüstü güzel, yaşlı bir kadındı. Asıl adı Mustafa olan Giritli balıkçı Paluko da, olağanüstü yakışıklı, yaşlı bir erkekti. Bir akşam Çökertme'de bu ikisi, bizlerden biraz uzakta kuma çömeldiler, uzun uzun konuştular baş başa. Birbirlerine neler söylediklerini duyabilmek için meraktan ölüyordum. Ama öyle gizemli bir çember çizmişlerdi ki çevrelerine, onlara yaklaşmanın yolu yoktu.

Eskiden mavi yolcular, benim istediğim gibi Bodrum'dan, Antalya'ya kadar yelken açmasalar da, uzak yerlere gidip antik kentlerin kalıntılarını görürlerdi. Hocam Sabahattin'in ölümünden sonra, durum değişti. Birbirinden ancak bir iki saat uzaklıktaki koylara gitmeye, orada uzun uzun kalıp yan gelmeye alıştık.

Eskiden bütün koylar ıssız, sessiz ve boş olduğundan, demir atıp geceleyeceğimiz koyu seçmek bir sorun değildi. Şimdiyse yerli ve yabancı turist sayısı da tekne sayısı da öyle arttı ki, temmuz ve ağustosta denize çıkmadığımız halde, her girdiğimiz koyda en azından beş altı tekne buluyoruz. Bunların bir kısmı arabeskli, darbukalı ve şamatalı olduğundan; gecemiz zehir olmasın diye, onlardan kaçıp daha gürültüsüz bir yere sığınmaya çalışıyoruz.

Koylarda ilginç insanlarla karşılaştığımız da oluyor. Örneğin Kaliforniyalı genç bir çiftle karşılaşmıştık 1960'lı yıllarda. Adam yazarmış. Ne yazık ki, adını unuttum. Belki ünlü bir yazar olmuştur bu arada. Sekiz metrelik küçücük bir tekneyle tâ İngiltere'den bizim kıyılarımıza gelmişler.

Bir defasında geceleyin, yanlarında bir tek kadın bulunmayan altı Alman erkeği yakınımıza demirledi. "Eyvah! Şimdi gürültü başlayacak!" dedik. Ama kaba saba görünen bu Almanlar, ışıklarını söndürüp, öyle güzel *lied*'ler söylemeye başladılar ki, hayran kaldık. Onları alkışlayıp, Almanca bilmediğimiz için İngilizce kutlayınca, bu defa İngiltere'nin ve İskoçya'nın birbirinden güzel halk türkülerini dinlettiler bize. Sâdece müzik eğitimi gördükleri değil, bu işin profesyoneli oldukları besbelliydi. İsteğimiz üzerine, Brecht'in sözlerini yazdığı, Kurt Weil'in bestelediği şarkıları da söylediler. Gecenin 12'sinde, çok güzel bir ninniyle konserlerini bitirdiler.

Bir defasında, tam 14 Temmuzda, yani Fransızların millî bayramında, bir Fransız teknesi gecelediğimiz koya demir attı. Argo deyimle, "şunlara bir kıyak yapalım" dedik. Yarı yarıya suyla doldurduğumuz şişelere mumlar diktik; Büyük Fransız İhtilâli'ni anmak için, komşu tekneye küçük bir alev filosu saldık ve hep bir ağızdan millî marşları *La Marseillaise*'i söyledik. Fransızlar duygulandılar, bizi alkışladılar, *bravo!* diye bağırdılar. Ama ondan sonra, biz birazcık azdık. *Enternasyonal*'den tutun da *Bandiera Rossa* ve *Commandante Che Guevara*'ya kadar, bildiğimiz devrimci marşların ve şarkıların hepsini avaz avaz söyledik. Anlaşılan Fransız burjuvaları pek hoşlanmadılar bundan. Teknelerinin bütün ışıklarını söndürüp, bir ölüm sessizliğine gömüldüler.

Bir başka defa geceleyeceğimiz koya, Rodos'tan gelen, çok büyük, bembeyaz lüks bir yat demir attı. Bu görkemli yatı yakından görebilmek için hemen suya atladım, çevresinde yüzmeye başladım. Yatı hayranlıkla seyrederken, ara sıra da bizim Hürriyet'e bir göz atıyordum. O kibar beyaz yatın yanında, pruvadaki, bisiklet tekerleğinden yapılmış kocaman fırıldağıyla; bir ipe geçirilmiş, fırfır döne döne gidip gelen, daha küçük boy öteki fırıldaklarıyla; şuraya buraya asılmış rengârenk mayoları, havluları, çamaşırlarıyla; akşam yemeğini hazırlayan otuza yakın yolcunun şamatasıyla, tam bir Çingene teknesine benziyordu.

Büyük kibar yatta sâdece dört yolcu vardı. Bir genç çift, bir de yaşlı çift. Derken şaşırıp kaldım; çünkü bunlar küpeşteye geldiler, bana İngilizce seslenmeye başladılar. Amerikalı oldukları şivelerinden anlaşılıyordu. "Buraya buyrun, biraz dinlenirsiniz, hem de tanışırız" diyorlardı. Yatın bordasına bağlı merdivene yüzdüm. Kızım tam çöpe atacakken elinden zorla alıp giydiğim eski püskü mayodan sular damlayarak, son derece rahat bir güverte koltuğuna yerleştim. Kolalı beyaz ceketli, siyah pantolonlu şık bir garson, bana buzlu bir viskiyle, kavrulmuş badem sundu. Gençler karı kocaymış; yaşlılar da delikanlının annesiyle babasıymış. Dördü birden konuşmaya başlayınca, hayretten hayrete düştüm: Bizler onların teknesine hayran kaldığımız gibi, onlar da bizimkine hayran kalmışlar meğer. "Ah, ne güzel! Ne kadar kalabalıksınız! Ne kadar neşelisiniz! Kim bilir ne kadar çok eğleniyorsunuzdur! Sizlere gıpta ediyoruz doğrusu!" diyorlardı. Çekine çekine geceleyin bizim tekneye gelmek iznini istediler. Ben de kasıla kasıla, "buyrun, sizi bekleriz" dedim.

Gece Amerikalılar, çifter çifter viskiler, şaraplar, şampanyalar ve Fransız konyaklarıyla geldiler. Şişelerden birinin Remy Martin *fine champagne* yani konyakların en güzeli ve dünyada en çok sevdiğim içki olduğunu anlayınca, Sabahattin'e, "bunu bir kenara koyalım, ancak anlayanlar içsin" demem üzerine, hocam bana fena kızdı. Bense, *fine champagne*'ın güzel içilmesini kendi açımdan bir hayat memat meselesi saydığımdan, Sabahattin'e kafa tutuyordum: "Ama Sabahattin" diyordum, "bizimkiler barbarlar gibi, bunun içine su katacaklar, buz koyacaklar; o güzelim içkiyi mahvedecekler. Oysa *fine champagne*, ancak yemekten sonra, az miktarda içilmelidir. Sapını parmaklarının arasında tutunca, elinin sıcaklığını hafifçe alabilecek biçimde yapılan özel kadehlerle ve dört aşamada, yavaş yavaş içilmelidir: "Önce koklayacaksın, sonra ağzında tadını alacaksın, sonra gırtlağından geçişinin lezzetini, en sonunda da midene inişinin hazzını duyacaksın" diyordum. Ama beni ayıplayan Sabahattin, şişeyi ortaya koydu ve korktuğum oldu: İyi bir şampanya beyaz şaraptan güzel olduğu gibi, konyaktan çok daha güzel olan *fine champagne*, içine sular buzlar konularak, dört aşamanın hiçbirine özen gösterilmeden mahvedildi.

Bizler onların içkilerini böyle barbarca tüketirken, dört Amerikalı da, aynı barbarlık içinde bizim rakılarımızı tüketiyorlardı. Sabaha doğru bir hayli sarhoş bir halde, hayatlarından son derece hoşnut olarak, bu yolculukta ilk kez hoş vakit geçirdiklerini tekrar tekrar söyleyerek, kibar ama can sıkıcı lüks teknelerine geri döndüler.

Amerikalıların teknesi ne kadar konforluysa, bizim Hürriyet de o derece konforsuzdu. Şimdi kaptanlar, ne kadar yatacak yer varsa, aynı sayıda yolcu almak zorundalar. Oysa, içine bavullarımızı koyduğumuz bir tek kamarası olan on altı metrelik Hürriyet'e, otuz kişiden fazla bindiğimiz olurdu eskiden. Herkes açık havada yatardı. Şu da var ki, gerçek bir mavi yolcu, son derece lüks ve rahat bir kamarası olsa da, açık havada yatmayı yeğ tutar her zaman. İlk yolculuklarımda ben de öyle yapardım ve yirmi beş yaşından beri sigaranın da azıttığı bir müzmin bronşitim olduğundan, denize çıkar çıkmaz öksürüp tıksırmaya başlar; zâten kısık olan sesim büsbütün kısılırdı. Daha sonraları Hürriyet teknesinde bazı başka reformlarla birlikte, birkaç kamara yapılınca, arkadaşlarım onlardan birinde yatmama karar verdiler. Ama gene de dayanamaz, gece yarıları herkes uyuduktan sonra, bir battaniyeye sarınıp gizlice güverteye çıkar, bir yerlere kıvrılıp yatardım. Çünkü açık havada, yıldızların altında, denizin ve ağaçların sesini duyarak uyumanın bana vereceği hazza kıyasla, bronşitin vereceği acıları bir hiç sayardım. Beni güvertede bulup, azarlaya azarlaya kamarama geri göndermek isteyen arkadaşlarıma da kafa tutardım.

Bir defasında Kaş'tan aldığımız mis kokulu küçük sarı kavunlar, altımdaki ranzaya konulmuştu. Geceleri ölü dalgalarla tekne bir beşik gibi sallandıkça, birbirlerine çarpan kavunlardan inanılmaz güzellikte kokuların saçılmasını, küçük denilen, ama aslında büyük olan mutluluklarımdan, biri saydım. Kimi zaman kendimi tutamaz, geceleyin o kavunlardan birini aşırır, kimselerin haberi olmadan bir güzel yerdim.

Kamarasız günlerimizde, çoğu yolcuların şişirilen bir lâstik şiltesi, bir de uyku tulumu vardı. Bense bir torbanın içine girmekten hiç hoşlanmadığım için, battaniyeyle örterdim üstümü. Lâstik şiltemin ise, her zaman gizli bir deliği olurdu her nedense. Şilteyi şişirip yatar, bir süre sonra kendimi güvertenin tahtaları üstünde bulurdum.

Ama her gece birkaç kez sönen şiltemi bir sıkıntı saymazdım. Asıl sıkıntı tuvalet faslıydı: Hürriyet'te bir tek tuvalet vardı ve bu tuvaletin altında gerekli teşkilât yoktu. Yani küçük aptesimizi istediğimiz zaman, ama büyüğünü ancak tekne seyir halindeyken yapabilirdik. Hürriyet demir atınca, bu iş için karaya çıkıp; çalılıkların, kayaların, ağaçların falan arkasına saklanmak gerekirdi. Hele sabahları durumumuz çok acıklıydı: Hürriyet'in yanaşabileceği bir iskele yoktu çoğu zaman; teknenin küçük sandalı da ancak dört kişi alabildiğinden, millet elinde bir tomar tuvalet kâğıdı, su dolu bir plâstik şişe, kuyruğa girer, sıkıştığı için tepine tepine sırasını beklerdi. Bu işkenceden kurtulmak için, günlerce süren psikolojik kökenli inatçı bir kabıza tutulanlar vardı aramızda.

Hürriyet'te elini yüzünü yıkayacak kadar su vardı ama, denizden çıkınca duş yapacak kadar su yoktu. Fransa'dan tuzlu suda köpüren özel sabunlar getirttiğimiz halde, derimiz kalın bir tuz tabakasıyla kaplıydı. Üstelik ben, güzel deniz kabukları tutkusuyla yanıp tutuştuğum için, kıyılarda, sivri sivri kayalar arasında, sabahtan akşama kadar, düşe kalka dolanıp dururdum. Bu yüzden de bacaklarım kollarım, her bir yanım yaralar bereler içindeydi. O tuz, yaralarımı hem cayır cayır yakar, hem de iyileştirirdi.

Çeşmeli, dereli bir yere gelince, müthiş bir hamam faslı başlardı. Herkes, özellikle erkeklerden genellikle daha titiz olan kadınlar, ellerinde taslar, sabunlar, şampuanlar, büyük havlularla çeşmeye gelir, saatlerce yıkanıp dururdu. Bir defasında iyice sabunlandıktan sonra, sığ bir derenin çakıl taşları üstüne uzanmıştım. Tertemiz serin suların üstümden uzun uzun akması büyük bir haz vermişti bana.

Şimdi deniz gezilerinde gemiciler ya da getirdikleri bir ahçı, yolculara yemek pişiriyor, servis yapıyor. Oysa eskiden, biz gemicilere yemek pişirir, servis yapardık. Sabahattin Eyüboğlu, "onların görevi, yemek pişirmek değil, gemicilik etmek" derdi. Üstelik, en lezzetli parçaları onlara ayırmamızı isterdi. İyi yemek pişirmesini bilen biriyle üç yardımcısından oluşan dört kişilik ekipler seçilirdi. Bu ekiplerin hangi gün çalışacakları, haber tahtasına iliştirilirdi. Hattâ kimi iddialı ekipler tasarladıkları menüleri önceden ilân bile ederlerdi. Aralarında tatlı bir rekabet yaşayan ekipler, dört öğün yemeğin hazırlanmasından, bulaşığın yıkanmasından, teknenin temiz tutulmasından, yani o günün bütün ev işlerinden sorumluydu.

Bir sabah kahkahalar atarak uyandık hepimiz: Rahmetli Şadi Çalık, üstünde kocaman harflerle "Bu İşyerinde Grev Var" yazılı pankartları gizlice hazırlamış, sabahın köründe ekibiyle birlikte, pankartlı sloganlı bir yürüyüşe geçmişti. Ama o protesto eylemini anımsadıkça, artık gülmek değil, ancak ağlamak geliyor içimden. Çünkü birinci pankartı, o sırada dokuz yaşında olan oğlu Osman taşıyordu ve bu dünyalar güzeli çocuğu, delikanlıyken, akıllara sığmaz bir helikopter kazasında yitirdik.

İlk mavi yolculuğumda, yemek pişirmesini bilmediğimi, ancak kahve ve çay yapabileceğimi söyleyerek, yaşamımın en büyük yanılgılarından birine düşmüştüm. Bu yüzden, yolculuk boyunca sabah kahvaltısında altmış çay (gerçekten iyi çay demlediğim için, çoğu arkadaşlar ikişer bardak içerdi); kodamanların sabah saat on bir kahvesi; öğle yemeğinden sonra otuz kahve (kimi sâde, kimi az şekerli, kimi orta, kimi şekerli); akşam kahvaltısında otuz, bazen altmış bardak çay; akşam yemeğinden sonra da gene sâde, az şekerli, orta, şekerli olmak üzere fincan fincan kahve yapıyordum; çünkü neskafe, ya Türkiye'de henüz yoktu ya da bizim teknemizde bulunmuyordu. O cehennem sıcağında gaz ocağının başında durmak; tekne dalgalı bir denizde seyrederken her an devrilebilecek çaydanlığı, demliği ya da cezveyi düz tutmak zorunluğu, hayatımı kaydırıyor, beni perişan ediyordu.

Bir daha mavi yolculuğa çıktığımda, "yemek pişirmesini öğrendim artık" diye yalan söyledim. Ne var ki, Oktay Rifat gibi usta ahçıların ekibine girmeye özen gösterdiğim için, bu işi zamanla sahiden öğrenmeye başlamıştım. Üstelik usta ahçılar iyi yemek pişirmeyi haklı olarak bir sanat dalı saydıklarından, yamaklarının dalga geçmesine pek izin vermezlerdi. Bir defasında yan yatmış kitap okurken, Oktay, "Mîna! Hemen buraya gel!" diye öyle bir öfkeyle bağırdı ki, ödüm koptu. Hemen koşup domatesleri doğramaya başladım.

Tüm konforsuzluğuna karşın, köhne Hürriyet motörünü, bütün o yepyeni lüks teknelerden kat kat daha fazla severdim. Bunun başlıca nedeni, Fuat Kaptan'a, torunu Süleyman'a ve özellikle damadı Ali Fuat'a yakınlık duymamdı. Hele Ali Fuat Kaptan'la iyice arkadaş olmuştuk. Ali Fuat, her yaz iki kez, çoğu zaman üç kez, Sabahattin Eyüboğlu'yla denize çıka çıka, bazı konularda acayip bilgi sahibi olmuştu. Yalnız Sabahattin'in değil, onun çömezlerinin de söylediklerini dikkatle dinler ve cin gibi olduğu için çok şey öğrenirdi. Üstelik tam bir insan sarrafıydı. Her şeyi hemen seziverir, en doğru değerlendirmeleri yapardı. Kimi zaman, onunla bir köşeye çekilir, dedikodu yapmadan, yolcular konusunda küçük psikolojik gözlemlerde bulunurduk. Ali Fuat Kaptan, "korkarım bu evlilik yürümeyecek" ya da "şu beyle şu hanım arasında bir yakınlık başladı" ya da "bilmem kim, fena gücendi" ya da "aman dikkatli olalım, bilmem kim kavga çıkarmak üzere" derdi ve söylediği doğru çıkardı her zaman.

On altı, bilemediniz yirmi metrelik bir teknede bir haftalık ya da on günlük bir yolculuk, evlilikten beterdir. Yani sürekli burun buruna kaldığınızdan, öteki yolcuların huyunu suyunu hemen anlarsınız. Bazılarının yüzünü, ömrünüz boyunca bir daha görmek istemezsiniz. Bazılarıyla da yıllarca sürüp giden bir dostluk kurarsınız. Eskiden Sabahattin, mavi yolcuları kendi seçerdi; biz de onun seçtiklerini kabul ederdik. Ama daha sonraları, yolcu sayısı on ya da on ikiye düşünce, bizimle gelecekleri ince eleyip sık dokumaya başladık.

Ara sıra tatsızlıklar olurdu gene de. Ama güzel denizlerde gezdiğimiz, birbirinden güzel koylarda demir attığımız için, yaşama sevinci hep ağır basardı. Neşemiz tekneye biner binmez başlardı. Çünkü Sabahattin Eyüboğlu döneminde, denize açılır açılmaz mavi yolculuk bayrağı törenle direğe çekilirdi. Bu bayrak, mavi fon üstüne bir anfora ve iki kupadan oluşurdu. Bayrak töreni sırasında Şadi Çalık özel marşlar uydurarak bizi çok güldürürdü.

Sabahattin'den sonraki yolculuklarda şampanya içerek yola çıkardık; çok da eğlendiğimiz olurdu. Aksilikler bile eninde sonunda bir eğlenceye dönüşürdü. Örneğin, bir defasında, Hürriyet'in ambarındaki kasada koruduğumuz buzlar tümüyle erimişti. O sıcaklarda soğuk bir şey içememek felâketine uğramıştık. Bizler ah vah ederken, geceleyeceğimiz koya, kaptanı yaşlıca bir Fransız olan bir yat demir attı. O lüks yatta bir buzdolabı, dolayısıyla bol buz bulunacağı besbelliydi. Gelgelelim o somurtkan Fransızın bizi tersleyip buz falan vermeye yanaşmaması olasılığı da vardı. Bunun üzerine, herifi yola getirebilecek bir hile düşündük: O sırada on yedi yaşında bir âfet olan Tuvana'ya en küçük bikinisini giydirdik; saçlarını özenle taradık. Kız öyle güzeldi ki, yüzüne makiyaj yapmaya gerek yoktu. Bu hazırlıklar sırasında, Aylâ çevremizde dolanıyor, "utanmıyorsunuz! Kızımı sömürmeye, cinsel bir obje haline sokmaya, o Fransızı tavlamak için yem olarak kullanmaya hakkınız yok!" diye söylenip duruyordu. Ama buzsuzluk sorunu gözümüzü döndürmüş, ahlâk filân bırakmamıştı bizlerde. Zavallı Tuvana'ya, "sen hiç konuşma" diye tembih ederek, onu teknenin sandalına bindirdik. Yanına da Fransızca bilen ve ağzı lâf yapan birini koyduk, komşu tekneye gönderdik. Yaşlı Fransız bir kurtmuş meğer; hileyi hemen anladı. Kötü kötü sırıtarak buzları bir naylon torbaya doldururken, gözlerini Tuvana'ya dikti. "Bu değiş tokuşta kızı bana vermeyecek misiniz yoksa?" diye sorup, bizleri rezil etmeye kalktı. Ne var ki, o gece içkilerimizi soğuk içebildiğimiz için, söylediğine pek aldırmadık.

Fransızcada da, İngilizcede de kulanılan *mystification* sözcüğünün Türkçe karşılığı yoktur. İnsanları aldatmak için yapılan ve uzun sürebilen bir şaka anlamına gelir bu. Profesör Aylâ ve eski öğrencim Türkân, birer *mystification* ustasıydı. Kimi zaman tek başlarına, kimi zaman aramızdan bir iki kişiyle işbirliği yaparak bize oyunlar oynarlardı. Bu şakaların senaryoları, haberimiz olmadan, günlerce önceden özenle hazırlanırdı. Örneğin bir defasında bir iki yıl önce evlenen, ama eşi işinden ayrılamadığı için tekneye yalnız gelen Türkân, "aman, ne olur! perşembe günü mutlaka Manastır koyuna varmış olalım!" diye tutturdu. Nedenini sorunca, eski sevgilisiyle o gün orada buluşacağına söz verdiğini bildirdi. "Eski sevgilim de yeni evlendi" diye ekledi acayip bir gülümsemeyle. Bu duruma biraz şaştık ama, perşembe günü Manastır'a demir attıktan sonra, Türkân kamarasından öyle bir kılıkta çıktı ki, hayretler içinde kaldık: Her zaman çok sâde giyinen, makiyaj kullanmayan arkadaşımız, aklın alamayacağı kadar süslenmişti; yüzü gözü boyalar içindeydi. Dekoltesi çok açık, cırtlak renkli, daracık, yırtmacı kalçasına kadar gelen rüküş bir giysi vardı üstünde. Boynuna en azından on kiloluk çeşit çeşit kolyeler asılıydı. Tırnakları mor ojeliydi. Elleri yüzüklerle, kolları bileziklerle doluydu. On beş santim topuklu ayakkabılarıyla kırıta kırıta yürüyordu. Sandalın tekneye yanaşmasını istedi ve bize çapkın çapkın el sallayarak, "sakın peşimden gelmeye kalkmayın" dedi. Peşinden gitmedik ama, meraklar içindeydik. Hepimizin gözü, ancak uzaktan görebildiğimiz Türkân'ın gittiği kır gazinosuna dikiliydi. Hürriyet teknesinin tek dürbünü elden ele geçiyordu. Dürbünü tam kaptığım sırada Ali Fuat Kaptan beni bir kenara çekti. "Hocam, bu kız sizin eski öğrenciniz. Yeni evlenmiş. Böyle şeyler yapmasını engellemek sizin göreviniz" diyerek beni uyarıyordu. Bir yandan da, "dürbünle bakma, ayıp olur" diyen Berna Moran tarafından azarlanıyordum.

Uzaktan gördüğümüz durum şuydu: Eski sevgili, koşarak kıyıya indi, Türkân'ı karşıladı. Birbirlerine sarıldılar; sonra bir masaya oturup yanak yanağa cilveleşmeye başladılar. Derken, çamların arasından bir hâtun fırladı ortaya. "Eyvah! Karısı geliyor" dedik. Hâtun, Türkân'a ters ters bir şeyler söyleyip kocasının kolunu kaptı, onu peşinden çeke çeke sürükledi. Çamların arasında kayboldular. Masada tek başına kalan Türkân omuzları hıçkırıklarla sarsılarak, yüzünü elleriyle kapattı. Sonra kıyıya indi, trajik ve boğuk bir sesle, "sandal!" diye bağırdı. Sandalı hemen gönderdik. Türkân tekneye çıkınca, hiçbirimize bakmadan, doğru pruvaya gidip yere çöktü. İçkici olmadığı halde büsbütün trajikleşmiş bir sesle, "bana bir votka verin!" diye emretti. Aramızdan birinin çekine çekine götürdüğü votkayı bir dikişte içtikten sonra, ölgün bir sesle, "beni yalnız bırakın!" diye inledi.

Ali Fuat Kaptan'ın uyarıları üzerine, benim ahlâkçı öğretmen yanım harekete geçmişti. Eşini eski sevgilisiyle aldatan kadının yanına gittim. "Türkân, kendine gel, böyle şeyler yapamazsın, ayıp oluyor!" dedim. Esaslı bir nutuk atmaya başlayacaktım ki, Türkân ansızın kahkahayı bastı. Katıla katıla gülerek, bütün bunların bir şaka olduğunu söyledi. Ona inanmayacaktık ama, eski sevgiliyle karısı kıyıdan seslenip sandalı istediler o sırada; ve tekneye çıktılar. Onları ancak yakından görünce, bize bir oyun oynandığını; erkeğin Jale, kadının da Aylâ olduğunu anladık. Bizler farkına varmadan aksesuarlarıyla birlikte karaya hemen çıkmışlar, gerekli kostümleri giymişler meğer.

Başka bir defa, Aylâ ile Türkân'ın senaryosuna uyarak, Berna ile ben, bir oyun oynadık ötekilere. Herkes gezinmek için karaya çıkmıştı. Biz ikimiz yorgun olduğumuzu söyleyerek, Türkân'la birlikte teknede kaldık. Türkân, beni erkek, Berna'yı kız yapmaya karar verdi. Beni bir Arap şeyhi, Berna'yı da dansöz kılığına soktu. Tekneye hazırlıklı geldiği için, gerekli giysileri de vardı. Berna'ya alacalı bulacalı çok şuh bir çeşit şalvar giydirdi, bana da bir maşlah. Berna'nın ayak bileklerine halhallar, göğsüne sahte memeler, başına tül örtüler taktı, göbeğinin üstüne altın taklidi bir uzun zincir bağladı. Benim başıma usturuplu bir sarık sardı; elime kocaman bir tespih verdi. Ayağıma uçları sipsivri erkek ayakkabıları giydirdi. Benim sakalım bıyığım, Berna'nın yüzü gözü öyle ustaca makiye edilmişti ki, birbirimizi tanıyamıyorduk nerdeyse. Arkadaşlar tekneye yaklaşınca, komplonun içinde olan Aylâ, "eyvah, Araplar tekneyi basmış!" diye feryat etti. "Bunlar da nereden çıktı!" diye herkesi bir telâş aldı. Çünkü yazın İstanbul'a akın eden Araplar, güney kıyılarına ayak basmazlar. Sandalla hemen onları karşılamaya giden Türkân, Arapların neden tekneye geldikleri konusunda usturuplu bir masal uydurarak, arkadaşlarımızın telâşını büsbütün arttırdı. Ben, bu arada, dansözü süze süze bıyıklarımı burarak tespih çekmeye; Berna da teybe konulan özel Arap müziğiyle şıkır şıkır oynamaya devam ediyordu. Bu oyuna öyle gerçekçi bir hava vermiştik ki, yanımıza geldikten sonra bile hemen tanımadılar bizleri. Ancak Berna ile ben kıkır kıkır gülmeye başlayınca, durum anlaşıldı.

Tekne yolculuklarında eğlenmesine eğlenirdik ama, ben eğlenip hoş vakit geçirmek ya da dinlenmek için değil, denizlerin ve kıyıların güzelliğini görmek için çıkardım bu yolculuklara. Bir sahilin güzel olması için, hemen arkasında yükselen dağlar tepeler bulunmalı bence. Normandiya'ya gittiğimde, Manş Denizi'ni ve o uçsuz bucaksız kumsalı görünce hiç heyecan duymamamın nedeni, o güzel kumsalın arkasında yamyassı bir ovanın yayılmasıydı. Bu yüzden de, ne denizin ne de kumsalın çekiciliği kalmıştı benim gözümde. İyi ki, Anadolu'da, Ege, Akdeniz ve Karadeniz kıyı şeridinin hemen arkasında, yüksek tepeler ve dağlar vardır genellikle. Gökova bile, ova olmasına ovadır ama, o görkemli Kıran Dağları'yla çevrilidir gene de.

Mavi yolculuklar inanılmaz güzelliklerle doludur. Öteki yolcular, bu sularda gezerken, İngiliz Amiralliği'nin hâlâ kullanılan eski haritalarını inceler; gideceğimiz yerin gerçek adının şu mu ya da bu mu olduğunu tartışırlar (çünkü bu adların bazıları her kaptana göre değişir) ve o yerin tarihsel ve arkeolojik özelliklerini öğrenmek isterler. (Bunlara merak duyanların Azra Erhat'ın güvenilir bir bilgi kaynağı olan *Mavi Yolculuk* adlı kitabına başvurmaları çok yerinde olur.) Bense, ne ayıp ki, coğrafyaya, tarihe, arkeolojiye boş verirdim. Kendimden geçmiş bir halde, ancak güzellikleri görürdüm. Karya kıyılarında mı yoksa Likya kıyılarında mı bulunduğumuzu merak etmezdim. Ege denizinden Akdeniz'e geçtiğimizi, haritalardan değil, suyun renginin değişmesinden; çok koyu, nerdeyse lâcivert diyebileceğimiz bir maviye dönüşmesinden anlardım. Bu koyu mavi öyle saydamdı ki, tuzlu suları lıkır lıkır içmek gelirdi içimden. Kendimi zor tutardım. Ara sıra da tutamayıp, bir iki yudum içerdim.

Bir koya girdiğimizde, o koyun tarihteki yerinden fazla, kıyıdaki kayaların arasından fışkırırcasına çıkan, nerdeyse yatay olarak denize uzanan çam ağaçları ilgilendirirdi beni. Demir attıktan sonra, bir gemicimiz teknenin sandalına atlar, beraberinde götürdüğü çımayı o ağaçlardan birinin gövdesine düğümlerdi. Hem denize hem ormana bağlı kalırdık böylece. Ağaçsız bir kıyıya demir atınca da, geceleyin kumsala çıkar, bir ateş yakar, balıklar yerdik.

Sabahattin ile çıktığımız mavi yolculuklarda canımızın istediği kadar balık yerdik eskiden. Çünkü o sıralarda hem bol bol balık vardı denizlerimizde, hem de bunları avlamak için tam teşkilâtlı sandalıyla bir balıkçı götürürdük beraberimizde. Sabaha doğru ağların çekilmesini görmek, Sabahattin'in başlıca keyiflerinden biriydi. Ara sıra beni de yanına alırdı. Ağlardan kocaman ahtapotların çıktığı da olurdu. Onlardan korktuğumu anlayan hocam, "bak, ne güzel ahtapotlar" diyerek, onlara bakmaya zorlardı beni. İstanbul'da adını bile duymadığım nice balıklar tanıdım böylece: Melanurya, lahos, piçuta, orfoz, sözde afrodizyak etkileri olan ve Kleopatra tarafından Antonius'a yedirildiği rivayet edilen skaros vb. Dalgaların üstünde uçan balıklar bile görürdük o günlerde.

Ama daha sonraları, denize açılınca, çoğu zaman ancak orkinos tutabildik. Kaptanı olduğu Şef teknesinde çıkan yangında genç yaşta yitirdiğimiz dostum Yarkın bunlara "albakore" derdi her nedense. Oltaya takılan bu kocaman orkinosları, ancak Yarkın tekneye çekebilirdi. Çınlayan bir sesle "albakore!" diye attığı zafer çığlığını hâlâ duyar gibi olurum. Albakore güvertedeki bir kasanın içine yarı canlı atılır; kaçmasın diye de kapağın üstüne ben oturtulurdum. Akşamları güvertede mangal yakılırdı. Izgara edilen albakore filetoları rakıyla birlikte yenilirdi. Kaptan Yarkın'la ancak turist sezonu bittikten sonra kasımda denize çıktığımız için, o mangal bizi ısıtırdı.

En güzel deniz gezilerimden biri, çok usta bir kaptan olan Engin Cezzar'ın Kuma adlı küçük tirhandilinde, Behice Boran ve birkaç arkadaşla geçirdiğimiz üç dört gündü. Benim gibi deniz delisi olan Behice, sevinç içindeydi. Çünkü Ankara'nın siyasal yaşamının çirkefli bataklıklarından uzaklaşmış, Gökova'nın tertemiz sularına dalmıştı.

Ekim sonlarında çıkmıştık bu geziye. Arkadaşım Ahmet Kocadon da aynı mevsimde bizi Gökova'ya götürürdü. Kış başlangıcında, ara sıra ince ince yağmurlar yağarken, her yer ıssız ve biraz hüzünlüyken, koylarda bizimkinden başka hiçbir tekne yokken denize açılmaktan ayrıca hoşlanırım. Bir defasında, biz Kale'nin önündeki rıhtımdan tam demir almak üzereyken, iki genç kızın, Şef'e hayran hayran baktıklarını gördük. "Şu zavallıları da alalım" dedik. "Gelin" işaretimiz üzerine, kızlar hiç duraksamadan hop diye tekneye atladılar. Yeni Zelandalıymışlar. Bir büroda sekreter olarak çalışıyorlarmış. Şef Bodrum'a geri dönünce, "hayatımızın en güzel dört gününü geçirdik" dediler bizden ayrılırken.

O kızlar haklıydı. Eski ve yeni tekne gezilerinde gördüğümüz yerler birbirinden güzeldi. Kiminin Şehiroğlu Adası, kiminin Şehir Adası, kiminin Sedir Adası dediği yerin antik tiyatrosunun sahnesinde, birlikte dans edercesine birbirine dolanmış üç zeytin ağacına "Üç Güzeller" adını vermiştik. Ama bu adanın asıl büyüleyici yanı kumsalıydı. Dibindeki kum sayesinde denizin rengi inanılmaz bir yeşildi. Kumsalına gelince, yeryüzünün hiçbir yerinde oradaki kumun eşi benzeri yoktur bildiğim kadarıyla. Öteki kumlar gibi altın renginde değil, gümüş rengindedir. Büyüteçle bakınca, kusursuz yuvarlaklar ve ovaller görürsünüz. Normal kum gibi parmaklarınız arasında ezilmeyen bu kum taneleri, nerede ve ne zaman yaşadığını bilmediğimiz gizemli bir böceğin kabuklarından oluşmuş, yani bir çeşit fosilmiş bir söylentiye göre. Gerçeklere pek uymayan, ama çok şiirsel başka bir söylentiye göre de, Antonius, Kleopatra'nın hoşuna gitsin diye, o eşsiz kumu üç kalyona yükleyip çok uzaklardan getirip Sedir Adası'nın kıyısına dökmüş. Bu yüzden, halk arasında "Kleopatra'nın Plajı" denir bu kumsala. O kumun romatizmaya ve her çeşit bedensel acıya şifa verdiğine inananlar da var. Benim ise ruhuma şifa verdiği kesin. Çünkü yıllar önce oralardan getirdiğim kumu bir kâseye koydum. Üstünü minik deniz kabuklarıyla süsledim. Bir büyüteçle o kuma baktıkça, doğanın bu mucizesi karşısında içim açılıyor. Oraya giden herkes bu kumdan biraz aşırıyor anlaşılan. Çünkü son gidişimde kumun alınmasını yasaklayan bir tabelâ koymuşlar oraya. Üstelik Sedir Adası bir açık hava müzesi olmuş; oraya bilet kesilerek giriliyor artık.

Şadi Çalık 1960'lı yıllarda, mavi yolculardan bir iz bırakmak için, Kleopatra Plajı'nın bir köşesine bir anıt dikmişti. Bir kayayı ıslak betonla kaplamıştı ve hepimiz avucumuzun ve parmaklarımızın izini bırakmıştık orada. Ama dalgalar ellerimizin izini sildi zamanla. Mavi yolcular, bir sanat eseri daha bırakmışlardı başka bir yere: Bedri Rahmi, kiminin Taşkaya dediği Osmanağa'daki Akpınar çeşmesinin yanında bir kayaya, koskocaman bir göze benzeyen, kırmızı ve siyah bir balık resmi yapmıştı. Bu balık resmi zamanla öyle ünlü oldu ki, oraya "Bedri Rahmi Koyu" demeye başladılar. Bir de "seni düşündükçe, bin çakıltaşı ışır içimde" dizesi kazıldı kayaya.

Sedir Adası'nın kumu gibi, Ölüdeniz de doğanın yarattığı bir mucizedir. Canlı, hem de müthiş canlı olduğu için, oraya "Ölüdeniz" değil, "Gizli Deniz" demek çok daha yerinde olur bana kalırsa. Çünkü o deniz gerçekten de gizlidir. Kıyı şeridine bakınca, o kayaların arkasında bir iç denizin bulunduğunu hiç anlayamazsınız. Ancak, herkesin bilmediği belirli bir köşeyi dönünce, çam ağaçlı dik yamaçların çevrelediği, büyükçe bir göl boyunda o durgun ve ılık sular ansızın karşınıza çıkıverir.

Bu gizli denizin keşfiyle ilgili çok acıklı bir söylence var: Bir babayla oğlu, küçük sandallarında fırtınaya tutulmuşlar. Oğul, o sarp kayalara biraz daha yaklaşırlarsa, güvenilir bir koya sığınabileceklerini söyleyip, oraya yönelmek istemiş. Baba buna inanmamış; sandalın kayalara çarpıp batacağı korkusuyla, çocuğu durdurmak için, başına kürekle vurunca, oğlu suya düşüp boğulmuş. Baba, ancak iş işten geçtikten sonra, çocuğun doğru söylediğini anlamış.

Bu dünyalar güzeli Gizli Deniz'in de kirletileceğinden ödüm kopuyor. Çünkü eskiden, ancak denizden gidilebilirdi oraya ve bitişiğindeki büyük altın kumsala. Oysa şimdi, Fethiye'den kalkan minibüsler, yığınla yerli ve yabancı turist taşımakta oralara. Saatlerce yüzebileceğiniz durgun ılık suların çevresindeki yamaçlara da "site" denilen o başbelâsı beton kutular dikilmiş. Motörlü teknelerin Gizli Deniz'e girip demir atmaları yasaklanmış iyi ki; ancak motörsüz küçük botlar ve sandallar girebiliyor bu güzel sulara.

Doğanın başka bir mucizesi de Kekova'dır. Kekova uzunluğuna bir adadır. Karşısında da, biri Kale, biri Üçağız denilen iki yerleşim yeri vardır. Bu dünyalar güzeli yer bir nekropol, yani büyük bir mezarlıktır aslında. Her bir yanı lahitlerle doludur. Hattâ kıyısının sığ sularında bile bir lahit vardır. Görkemli olduğu kadar gizemli olan bu büyüleyici yerin geçmişi konusunda hiçbir şey bilinmez. Eskiden oraya da ancak denizden varılabilirdi. Şimdiyse karayolları yapıldı. Lahitleri söküp, yerlerine sıra sıra çirkin beton kutular dikilmedikçe, uygarlığın nimetlerinden biraz olsun yararlanabilmeleri için, iyi de olabilir bu yolların yapılması. Çünkü Kekova'nın güzel yüzlü, son derece konuksever halkı, aklın alamayacağı kadar yoksuldu eskiden. Küçük bir sağlık ocakları bile yoktu. Oraya ilk gittiğimizde, aramızda bir doktor hanımın bulunduğunu öğrenince, hastalarını kucaklarında taşıyarak, uydurma sedyelere koyarak sandallara binip tekneye getirmeleri, yüreğimizi parçalamıştı.

Neden bilmem ama, olağanüstü insan güzelliğinde olduğu gibi olağanüstü doğa güzelliğinde de gizemli bir şey vardır her zaman. Gemili Adası da çok güzel ve çok gizemlidir. Tepesinde yıkık manastırlar; kıyısında, kapıları, pencereleri denize açılan, merdivenleri denize inen yıkık evler vardır. Antik kalıntılar değildir bunlar. Kayaköyü'ndekiler gibi mübadelede boşaltılan nispeten yeni yapılar da değildir. İki ya da üç yüzyıllık yıkıntılardır. Bir söylentiye göre o sıralarda Fethiye körfezinde büyük bir deprem olmuş; Gemili halkı, oturulamaz hale gelen evlerini terk etmişler. Adanın dolaylarına deniz gözlüğüyle bakınca, suların dibinde damsız evler görülür. Sanki bir köy sulara gömülmüştür burada. Manastır koyunda da, büyükçe bir yapının duvarları, odaları görülür suların içinde. Kimine göre bir hamamdır bu; kimine göre de, koya adını veren manastırın kalıntılarıdır.

Tekne gezilerinde bir de büklerin güzelliğiyle karşılaşırız. Sözlüklerde bulunmayan, Gökova'ya özgü bu "bük" sözcüğü, "bükülmek" fiiline bağlıdır herhalde. "Bük" iç içe kıvrılan koy anlamına gelir. Bir koya varırs   bakarsınız ki, o koyun içinde ikinci bir koy; ikinci koyun içinde üçüncü bir koy; üçüncü koyun içinde dördüncü bir koy vardır vb.

Bir tahmine göre altmış altı bük varmış Gökova'da. Bunlardan bazıları öyle iç içe ve öyle dardır ki, tekneler pek göze alamazlar oralara girmeyi. Ama Hürriyet'in kaptanları, çok dolambaçlı Löngöz bükünün kıyısına kadar giderlerdi. Bir sabah, güneş doğarken, orada uyanmıştım. Deniz de, yeryüzü de, gökyüzü de pespembeydi. Çamların ve günlük ağaçlarının gölgesi, kıpırtısız pembe sulara yansımıştı. Bu dünyadan olmayan bir sessizlik ve huzur vardı çevremde. Gözlerimi açınca, bir iki saniye süren bir yanılgıya düştüm: "Galiba öldüm, cennetteyim" dedim kendi kendime. Ne denli kısa sürerse sürsün, tüm dinsizliğime ve tanrıtanımazlığıma karşın, böyle bir yanılgıya düşmem gene de tuhafıma gitmişti. Eğer cehennem ve cennet varsa (ki kesinlikle yok), kendimin, çok daha ilginç bir yer olan cehenneme değil de, doğru cennete gideceğim konusunda kendimden bile sıkı sıkı gizlediğim saçma bir inancım mı vardı acaba?

Gökova'nın en güzel bükleriyle dolu İngiliz Limanı'na, Birinci Dünya Savaşı'nda oraya İngiliz savaş gemilerinin sığındığına dair yaygın söylentiden ötürü böyle bir ad verilmiştir. Bir de Göben bükü var. Oraya da Alman gemileri sığınmış. Bu cennetimsi büklerde savaşılması öyle akıl almaz bir şey ki, buna pek inanamıyoruz. Ama dolaylarındaki köylerde yaşayan kimi ihtiyarlar, çocukluklarında, bombalama sesleri bile duymuşlar.

Tüm güzelliğine karşın, İngiliz Limanı'nda iki kez büyük şok geçirdim: Birincisi, orman yangınından sonra, o görkemli yemyeşil çamların kavrulduğunu görmekti. İkincisi de, yüzerken, deniz kıyısında bir sarı taksiyle burun buruna gelişimdi. O çirkin taksinin o güzel kıyıda durması, inanılmaz bir karabasandı benim için. Uyanayım diye, başımı hemen denize gömdüm. Başımı sudan çıkarınca, taksi hâlâ oradaydı ve ağaçlar arasında dolanan yolun o zaman farkına vardım. Eskiden ancak denizden gidilen İngiliz Limanı'na karayolu yapıldığını anladım. Yamaçta yanan çamların yerine yenileri dikilmiş bile. Ama o yol kalacak; hattâ yenileri eklenecek ona. Yakında o çamlar kesilecek, oraya beton kutular dikilecek belki de.

Doğaya karşı duyarsızlığımızı; ekoloji, çevre korunması gibi kavramlar konusunda ancak on ya da on beş yıl önce bilgi edinmeye başladığımızı; bu yüzden gelecekte ne gibi çirkinlikler olabileceğini düşündükçe, bu tekne gezilerinde çok kaygılandığım olmuştur. Ne var ki, henüz bozulmamış bunca güzellik karşısında sevinç ağır basıyordu her zaman. Çünkü bu denizlerde en beklenmedik anlarda, en beklenmedik yerlerde, insanda hayret ve hayranlık uyandıran durumlarla karşılaşırdık. Örneğin, son yolculuklarımdan birinde, Marmaris ile Datça arasında, bir kale duvarı gibi dimdik kayalık bir yamacın önünde demir attık geceleyin. Çevrede ne bir ağaç vardı ne de bir bitki. Sâdece taş, sâdece sarp kayalar ve kayalıkların içine oyulmuş kocaman bir mağara. Suyla dolu bu mağaranın ağzından uğursuz ve ürkütücü homurtular çıkıyordu. Hava iyice kararıp da neden bu kasvetli yerde geceliyoruz diye tam üzülmeye başladığım sırada, bir yığın kuş ötüşmeye başladı. Bildiğim kadarıyla, güneş batınca, bülbüller bir yana, kuşlar susar. Ömrümde ilk kez duyduğum bu kayalık kuşları ise, cıvıl cıvıl ötüyor, hem de sevinçle ötüyordu. Bu gizi çözmenin yolunu bulamamış, şaşırıp kalmıştık hepimiz.

Gene Marmaris'ten çıkıp Datça'ya doğru giderken, bambaşka biçimde şaşırtıcı bir durumla karşılaştık: Yerini tam bilmediğim, galiba Çiftlik denilen köyün karşısında bir ada gördük. Bu büyükçe ada ıssız gibiydi; yani ortada ev filân yoktu. Ama denizden çıkıp adanın yamaçlarına dolanan mavi borular dikkatimi çekti. Teknoloji konusunda karacahil olmama karşın, bunların su ve elektrik boruları olduğunu ben bile anladım. Bu ıssız adanın neden karadan suyla elektrik aldığını sordum. Ada ıssız değilmiş meğer. En tepesinde, ağaçlar arasında görülmeyen bir ev, kıyıda da bekçinin küçük evi varmış. Teknemizin kaptanı bildiği kadarını anlattı bizlere: Adanın sahibi varlıklı bir inşaat mühendisiymiş. Yılda ancak bir ay, adasında yalnız otururmuş. Kimsenin oraya girmemesi için, bekçi tutmuş. Bekçiler tek başına kalınca, sıkıntıdan patlayıp işten çıkarlarmış. Bu yüzden çok bekçi değiştirmek zorunda kalmış. Bekçilerin köpekleri bile yalnızlığa dayanamayıp, yüzerek karaya kaçarlarmış. Adamın eşiyle çocukları, bu adaya bunca para harcanmasına karşıymışlar. Adam da, "bir metresim olsa daha mı iyi olurdu? Tutun ki bu ada benim metresim" dermiş.

Rahmetli Turgut Özal'ın tam tersine, zenginlerden hiç mi hiç hoşlanmam. Ama onu tanımadığım, hiçbir zaman tanımayacağım halde, bu adayı satın alan zengine hayran kaldım.

Adını da öğrendim ve bu adı unutmamak için, o sırada okumakta olduğum John Donne'un şiirlerinin iç kapağına yazdım. Helâl olsun o zenginin parası! Keşke daha fazla kazanmaktan vazgeçse de sürekli otursa o güzel adasında. Ara sıra dostlarını da dâvet etse oraya. Dostları arasında bizler de olsak keşke!

Yalnız benim değil, hepimizin düş gücü harekete geçmişti. O sırada adasında bulunmayan adamla tanışabilmek için, birbirinden saçma senaryolar kurmaya başladık. Adamla tanışmamız pek olası değildi ama, adayı görebilirdik hiç olmazsa. Bu istekle yanıp tutuşuyorduk. Adanın karşısında demir attık. Kandırma gücünün iyice gelişmiş olduğunu bildiğimiz üç arkadaşı teknenin sandalına bindirip elçi olarak rıhtıma gönderdik. Hemen rıhtıma inen genç bekçi, yaz tatilinde çalışan bir üniversite öğrencisiymiş. Hepimizin öğretim üyesi, dolayısıyla zararsız olduğumuzu öğrenince, adayı görmemize izin verdi. Sandaldan işaret edilmesi üzerine, tekneden atladık, yüzerek adaya bir çıkartma yaptık. Ayıp olmasın diye, patronu konusunda delikanlıya hiç soru sormadık. Adanın bakımlı olduğunu, her bir yana yeni ağaçlar, çiçekler dikildiğini gördük. Geceleri aydınlanabilen düzgün bir patikayı tırmanarak, en tepede, ağaçlar arasında gizlendiği için denizden görülemeyen eve vardık. Zenginlerin, çevresini elektrikli tel örgülerle sararak Bodrum yarımadasına diktiği şatafatlı şatolardan çok farklı, "mütevazı" denilen türden, küçükçe bir evdi. Bekçiye, "kapıyı aç, içeri girelim" demek hırtlığına düşmedik ama, kendimizi tutamayıp, pencerelerden içeriye baktık biraz. Hepimizin evi gibi, ancak kilimler, minderler, alçak koltuklar, yastıklar ve kitaplarla süslü bir evdi. Evin içini, biraz da olsa görünce, adanın sahibine ilgimiz büsbütün arttı.

Sâdece Ege ve Akdeniz'de yelken açtığımız sanılmasın. Marmara'da da gezindiğimiz oldu. Günün birinde bir taka, o sıralarda Kuzguncuk'ta yalısı olan arkadaşlarımızın rıhtımına yanaştı. Avşa, Paşalimanı ve Marmara adalarına gittik. Bir adaya yaklaşınca, çoğumuz hemen denize atlıyor, takadan sarkan ipi tutuyorduk. Genellikle çok ağırbaşlı olmasına karşın, dümendeki Rize doğumlu arkadaşımızın o sırada laz şakacılığı tutuyor, takayı iyice hızlandırıyordu. Kadın erkek hepimizin mayoları sıyrılıyor, bedenlerimizden ayrılıp, denizde kaybolacak diye korkuyorduk. Bir elle ipi, bir elle mayolarımızı tutmaya çalışıyorduk.

1983'te Genco Erkal ile kardeşi Ferit, on metrelik küçük bir tirhandille, kızımla beni beş günde Bodrum'dan İstanbul'a götürdüler. İkisi de, deniz subayı babalarından, gemicilik konusunda ciddi eğitim görmüşler meğer. Bir gece, haritalara, yıldızlara, deniz fenerlerine bakarak, zifiri karanlıkta bir yere demir atıp, "burası Assos" dediler. Pek inanmadım buna. "Göz gözü görmüyor; nereden bilecekler Assos'a vardığımızı" diye düşündüm. Gün ışır ışımaz sahile yüzdüm. Karşıma çıkan ilk adama, "burası neresi?" diye sorup da, "Assos" yanıtını alınca, Erkal kardeşlerin denizciliğine saygı duydum.

Kimi zaman fena halde ihtiyarladığımı, birbirine kavuşamayan kırık kaburga kemiklerimi, bastonsuz yürürsem dengemi yitirdiğimi düşünüyor, "denizlerde gezinmek faslım bitti artık" diyorum kendi kendime. Ne var ki, insan, sevdiği şeylerden öyle kolay vazgeçemiyor. Arkadaşlarım, "seni şu ya da bu ay denize çıkaracağız" deyince, umutlanıyorum. "Biraz acele edin de, beni vinçle kaldırıp teknenin güvertesine koymak zorunda kalmayın" diyorum onlara. Ama umutlanıyorum gene de; çünkü Gökova'yı, Gizli Deniz'i, Sedir Adası'nı, o güzel yerlerin her birini bir kez daha görmek istiyorum ölmeden önce.

V.
Anadolu

Daha önce de söylediğim gibi, İstanbullular, kentlerinin dışına hiç mi hiç çıkmazlardı eskiden. Kendi ülkelerini, yani Anadolu'yu görmek akıllarının kenarından bile geçmezdi. Parası olanlar, İstanbul'un sayfiye yerlerine giderlerdi yaz aylarında. Yolculuk deyince de sâdece Avrupa gelirdi akıllarına.

İç turizm denilen olay, ancak 1970'li yıllarda başladı. Kent ve çevresinde artık denize giremeyince, İstanbullular, Bodrum'a, Marmaris'e Antalya'ya filân tatile gittiler. İstanbul'dan uzak ikinci bir ev sahibi olmak ve devremülk modası başladı. Ne var ki çoğunun, tatillerini geçirdikleri yerlerin güzelliğini gerçekten kavrayabildiği konusunda kuşkularım var. Çünkü bizlerin başlıca iki kusurundan biri yaşama sevincinden yoksun olmamızsa, ikincisi de doğa sevgisinden yoksun olmamızdır bence. Çoğumuz, küçük mutluluklara sıkı sıkı kapatırız benliğimizin kapılarını. Neşeli insanları sulu sayarız. Dertlenecek bir neden bulunmayınca bile, hep dertliyizdir genellikle. Doğanın güzelliğini görmeye de pek meraklı değilizdir. Boğaziçi'nde piknik yapmaya gidince, Kandilli tepelerine doğru biraz tırmanıp, dünyanın en görkemli manzaralardan birini seyretmeyiz. Küçüksu çayırının çukurunda kalır, öteki piknikçileri seyrederiz. İstanbul'un deniz kıyısında gezmeye gidince, denize kıçımızı çevirir, yoldan geçen araba ve yayalara bakarız. Çiftehavuzlar, Suadiye, Bostancı gibi semtler yapılaşmaya açılınca, ev ya da apartman dikmek için, deniz kıyısındaki arsaları değil, Bağdat Caddesi'ndeki arsaları yeğ tutarız.

Ne var ki, son otuz kırk yılda bu durum bir hayli değişti. İstanbul'da apartmanlar üst üste yığılınca, manzaralı yer merakı başladı. Hattâ doğa sevgisi de başladı az az.

Doğrusunu söylemek gerekirse, Türk olduğuma göre, bende de ilkin ne yaşama sevinci ne de doğa sevgisi vardı. Bunu belki biraz garip bulacaksınız ama, yaşama sevincim yirmisinde, solculuğumla birlikte, yani kendi benliğimi arka plana itmemle başladı. Yaşamda bunca gerçek felâket, bunca sefalet varken, ıvır zıvır kişisel sorunlarım yüzünden surat asmayı, ahlâksal açıdan ayıp saydım. Başıma gerçek felâketler gelince de (iki büyük felâket geldi başıma), bunları gözler önüne serip çevremi de mutsuz etmeyi, gene ahlâksal açıdan doğru bulmadım. Doğayı sevmemin nedeni de, mesleğim gereği, yirmi yaşından beri, doğaya tapan İngiliz romantik şairlerini sürekli okumamdır herhalde. Çünkü bakmakla görmek arasında büyük bir fark vardır. Doğanın güzelliğine aval aval bakmak başka şeydir, bu güzelliği sahiden görebilmek başka şeydir. İşte İngiliz romantik şairleri, doğaya sâdece bakmayı değil, doğayı görmeyi öğrettiler bana.

Büyük kentlerde oturanlar, temiz hava, kum ve deniz uğruna, Ege ve Akdeniz kıyılarına dadandılar ama, Anadolu'nun başka yerlerinde gezmek hiç akıllarına gelmedi. Oysa yabancı turistler oralara da akın ediyordu. Eskiden, bizlerden kaç kişi Göreme'ye gitti; kaçı İshak Paşa Sarayı'nı, Sümela Manastırı'nı, ya da Hoşap Kalesi'ni gördü; kaçı Nemrut Dağı'na tırmandı; kaçı Eğridir Gölü'nün ya da Van Gölü'nün sularında yüzdü bilemem. Ancak son yıllarda Türk turistlerin bir kısmı, gezilerini Ege ve Akdeniz kıyılarıyla sınırlı tutmamaya, memleketlerinin başka bölgelerinde de gezmeye başladılar.

Ben ise, daha yirmi yaşındayken, Anadolu'ya merak duydum. Çünkü Trabzon'da yetişen hocam Sabahattin Eyüboğlu, Zigana Geçidi'ni ya da Karadeniz yaylalarını bana anlatmıştı.

Çünkü arkeolog olan çocukluk arkadaşım Halet Çambel sürekli Anadolu'da gezerdi. Çünkü fakültedeki yabancı profesörler, arkeoloji ya da sanat tarihiyle doğrudan doğruya ilişkisi bulunmayan Türk öğretim üyelerinden farklı olarak, antik kentlerin kalıntılarını da, Selçuk mimarisinin anıtlarını da incelemeye giderler, izlenimlerini de bana aktarırlardı. Onlar olmasaydı, ben de güzel İstanbul'umdan ayrılmayacak, ülkemi uzun süre hiç bilmeyecektim.

1938 yazında, kardeşim Halil, yaşlı olmasına karşın serüvenlerden hoşlanan Çerkez dadım Gülistan Hanım, arkadaşım Nail Çakırhan ve ben, bir iki hafta kalmak üzere, Uludağ'da çadır kurduk. (Üniversiteyi Paris'te okuduğu için, Halet aramızda yoktu.) Altmış yıl önce Uludağ'da bir kayakevi, küçük bir otel, tek gözlü bir meteoroloji istasyonu vardı sâdece. Kamping alışkanlığı henüz başlamadığından, bizimkinden başka bir tek çadır da yoktu ortada. Kayakevinde ve otelde kalanlar, gelip merakla seyrederlerdi çadır yaşantımızı. Dadımın gazocağının üstünde kuru fasulye pişirmesi özellikle ilgilerini uyandırdığı için, Gülistan Hanım onlara ikramda bulunurdu ara sıra. Yalnız insanlar değil, o sırada ıssız olan dağda rahat rahat gezinen ayılar da meraklıydılar çadırımıza. Onları görünce, hemen yere çöker, hiç kıpırdamadan otururduk. Homurdana homurdana, çok yakından geçtikleri de olurdu. Bir gece, dadımın ödü kopmuş; çünkü bir ayının, gene homurdanarak çadıra girdiğini sanmış. Oysa fazla kuru fasulye yediğim için, benim guruldayan karnımdan çıkıyormuş o sesler.

Çadır faslı bitince, Nail ile ben, Abidin Dino'yu görmek üzere Balıkesir'e gitmeye karar verdik. Çünkü tek parti döneminde Cumhuriyet Halk Partisi, ellerine geçinebilecek kadar para vererek, ressamları bir iki aylığına, Anadolu'nun çeşitli yerlerine gönderirdi. Yaptıkları resimlerin bir kısmını da, devlet dairelerinin duvarlarını süslemek üzere satın alırdı. Abidin de Balıkesir'e gönderilmişti.

Böylece, göreceğim ikinci Anadolu kenti olacaktı orası. İlki Bursa'ydı. Yılda birkaç kez üniversitenin kayak ekibiyle Uludağ'a çıktığımız için, giderken de, dönerken de, bir gün kalırdık Bursa'da. Tüm görkemli güzelliğine karşın, o kente ısınamamıştım. Çünkü şimdi herhalde öyle değildir ama, altmış yıl önce, akıl alamayacak kadar tutucu bir yerdi. Bizler, aynı yerde, aynı kumaştan dikildiği için birbirinin tıpkı eşi olan lâcivert pantolonlu, lâcivert montlu kayak kılığımızla kızlı erkekli, yollarda gezerken, Bursalılar, hem yadırgayan, hem ayıplayan gözlerle kötü kötü bakarlardı bize. Bir gece tuvalete gitmek için koridora çıkınca, bir de baktım ki, seksen yaşında bir kadın, bir iskemlede oturmakta. Yatacak yer bulamayan bir yolcu sandım onu. "Böyle iskemlede kalma, teyze. Yatağımı sana vereyim. Ben kızlardan biriyle yatarım" dedim. Kadıncağız teşekkür ettikten sonra, durumu açıkladı: Otel sahibinin annesiymiş meğer. Geceleyin kızlarla oğlanların birbirlerinin odalarına gitmelerini engellemek için, otel sahibi, zavallı ihtiyar annesini uykusuz bırakarak ona namus bekçisi görevini verip koridora dikmiş. Her odada dörder kız, dörder oğlan yattığına göre, düş gücü fena halde namussuz bu herif, bizlerin grup seksi yapmamızı engellemek istiyordu anlaşılan.

Dağdan inince, hava karardığı halde, hemen Balıkesir'e gitmeye karar verdik. Oraya dolmuş yapan, her bir yanı kırık dökük bir taksi bulduk. Üstelik, zangır zangır titreyen bu aracın şoförü, tavşan avlamak meraklısıydı. Farların ışığında bir tavşan görür görmez, direksiyonu kırıp hemen üstüne saldırıyordu. O bozuk yollarda tavşanları kovalaya kovalaya Balıkesir'e nasıl gidebildiğimizi bilemem.

Oraya varınca, bizim geleceğimizden haberi olmayan Abidin'in Edremit'e gittiğini öğrendik. Ertesi sabah, tıpkı bir oyuncak trene benzeyen çok sevimli küçücük bir trenle Edremit'e varıp, Abidin'i bulduk. Edremit ve çevresi çok güzeldi. Aradan yarım yüz yıldan fazla geçtiği halde, cömertçe gölge veren o kocaman çınarları, Havran mezarlığındaki o görkemli servileri, o evlerin zarifliğini, boyunlarında bir kolye gibi kahverengi bir çember bulunan kumruları, Yusuf adında birini çağırıyormuşçasına öten yusufçuk kuşlarını unutamıyorum. İstanbul'da bu tür kumruları hiç görmemiş, yusufçuk kuşlarını hiç duymamıştım.

Abidin bize her bir yanı gezdirdi; bu arada Akçay'a da götürdü. Şimdi iç turizm yüzünden çirkin beton yapıların üst üste yığıldığı Akçay'da, bir tek kır gazinosu vardı eskiden. Kumsaldaki bu gazinoda da, biz üçümüzden ve piknik yapan bir aileden başka kimsecikler yoktu. Denizin içine yer yer demir borular dikilmesi, bu boruların ucundan da sular çıkması, bana çok acayip gelmişti. Piknik yapan aileye bunun nedenini sordum. Denizin dibinde kaynaklar varmış, o borulardan da tatlı su fışkırıyormuş meğer. Bunu duyunca, çok heyecanlandım. Çünkü ömrümde ilk kez böyle bir şey görüyordum. Uludağ'ın doruklarında, buz gibi suları zehir yeşili göllerde yüzmüştüm birkaç gün önce. Şimdi de, borularından tatlı su fışkıran bu bambaşka sularda yüzmek istiyordum. Mayom yanımda değildi. Hemen soyundum, atlet fanilası ve donla denize girdim. Benim kalınca pamuktan yapılmış iç çamaşırlarım, çoğu mayolardan çok daha edepliydi aslında. Ne var ki, "erkek denize donla da girebilir; kadının ise hiç girmemesi daha doğrudur; ama ille girecekse, ancak mayoyla girebilir" klişesi beyinlerine iyice yapıştığından, piknik yapanlar, pek hoşlanmadılar benim bu doğal davranışımdan. Durumu protesto edercesine, hemen sepetlerini ve çocuklarını toplayıp, gazinoyu terk ettiler.

Abidin Dino'nun komünist bilinmesine karşın, bölgede özgürce gezindik. Bigadiç'e bile gittik bu arada. Oranın yöneticileri, bizleri evlerinde konuk ederken, namus durumlarından ötürü, bana bir evde, Abidin ile Nail'e başka bir evde oda vermeye özen gösterdiler. Onurumuza bir şölen bile verildi. O şölenin başlangıcında hafif bozuldum. Çünkü erkeklerin önünde rakı, benim önümde ise ayran vardı. Bana da rakı vermeyi bir saygısızlık saydıklarını hissettiğim için, hiçbir şey demeden, Abidin ile Nail'in, damarıma basmak istercesine rakı kadehlerini şerefime kaldırmalarına bile aldırmadan, ayranımı kuzu kuzu içtim. Gelgelelim, Abidin CHP tarafından oralara gönderildiğine göre, bu saf yetkililer onu hükümetin adamı sanıp Bigadiç'in ilçe yapılması konusunda yardımlarını esirgememesini rica edince; Abidin de, "burada bize böyle iltifat edildiğini bilseler, Bigadiç'i Türkiye haritasından silerlerdi" diye fısıldayınca, kahkahalarımızı zor tuttuk.

Ne gariptir ki, Balıkesir dışında özgürce geziniyorduk da, kentin içinde kimi işgüzar polisler Abidin'i kontrol ediyorlardı gene de. Özellikle Balıkesir'in en lüks lokali bilinen büyük gazinoya her gittiğimizde, bitişik masalarda oturan ve gözlerini bizden ayırmayan, bıyıklı sıska adamcağızlar görürdük. Bu yeteneği pek bilinmediği halde bir karikatür ustası olan Abidin, bir yandan bunların birbirinden komik portrelerini çizerken, bir yandan da "Zehra" tangosunun acıklı nağmelerini dinlerdik.

Edremit'te oturan ve henüz tanımadığım Sabahattin Ali'yi de gördüm bu yolculuk sırasında. Bebek olan kızı Filiz'i omuzlarına oturtmuştu. Bundan ötürü Sabahattin Ali, çocuğunu taşıyan sevecen bir baba olarak aklımda kaldı hep. Daha sonraları her karşılaştığımızda, "Filiz neden omuzlarında oturmuyor?" diye sorardım; gülüşürdük.

Balıkesir'de hiç unutamayacağım bir kadın gördüm: Sinemaya gitmiştik. Filmin başlamasını beklerken, ince uzun genç bir kadın girdi hole. Giysisi, şapkası, eldivenleri, çantası, topuklu ayakkabılarıyla, en iyi anlamda, yani gösterişe hiç kaçmayan bir biçimde, tepeden tırnağa, olağanüstü şıktı. 1938 yılında Anadolu'da değil de, Paris'in büyük bulvarlarının birindeydik sanki. Salt erkekten oluşan holdeki kalabalık, saygıyla kenara çekildi, yol açtılar ona. Genç kadın bir masaya oturdu; garsondan bir sâde kahve istedi. Sonra eldivenlerini çıkardı; çantasından sarı kapaklı Fransızca bir roman, bir paket de sigara aldı. Kahvesini ve sigarasını içerken, kitabını okudu.

Herkesin gözü ona dikiliydi. Ama ancak bizim gözlerimizde hayret vardı. Balıkesirli erkekler, hayretle değil, sâdece hayranlıkla bakıyorlardı ona. Her zaman tanışmak istediğim ve ne yazık ki bir daha hiç karşılaşamadığım bu kadının kim olduğunu sorduğumuzda, "Hâkim Hanım" diye fısıldadılar. Hâkim Hanım şöyle dürüst böyle dürüstmüş. Gözü öyle pekmiş ki, hiç kimseden, en belâlı ağalardan bile korkmazmış. Gerektiğinde, bir dâvâyı soruşturmak için, bir ata atladığı gibi en uzak köylere gidermiş. Adaleti yerine getirmekten başka hiçbir şey düşünmezmiş, vb. Bunları duyunca, birkaç ay sonra ölecek olan Mustafa Kemal'in, kadınların eğitim görmeleri, özgürlüklerine kavuşup toplumda yer almaları uğruna verdiği savaşımı kesinlikle kazandığının bir kanıtı saydım Balıkesir'deki Hâkim Hanım'ı. Bu kadın toplumdan dışlanmış durumda değil, tâ 1938 yılında topluma egemen durumdaydı.

İkinci Anadolu yolculuğum 1940'ta Halet ile Kırkağaç'a gidişimdi. Edremit'ten pek uzak olmayan bu kasaba, Ege sahillerini değil de, daha sonraları gördüğüm Anadolu'yu anımsattı bana. Ne görkemli serviler, ne kolyeli kumrular, ne yusufçuklar, ne de içinden tatlı su fışkıran deniz kıyıları vardı orada. Ama hava çok sıcak olmasına karşın, gene de ilginç bir gezi oldu. Kırkağaç'a gitmemizin nedeni, Fransız arkeologların 1900'de dolaydaki köylerden birinde bir kazıya başlamaları ve Paris'ten döndükten sonra benim gibi İstanbul Üniversitesi Edebiyat Fakültesi'nde asistan olan Halet'in o kazı yerini saptamakla görevlendirilmesiydi.

Trende, Kırkağaç'a giden çok terbiyeli bir yüzbaşı bizimle ilgilendi. Kuşku uyandırabilecek hiçbir yanı olmayan bir nezaketle, bize ille yardım etmek istiyordu. Ama Halet de, ben de hep, "sağ olun" diyor; yüzbaşının yardım önerilerinden yararlanmaya hiç yanaşmıyorduk. Sonunda delikanlının, "binbir teşekkürle Sedd-i Çin gibi bir duvar örüyorsunuz çevrenize" dediğini hiç unutamam.

Kırkağaç'a varınca, görünürde otel filân olmadığından bir handa geceledik. Hava felâket sıcaktı. Bakkaldan aldığımız ekmekle peyniri kavunla yerken, bir er yanımıza geldi; bir selâm çaktı. Sonra, "trendeki yüzbaşının emir eriyim; size bunu gönderdi" diyerek, içindeki buz gibi suyla terlemiş toprak bir testiyi, kırık dökük soframızın üstüne koydu. Ona karşı Çin Seddi gibi bir duvar ördüğümüz halde, yüzbaşı, gene inceliğini göstermiş, kendi gelip bizi tedirgin etmeden, tanımadığı iki kıza, bu kavurucu sıcakta en makbule geçecek armağanı sunmanın yolunu bulmuştu.

Ertesi sabah, aynı derecede terbiyeli bir jandarma subayı, büyük bir nezaketle bizi karakola götürdü. Fakülteden verilen belgeyi inceledi. Kimliklerimizi de inceleyince, Halet'in Berlin doğumlu olduğu anlaşıldı. (Berlin doğumluydu; çünkü dünyaya geldiği sırada, babası Hasan Cemil Çambel, elçiliğimizde askeri ataşeydi.) İkinci Dünya Savaşı bir yıl önce başladığından, genç subayın aklı biraz karıştı bu durum karşısında. Hep terbiyeli davranıyor, ama bizi karakoldan bırakmıyordu. Biz ise, dolaylarında kazının yapıldığı köye hava kararmadan önce varmak istiyorduk. Karakoldan çıkabilmemizin tek çaresi, Halet'in babasının, o günün deyimiyle mebus, yani milletvekili olduğunu söylemekti. Ama Halet'in huyunu bildiğim için, ölse bile, bunu yapmayacağının farkındaydım. Sonunda, arkadaşımın öfkeden kızarıp bozarmasına aldırmadan, "Halet Hanım, Bolu mebusu Hasan Cemil Çambel'in kızıdır. Üniversiteden resmî bir belge getirdiğimiz halde, karakolda tutulduğumuz duyulursa, hiç de hoş olmaz" dedim ve jandarma subayı bizi dakikasında özgür bıraktı.

Şimdi adını unuttuğum o köye varınca, durum tamamıyla değişti. Kasabadayken, İstanbul'dan gelen iki kızın dolaylarda arkeolojik bir araştırma yapması, bizi karakola götürecek kadar kuşkulu bir durum sayılmıştı. Köyde ise, bundan daha normal bir şey olamazdı sanki. Anadolu'da, köyde yaşayanların, kasabada yaşayanlardan kat kat daha uygar, daha az tutucu olduğunu anlamış oldum böylece. Yalnız Kırkağaç'ta değil, bütün ülkede bu böyleydi. Paradoksal görünen bu durumu, küçük burjuva zihniyetinin, köylerden çok kasabalarda egemen olmasıyla açıklayabiliriz belki.

Köyün muhtarı, bizi hemen bağrına bastı; evinde konuk etti günlerce. Akşamları, yemekten sonra, genç ya da yaşlı, köyün bütün kadınları, bizimle konuşmak için, muhtarın evine gelirdi. Bu kadın toplantılarında, sedirlere, kilimlere serilip, çaylar, kahveler, ayranlar içerken, bize yöneltilen soruları yanıtlardık. İstanbul'da yaşam koşulları, kadınların durumu, ailemizle ilişkilerimiz, mesleğimiz, günlük programımız ve daha birçok şey konusunda, büyük bir merakla sorulan çok zekice sorulardı bunlar. Konuklar gittikten, ev ahalisi yattıktan sonra, karanlık bahçede, kuyudan su çeker, yıkanırdık.

Kazı yerinin kolay bulunması için, ilkokulun öğretmeni bizimle dağ taş gezerdi. Bu yaşlı başlı adam, Cumhuriyet'in ilk yıllarının o idealist öğretmenlerinin en mükemmel örneklerinden biriydi. Öğrencileri üşümesin diye, okul sobasında yakılacak odunları gerektiğinde kendi sırtında taşırmış. Kız çocuklarının da mutlaka okula gönderilmesini sağlamak için köyün evlerini teker teker gezer; anne babalara sırasında yalvarır yakarır, sırasında yasaları öne sürerek onları tehdit edermiş. Bir ineği olmadığı için, çocuklara süt verememek derdinden söz etmişti bize. İstanbul'a dönünce durumu Halet'in annesine anlattık. O da inek parası olan üç yüz lirayı hemen öğretmene gönderdi.

Fakültedeki yabancı profesörlerin hayranlıkla anlattıklarını dinledikten sonra, 1942 kışında, yarıyıl tatilinden yararlanarak, Antalya'ya gidip orada on gün kalmaya karar verdim. Arkadaşlarım, "sen deli misin? Ne yapacaksın Antalya'da?" diye sordular hayretler içinde. Duyduklarımı karmakarışık bir biçimde aktardım onlara: Antalya, Akdeniz'in en güzel kıyılarından biriymiş. Fransız Rivierası da, İtalyan Rivierası da halt edermiş onun yanında. Engin kumsalları, dimdik yarlardan denize dökülen şelaleleri varmış. Lübnan sediri ormanları, mandalina bahçeleri varmış. Karlı Toros Dağları'yla çevriliymiş. Üç bin metreyi aşan dağlarından birinin adı "At Kuyruk Sallamaz"mış. (Bu garip adı, Türkçe bilmeyen yabancı profesörlerin yanlış bir çevirisi sanmıştım ama, böyle bir dağ adı sahiden varmış.) Antalya'nın dolaylarındaki Manavgat ve Düden çağlayanları müthişmiş. Eskiden Olympos denilen Çıralıdağ'ın tepesinden alevler çıkarmış. Dünyanın hiçbir yerinde görülmeyen mağaralar varmış. Dolaylardaki antik kentlerin kalıntıları birbirinden ilginçmiş. Aspendos tiyatrosunda öyle bir akustik varmış ki, sahne kısmında fısıldayarak söylenenleri en üstte oturanlar bile açık seçik duyabilirmiş. İlkbaharda dağlarda eriyen karların suları, Antalya'nın caddelerinde açılan kanallarda şakır şakır akarmış. Hiçbir liman Antalya'nınki kadar görkemli değilmiş, vb.

Bütün bu güzellikleri yağlandıra ballandıra anlattığım halde, İstanbullu arkadaşlarımı gene de kandıramadım; Antalya'ya tek başıma gittim. Burdur'da trenden inince "makine" ile vardım oraya. Birinci Dünya Savaşındaki İtalyan işgâlinin etkisinden olacak, "otobüs" anlamına gelen "makine" sözcüğünü kullanıyorlardı o yörede. Bizim makinenın üstünde, yığın yığın çuvallar, irili ufaklı sepetler, tavuklar, horozlar, keçiler ve daha neler neler vardı.

Antalya'yı görür görmez, kentin olağanüstü güzelliği beni hemen çarptı. Yabancı profesörlerin anlattıklarında hiçbir abartma yoktu. Antalya, sahiden şahâneydi. Gelgelelim, o sırada turizm diye bir olay olmadığından, kent halkı yabancılara aşırı bir ilgi gösteriyordu. Nereye gitsem, yaşları on beşle yirmi arasında değişen sessiz bir oğlan grubu peşimden geliyordu. "Beni rahat bırakın!" diye bağırıp çağırmam, hattâ terbiyemi bozup küfretmem hiçbir işe yaramıyordu. Biraz uzaklaşıyorlar, sonra gene peşime düşüyorlardı.

Ben Anadolu'da güç duruma düşünce, kendi mesleğimden olanlardan, yani öğretmenlerden medet umarım hep. Öğretmenlerin hangi kahvede toplandıklarını öğrendim. Oraya gidip, orta yaşlı, efendi kılıklı bir öğretmen seçtim. Ona kim olduğumu, neden buraya geldiğimi, belki öğrencisi olan oğlanların başıma belâ kesildiğini filân anlattım. Adamcağız bana yardımcı oldu. Çünkü 1942 yılıydı. Kadınlara karşı tutucu davranışlar henüz başlamamıştı. Bu Cumhuriyet öğretmeni, İstanbul Üniversitesi'nden asistan bir kızın, memleketini görmek istemesini normal karşılıyordu. Oysa eminim ki, on yıl sonra, yani demokrasinin nimetlerinden yararlanmaya başladıktan sonra, başka bir öğretmene başvursaydım, adam, "buralarda tek başına ne işin var, kızım? Elbette peşine takılacaklar" diye çıkışırdı bana. Ama bu Cumhuriyet öğretmeni, bir kadının, ancak babasının, ağabeyinin ya da kocasının koruması altında gezinmesi gerektiğine inanmıyordu. Beni kendisi gibi öğretmen olan eşiyle tanıştırdıktan sonra, kusursuz bir kavalye oldu bana. O görünür görünmez de, oğlanlar yok oldular ortadan. Birlikte makinelere, kamyonlara, at arabalarına bindik; görmek istediğim her yere gittik.

Daha sonraları da Antalya ve yöresini birkaç kez gezdim. Ama artık "turizm patlamıştı." (Zâten turizm hep patlama halindedir; patlamayınca da "eyvah! Mahvolduk!" deriz.) Yığınla "siteler", beş yıldızlı oteller kurulmuştu; her bir yanı kalabalık basmıştı. Onun için, orasını 1942'de, yozlaşmadan önce görebildiğime seviniyorum.

Gerçi Bodrum'un başına gelenler Antalya'nın da başına geldi. Ama Ege kıyıları gibi Akdeniz kıyılarında da öyle görkemli bir güzellik vardır ki, ne yaparlarsa yapsınlar, böyle bir güzelliği yok edemezler gene de. Ancak oralara hangi mevsimde gideceğinize dikkat etmelisiniz bundan böyle. Yani "turizmin patladığı" aylarda ayak basmamalısınız Ege sahiline de, Akdeniz sahiline de.

3 Ağustos 1998'de yitirdiğimiz, güzel kişiliğini ve ölüm karşısında yiğitliğini hiçbir zaman unutamayacağımız sevgili arkadaşım Azra İnal ve Vedat Günyol ile birlikte 1976'da Antalya, Alanya, Side ve dolaylarına gitmem, en hoş yolculuklarımdan biri oldu; çünkü kasım ortalarındaydık. Eğridir'de bir gece kaldık. Orasını bundan önce iki kez gördüğüm halde, güzelliği beni gene de çarptı. Eğridir turizmden uzak kaldığı için, göle uzanan küçük kasaba, suyun o olağanüstü yeşim rengi, göldeki ağaçlı adacıklar, hiç bozulmamış, olduğu gibi kalmıştı.

1961'de oraya ilk gidişimde, yanımdaki arkadaşla suya girmeye hazırlanırken, bir er bize doğru koştu. "Bir erkekle bir kadın beraber yüzemez! Yasak!" diye bağıracağından korktum. Oysa, komutanları, oradan değil de, daha rahat ve daha güzel olan Orduevi'nden yüzmemizi rica ediyorlarmış. Bizi Orduevi'ne götürdü. Baktık ki dört beş kabinli, şezlonglu ve güneş şemsiyeli küçük bir plaj. Bizler o yeşim renkli saydam sudan çıkarken, iki genç subayla iki er yan yana dizilmiş, bizi bekliyorlardı. Erlerden birinin elinde iki bardak suyla iki kahve fincanı vardı. Ötekisi ise iki çift plâstik terlikle iki peştemal tutuyordu. Hemen bize koştu. Terlikleri ayağımıza giydirdi, peştemalları omuzumuza koydu. (Acaba oradaki erlerin mayolu bir hâtuna fena fena bakmalarını engellemek amacıyla alınan bir önlem miydi o kocaman peştemal?) Bir ağacın gölgesinde oturduk. Kahvelerden sonra, ayranlar, küçük kurabiyeler, çaylar geldi. Askerliklerini yedek subay olarak yapan ve ikisi de İstanbullu olan iki gençle uzun uzun sohbet ettik.

1976 Kasım ayında Akdeniz'in suları, yazın Eğridir Gölü'nün sularından çok daha ılıktı. Azra ile ben yüzerken, Vedat'ın haline gülerdik. Çünkü yazın bile pek denize girmeyen Vedat, gömleğinin üstüne bir kazak, kazağın üstüne bir yelek, yeleğin üstüne ceket giymiş, pardösüsü omuzlarında, kumsalda oturup, bizi beklerdi.

Sabahları denize girer, öğleden sonra da Azra'nın arabasıyla dolaylarda gezerdik. Kadı İni, Kara İn, Damlataş mağaralarına gitmiştim. Ama beni en çok etkileyen ilk kez gördüğüm İnsu Mağarası oldu: Bu mağaranın derinlerinde, suları koyu mavi, dibi görünmeyen gölcükler vardı. Hayretler içinde, hayran hayran baktım o sulara. O sırada altmış yaşıma geldiğim halde, ömrümde ilk kez görüyordum toprağın kim bilir kaç metre altındaki o güzel küçük gölleri.

O görkemli Alanya Kalesi'ni gezerken, fena bir şok geçirdim: Bir de baktım, başında fes, gencecik bir adam! İçin için öfkeden köpürdüğüm halde, yapay bir nezaketle yanına yaklaşıp, hangi milletten olduğunu, Türkçe bilip bilmediğini sordum. (Daha sonraları, sıkmabaş kızlara da aynı soruyu sordum hep.) Adı Ahmet'miş. Oradaki caminin imamıymış. Cuma namazına giderken (o gün cumaydı) fes takarmış. "Neden fes?" diye sorunca, "Müslüman Türküm de ondan" dedi."Müslümanlığını bilmem ama, Türklerin artık bunu kullanmadıklarını biliyorum" dedim başındaki fesi dürtükleyerek. Besbelli ki, İmam Hatip Liselerinin ilk parlak ürünlerinden biriydi o oğlan. Ömrümde hiç kimseye el kaldırmayan ben, öğretmenliğimin olanca otoritesiyle, yüzüne iki tokat atıp, o fesi başından alarak yere fırlatmak istedim. İçimden geleni yapmadığıma da hâlâ pişmanım. "İşte tam gardrop Atatürkçülüğü" diyeceksiniz. "Başında fes varmış, sarık varmış, sıkmabaşmış, ne önemi var?" diyeceksiniz. "Asıl sorun kafasının içini değiştirmek" diyeceksiniz. Ama ben, pragmatist bir insan olarak, genç bir erkeğin başında fes ya da sarık, genç bir kızın başında saçlarının bir tek telini göstermeyen bir bez parçası olunca; kafasının içinin de kolay kolay değişmeyeceğine inanıyorum. Çünkü Cumhuriyet'in ilk yıllarını yaşadım. Erkekler başlarına kasket geçirince, kızlar çarşaftan çıkıp başlarını açınca; davranışlarının, psikolojik yapılarının, düşüncelerinin de yavaş yavaş nasıl değiştiğini kendi gözlerimle gördüm.

Fesli oğlanla karşılaştıktan bir iki gün sonra başka bir karşılaşmayla moralim yerine geldi iyi ki: Side'de bir lokantada akşam yemeğimizi yerken, biraz ötedeki masada, iki beyle sevimli bir erkek çocuk gördük. Onların masasında da bir *Cumhuriyet* gazetesi vardı, bizimkinde de. "Cumok" sözcüğü yenidir ama, *Cumhuriyet* okurları arasındaki bağ eskidir. Birbirlerine yakınlık duyarlar öteden beri. Aralarındaki bağ, herkesin sandığı gibi siyasal değil, kültüreldir daha çok. Nice keskin solcular bilirim ki, çanak çömlek dağıtan boyalı basını *Cumhuriyet*'e yeğ tutarlar. Pek solcu sayılmayacak kimi aydınlar da, kültürel sorunlara iki tam sayfa yer veren bu gazeteden vazgeçemezler. Kitaptan başka promosyon yapmayan, hiçbir holding'den destek görmeyen *Cumhuriyet*'in hâlâ ayakta kalabilmesinin; ona özenerek sözde "fikir gazetesi" çıkaranların çok geçmeden çanak çömlek dağıtmak zorunluluğuna düşmelerinin nedeni, basında gittikçe ağır basan bayağılığa aydınlarımızın henüz tam teslim olmadıklarının bir kanıtıdır bana kalırsa.

Neyse, sevimli küçük oğlan, *Cumhuriyet*'in okunduğu öteki masadan aldığı meze tabaklarını bize ikram etmeye başladı. Biz de onu kendi masamıza, daha doğrusu benim kucağıma oturtunca, iki bey de yanımıza geldi. Biri savcıymış; öteki de Toros Dağları'nın eteğinde bir ilçenin kaymakamı ve sevimli çocuğun babasıymış. Genç kaymakam, Side'den ancak 75 kilometre uzakta, Gündoğmuş ilçesine bizi dâvet etti. Ertesi gün oraya birlikte gittik. Her bir yanından gürül gürül suların aktığı, çam ormanları arasında dünyalar güzeli bu yeri, *Cumhuriyet* gazetesini okumamız sayesinde görebildik böylece.

Ne gariptir ki, 1998 sonbaharında, yani aradan yirmi iki yıl geçtikten sonra, yüzünü hayal meyal anımsadığım, orta yaşlı, sevimli bir hanım girdi Bodrum'daki evimin avlusuna. "Adım Şermin" dedi. Emekli olmadan önce, Gündoğmuş'ta on yıl öğretmenlik yaptığını; Azra İnal'ın, Vedat Günyol'un ve benim oraya gidişimizi çok iyi anımsadığını anlattı. Kaymakamın unuttuğum adı İsmail'miş. O da çoktan emekli olmuş. O gün, sular üstüne kurulu bir çardakta yediğimiz nefis alabalıkları kızartan, çok sevdiğim un helvasını kavuran Şermin Öğretmen'le bunca yıl sonra yeniden karşılaşınca, çok duygulandım.

Gerçi yalnız yola çıkmaktan da hoşlanırım ama, gideceğim yöreyi benden çok daha iyi bilen yakın bir dostla yolculuk etmenin keyfi de başkadır. Ekim 1964'te, Cevat Çapan, eşi Gönül ve Sabahattin Eyüboğlu ile birlikte, Cevat'ın arabasıyla güneye yaptığımız gezi, bu açıdan çok hoş oldu. İstanbul Üniversitesi'nin Edebiyat Fakültesi'nde Fransız edebiyatı okutarak meslek yaşamına başlayan hocam Sabahattin Eyüboğlu, Fransızcadan çevirilerini sürdürmekle birlikte, bir süre sonra, Anadolu'nun sanat ve kültür tarihine adamıştı kendini. Bütün kalıntıları, ören yerlerini ayrıntılı olarak incelemekle kalmıyor; eski ve yeni, bütün söylenceleri, bütün masalları da biliyordu. Bense karacahildim bu konularda. Her zaman olduğu gibi, Sabahattin anlattı, ben de öğrendim.

Örneğin Priene dolaylarından geçerken, nerdeyse insan boyunda, upuzun, acayip bir bitki gördük. Sabahattin, bunun adının *nartex* olduğunu, ucundan tutuşturulunca bir meşale gibi yandığını ve Euripides'in *Bakkhalar* tragedyasında bundan söz edildiğini söyledi. Bergama'da Asklepios Tapınağı'ndaki uzun koridorun damında görülen küçük delikler üstüne anlattıkları beni çok ilgilendirdi: Hekimler, ruh hastalarının rüyalarını dinler; bu hastaları iyileştirebilecek yöntemleri aralarında tartışırlarmış. Sonra belirli bir hasta koridordan geçerken, onu iyileştirebilecek sözleri bu deliklerden fısıldarlarmış. Hasta kendisine bunları söyleyenin bir insan olduğunu anlamaz; bu sözlerin gaipten geldiğini, doğaüstü güçlerin ve tanrıların ona yol göstermek istediğini sanır; telkin yoluyla iyileşebilirmiş böylece.

Kazdağı, yani eski adıyla İda Dağı'nın dolaylarından geçtiğimiz sırada Sabahattin'in Sarıkız üstüne anlattıklarını o yörede oturanlar bilir belki. Ama ilk kez duyduğum bu masal benim çok hoşuma gitmişti: Sarıkız, Hazreti Ali ile Hazreti Ayşe'nin kızıymış. Ne var ki, bedensel hiçbir yanı olmayan bir birleşmeden doğmuş. Annesiyle babası, birbirlerine hiç dokunmadan dünyaya getirmişler onu. Selman Farisi adında çok yaşlı bir bilge tarafından korunmak üzere Kazdağı'na götürmüşler. Gelgelelim, Sarıkız büyüyünce, Selman Farisi ona ölesiye âşık olmuş. Yakışıklı genç bir erkek olmak istemiş. Dileği yerine gelmiş ve bir tek geceyi beraber geçirmişler. Sonra yaşlı adam gene eski haline dönmüş, Sarıkız da kederden ölmüş. Daha sonraları Sarıkız söylencesini sorup soruşturunca, Sabahattin'in masalından bambaşka şeyler anlattılar bana: Örneğin, Sarıkız, Peygamber'in kızı olan Fatma'nın eşi Hazreti Ali'ye âşıkmış. Babası, onu cezalandırmak için, bir kaz sürüsüyle birlikte dağın doruğunda ölüme terk etmiş. Ama Sarıkız, masum olduğundan ölmemiş, güzel bir ışığa dönüşmüş.

Çok hoş geçen bu gezimiz tehlikeli bir biçimde başlamıştı. Çanakkale Boğazı'nda müthiş bir fırtına olduğundan, araba vapuru işlemiyordu. Ne var ki, Sabahattin, hiç sevmediği, "Eceberbat" adını taktığı Eceabat'ta gecelemek istemiyordu. Taka bozuntusu acayip bir motörle geçtik Çanakkale'yi. Ancak üç araba alabiliyordu bu motör. Arabalar, rıhtıma konulmuş oldukça dar iki kalasın üstünden geçerek motöre çıkabiliyordu. Cevat, bu cambazlığı başarıyla yaptı ve motörde yerimizi aldık. Dalgalar, arabamızı her an denize savurabileceği için, ıslanmayı göze alarak dışarıya çıktım. Gerçi denizden korkmam; hattâ denizde kendimi ölümsüz sanırım. Ama her bir yanı kapalı bir aracın içinde denizin dibini boylamayı da istemem.

Karşı sahile geçerken Lord Byron geldi aklıma. Topal doğduğu, bu yüzden de doğal olarak bir aşağılık duygusuna kapıldığı için, bu ünlü şair, ne denli iyi bir yüzücü olduğunu gözler önüne sermeye meraklıydı. Gerçi karada koşamıyordu ama; suda hızla ve mükemmel yüzebildiğini dünya âlemin bilmesini istiyordu. 1810'da Türkiye'ye geldiğinde, bunu kanıtlamanın yolunu buldu. Çanakkale Boğazı'nda suyun çok soğuk olmasına karşın, kendi iddiasına göre bir saat on dakikada Avrupa'dan Asya'ya yüzdü. Bunun üzerine, hemen bir şiir yazdı: *Written After Swimming from Sestos to Abydos* yani "Sestos'tan Abydos'a yüzdükten sonra yazılmıştır." (Eski Yunan tarihinde sık sık sözü edilen Sestos ile Abydos'un şimdiki coğrafyamızda yeni adları var mı diye ansiklopedilere baktım; ama bir şey bulamadım.) Bu şiirinde teşhirci yanı bir hayli gelişmiş olan ünlü şair, Leander'in, karşı sahildeki sevgilisi Hero'ya kavuşmak için, yani aşk uğruna Çanakkale Boğazı'nı yüzerek geçtiğini; kendisinin ise, "şan" uğruna bunu yaptığını söyler: *"He swam for love as I for glory."* Bunu gerçekten bir "şan" sayıyordu ve kısa ömrü boyunca, şiirlerinden çok bu marifetiyle övündü belki de.

Sabahattin antik kentlerden çoğunu daha önceden gezmişti. Ama Karya bölgesindeki Alinda'yı ilk kez Cevatlar ve benimle birlikte gördü. Bu pek bilinmeyen kalıntıları bulabilmek için, mükemmel bir Türkiye rehberi olan *Guide Bleu*'den yararlandık. Oraya varınca, Sabahattin sanki hiçbir kalp sorunu yokmuş gibi, yokuş yukarı koşmaya başladı. Onu zor zapt ettik. Bütün kalıntıları bulduk da, tiyatroyu bulamıyorduk bir türlü. Sabahattin, "sen güzel manzaradan anlarsın. Buranın en güzel manzarasını seç. Tiyatro oradadır" dedi bana. Çevreme bakına bakına, şuraya buraya koştum, tepelere tırmandım. "En güzel manzara galiba burada" deyince, Sabahattin, "dön, arkana bak" diye bağırdı aşağıdan. Dönüp bakınca, tiyatronun hemen arkamda olduğunu gördüm. Dünya güzeli bir tiyatroydu üstelik. Sedir Adası'ndaki tiyatro gibi, her bir yanından zeytin ağaçları fışkırıyordu. Zeytin ağaçları, kıvrıla kıvrıla dans eden insan bedenlerini anımsatır bana her nedense. Buradakilerin dansı ise, güzel bir huzur yayıyordu çevreye.

Bunun tam tersine, Çine ile Muğla arasındaki Gökbel vadisi, hayranlıkla karışık müthiş bir dehşet uyandırıyordu insanda: Aklın alamayacağı kadar büyük kayalar gelişigüzel yığılmış, bütün tepeleri kaplamıştı. Bazıları sipsivri uçlarını başka bir kayaya saplamışlardı. Bazıları nasıl böyle durabildiklerini anlayamadığım bir biçimde üst üste binmişlerdi. Aralarında her an bozulabilecek öyle tehlikeli bir denge vardır ki, o çok virajlı daracık yolda giderken, kayaların arabayı altlarına alıverip ezecekleri korkusuna kapılıyordunuz. Yunan mitologyasının tanrılarıyla titanları sanki orada savaşmışlar, birbirlerinin üstlerine atmışlardı o koskocaman kayaları ya da inanılmaz büyüklükte bir göktaşı buralara düşüp parçalara bölünmüştü. Ne gariptir ki, aynı anda Sabahattin'in de benim de, Mallarmé'nin Edgar Allan Poe üstüne yazdığı dize aklımıza geldi: *Chu d'un désastre obscur.* Bu kayalar, gökyüzünde yer alan ve ne olduğu bilinmeyen korkunç bir felâketten sonra yeryüzüne düşmüştü belki. Cevat Şakir, buna kesinlikle inanmışçasına, "bu vadi gökten düşen bir meteorla meydana geldi. Picasso görse şaşırırdı" der. Geçenlerde Oktay Ekinci'nin *Cumhuriyet*'te okuduğum bir yazısına göre, bu eşsiz doğa hârikası, sözde "kalkınma" uğruna yapılacak bir barajın suları altında kalıp yok olmak tehlikesiyle karşı karşıyaymış.

Gökbel'i biraz geçtikten sonra, saydam suları yemyeşil çok güzel bir ırmak akar ve Gökbel karabasanından arınmak için, bu ırmağın sularına hemen dalmak gelir insanın içinden.

Sahile yaklaştıkça doğanın güzelliği de artıyordu. Akşamleyin Sakar yokuşundan döne döne inerken (daha az tehlikeli olan yeni yol yapılmamıştı henüz) bir virajda, Sabahattin, Cevat'a, "burada dur!" dedi. Yolun kenarına gitti; biz de peşinden. Gökova, olanca görkemiyle gözümüzün önüne serildi. Doğada ne vardır? Deniz vardır, dağ vardır, orman vardır, ova vardır. Bunların hepsi vardı aşağıda, hem de en güzel biçimleriyle. İtalyanlar, "Napoli'yi gör de öl" derler ya, Cevat Şakir de, "Gökova'yı gör de yaşa" derdi. İlk kez gördüğüm Gökova'nın karşısında biraz kendimden geçtiğim için, arabaya geri döndüm, bir küçük konyak şişesi aldım. Çünkü alkol, duyarlılığın fazlasını önleyen, insanı yatıştıran, sakinleştiren bir ilâç gibidir kimi zaman. Ağrı Dağı'nı ilk gördüğümde de, fena heyecanlanmış, aynı tepkiyi göstermiş, kendime gelebilmek için dağın şerefine kadeh kaldırarak, içki içmiştim. Sabahattin, Cevatlar ve ben, Gökova'ya baka baka o küçük şişeyi bitiriverdik hemen oracıkta.

Marmaris'i de ilk görüşümdü. Doğa güzelliği açısından Bodrum'dan daha güzel, hem de çok daha güzel olduğu halde,

Bodrum'un küçük bir kasaba olarak çekiciliğinden yoksundu. Çünkü 1937 depreminde tümüyle yıkılmış, eski evlerin yerine, sıra sıra biçimsiz beton yapılar dikilmişti. Kim bilir nasıl güzeldi Marmaris o depremden önce! Gelgelelim, kasabayı çirkinleştiren deprem, ne doğayı çirkinleştirebilmiş, ne çam ormanları, ne de kimilerinin günlük ağacı dedikleri buhur ağaçlarını kökünden sökebilmişti.

S. T. Coleridge'in "Kubla Khan" adlı şiirini ilkin on üç yaşındayken hayranlıkla okumuştum. Bu hayranlığı seksen üç yaşındayken de aynen duymaktayım. Şairin *incense bearing trees'ten* (buhur veren ağaçlar) söz ettiğini okuyunca, bunu, şiirsel düş gücünün bir ürünü sanmıştım. Büyüyünce, böyle ağaçların gerçekten var olduğunu öğrendim. Marmaris'e gelince de bu buhur ağaçlarını kendi gözlerimle gördüm. Asıl koku, ağacın kabuğunda. Çakımla ağaçtan reçineli bir kabuk kesip bir kibrit kutusuna koydum. Yıllarca sonra bile mis gibi koktu o kibrit kutusunda.

Daha sonraları Gökova'ya kaç kez gittim; hattâ kaburga kemiklerim kırıldıktan sonra bile gittim. Çünkü Akyaka köyünde Nail Çakırhan-Halet Çambel Kültür ve Sanat Evi'nin açılışı dolayısıyla, özellikle de Nail'i onurlandırmak amacıyla, 19 Ağustos 1998'de, benim de katıldığım bir toplantı yapıldı. Nail bu köyde, Gökova'nın görkemine gerçekten yakışan birbirinden güzel evler yaptığı için, onu ne kadar onurlandırsalar yeridir. Bunların ilki, 1970'te kendi ve eşi için yaptığı, 1983'te Uluslararası Ağa Han Mimarlık Ödülü'nü alan küçük ev; sonuncusu da, açılış töreni yapılan Kültür ve Sanat Evi'dir.

Nail Çakırhan, hiç de böyle bir niyeti olmadığı halde, bir mimarlık ekolü kurmuştu Akyaka'da. Bütün arsa sahipleri, tıpkı Nail'inkine benzeyen evler istiyorlardı. Eskiden Akyaka'da bir düzine güzel ev varken; şimdi onu taklit eden ve ne yazık ki hepsi güzel sayılamayacak, hattâ bir kısmına taklidin taklidi diyebileceğimiz bir yığın ev var. Ama bunlar, beton değil de ahşap hiç olmazsa. Ahşaba öyle bir gereksinim oldu ki, 1970'te bu tür işçiliği yapabilen ancak iki yaşlı usta kalmışken; şimdi ahşap işini başarabilen birçok marangoz atölyesi kuruldu. Nail Çakırhan'ın yalnız özel evlerde değil; Fethiye'de, Datça'da ve Akyaka'da yaptığı otellerde de ahşap her zaman egemen.

Akyaka köyü beton blokların giremediği tek turistik yer Türkiye'de. Kurtarılmış bölge diyebiliriz oraya. Üstelik tek gürültüsüz turistik yer. Bunun ne inanılmaz bir nimet olduğunu, benim gibi, beton blokları arasında, Türkiye'nin belki en gürültülü yeri olan Bodrum'da aylarca yaşayanlar bilir ancak. Nail'in öteki otellerini görmedim. Ama Akyaka'daki Yücelen Oteli'nin Çakırhan Konağı adını taşıyan kısmında birkaç gün kaldım. Doğayla inanılmaz bir uyum içindeydi orası. Azmaklar üstüne kurulduğu için, sular akıyordu her bir yanından. Bu sularda ördekler yüzüyor, alabalıklar yüzüyordu. Otel, bir okaliptüs ormanına hemen bitişikti ve muz ağaçlarıyla doluydu bahçesi. Yücelen Oteli'ne ayak basar basmaz, "demek ki, cennetlerimizin tümünü henüz yitirmemişiz" dedim kendi kendime. Ve Bodrum'daki o beş yıldızlı toplama kampları büsbütün gözümden düştü.

Akyaka'da sevdiğim başka bir yer de Halil'in Yeri'ydi. Otuz yıl önce Gökova'da bisikletle gezerken görmüştüm orasını. Körfeze sayısız azmaklar akar, Halil de küçük kır gazinosunu bir azmağın üstündeki küçücük iki adacıkta kurmuştu. Birinci adacıktan ikincisine, minnacık bir tahta köprüyle geçilirdi. Azmağın sularında yeşil başlı ördekler yüzerdi. Karacaoğlan'ın çok sevdiğim, "yeşil başlı ördek olsam su içmem göllerinden" dizesi aklıma gelirdi. Ama ben, o azmağın sularını içmeye can atardım. Halil'in Yeri'ne gider gitmez, ayakkabılarımı çıkarır ve ne gariptir ki, yazın serin, kışın ılık olan azmağın sularında, dipteki bitkileri ezmemeye çalışarak saygıyla yürürdüm. Bunların arasında, yerlilerin "su teresi" dedikleri ve belirli mevsimlerde nefis salatası yapılan bir bitki de vardı.

1998 Ağustosunda oraya yeniden gidip de çok lüks, süslü erkekler ve kadınlarla dolu, "sosyetik bir *restaurant*"la karşılaşınca, fena halde bozuldum. Halil'in Yeri'nin şiirselliği tümüyle yok edilmişti. İyi ki, aynı gece "Deli Mehmet" esti de, biraz avundum. Hangi yönden geldiği belli olmayan; sanki aynı anda hem doğudan, hem batıdan, hem kuzeyden, hem güneyden esen bu çılgın rüzgâra "Deli Mehmet" adını verir Gökovalılar.

Halet ve Nail ile dostluğum sayesinde görebildiğim dünyalar güzeli başka bir yer de Karatepe'dir. Halet tâ 1947'den beri kazılarda çalışıyordu orada. Daha sonraları, projesini Turgut Cansever'in hazırladığı, uygulamasını Nail'in yönettiği bir kazı evi yapılınca, ben de ilkin 1960'ta orasını gördüm. Karatepe'ye varmak pek o kadar kolay değildir. Önce Adana'ya, oradan bir minibüsle Kadirli'ye, oradan da bir ciple 20 kilometre yol yapıp, Karatepe'ye gelirsiniz.

Oraya varır varmaz da, görkemli çam ormanları arasında bir cennette buluverirsiniz kendinizi. Karatepe ancak 200 metre yüksekliğinde bulunduğu halde, her nedense 1000 metre, hattâ 1500 metre yüksekliğindeymiş izlenimini verir. Her zaman güzel esintiler vardır; çamlar her zaman uğuldar çevrenizde.

Karatepe, şimdi olduğundan daha da güzeldi eskiden. Çünkü Ceyhan Nehri gürül gürül akardı eteklerinde. O nehirde yüzmek en büyük hazlarımdan biriydi. Kıyısı çok sarp olduğundan, istediğiniz yerden suya giremezdiniz. Ama bir çınarın gölgelediği kocaman bir kayanın dibinde küçücük, nerdeyse bir yatak kadar küçük bir kumsal vardı. Oradan girerdik suya. Girdikten sonra da, usta bir yüzücü olsanız bile, Ceyhan'ın sizi tâ uzaklara savurmasını engellemek için, özen göstermeniz, fazla açılmamanız gerekirdi. Akıntıya kapılınca, hemen kıyıya doğru yüzer, ağaçların köklerine tutuna tutuna, küçücük kumsala geri dönerdim. Nehrin ortasındaki küçük ada da beni büyülerdi. Üstünde sâdece iki çam yetişen bu kaya parçasına, ada bile denilemezdi aslında.

O nehir yok edildi artık. Ceyhan'ın yerini Aslantaş Barajı aldı. O büyük gölün kıpırtısız sularında yüzmek hiç çekici gelmiyor bana. Çünkü yüzme havuzlarından hiç mi hiç hoşlanmam ve ha orada yüzmüşüm, ha koskocaman bir yüzme havuzunda. Fırtınalı bir deniz gibi gürleyen vahşi nehrimi özlüyorum hep. Oysa, ister okyanuslarda, ister derelerde, ister göllerde olsun, su denilen şey her zaman güzel olduğundan, o barajın da hoş yanları vardı. Özellikle yağmurlu ya da rüzgârlı havalarda, suları bu dünyadan olmayan yeşil bir renk alırdı.

Karatepe'deki dört beş odalı kazı evi de, mimarlık sanatının bir başarısıydı. Önünde, arkasında, her bir yanında, kocaman çamlar vardı. Kısaca sütunlar üstüne öyle bir oturtulmuştu ki, altındaki toprak, kayalarıyla, taşlarıyla, küçük çalılıklarıyla olduğu gibi kalmıştı. Geniş pencerelerinde yere kadar inen panjurların özelliği, sizin çevrenizi görebilmeniz, dışardakilerin ise sizi görememeleriydi. Böylece evdeyken bile ormanın içinde yaşıyor; geceleri ağaçların uğultusunu dinleyerek, ormanın içinde uyuyor, ormanın içinde uyanıyordunuz sanki.

Oraya ilk gidişimde, çam ormanının ve nehrin güzelliği beni öyle bir büyülemişti ki, bir ağacın altına çökmüş, bunları seyrediyor, Hitit eserlerinin bulunduğu kale kapılarındaki Açık Hava Müzesi'ne gitmeye üşeniyordum. Halet beni zorla o ağacın altından kaldırdı, oraya götürdü. Meğer çam ormanı ve Ceyhan Nehri'nden kat kat daha ilginçmiş Hitit kalıntıları.

Halet ile Nail, Karatepe'de sâdece bir açık hava müzesi kurmakla kalmadılar. Postanesi, karakolu, okulu, demirci ve marangoz atölyesi, öğretmen lojmanlarıyla, çağımıza yakışır tesisler de kurdular orada. (Nail ise, mimarlık sanatının tekniğini öğrendi bu arada.) Kazıda ortaya çıkarılanları kapalı bir müzeye taşımaktansa, bu eserlerin kendi tarihleri ve coğrafyalarında sergilenmelerine yönelip, bir açık hava müzesi kurdular. Doğal çevrenin korunması amacıyla da orasının bir millî park sayılmasına ön ayak oldular.

Dolaylardaki köylülere büyük bir yakınlık gösterdiler. O dağ başında bir sağlık ocağı bulunmadığından, bir çeşit ilkyardım istasyonu işletmek zorunda kaldılar. Sırasında köylülerin yaralarını berelerini dezenfektanlarla temizleyerek sarıp sarmalıyorlardı. Ağrılarını sızılarını azaltacak ilâçlar sağlanıyor, enjeksiyonlar yapılıyor, yılan serumuyla birçok kişinin hayatı kurtarılıyordu. Bütün bu sağlık hizmetleri, ilâçlar dahil, bedâvaydı elbette.

Kilim meraklısı Halet, eskiden beri kilimcilik geleneği olan bu yörede, eski doğal boyaların yerine, cırtlak renkli kimyasal boyaların kullanıldığını görünce, yeniden kök boyalarına dönmeleri için, kadınlara yol gösterdi; doğal boyalı "Karatepe Kilimleri"nin yurtiçinde satışa çıkarılmasına, hattâ yurtdışında bile tanıtılmasına ön ayak oldu.

Dolaylardaki köylüler Halet'e çok saygı gösterdikleri gibi, Halet de onlara karşı çok saygılıydı. Bu yüzden de, beni köylere götürmeden önce, çok yemek seçtiğimi, bazı şeyleri ağzıma koymadığımı bildiği için, "önüne ne koyarlarsa yiyeceksin, yoksa çok ayıp olur" diye bana sıkı sıkı tembih etti. Ben de ayıp olmasın diye, tatsız tuzsuz çorbalar, biraz beyazlaşmış bir suya benzeyen ayranlar içtim. Çayıma da kahveme de öteden beri şeker koymadığım halde, bol şekerli kahveler, bol şekerli çaylar bile içtim. Derken hava kararırken, bir sininin çevresinde çömeldik. Evin hanımı dizimin üstüne, beyaz ve nemli, dörde katlanmış bir şey koydu. Bunu, yeni yıkanmış bir peçete sandım doğal olarak. Ama bir de baktım ki, Halet peçeteyi yemeye başlıyor. Eğilip kulağına, "Halet, peçeteyi de yemesene!" diye fısıldadım. Halet, "hadi, sen de ye" dedi. Peçeteyi kenarından hafifçe ısırdım. Bez tadı yoktu. Peçete sandığım şey, biraz nemli bir yufka ekmeğiymiş meğer.

Halet, arkeoloji öğrencileri ve çalışma ekibi oradayken beni Karatepe'ye çağırmak gafletine bir tek kez düştü. Ama çok geçmeden bunun bir yanılgı olduğunu anladı. Çünkü ben aralarına girer girmez, o sıkı çalışma düzeninin altı üstüne geldi: Akşam saat dokuzda kimse uyumuyordu artık. Gece yarılarına kadar sofrada oturuluyor, arkeolojiyle uzaktan yakından ilgisi olmayan sohbetler ediliyor, içkiler içiliyor; kızlarla oğlanlar arasında ileride gelişebilecek duygusal ilişkilerin tohumları atılıyordu. Sonuç, hiç kimse sabahın yedisinde yataktan fırlayıp işbaşı yapamıyordu. O güzel gençler oradayken, Halet beni bir daha Karatepe'ye çağırmadı elbette. Ama orasını çok sevdiğimi bildiği için, başka zamanlar beni sık sık çağırdı Karatepe'ye.

Bir gün, bir iş için Kadirli'ye gittiğimizde, bir de baktık ki, Kaymakamlığın önündeki meydan tıklım tıklım dolu. Halet, "bir olay var mutlaka" dedi. Jandarma kapıları tutmuş hiç kimseyi içeri almıyor. Ama Halet'i herkes tanıdığı için, kaymakamla görüşmesi gerektiğini söyleyince, bizim girmemize izin verdiler. Üst kata çıkınca, ömrümde şimdiye kadar hiç görmediğim bir görüntüyle karşılaştım: Göğsünde çaprazlama fişeklikler, boynunda dürbün, belinde el bombaları asılı bir adam ayakta duruyordu. Elleri ayakları zincire vurulmuştu. Zincirlerin uçlarını, sağında ve solundaki üçer jandarma tutuyordu. Halet adamın yanına gitti, "geçmiş olsun kardeşim" dedi. Sonra kaymakamın odasına girdik. Zincirlere vurulan adam, Kozanlı ünlü bir eşkıyaymış meğer. Daha sonraları, "meydandaki halk kanıma susamışken, bir tek o hanım yanıma gelip, 'geçmiş olsun kardeşim' demek insanlığında bulundu" demiş.

Halet'in bir eşkıya ile ilk karşılaşması değildi bu: Kazı Evi yapılmadan önce, çalışma ekibi çadırlarda barınırken, yörenin en ünlü eşkıyalarından biri Halet'e haber göndermiş. Onunla görüşmek istediğini, ama tek başına gelmesinin şart olduğunu söylemiş. Halet buluşma yerine gidince, ne olur ne olmaz, eşkıyanın tepeden tırnağa silâhlı iki adamıyla birlikte geldiğini görmüş. Halet hangi amaçla bu dağ başında bulunduklarını açıklamış. Adam da, "bacım hiç korkma, ben seni korurum" demiş. Verdiği sözü de tutmuş, Halet'i öteki eşkıyalardan korumuş.

Anadolu merakımın Akdeniz ve Ege'nin güzel kıyılarıyla sınırlı kaldığı sanılmasın. Ne yazık ki, yaylalarına çıkamadım ama, Karadeniz'i de gezdim. İstanbul'a çok yakın olduğundan, eskiden sık sık gittiğim Şile'yi bilirdim sâdece. O uçsuz bucaksız kumsalları, kocaman dalgaları, çapraz yüzüp akıntıdan çıkmayı beceremeyen acemileri tâ açıklara sürükleyen akıntıları çok sevmiştim. Hele kışın, kıyamet gibi fırtınalar koparken, birkaç gün Şile'de kalmaktan çok hoşlanırdım. Bir söylentiye göre, Güney Amerika'daki Şili'ye gideceğine, mutlu bir yanılgı sonucu bizim Şile'ye gönderilen fener, geceleri beni büyülerdi. Oraya bir gidişimde, deniz kulağımın dibinde gümlerken, kumların üstüne uzanıp, günlerce Homeros'un iki destanını ve eski Yunan tragedyalarını yeniden okumaktan büyük haz almıştım. Sanki ömrümde ilk kez tam gereken yerde okuyordum bunları.

Yerli ve yabancı turistlerin sâdece Ege ve Akdeniz kıyılarına dadanıp, Karadeniz'e gitmemelerine aklım ermiyor. Oralara sık sık yağmur yağar da ondan diyorlar. Yaz sıcağında, güneş her yanı kavururken, ara sıra yağmur yağmasından daha hoş bir şey olabilir mi?

Bence, Samsun dışında, bütün Karadeniz kentleri birbirinden güzeldir. İki kez, uzun uzun gezindik oralarda. Bir defasında, İstanbul'dan arabayla çıkıp, elimizden geldiği kadar kıyı şeridini izleyerek Sinop'a, bir defasında da, otobüslerle, gene kıyıdan hiç ayrılmadan, Rize'ye kadar gittik. Rize'den ötesini bilmiyorum ne yazık ki. Ama Amasra'dan Rize'ye kadar doğanın güzelliği gözümün önünden gitmiyor. Amasra ve Sinop'a özellikle vuruldum. Bir de Trabzon dolaylarındaki, doğanın güzelliğiyle insanların yaratıcı düş gücünün çarpıcı bir biçimde birleştiği Sümela Manastırı'na vuruldum.

Trabzonlu olan hocam Sabahattin Eyüboğlu, bir dağ yamacına oyulan bu akıllara sığmaz manastırı kaç kez anlatmıştı bana. Hiç abartmamış meğer. Gerçekten de, gözlerinizle gördüklerinize inanamıyordunuz oraya bakarken.

1960'ta, İstanbul'dan bir cipe binip, tâ Van'a kadar gittim. İkisini de yitirdiğimiz arkadaşlarım Adnan Benk ve Mazhar Şevket İpşiroğlu, Van Gölü'nün Ahdamar Adası'ndaki kiliseyle ilgili belgesel bir film çekmek üzere uçakla oraya gidiyorlardı. Bense Orta Anadolu'yu hiç görmediğim için, kameraman Aziz Albek ile birlikte karayolundan gitmeyi yeğ tuttum. Bir hafta sürdü bu yolculuk.

Şimdi söyleyeceğim, hem biraz ayıp, hem de çok yanlış belki de. Ama gerçek şu ki, 1960'ta Orta Anadolu kentlerini genellikle çok itici buldum. Hani dindar olsaydım, ellerimi açıp, "Tanrım, ne iyi yaptın da beni güzel İstanbul'umda dünyaya getirdin! Ne iyi yaptın da beni orada yaşatıyorsun!" diye dualar edecektim. Eminim ki, oraların halkı, üniversitenin cipiyle gelip geçerken benim göremediğim gizli güzellikler bulmuşlardır o kentlerde. Ama ben, ancak Eskişehir ve Harput'tan hoşlandım.

1965 ilkbaharında Eskişehir'e yeniden gittiğimde, gene sevmiştim orasını. Gürül gürül akan, o sırada tertemiz olan Porsuk Nehri boyunca yürümüştük. 19. yüzyıl Fransız romanlarında yasadışı âşıkların gizlice buluştukları, her bir tarafı sıkı sıkı kapalı, ancak iki yanında iki küçük pencere olan atlı arabalara benzeyen arabalarla gezinmiştik. Adı galiba Çağlayan olan bir otelde, çok yakınında gerçek bir çağlayan varmış gibi, şakır şakır su sesleri arasında uyumuştuk geceleri. Eskişehir'i o zamandan beri görmedim. Ama Anadolu üniversitelerinin en verimlisinin, ne yazık ki belki tek verimlisinin orada kurulduğunu bildiğimden, bu kente duyduğum yakınlık büsbütün arttı.

Harput'a gelince, dümdüz bir ovadaki Elazığ bana ne kadar itici geldiyse, dimdik bir tepenin üstündeki Harput da o kadar çekici görünmüştü. Zâten düzlüklerdeki değil tepelerdeki yerleşim yerlerini severim öteden beri. Tepeler ne denli dik olursa, yerleşim yerleri de o denli güzelleşir benim gözümde. Düzlükteki Elazığ, gittikçe yayılıp büyürken; tepedeki o güzel Harput'un nefis evlerini, bahçelerini, camilerini, türbelerini, kalesini yavaş yavaş kemiriyor, yok ediyordu sanki. Bu durum karşısında, Elazığ'ı, doğal çevreyi ve doğal çevrenin güzelliğini hiçe sayan, sâdece sanayileşip daha çok para kazanmayı amaçlayan kapitalizmin bir simgesi; güzel Harput'u da, kapitalist düzenin bir kurbanı olarak görmeye başladım.

İstanbul'dan Van'a giderken, geceleri yola devam etmiyor, hava kararınca, ucuz bir otel bulup orada kalıyorduk. Yediğimiz lokantaların yemek listesindeki kimi adların bizi biraz şaşırttığı oluyordu. Örneğin listede "Öğretmen Makarna"yı görünce, mesleki bir merakla, bu yemeği istedim: *Au gratin* yani üstü peynirli fırında pişmiş makarna, dilbilimsel bir değişime uğrayıp "öğretmen" olmuş meğer. Alafrangalığa özenen bazı lokantalarda (zâten "lokanta" sözcüğü yeterince kibar sayılmadığından, sonundaki "t" harfi vurgulanarak, "restorant" deniliyordu artık) yemeklerin İngilizcesini vermek modası da başlamıştı bu arada. Listelerin birinde *Lovely Turkish Feet* yani "Nefis Türk Ayakları" adını görüp de, bunun bizim "paçanın" İngilizce karşılığı olarak verildiğini anlayınca, bir gülme nöbetine tutulmuştuk.

Bingöl'den Muş'a giden 65 kilometrelik çok bozuk şoseyi, hendekleri, dereleri, toprak ve taş yığınlarını aşarak, yolumuzu yitirip ara sıra gerisingeri giderek, ancak beş saatte yapınca, gülecek halimiz kalmamıştı. "Burası Muş'tur/Yolu yokuştur/Giden gelmiyor/Acep ne iştir" türküsünü, o çok güzel ve çok buruk türküyü sevdiğim kadar Muş'u da sevmeye hazırdım. Gelgelelim Aziz ile bana, –özellikle bana– sâdece yabancılara değil, düşmanlara bakarmış gibi bakıyorlardı orada. Pantolon değil de uzunca bir eteklik; uzun kollu, yakası kapalı bir gömlek giydiğim, önlerinde sigara içmemeye dikkat ettiğim halde; sâdece yadırgayarak değil, kinle bakıyorlardı. Eğer İkinci Dünya Savaşı yıllarında Almanya Türkiye'yi işgâl etseydi, Nazi subaylarına ben nasıl kinle bakacaksam, işte öyle bir kinle bakıyorlardı bana. Sanki bir işgâl ordusunun temsilcileriydik bizler.

Bu durum beni çok üzdü. Ama sonradan uzun uzun düşündüm: Bizler bir bakıma bir işgâl ordusu gibi değil miydik kendi ülkemizin doğusunda? Bizler İstanbul'larda, İzmir'lerde, öteki Batı illerinde az çok rahat yaşarken; millet Muş'ta, doğunun çoğu kasabalarıyla kentlerinde yoksulluktan kırılmıyor muydu? Köydekiler mağaramsı yerlerde barınmak zorunda değil miydiler? Devlet, doğunun biraz olsun kalkınması için en küçük bir çaba göstermiş miydi?

Düşündükçe, son yıllarda patlak veren Kürt sorununun etnik bir sorundan çok ekonomik bir sorun olduğu kanısına vardım. Ülkenin batısına yerleşen, orada para kazanan, toplumda saygın bir yer edinen Kürt kökenli yurttaşlarımızın, "biz Kürtüz" demek, akıllarının kenarından bile geçmiyordu. Daha önce de itiraf ettiğim gibi, siyasal konularda biraz geri zekâlı olduğumu biliyorum ama, Kürt sorununu çözümlemenin tek çaresinin, dağı taşı topa tutmak değil; doğuyu kalkındırmak, refaha ulaşmasını sağlamak, Kürt yurttaşlarımıza insan gibi yaşamak olanağını vermektir gibi geliyor bana.

Yeryüzündeki bütün milletlerin, bütün soyların, bütün etnik grupların birleşip kaynaşmasını isteyen bir enternasyonalist olarak, şu "Türk kimliği", "Kürt kimliği" lâflarına da hiç aklım ermiyor. Herkes kendi anadilini konuşacak elbette. Ama benim tek amacım, dünyanın bütün insanlarının ancak ve ancak "insan kimliklerinin" bilincine varmaları.

Van'a varıp, uçakla oraya gelen Adnan Benk ve Mazhar Şevket'le buluştuktan sonra da, açıkça düşman değilse bile, kuşku uyandıran yabancılar olmaya devam ettik. İkide birde yolumuz kesiliyor, kimliklerimiz uzun uzun inceleniyordu. İstanbul Üniversitesi'nden gelen bir heyet olarak vali tarafından resmen kabul edildikten sonra bile bu kuşkular sürüp gitti.

Van Gölü'nün güzelliği karşısında kendimden geçtim. Orasını ilk gördüğümde güneş batmak üzereydi. Gölü çevreleyen dağların etekleri, bulutlarla kapkaranlıktı; karlı tepeleri ise, ışıl ışıl ışıldıyordu. Bazı eski Japon gravürlerinde olduğu gibi, Süphan Dağı yerden kopmuş, havalarda uçuyordu sanki. Hemen mayomu giyip, bir gölden çok, dalgalı bir denize benzeyen Van Gölü'ne daldım. Sodalı sular gözümü fena halde yaktı ama, beni arındırdı. Tertemiz, gıcır gıcır çıktım sodalı sulardan.

Göl kıyısındaki haşmetli kaleyi ve Urartulardan kalma yıkıntıları gezdik. Sonra iki yanı ağaçlı bir yoldan geçerek Van'a geri döndük. Bana çirkin görünen kentin, bu güzel gölün kıyısında değil de yedi kilometre uzakta kurulmasına aklım ermedi. Biz Türklerin, doğadan hoşlanmamalarına yordum bunu. Oysa Vanlılara göre, gölün kıyısından uzaklaşınca, yazları hava biraz daha serin olurmuş; bağlar bahçeler de gölün kıyılarında yetişmezmiş, filân falan.

Van'da ancak üç gün kalabildim. Ahdamar Adası'nı ve filmi çekilecek kiliseyi de bir tek kez gördüm. Çünkü bu yolculuk sırasında her gece eve telefon ediyordum. Üçüncü gece, o sıralarda on yaşında olan oğlum Mustafa'nın sokakta top oynarken düştüğünü, başına iki dikiş atıldığını, ama şimdi çok iyi olduğunu annemden öğrenince, paniğe kapıldım. Ertesi sabah bir uçağa atlayıp İstanbul'a geri döndüm.

Aynı yıl, yani 1960'ta ya da bir yıl sonra, Atatürk üstüne kitap yazan Lord Kinross ile birlikte, Orta Anadolu'ya bir haftalığına yeniden gittim. Kinross, kitabını yazarken, Mustafa Kemal'in 19 Mayısta Samsun'a çıktıktan sonra Sivas'a kadar izlediği yolu kendi gözleriyle görmek istiyordu. Hiç Türkçe bilmediği için, ona çevirmenlik ediyordum. Samsun'a uçakla gittik. Sonra kasabalarda, hattâ köylerde durup, bu olaya tanık olan ihtiyarlarla konuşmalar yaparak Sivas'a vardık. Orada da birçok yaşlı kişiyle konuştuk.

Bu yolculuktan çok net olarak anımsadığım iki şey var sâdece: Biri lavanta çiçeği tarlalarıyla, meyve bahçeleriyle, kalesiyle, dolunayda Yeşilırmak'ın sularına yansıyan yalılarıyla Amasya'nın güzelliğiydi. Öteki de, otobüsümüz bozulup yolda kaldığı için, Kinross'un kapıldığı öfkenin komikliğiydi. Lord hazretleri, kendi ülkesinde böyle aksiliklere pek alışık değildi anlaşılan. Bir de baktım, çok uzun boylu, iriyarı, dev gibi adam şosenin ortasına dikilmiş, elini kolunu sallaya sallaya, küfür açısından bizim dilimiz gibi hiç de zengin sayılamayacak İngilizcenin sınırlı imkânlarından yararlanarak, ağzı köpüre köpüre küfrediyor, ter ter tepiniyordu. (Türkçe gerçekten eşsizdir, değişik ve renkli bir biçimde küfredebilme olasılığı açısından. O kadar ki, azınlıklarımız kendi dillerinde kapışırlarken, kavga, küfür aşamasına gelince, Türkçe konuşmaya başlarlar.) Kinross böyle tepinirken, ben de bu İskoçyalı Lord hazretlerinin yanına gittim ve damarına büsbütün basmak amacıyla, İngilizlerin soğukkanlılığına öykünerek, sinirlenmesi için bir neden olmadığını, otobüsün belki onarılabileceğini söyledim. Nitekim, ömrümde ilk kez gördüğüm bir yöntem kullanılarak, bir süre sonra onarıldı da: Şoför, yola bitişik tarladan topladığı avuç dolusu ıslak çamuru, "şap!" diye motörün belirli bir yerine yapıştırdı ve otobüs dakikasında işlemeye başladı.

1984'te yani ciple İstanbul'dan Van'a gittikten tam yirmi dört yıl sonra, hem doğuyu bir kez daha gördüm, hem de hiç bilmediğim güneydoğuyu. Bir arkadaşımla birlikte, İstanbul'dan yola çıktık. Bir otobüsten inip başka bir otobüse binerek, Karadeniz kıyılarında gezine gezine Trabzon'a vardık. Sonra Zigana Dağları'ndan geçtik. Ben yirmi yaşında bir öğrenciyken, hocam Sabahattin Eyüboğlu, o dağları öyle bir anlatmıştı ki, Zigana Geçidi bir saplantı halini almıştı bende. İyi ki, 1984'te geçtim oradan. Biraz daha gecikseydim, hiç göremeyecektim o inanılmaz güzellikteki yerleri. Çünkü öğrendiğime göre, yeni yollar yapılmış, tüneller açılmış filân, Zigana Geçidi diye bir şey kalmamış ortada.

Bir arkadaşımla birlikte yirmi günde yaptığımız bu yolculuğumuz sırasında, başlıca üzüntüm Türk olduğuma kesinlikle inanmamaları, bana hep "madam" demeleriydi: Bir otele geliyorum. Resepsiyondaki memura kimliğimi uzatıyorum. Biliyorum, "Mîna" acayip bir ad, "madam" da olabilir. Ama orada "Fatma Mîna" yazılı. Annesi Emine Şefika, babası Tahsin Nahit, Türk vatandaşı, hattâ dini İslâm yazılı. Resepsiyondaki genç, bana hâlâ "madam" diyor. "Oğlum, ne madamı? Okumasını bilmiyor musun yoksa?" diye çıkışıyorum. "Kusura bakma, madam" diyor gene de. Bir defasında, "madam" diyenlerden birine, "sen, benim gibi Türkçe konuşan bir madam gördün mü hiç?" diye çattım. Adam, "ama siz, burada konuşulduğu gibi değil, bir yabancı gibi konuşuyorsunuz Türkçeyi" deyince, herifin, benim o güzel İstanbul şivemi yabancı şive sandığını anlayıp, fena halde öfkelendim. "Sen İstanbul'a hiç geldin mi? İstanbulluların nasıl Türkçe konuştuklarını hiç duydun mu? Hepsi benim gibi konuşur!" diye bağırdım. Oysa adamcağız haklıydı. Çünkü, 1984 yılında İstanbullular ve batının büyük kentlerinde yaşayanlar, tatillerinde sâdece Ege ve Akdeniz'in kıyılarına gittikleri, oralara ayak basmadıkları için, bir İstanbullunun ya da bir İzmirlinin, Türkçeyi nasıl konuştuğunu hiç duymamıştı. Kimliğime uzun uzun baktığı halde, her nasılsa Türkçe konuşmasını öğrenmiş bir yabancı sanıyordu beni. Üstelik, çok sevimli bir İtalyan turist grubu, hep aynı yerlere gittiğimizi, aynı otellerde kaldığımızı görerek, otobüslerinde boş yer olduğunu söylemişler, biz ikimizi de aralarına almışlardı. Böylece benim madamlığım büsbütün kesinleşmişti. Bu yüzden de, elimi göğsüme basıp basıp, "ben Türküm" diye bağıra çağıra dolaşmam gerekmişti kendi memleketimde.

Bu yolculuk sırasında beni sarsan başka bir şey de, insanların eskiden oralarda yarattıkları anıtların görkemiyle şimdi aynı bölgede yaşayanların yoksulluğu, daha doğrusu sefaleti arasındaki korkunç uçurumu görmek oldu. Bir yanda İshak Paşa Sarayı'nın ihtişamı vardı, bir yanda Doğu Beyazıt'ın yoksulluğu; bir yanda Malabadi Köprüsü'nün akıl almaz güzelliği vardı, bir yanda sefaletten kaynaklanan bir çirkinlik. Doğayla kentler arasındaki aykırılık da çok çarpıcıydı. Haşmetli Ağrı Dağı'nın buzulları ışıldayarak gökyüzüne yükselirken, Ağrı kenti yoksulluktan dökülüyordu.

Erzurum'dan Adana'ya gidişimiz sırasında, Van'ı yeniden gördük, gölün sodalı sularında bir kez daha yüzdük ve Erzurum'dan 60 kilometre uzaktaki Hoşap Kalesi'ni gezdik. Ne gariptir ki, bir gotik katedrale benziyordu tıpkı. Diyarbakır'ı, Mardin'i, Siirt'i, Bitlis'i, Harran'ı ve şimdi gidemeyeceğimiz Hilvan, Siverek, Şirvan gibi yerleri gördük. Bizlere "*hello*" diye seslenen çocuklarla konuştuk, yani erkek çocuklarla demek istiyorum; çünkü kız çocuklar okula gönderilmedikleri için Türkçe bilmiyorlardı.

Bu yolculuğumuzun doruk noktası Nemrut Dağı oldu. Ömrümde görüp göreceğim en müthiş yerlerden biriydi orası: Gece yarısı Adıyaman'dan yola çıkıp, Kâhta ve Gerger'den geçerek, Nemrut Dağı'nın eteklerine vardık. Dağ 2300 metre yüksekliğindeydi bildiğim kadarıyla. (Bildiğim kadarıyla diyorum; çünkü yanılabilirim de. Ne yazık ki, yolculuğa çok düşkün olduğum halde, coğrafya bilgim perişan bir durumdadır. Bunun çaresi, ansiklopedilere bakıp, yazdığımın doğru olup olmadığını denetlemektir. Gelgelelim, doğru dürüst bir ansiklopedi alabilmek için gereken parayı bir araya getiremedim hiçbir zaman. Yıllar önce, boyalı basında "ansiklopediler savaşı" başlayınca da, promosyonlu gazetelerden hiç mi hiç hoşlanmadığım için, bunlardan birini alıp, kupon biriktirmeye katlanamadım. Bu yüzden, okuyucularım "Anadolu" faslında birçok yanılgı bulacaklardır herhalde. Şimdiden özür dilerim onlardan.) Neyse, 2300 metre yüksekliğinde sandığım Nemrut Dağı'na çıkarken, yaz mevsiminde olduğumuz halde, hepimiz kalın kazaklar giymiştik, otelden ödünç aldığımız battaniyelere sarılmıştık. Ama gene de soğuktan titriyorduk. Küçük ve sivri sivri çakıl taşlarından oluşan dar bir patikayı uzun süre tırmandıktan sonra zirveye varıp, güneşin doğuşunu beklemeye başladık. Bir çeşit huşû içinde, herkes fısıldayarak konuşuyordu. İngilizce duyuyordum, Almanca duyuyordum, Fransızca duyuyordum, İtalyanca duyuyordum. Ancak Türkçe duyamıyordum. Çünkü bu turistler arasında Türk olan bir ben, bir de arkadaşım vardı.

Derken, gözümüzün önünde bir mucize oldu: Güneş yavaş yavaş doğunca, dağın eteğindeki ova pembeleşti. Pembelik altın rengini aldı. Sonra dev heykeller, ilkin altlarından aydınlanarak, sanki bizler için yeniden yaratılmışçasına meydana çıkmaya başladı. İşte o zaman anladım Nemrut Dağı'na gecenin karanlığında çıkılmasının nedenini.

Anadolu'da beni Nemrut Dağı kadar şaşırtan başka bir yer de, ilkin 1961'de gördüğüm ve gördüklerime inanamadığım için, birkaç kez yeniden gittiğim Göreme yöresidir. Kapadokya'ya her gidişimde, çevreme bakıp bakıp, "olamaz, böyle bir şey olamaz!" diyordum. Ancak ayın yüzeyinin böyle olabileceği kanısına varmıştım her nedense. O acayip peri bacaları, kayaların içindeki o gizemli mağaralar ancak ayda bulunurdu. Ne var ki, Amerikalıların aya çıkıp orada yürümelerini televizyonlar verince, o çorak ve tozlu toprakların Göreme'ye hiç benzemediğini anladım. Düş gücüm bana bir oyun oynamıştı.

Assos'ta da düş gücüm bana bir oyun oynadı. Oraya ilk gidişimde, kıyıdan uzaklaşıp yokuşu tırmanırken, yamaçtaki kayaları, bir kalenin kalıntıları sandım. "Zâten buranın Türkçe adı Behramkale. O kayalar bir kale" diye tutturdum. Kale filân değil, düpedüz kayalıkmış meğer.

Assos, güzel olmasına çok güzel ama, korkarım ki, hızla yaklaşan turizm canavarı, bütün Ege kıyılarını zapt ettiği gibi, benim hayal ettiğim o kaleyi de zapt etmek üzere.

Pamukkale'deki o dik yarlar, gerçekten pamuk gibi bembeyazdı ve üstlerinden çağlayanlar gibi seller akardı eskiden. Köy ağaları, tarlalarını sulamak için, o selleri, kendi topraklarına yöneltmişler; Pamukkale de kararmaya başlamış. Orada yeraltı kaynaklarından çıkan suları, kocaman beton havuzlarda toplamaya başladılar. Benim asıl sevdiğim, en tepedeki motelin betonsuz doğal havuzudur. Etrafında bitkiler, çiçekler çıkar; dibinde ise, eski çağlardan kalma sütunlar, heykel kaideleri filân vardır. Yaz sabahları yeni doğan güneş, havuzu pembeleştirince, elimizde çay bardağımızla ilk sigaramız, yarı bele kadar suya girerdik. Akşamları da, rakı kadehlerimizi havuzun kenarına koyup, hem yüzer, hem demlenirdik. Karakışta bile, havuzun suları ılık kalır; suyun kaynağına yönelince de iyice ısınır. Pamukkale, şifalı bilinen bu sularıyla yaşam dolu bir yerdir. Ama tepesindeki Hierapolis denilen kutsal kentte bir nekropol yani büyük bir mezarlık vardır. Ağır hastalar, oraya ölüme yatmaya giderlermiş eskiden.

Anadolu'da gezinirken gördüğüm bazı yerleri, yaşadığım bazı anları unutamam. Örneğin Efes'e ilk gidişimde, bu kalıntıların güzelliği karşısında sersemlemiş bir halde, bir sütunun kaidesine çökmüşken, gümbür gümbür İtalyanca konuşan bir ses duydum. İtalyanca bilmem ama, o ses Dante'den şiirler okuyordu sanki. İtalyan turistlerine rehberlik eden Cevat Şakir'in sesiydi bu. İmdadıma çağırırcasına, "Cevat!" diye seslendim. Cevat, İtalyanları bırakıp, bana rehberlik etti. Efes'in şimdiki halini değil, geçmişini canlandırdı gözümün önünde.

İlkin 1961'de gördüğüm Manyas Gölü'ndeki Kuş Cenneti'ni de unutamam. Kökleri toprakta değil de suda bulunan kocaman ağaçların altında sandalla dolaşmıştık. Ömrümde hiç görmediğim, sanki bu dünyadan olmayan, rengârenk, acayip, büyük kuşlar, tepemizdeki dalların arasında uçuşuyordu. Bunlardan biri, garip sesler çıkararak, bir ara başımın üstüne konunca, korkuyla karışık müthiş bir sevinç duymuştum.

On yıl sonra, aynı yere gittiğimde, büyü tümüyle bozulmuştu. Kuşlar, gölden çıkan ağaçların altında, bir sandalla gezinirken değil; kıyıya dikilen ahşap bir kulenin deliklerinden dürbünle seyrediliyordu artık.

Şimdi adını unuttuğum, Suriye sınırına çok yakın Ermeni köyünü de unutamam. Antakya'da bir iki gün kaldıktan sonra, birkaç saatte varmıştık oraya. Birlikte yolculuk ettiğim arkadaş; bir Ermeni okulunda uzun süre Türk edebiyatı öğrettiği için, eski öğrencilerini görmeye gidiyorduk.

Herkes Türkçe biliyordu ama, köyün halkı da muhtarı da Ermeniydi. Konuştukları Ermenice, İstanbul'da konuşulana pek benzemeyen, kulağa daha hoş gelen, Ermenicenin başka bir türü gibiydi. Sâdece meyve üretiliyordu o köyde. Meyve ağaçlarından oluşan bir cennetti orası. İncir rakısına meze ederek yediğim elmaların, armutların, şeftalilerin, kokularını da, tatlarını da hâlâ unutamadım.

Bize büyük yakınlık gösterdiler. Muhtar beni evinde konuk etti. Şişman olduğu kadar da sevimli kızıyla aynı odayı paylaştık. Şimdi, nerdeyse kırk yıl sonra, orası ne oldu bilemem. Ama salt Ermeni azınlığından oluşan bir köyü görmek çok ilginç gelmişti bana. Memleketimin sınırları içinde, salt Kürtlerden oluşan, muhtarı Kürt olan, serbestçe Kürtçe konuşulan, ekonomik açıdan kalkınmış böyle köyler olsaydı, Kürt yurttaşlarımız bizlere hâlâ düşman gözlerle bakarlar mıydı acaba diye düşünmüştüm daha sonraları.

1984'ün sonbaharında, kızım Zeynep, Fransız hükümetinden aldığı bir bursla bir yıllığına Paris'e gidince, arkadaşlarım Sezgin ile Ertin Akgüç, birdenbire evde yalnız kalmamam için, onlarla birlikte beş günlük bir yolculuğa katılmamı istediler.

Dokuz on kişilik grubumuzda, Mengü Ertel ile eşi Ülfet, Maçka Sanat Galerisi'ni yöneten Rabia Hanım, eski ve sevgili arkadaşım Füreya ve yeni tanıdığım halde hemen büyük yakınlık duyduğum Erdal İnönü ile eşi Sevinç vardı. İstanbul'da kiraladığımız bir minibüsle, o güne kadar hiç görmediğim, görmeye de can attığım Safranbolu'ya ve Yedi Göller'e gittik; Abant Gölü'yle Kartalkaya'yı da gördük.

Yedi Göller'in o mevsimde altın sarısına dönüşen dev ağaçları da, Safranbolu evlerinin güzelliği de hâlâ gözümün önünde. Memleketimin büyük bir kısmı çorakken, Yedi Göller'de topraktan sürekli su fışkırıyordu sanki. Ömrümde ilk kez böylesine büyük ağaçlarla bitkiler görüyordum. O dev bitkilerle dev ağaçlar, sulara yansıyarak çoğalıyordu sanki. Safranbolu evlerinin dışı da içi de, sâdece güzel olmakla kalmıyordu. Şeytanın aklına gelemeyecek fanteziler de vardı o evlerde. Örneğin, bir tanesinde, kocaman dikdörtgen bir havuz, nerdeyse bütün odayı kaplıyordu. Havuzun çevresinde, duvara bitişik daracık sedirlerde oturuyorduk. Ev sahibesi, havuzun üstüne koyduğu çay tepsisini, elindeki uzun değnekle konuklarına doğru itiyordu. Bu büyük havuz, evin zemin katında olsa, haydi neyse, ikinci kattaydı üstelik.

Anadolu'da yolculuklarıma altmış yıl önce başladığım halde, bu uzun süre içinde görmediğim yer pek kalmadı diyemeyeceğim gene de. Gözümden ırak kalan ve artık iş işten geçtiği için bundan sonra hiç göremeyeceğim daha nice güzel köşeler vardır orada kim bilir.

VI.
Avrupa'ya Yolculuklar

Nasıl oldu da bu kadar az parayla Avrupa'ya bu kadar çok gidebildim diye hep şaşarım. Oysa pek o kadar şaşılacak bir şey değildi bu. Çünkü hem lüks koşullarda yolculuk etmeye meraklı değildim; hem de sevdiğim başlıca Avrupa kentlerinde, yani Paris'te, Roma'da, Londra'da, evlerinde her zaman rahat rahat kalabileceğim yakın dostlarım vardı. Üstelik kardeşim Halil diplomattı. Onu çok özlerdim; görmeye gidince de, Atina'da, Madrid'de ya da Kopenhag'da günlerce gezer tozardım.

1937'de, yirmi bir yaşındayken yurtdışına ilk çıkışımda Paris'e gittim. Çocukluk arkadaşım Halet Çambel, Sorbonne'da okuyordu; ben de yaz tatilinden yararlanarak, onu görmek istiyordum. Rue de Seine, St.- Germain'den başlayıp tâ nehrin kıyısına varan, sanat eserleri satan dükkânlarla dolu uzun bir sokaktır. Bu sokağın 60 numarasındaki Hôtel de la Louisianne'ın en üst, yani altıncı katında bir odayı paylaşmıştım Halet ile. Odanın bir kapısı koridora, ötekisi de geniş bir taraçaya açıldığı için, Paris'in hem sokaklarını, hem de damlarını seyredebiliyordum. Quartier Lâtin'in en civcivli yerlerinden birinde bu sokakları, bu damları seyrede ede, Paris bir tutkuya dönüştü bende.

Sokakların akıl almaz canlılığı bir yana, bunların zeminini döşeyen malzeme bile hayret ve hayranlık duymama neden oldu: Buna bugün inanması güç ama; o sokaklar taşla, toprakla ya da betonla değil; düpedüz ahşap parkeyle döşenmişti. Yani güzel bir evin salonunda yürürcesine geziniyordunuz o sokaklarda. Bu dikdörtgen parke parçaları, pırıl pırıl çelikten yapılmış, avuç büyüklüğünde yuvarlak çivilerle birbirine raptedilmişti. Biz, barbar Türk öğrencilerin başlıca eğlencelerinden biri, kaşla göz arasında bu çivileri yerden söküp evimize götürmek; onları tersyüz edip kültablası olarak kullanmaktı. 1948'de Paris'e üçüncü gidişimde, ahşap parkeler ortadan yok olmuş; Paris sokakları zeminleri açısından Avrupa'nın öteki büyük kentlerinin sokaklarına benzemişti.

Bundan sonraki bölümde uzun uzun anlatacağım Paris'e, bir insana âşık olurcasına vuruldum. Gelgelelim, ne gariptir ki, bu kente yerleşmek, orada sürekli oturmak, aklımın kenarından bile geçmedi gene de. Oraya sık sık gitmeye can atıyordum. Ama gidince de, bir iki ay sonra orada kalmak istemiyordum. Paris düşlerinden uyanmak, memleketime, İstanbul'a, gerçekler dünyasına, kendi gerçek yaşamıma geri dönmek istiyordum.

1937 yılında İstanbul'dan Paris'e, yol parası olarak tam 23 Türk lirası ödeyerek gittim. Üçüncü mevki tren ücreti 40 küsur lira olduğuna göre, hem olağanüstü ucuz; hem de birçok yeri görmemi sağlayan, on günden fazla süren çok ilginç bir yolculuk oldu bu: İstanbul'dan kalkan bir Romen gemisiyle Pire'ye vardım. Bu lüks gemide "güverte" yolcusuydum. Yani beraberimde götürdüğüm bir battaniyeye sarınıp, üçüncü mevki güvertesinin bir köşesine kıvrılır uyurdum. O gemide bir tek gece geçirdikten sonra, Pire'den bir trene atlayıp çabucak Atina'ya geçtim. Kentin sokaklarında şöyle bir koştum. Akropol'ü filân hayal meyal gördüm. (Çok daha sonraları kardeşim Halil orada başkâtipken, Atina'da on beş gün kalıp, kenti rahat rahat gezdim.) Yunanistan'a her gidişimde, yaşlı Rumların bana yaklaşıp, Türkçe olarak, "hanım, sen Türksün değil mi?" diye sormaları, beni hem çok şaşırtmış hem de çok duygulandırmıştı. Bu Rum göçmenleri, doğdukları büyüdükleri memleketi öyle özlüyorlardı ki, Türkleri dakikasında tanıyor, Yunanistan'da sanki sürgünmüş gibi, dert yanıyorlardı onlara.

Pire'ye vardığım günün gecesi, küçükçe bir Yunan gemisine binip, şimdi adlarını unuttuğum bazı adalara da uğrayarak, yedi günde Brindisi'ye vardık. Bu gemide gene "güverte" yolcusuydum. Ama güvertede kıvrılıp yatmıyordum artık. Uyuyabileceğim çok daha rahat bir yer bulmuştum: Geceleri, ortadan el ayak çekilince, üstü bir branda beziyle örtülü, geminin bordasına asılı cankurtaran sandallarından birine gizlice tırmanıyor; ağırlığımla hafifçe çukurlaşan branda bezini bir hamakmış gibi kullanıyor, battaniyeme sarınıp bir güzel uyuyordum. Denizin dalgalı olduğu geceler, sandal bir beşik gibi tatlı tatlı sallanıyordu. Eskiden tayfanın ranzalarda değil de hamaklarda yatmasının nedenini anladım böylece. Orada uyumam yasaktı elbette. Ama sabahları güverteyi yıkamaya gelen Yunanlı gemiciler, beni bu cankurtaranlardan birinde bulunca, gülmeye başlıyorlar; azarlamakla yetiniyorlardı.

Brindisi'den bir trene binip dört günde Paris'e giderken, Avrupa'nın en güzel ülkesi saydığım İtalya'yı, vagon pencerelerinden de olsa, bir uçtan bir uca şöyle bir gördüm. Birkaç saatliğine Roma'da durduk. Çünkü yolcular, faşizmin yüceliğini gözler önüne sermek amacıyla açılan sergiyi görmek zorundaydı. Eğer o sergiyi gördüğümüzü kanıtlayan damga biletlerimize vurulmuşsa, tren ücretimiz, iki, hattâ üç kat azalacaktı. Mussolini, parasız turistlere faşizm propagandası yapmak için böyle bir yöntem uydurmuştu. Üstelik, bu ucuz biletlere ancak çıkışta damga vurulduğu için, sergiyi sahiden görmek zorundaydık. Sağıma soluma hiç bakmadan, gözlerimi nerdeyse kapatarak, çıkışa doğru dörtnala koştum. Biletim damgalanınca, trene binip Paris'e gittim.

İkinci yolculuğum, bir yıl sonra, yani 1938'de yirmi iki yaşındayken oldu. Teyzemin kızı Melike, Türk kökenli bir Mısırlıyla evlenmişti ve Üniversite'nin yarıyıl tatilinde ille Kahire'ye gitmemi istiyordu. Beraber büyüdüğümüz için, benim de onu göreceğim gelmişti. Melike, İstanbul'dan İskenderiye'ye gidip gelme, birinci mevki vapur bileti, İskenderiye'den Kahire'ye gene birinci mevki tren bileti gönderdiği için, bu ikinci yolculuğum, beni birincisi kadar heyecanlandırmadığı halde, çok lüks koşullar altında geçti.

Kahire'de üç hafta kaldım. Teyze kızımın eşi Mısır ölçülerine göre çok zengin sayılmazdı. Ama 1938 yılının Türkiye ölçülerine göre, çok zengindi. İskenderiye'de güzel bir yazlığı, büyük bir çiftliği, iki otomobili, Kahire'de yirmi odalık bir konağı ve konağında çalışan sekiz adamı vardı. Melike'nin bana İstanbul'a gönderdiği mektuba göre, bu adamları öyle şımartmışım ki, sekizinden beşini kovmak zorunda kalmış ben gittikten sonra. Oysa onları şımarttığım falan yoktu. Sâdece içim geldiği gibi davranıyordum. Örneğin, fellâh bahçıvanın bisikletini ödünç alıyor, bir tur atıyordum. Ya da zenci şoförün dünya şekeri kapkara bebeğini kucağıma alıp, güldürücü sesler çıkararak, hop hop havaya atıp atıp tutuyordum. Bebek buna bayılıyor, kahkahalar atınca büsbütün sevimli oluyordu. Ya da mutfakta dolanıyor; pişirdiklerinden bir küçük tabak istiyordum. Ağzımı şapırdata şapırdata, elimi kolumu sallaya sallaya, o yemeğin ne denli lezzetli olduğunu anlatmaya çalışıyordum falan.

İskenderiye'yi az gördüm ama, çok ilginç buldum. Kahire'yi ise, pek sevemedim. Neden derseniz, yamyassı bir kent de ondan. Yollar ve kanallar, nerdeyse geometrik bir çizgiyle, birbirine bitişik sürüp gidiyor. Bir cetvelle çizilmiş sanki. Kenti kurtaran Nil Nehri ve nehirden geçen kırmızı yelkenli tekneler. Çöl de güzel, Piramitler de, Sfenks'in heykeli de. Ama resimlerini o kadar çok görmüştüm ki, bu güzellikler beni özellikle çarpmadı. Kendi gözlerimle gördüklerimden çok daha güzeldi bazı fotoğraflar. Turist kalabalığının, hayranlıklarını değişik dillerde bağıra çağıra açığa vurmaları beni tedirgin etmişti belki.

Oralarını ıssızken güneş battıktan sonra alacakaranlıkta tek başıma görseydim, daha çok etkilenirdim belki.

Piramitlerin tepesine çıktım, Sfenks'in karşısında durup ona uzun uzun baktım. Develere bindim, yani öteki turistlerin yaptıklarının hepsini yaptım. Bu arada bir deve yavrusunun boynuna da sarıldım. Deve yavrusu bir kuzu gibi kıvır kıvır ve bembeyazdı. Onu ayrı bir deve türü sandım. Meğer bütün develer küçükken beyazmış, sonra boz renge dönüşürlermiş.

Mısır'da bulunduğum sırada, İngilizler ülkeye egemendi. (Hoşgörülerine şaşmıştım; çünkü Mısırlıların kahkahaları arasında, bütün müzikhollerde, bütün gazinolarda onları rezil eden skeçler gösteriliyordu.) Nâsır duruma el koymamıştı henüz. Varlıklılarla çoğu fellâh olan yoksullar arasında akıllara sığmaz bir uçurum vardı. Şimdi Türkiye'de olduğundan bile daha korkunç bir uçurum. Fellâhlar hayvan sayıldıkları için, hayvan gibi davranıyorlardı. Örneğin asfalt yolun ortasına çömelerek, eteklerini kaldırıp, herkesin gözü önünde aptes ediyorlardı. Sanki iki ayrı millet yaşıyordu bu ülkede. Mısırlılar ve aslında Mısır'ın köylüleri oldukları halde, köle sayılan fellâhlar. Biz Türkler ise, o sırada, "köylü efendimizdir" diyorduk. Zâten bu üç haftalık Mısır yolculuğumun benim açımdan en büyük yararı, ülkemin Mısır yanında, ne denli ileri, ne denli Batılı, ne denli uygar sayılması gerektiğini anlamam oldu. İstanbul'dan Paris'e ya da Londra'ya gidince, "işte Batı uygarlığı!" derler ya, ben de Kahire'den İstanbul'a dönünce, memleketimle gururlandım; "işte uygarlık!" dedim kendi kendime. Mısırlıların, okumuş Türk kızlarıyla evlenmeye neden can attıklarını, Türkiye'nin karşısında neden aşağılık kompleksine kapıldıklarını, bizi neden fena halde kıskandıklarını da anladım bu arada.

Yurtdışına yolculuk edebilmemin başka bir nedeni de, Uluslararası İngiliz Edebiyatı Üniversite Profesörleri Derneği'nin üç yılda bir toplanan kongresiydi. Gerçi Edebiyat Fakültesi, dâvet edildiğimiz kongreye bizi gönderirken, ancak yol parası ve beş günlük harcırah verirdi ama ben uçakla gideceğime, tren ya da otobüsle gider, ucuz oteller seçer, beş gün yerine on beş gün kalırdım orada. Para açısından da işin çaresini bulurdum. Bir defasında, bu türden alışverişlerin yapıldığı bir büroda tek süs eşyam olan altın bileziğimi satmıştım. Bürodaki adam, altının nasıl işlendiğine hiç bakmadan, bileziği tartmış, bir miktar para vermişti bana.

Bu kongreler sayesinde, çeşitli Avrupa kentleri bir yana, Los Angeles'ı bile gördüm. Çok keyifli anlar yaşadığımız da olurdu. Örneğin, Paris kongresinde, belediye başkanının verdiği bir resepsiyonda, havyarlı minik sandviçlerle, en has Fransız şampanyalarını içtik. Sabahın on biri olduğundan içki biraz çarptı bizi. Lozan kongresinde, göle bakan ve eskiden hapishane olan ünlü Chillon Şatosu'nun, sâdece şamdanlarla aydınlanmış görkemli büyük yemek salonunun şöminelerinde çevrile çevrile kızartılan kuzular yedik. Zâten bunlara katılanların bildikleri gibi, sabahları ve öğleden sonraları bilimsel çalışmalar yapılmasına yapılır ama, nerdeyse her akşam bir kokteyl ya da bir yemek düzenlenir; çünkü bir araya gelip hoş vakit geçirmek isteği her zaman ağır basar bu kongrelerde.

Hiç acelem olmadığından, uçaklara atlayıp dış ülkelere çabucak varamadığıma pek üzüldüğüm yoktu. Eğer alçaktan uçsaydık, durum değişir, uçakla yolculuk etmek isterdim elbette. Çocukluğumda Yeşilköy'deki küçük havaalanına gider, "pır pır" denilen tipte pervaneli bir uçağa binerdim. O küçücük uçakta, ancak size ve pilota yer vardı. Üstümüz açık olduğundan, sizi koltuğunuza sıkı sıkı bağlarlar, gözlerinize kocaman kara gözlükler takarlar, başınıza meşinden bir çeşit miğfer geçirirlerdi. İki üç liraya karşılık, İstanbul'un üstünde on ya da on beş dakikalık bir tur atardınız; her bir yanı görürdünüz. İstanbul gerçekten kanatlarınızın altındaydı. Bir mucizenin gerçekleştiğini sanır, kendinizden geçerek, "uçuyorum, sahiden uçuyorum!" derdiniz.

Oysa şimdi, bilmem kaç bin *feet* yükseklerde uçan uçaklarda, pencerenin yanında otursanız bile, havalandıktan sonra, altınızdaki bulutlardan başka hiçbir şey göremezsiniz. Hele uçak büyükse, büsbütün sıkılır, bir yığın yabancıyla karanlıkça bir kutunun içine kapanmış gibi olursunuz. 360 kişilik iki katlı bir uçakla Atlantik Okyanusu'nu geçmek, korkunç bir sıkıntı olur. Altı saat boyunca sigara içme yasağı, sıkıntınızı bir işkenceye dönüştürür. Bir defasında, tuvalette sigara içerken yakalandım. Hiç de utanmadım. Yolcuların duyabileceği öfkeli bir sesle, "insan haklarına aykırı böyle saçma yasaklar elbette uygulanamaz" dedim. "Bu koskoca uçakta, havalandırmalı küçük bir kompartıman ayıramaz mısınız tiryakilere? Canım zehirlenmek istiyorsa, başkalarına zarar vermeden kendimi zehirlemek bir insan olarak benim hakkım değil mi?" diye sordum. Her emre boyun eğen bir koyun sürüsüne dönüştüğümüz için, öteki yolcular alkışlayacaklarına, ayıplayan gözlerle soğuk soğuk baktılar bana. Para cezası verecekler diye korktum. Ama güzel hostes, her nedense bunu yapmadı. Belki o da tiryakiydi; uçağın kuyruğundaki gizli köşelerde, o da ara sıra sigara içiyordu belki. Beni korurcasına kolumdan tutup, yerime oturttu. İşaretparmağını gülümseyerek sallayıp, "artık yaramazlık etmeyin" demekle yetindi.

Günümüzün "elektronik" dediğim büyük havaalanları ödümü koparıyor. Uzun boruların içinden geçerek, uçaklardan çıkıyor, uçaklara biniyorsunuz; otomatik merdivenler, boyuna iniyor, boyuna çıkıyor; heyecandan çözemediğimiz elektrikli işaretler, sürekli yanıyor sönüyor. Size bilgi verecek bir yetkili yok ortada. Bu insansız teknoloji beni perişan ediyor. Bilimkurgu filmlerine özgü bir karabasanın içindeyim sanki.

En güzel yolculuklar vapurlarla yapılır elbette. Ama her yere vapurla gidemeyeceğimize göre, tren ya da otobüs yolculuklarını kat kat yeğ tutarım uçak yolculuklarına. Hele tren yolculuklarında sıkılınca kalkıp bir tur atarsınız; koridora çıkıp pencerelerden dışarısını seyredersiniz; öteki kompartımanlara bakarsınız. Bu arada ilginç durumlar gördüğümüz de olur. Örneğin, 1957'de, o sırada yedi yaşında olan oğlum Mustafa ile Kopenhag'dan Roma'ya giderken, bitişik kompartımandaki altı Norveçli gemici, iki gün iki gece boyunca içip, boyuna dövüştüler. Bıçak kullanmadıklarından, iyi ki, ölen olmadı. Kondüktörler müdahale etmeyi göze alamıyordu. Sınırları geçerken bile, gümrük memurları oraya giremiyordu. Norveçlilerin sarhoşken ne denli belâlı olduklarını herkes bilirmiş meğer. Mustafa ile ben, ikide bir koridora çıkıp, savaşın çeşitli aşamalarını seyrediyorduk. Bir ara Norveçlilerden biri kapıyı açıp dışarıya çıkınca, önünde duran oğluma bir şey yapar diye korktum. Ama fitil gibi sarhoş gemici, Mustafa'nın saçlarını okşarcasına karıştırıp, tuvalete gitti. Çişini yapıp kompartımana geri döndü ve savaşa yeniden katıldı. Neden böyle kıyasıya dövüştüklerini kendileri de bilmiyorlardı bana kalırsa. Çünkü Roma'ya varınca, kol kola girip, sendeleye sendeleye uzaklaştılar istasyondan.

Tren yolculukları her zaman böyle kavgalı dövüşlü değildir elbette. Öteki yolcularla kısa süren dostça ilişkiler kurarsınız. Tanımadığınız bir delikanlı, gülle gibi ağır bavulunuzu elinizden alıp taşıyıverir. (İstanbul'da bulamadığınız ve dış ülkelerde ucuza aldığınız okunmuş eski kitaplarla dolu olduğundan, sizin bavullarınız gülle gibi ağırdır her zaman.) Onları bir daha göremeyeceğiniz için, öteki yolculara içinizi rahat rahat dökebilirsiniz. Yani kısa süren uçak yolculuklarında ancak yanınızdakiyle biraz konuşabilirken, tren yolculuklarında altı ya da –eğer tren üçüncü mevkiyse– sekiz kişiyle dostluk edebilirsiniz.

Ne yazık ki, Avrupa'ya giden erkeklerimizin bir kısmı, lüks bir randevuevine, bir müzikhole, ya da bir pavyona gidercesine, eğlence ve kadın peşinde yolculuğa çıkarlar. Kadınlarımızın bir kısmı da, ille bir şeyler satın almak isterler. Giyim ve süs eşyası bunların başında gelir. Birbirinden ilginç güzel yanları olan hiç bilmedikleri, hiç gezmedikleri bir ülkeye değil; giysi satan büyük bir mağazaya gelmişlerdir sanki. İyi giyinmeyi herkes ister elbette. Ama iyi giyinmek istemek başka şey, gözü dönmüş bir halde, bir büyük mağazadan çıkıp ötekine saldırmak, tutkuyla *shopping* yapmak başka şey. Benim bunu yapacak param olmadı hiçbir zaman. (Ancak okunmuş eski kitapları ya da o sıralarda İstanbul'da bulunmayan bazı Fransız peynirlerini alırdım.) Ama param olsaydı da, o büyük mağazalara ayak basmazdım gene de. Çünkü kapitalist toplumun, sürekli ürettiği tüketim mallarını, bilmem kaç katlı koskocaman mağazalarda gözler önüne sermesi, öteden beri midemi bulandırır. Bir şey almam gerekiyorsa, bunu küçük bir dükkândan almayı yeğ tutarım.

Üstelik bu giyim eşyalarının çabuk yıprandıklarını, kısa bir sürede giyilemeyecek hale gelmeleri için, mahsus sağlam yapılmadıklarını da bilirim. Çünkü naylon ilk icat edildiği günlerde, bir arkadaşım bana Amerika'dan, beyaz bir naylon bluz, gene naylondan kahverengi bir çift çorap getirmişti. O naylon bluzu yirmi yıldan fazla giydiğim halde hep yepyeni kaldı. Kahverengi çoraplar ise, yıkana yıkana nerdeyse beyazlaştı; ama ne aktı, ne de yırtıldı. Sonra baktılar ki, bu naylon denilen şey, gerçekten sağlam bir maddeymiş. Böylesine sağlam olmamasının çaresini buldular. Çünkü piyasaya yeni mallar sürebilmek için eskilerinin o kadar sağlam olmaması şarttı. Ancak o zaman –ikide birde değişen modaların da yardımıyla– tüketim hep sürüp gidebilirdi.

Yolculuklarımda bir şeyi çok canım çekse de, yeterince param olmadığından, Londra'da Regent's Street'te gördüğüm *bonsai*'lardan birini alamadığım gibi, bu istediğim şeyi de alamayacaktım herhalde. *Bonsai* kırk ya da elli santimlik kapaksız dikdörtgen bir kutunun içine yerleştirilmiş minyatür bir Japon bahçesidir. Ne gibi yöntemler kullanıyorlar bilemem; ama yıllarca uğraşarak, ağaçları ve bitkileri küçültüyorlar. Ağaç gerçek bir ağaç kalıyor; ama sâdece bir parmak boyunda. Bu küçücük ağaçlar, bitkiler, akıllara sığmaz bir mucize bence.

Vitrininde birbirinden güzel *bonsai*'lar sergileyen bu çok lüks dükkâna, kendimden geçmiş bir halde daldım. Siyah ipekler giymiş satıcı kız beni karşıladı. Hangi *bonsai*'ları, 300 pound'a olanları mı, yoksa 400 pound'a olanları mı görmek istediğimi sordu nezaketle. Beni sinir gülmesi tuttu. Çünkü o sırada, yani 1956'da, oğlumla ben, Fakülte'nin her ay gönderdiği 105 pound'la geçiniyorduk. Param olmadığından, ne 300 pound'lukları, ne de 400 pound'lukları alabileceğimi söyleyerek, kapıya doğru yürüdüm. Ama kız, yolumu kesti. Nezaketi, böyle lüks dükkânlarda çalışanların yapay nezaketi değil, içten gelen gerçek bir nezaketmiş: "Biliyorum almayacağınızı; ama madem ki *bonsai*'lara merak duyuyorsunuz, bunları mutlaka görmenizi istiyorum" dedi. Ve gerekli açıklamaları yaparak, iki katlı dükkânın bütün *bonsai*'larını, 300 pound'lukları da, 400 pound'lukları da bir bir gösterdi. Eminim ki, dükkânın sahibi kendi olsaydı, bir tanesini armağan ederdi bana.

Yalnız trenlerle değil, otobüslerle de gittim dış ülkelere. Bu otobüslerin daha pahalıları, Paris'e giderken yolda iki kez durduğu, yani iki geceyi bir otelde geçirip uyuyabildiğiniz için, pek o kadar yormazlar sizi. Ama bir de, ancak otuz dakikalık molalar vererek elli iki saatte İstanbul'dan doğru Paris'e gidenler vardır. İşte o otobüsler yolcuyu biraz yıpratır. Gelgelelim eğer şoförünüz Necati Bey ise, bu uzun yolculuk çok eğlenceli geçebilir.

Necati Bey, benim Türkiye'de gördüğüm en iyi *showman*'di. Hani o televizyonlarda seyrettiğimiz, değil güldürmek, insanın sinirden dişlerini gıcırdatan sözde komiklere hiç benzemezdi. Kimi zaman yolda gördüklerinden, kimi zaman yolculardan birinin söylediklerinden kaynaklanan çok kaliteli nüktelerini, yılışık yılışık sırıtarak, bizlere dönüp yapmaz; doğru önüne bakarak, sanki kendi kendine konuşuyormuş gibi yapardı. En ön sırada, sağda oturduğum için, Necati Bey'in ancak profilini görür, ama bunların hiçbirini kaçırmazdım. Yugoslavya'da yollar Almancı Türk arabalarıyla dolu olduğundan, trafik levhalarının kendi dillerinde değil de Türkçe yazıldığını hayretle gördüm. Yugoslav trafik uzmanları, Türklerin sürdüğü arabaların bunlara mutlaka uymalarını istiyordu anlaşılan. Necati Bey'in bu konuda yorumları, hem düşündürücü, hem de çok güldürücüydü. Molalarda beni de yanına alır, yol kenarında piknik yapan Türklerin arasında gezdirirdi. Bir yandan gurbetteki yurttaşlarımın yufka ekmeklerine özenle sardıkları dolmaları, börekleri, tavuk kızartmalarını yerken, bir yandan da kahkahalarımı zor tutarak, *showman* şoförümüzün, gurbetçilerin işleri, yaşantıları, aile ilişkileri, ilerisi için neler amaçladıkları konusunda yaptığı son derece komik röportajları dinlerdim.

1977'de arkadaşım Adair Mill'in arabasıyla, İstanbul'dan Londra'ya sekiz günde gittik. Hiç bilmediğim Avusturya'yı çok güzel buldum. Kırsal bölgenin ırmakları, gölleri, pencereleri çiçeklerle süslü küçük ahşap evleri, ormanları çok sevimliydi. Bu ormanlarda özgürce gezinen geyikler otomobil yoluna çıktıkları için, geyiklere dikkat etmeleri için sürücüleri uyaran trafik işaretlerini ömrümde ilk kez gördüm.

Bir tek gece kaldığımız Salzburg'a da bayıldım. Ya deniz kıyısında, ya göl kıyısında olan, ya da içinden bir nehir geçen dik tepeli kentlerden hoşlanırım öteden beri. Salzburg'un dik bir tepesinin üstünde görkemli bir şato vardı. Tepe öyle dikti ki, ancak fünikülerle rahat çıkılıyordu oraya. Kentin içinden de Salzach Irmağı akıyordu.

Memleket dışında yaşayan arkadaşlara her zaman rakı götürürüm. Nasıl oldu bilmem, eşyalarımızı arabadan otele taşırken, o rakı şişelerinden biri düşüp kırılıverdi. O güzel kentin sokakları bir süre mis gibi rakı koktuğu için, büsbütün yakınlık duydum Salzburg'a. Bu arada yıllar önce, 1942'de sıcak bir ramazan günü, Üsküdar Meydanı'nda kırdığım rakı şişesi aklıma geldi: Abdülbaki Gölpınarlı'nın Salacak'taki evinde kalıyorduk Cahit ile. Ay sonu olduğundan, üçümüzün de çok az parası vardı. Kuruşlarımızı birleştirince, bir büyük şişe rakı, bir ekmek, iki yüz elli gram beyaz peynir alabilecek parayı topladık. İkinci Dünya Savaşı'nın en kötü günleriydi. Savaşın Naziler lehine gelişmesi bizi perişan ediyordu. Sabahtan beri tatsız siyasal durumları tartışmış, iyice bunalmıştık. Tek umudumuz akşamleyin güneş batarken, Abdülbaki'nin ahşap evinin balkonuna oturup Kız Kulesi'ni seyrederek, rakı içip biraz keyiflenmekti.

Yakınlarda bakkal bulunmadığından, saat altıda Üsküdar'a yürüdüm. Çünkü bu önemli görevi, bizi az da olsa umutlandıracak rakıyı almak görevini başkasına emanet edemezdim. Rakıyı, ekmeği, peyniri aldım; cebimde birkaç kuruş daha kalınca, gözüm döndü, "bir de küçük kavun alayım" dedim. Kavunu koltuğum altına sıkıştırayım derken (o sırada her şeyi içine tıkabileceğimiz naylon poşetler henüz kullanılmadığından) rakı şişesi elimden kaydı, tuz buz oldu. Koku etrafa yayılınca, meydandaki kalabalık, fena fena baktı bana. Ancak yaşlı bir adam, "vah vah! Üstelik büyük şişeymiş!" dedi içini çekerek.

Abdülbaki'nin evine eli boş dönmenin yolu yoktu elbette. Bütün gün düşlediğimiz o rakıyı mutlaka içmeliydik. Bakkal dükkânına geri döndüm. Kolumdaki saati çıkardım. Bakkala, "sana bunu rehin bırakıyorum. Bir şişe rakı daha ver. Yarın parasını öder, saatimi geri alırım" dedim. Adam, saati inceleyip işlediğini görünce, kasaya koydu, yeni bir şişe uzattı bana.

Ertesi sabah erkenden Salacak iskelesinde Cahit ile pusu kurduk. Çünkü Şehir Tiyatrosu'nun oyuncularından birinin orada oturduğunu ve sabah provası olduğunu biliyorduk. O oyuncudan borç aldığımız parayla Üsküdar'a koştuk, rakının parasını ödedik. Oraya yalnız gitseydim, pek dürüst bir insana benzemeyen bakkal hır çıkarırdı belki. Ama Cahit'in boyuna posuna, gaga burnuna şöyle bir baktıktan sonra, koluna taktığı saati çıkarıp bize uzattı.

1977'de arabayla İstanbul'dan Londra'ya giderken, Avrupa'da en az bildiğim ve daha yakından bilmeye pek meraklı olmadığım Almanya'dan da geçtik. Münih'te iki gün kaldık. Otelimiz istasyona yakın Türk mahallesinde olduğundan, Almanca bilmememin sıkıntısını çekmedim. Almancadan çok Türkçe duyuluyordu orada. Her yerde Türk filmlerinin afişleri asılıydı. Herkesin elinde Türk gazeteleri vardı. Kahveler, lokantalar, dükkânlar, bakkal çakkal hep Türktü. İşportada, o sırada "umudumuz" olan Ecevit resimli tabaklar satılıyordu. Bütün duvarlara Türkçe sloganlar karalanmıştı. Şalvarının üstüne entari giymiş kadınlar gördüm. Erkeklerin nerdeyse hepsi, kenarına bir tüy takılı *Tyrol* şapkaları; sivri burunlu, arkasına basılmış ayakkabılar giyiyorlardı. Bu yurttaşlarımızın ikisi, bir havuzun kenarına oturmuş konuşurlarken, çok güzel bir söz duydum. Biri ötekine, "sen anayasa nedir bilir misin? Bilemezsin, bilemezsin! Anayasa bir memleketin namusudur, namusu! " diyordu.

1977 araba yolculuğu sırasında, beni en çok ilgilendiren şey, bir buçuk kilometre uzunluğunda bir tünelle Yugoslavya'dan Avusturya'ya geçtiğimiz sırada, karşımıza çıkan anıt oldu: Bu çok sâde, ama çok etkili anıt, bir taş bloğundan oluşmuştu. Üstünde bir iskelet heykeli vardı sâdece. Kaidesine ise, Zola'nın Dreyfus dâvâsında söylediği ünlü söz, "*J'accuse*" yani "Suçluyorum" yazılıydı. İkinci Dünya Savaşı'nda Mathausen toplama kampı varmış orada ve o tüneli, nerdeyse hepsi ölen, çoğu da Fransız olan esirler yapmış.

Fazla uzamayan, bir ay, bilemediniz iki ay süren yolculukları çok severdim, ama iki ayı geçince fenalıklar gelirdi içime. İstanbul'u, özellikle çocuklarımı özlerdim. Bu yüzden dış ülkelerde ancak iki kez bir yıla yakın kaldım: 1940'ta çocuklar doğmadan çok önce, dokuz ay Fransa'da; 1956-1957'de de on bir ay İngiltere'de geçirdim. Gerçi o sırada altı yaşındaki Mustafa yanımdaydı ama, iki yaşındaki Zeynep'i evde annemle bırakmıştım ve onu çok özlüyordum. Telefonla konuşma olasılıkları da, şimdi olduğu gibi kolay değildi. Postanelere gidip, saatlerce sıra beklemek zorunda kalırdınız.

Türkiye dışındayken, özlem bir yana, beni çok daha fazla tedirgin eden, daha önce de değindiğim başka bir duyguya da kapılırdım. Gerçek yaşamımdan koptuğum duygusuydu bu. Gerçekler dünyası ancak Türkiye'deydi; yabancı ülkelerde bir düşler dünyasında yaşıyordum sanki. "Bu düşler güzel olmasına güzel ama, artık uyanayım, memleketime geri döneyim" diyordum kendi kendime.

VII.
Paris

Şimdiye değin çok sözünü ettiğim için, dış ülkelerde en çok sevdiğim kentin Paris olduğu anlaşılmıştır herhalde. Sâdece benim duyduğum bir sevgi değildir bu. Avrupa'ya gidenlerin çoğu, kimi zaman tamamıyla saçma nedenlerden ötürü, Paris sevgimi paylaşırlar. Kültürsüzler, eğlence merkezlerinden, lüks mağazalarından, şık ve güzel kadınlarından ötürü Paris'e ayılıp bayılırlar. Kültürlüler de, müzelerinden, sanat galerilerinden, konser salonlarından ötürü bu kente hayrandırlar. Oysa, bunlardan hiçbiri olmasa, Paris gene Paris olurdu. Çünkü Paris'in gerçek büyüsü sokaklarındadır. "Büyü" sözcüğünü çok bilinçli olarak kullandım. Nedeni de, bu kentin sokaklarında açık seçik açıklayamayacağım gizemli bir çekicilik bulunmasıdır. Bugüne değin gördüğüm hiçbir sokakta Mouffetard'ın ya da Contrescarpe'ın büyülü havasını bulamadım.

"Paris sokakları" derken, kentin bütün sokaklarından söz ettiğim sanılmasın. Bunları, bıkmadan usanmadan sabahtan akşama kadar Paris'te yürüyen arkadaşım Müntekim Ökmen bilir ancak. Onunla aynı günlerde orada bulunduğumuz zaman, bana rehberlik eder; ayak basmadığım mahallelerde, inanılmaz güzellikte köşeler, küçük parklar, evler gösterirdi. Bense, sâdece Seine'in sol kıyısında, Quartier Lâtin'de, Montparnasse'ta, nehrin rıhtımlarında, Ile de la Cité'de, Ile St.-Louis ve köprülerde gezerdim. Sivri burnuyla nehre uzanan Ile de la Cité'yi, üstündeki o eşsiz katedrali taşıyarak, yelken açmış giden görkemli bir gemiye benzetirdim.

Nehrin sağ sahilinde ancak Marais mahallesini bilirdim. Arkadaşım Hatice Gonnet'nin evinde konuk kaldığım sırada, Hatice bir söylentiye göre Baudelaire'in de aynı evde bir ara oturduğunu söylemişti bana. Baudelaire, boyuna ev değiştirdiği, oradan oraya gittiği için, bu gerçek olabilirdi elbette. Ama aynı binayı değişik zamanlarda, en çok sevdiğim şairlerden biriyle paylaşmak olasılığından belki beni daha çok mutlu eden bir şey vardı arkadaşımın evinde: Yattığım oda, mutfağa bitişikti. Mutfakta da, musluklu küçük bir fıçı içinde *Beaujolais nouveau* şarabı vardı. Bu, ancak belirli bir mevsimde piyasaya çıkan ve bir iki ay içinde hemen içilmesi gereken taze bir şaraptır. Öteki şarapların tam tersine, tazeliğini yitirince, o nefis tadını da yitirir. Hatice'nin mutfağında güzel Fransız ekmekleri de bulunurdu her zaman. Bizde olduğu gibi başlıca besin maddesi sayılmadığından ve genellikle fırınlarda değil de pastanelerde yapıldığından, ekmeklerin çok değişik lezzetleri vardır orada. Arkadaşımın buzdolabında ise, en sevdiğim Fransız peynirleri vardı. Tiyatrodan, sinemadan ya da bir dost evinden gece geç vakit dönünce, iki bardak *Beaujolais* içerek yerdim bunları.

Marais mahallesinde bana heyecan veren başka bir yer de, Place des Vosges'daki Victor Hugo Müzesi oldu. Çünkü romanlarını şiirlerinden daha fazla sevdiğim bu ünlü şairin, aynı zamanda müthiş bir ressam da olduğunu anladım o müzeyi gezerken.

Paris'in nerdeyse her mahallesi tanınmaya değer olduğuna göre, bu kente merakımın bir tek bölgeyle sınırlanması doğru değildi aslında. Ne çare ki, ancak sinema krizim tutunca, sevdiğim mahallelerden çıkar, elimde bir Paris planı, hiç binmediğim otobüslere biner, hiç kullanmadığım metro hatlarını kullanır, ömrümde ayak basmadığım sokaklara giderdim. Sinema krizim genellikle bir çılgınlığa dönüştüğü halde, mantıklı ve sistemli kalırdı gene de: "Paris'te eve kapanıp çalışmak zorunda değilim. Tam anlamıyla tatildeyim. Dolayısıyla, bir sinema meraklısı olarak, canım isterse günde üç film görmeye hakkım var" derdim kendi kendime. Bu işten anlayan eleştirmenler tarafından henüz doğru dürüst değerlendirilmedikleri için, şık mahallelerin pahalı salonlarında yeni gösterime giren filmlere rağbet etmezdim. Ya evvelce gördüğüm ya da haklarında bilgi edindiğim eski filmlere giderdim. Kentin bütün sinema programlarını ilân eden haftalık dergilerden seçerdim bunları. Hem sinema başyapıtlarını, hem de tanımadığım mahalleleri görürdüm böylece.

Bir defasında, gene hiç bilmediğim bir mahallede, geceleyin Yılmaz Güney'in *Yol*'unu gördükten sonra, metrodaki konuşmalarından, aynı sinemaya gittiklerini ve bu filme hayran kaldıklarını anladığım orta yaşlı bir çifte, "ben bu yönetmenin yurttaşıyım" diyerek, övünmek fırsatını kaçırmadım. Ama Parisliler yabancılarla rahatça konuşmak, kısa da sürse, insanca bir ilişki kurmak yeteneğinden tümüyle yoksun oldukları için, "sahi mi?" demekle yetinip, dakikasında sustular.

Bir defasında da, Ingmar Bergman'ın *Yaban Çilekleri*'ni gördüğüm için, heyecan ve mutluluk içinde sokakta yürürken, yanımdan geçen herkesin bana hayretle baktığının farkına vardım. Oysa Paris'te kimse kimseye pek bakmaz. Önce üstümü başımı bir denetledim. Kardeşim Halil'in kenara attığı pantolonların paçalarını kısaltıp giydiğim ve eskiden pantolonlar fermuarla değil de düğmelerle kapatıldığı için, önüme baktım ilkin. Düğmeler yerli yerindeydi. Sonra ellerimle yüzümü sıvazlayınca, yanaklarımın gözyaşlarıyla sırılsıklam olduğunu anladım. Bir yandan mutlu mutlu gülümsemekten ağzı kulaklarına varırken, bir yandan da heyecandan şakır şakır ağlayan bir hâtuna Paris'te bile dönüp dönüp bakacaklardı elbette.

Bazı Paris sinemalarında, önemli filmler, gece yarısı on iki seansında bir tek kez olmak üzere gösterilir. Châtelet Meydanı'nda bir sinemada da Pasolini'nin hiç görmediğim ve çok merak ettiğim *Theorema*'sı gösteriliyordu. Şubat başlarındaydı, lapa lapa kar yağıyordu. Buz gibi sokaklarda yürüdüm; fazla üşüyünce, bir kahveye sığınarak, gece yarısını bekledim.

On ikiye yirmi kala, sinemanın bomboş holüne daldım, gişeye yöneldim. Bilet satan kız, "eğer yedi seyirci olmazsa, projeksiyon yapılamaz" diye buyurdu çok kesin bir tavırla. Biletlerin yedisini de alıp, bir koltuğa kurularak filmi tek başıma seyretmek olasılığı çok çekici geldi bana. Ama bunu yapabilecek param yoktu ne yazık ki.

Öteki seyircileri beklerken genç bir çift geldi. Bir iki dakika sonra, bir genç çift daha. Olduk beş kişi. Ama gişedeki kız, "ille yedi bilet" diye direnmekteydi. Çantamı karıştırdım. İki bilet daha alıp, iki kişiyi dâvet edecek param vardı. Böyle bir havada, gece yarısı, Paris sokaklarında Pasolini meraklılarını bulmanın sanki yolu varmış gibi, sinemanın kapısına çıktım. Derken, boş sokakta sendeleye sendeleye yürüyen, koltuğunun altına yarı dolu bir şarap şişesi sıkıştırmış, sırtında delik deşik bir battaniye, paçavralar içinde, yaşlı başlı bir *clochard* yani bir evsiz barksız gördüm. Şarabını almış, dolaylardaki köprülerden birinin altında yatmaya gidiyordu herhalde. Ona yaklaşıp, durumu anlatmaya çalıştım; pek anlayamadı. Ama kolundan tutup, "sizi sıcak bir yere götüreceğim" deyince, peşimden geldi. Nasıl olsa iki bilet daha almak zorunda kaldığıma göre, o evsiz barksızı sinemaya götürmem saçmaydı belki. Ne var ki, hali bana dokunmuştu. Bir iki saat da olsa, rahat bir yerde oturup ısınmasını istiyordum zavallı ihtiyarcığın.

Gişeden biletleri alırken, iki genç çift bana ayıplayan gözlerle bakıyor, biletçi kız da; *"mais les poux! Mais les poux!"* (ama bitler! Ama bitler!) diye homurdanıyordu. Doğrusunu söylemek gerekirse, bitlerden ben de korktuğum için, ihtiyarı bir koltuğa yerleştirdikten sonra, ondan bir hayli uzakta oturup *Theorema*'yı seyrettim.

Film bittiğinde, biletçi kız ortadan yok olmuştu. Beş seyirci dışarıya çıktık. Kar hâlâ yağıyordu. Evsiz barksız ihtiyarı uyukladığı koltukta bırakmıştım. Sinemayı kapatacak bekçinin bu gece gelmeyeceğini; gelse de, ihtiyarın farkına varmayacağını; böylece o zavallının, hiç olmazsa bir gece köprü altına sığınmak zorunda kalmayacağını umuyordum. Paris Belediyesi'nin soğuk gecelerde evsiz barksızların donup ölmemeleri için, metro istasyonlarını sabaha kadar açık bıraktığını daha sonraları öğrenince, çok sevinmiştim.

Bu saatten sonra, ne otobüs bulabilirdim, ne de metro. Konuk kaldığım bir hayli uzaktaki apartmana yürürken, Pasolini'nin *Theorema*'da tam ne demek istediğini bir süre düşündüm.

Sonra, ister film, ister şiir olsun, herhangi bir sanat eserinden mantıklı bir anlam çıkarmaya kalkmanın aslında hiç gerekli olmadığına inandığım için, bundan vazgeçtim; filmden aldığım derin hazza bıraktım kendimi.

Paris'e gidince, konuk kaldığım evlerde pek oturduğum yoktur. Sabah erkenden çıkar, gece yarıları geri dönerim. O kadar ki, arkadaşlarım Leslie ve eşi Violaine evlerinde on gün yattıktan sonra, yüzümü görebilmek için, odama resmî bir dâvetiye bırakıp, bir lokantada beni akşam yemeğine çağırmak zorunda kalmışlardı bir defasında. Evde sabahın dokuzuna kadar zor oturabilirim. Sokaklarda sanki müthiş bir şeyler oluyor da bunları kaçırıyorum telâşına kapılır, dışarıya fırlarım. Nehrin sağ kıyısındaki dükkânlara bakarım. O dükkânlarda, bugüne değin hiç görmediğim çiçek ve bitkiler; akvaryumlarda acayip balıklar; kafeslerde rengârenk kuşlar; tavuklar, horozlar, tavşanlar, hattâ keçi yavruları bile satılır. Dünyanın dört bir yanından gelmiş, birbirinden ilginç şeyler bulunur oralarda. Bir defasında, vitrininde gerçek Anadolu kilimleri sergileyen bir dükkân gördüm. Heyecanla içeriye dalınca, Bodrum'dan tanıdığım Leylâ Hanım'la karşılaştım.

Derken nehrin kıyısında, eski kitapları satan sahafları, yani *bouquiniste*'leri (Fransızcada *bouquin* kitap demektir) uzun uzun incelerim. Yıllardır aradığım, bir türlü ele geçiremediğim bir kitap bulunca, çoğu zaman yaşlı olan sahafla, keyifli olmasını dilediğim bir pazarlığa başlarım. Amacım kitabı daha ucuza almak değildir; çünkü adamın, kitabın kapağına yazdığı fiyatı indirmeyeceğini pekâlâ bilirim. Asıl istediğim, kitaplarının başında pinekleyen ihtiyarın benimle biraz konuşması; çok kısa da sürse, aramızda insanca bir ilişki kurulmasıdır.

Ne var ki, Paris'te bu insanca ilişkiyi kurmak, hiç de kolay değildir. Daha önce de söylediğim gibi, gerçi Fransızlar İkinci Dünya Savaşı'ndan önce çok daha katıydılar; ama savaş sırasında da, savaştan sonra da, bir hayli katı kaldılar genellikle. Savaşın ilk yılında bir metro istasyonunda, yüreğime inen bir durumla karşılaştım: Pek genç sayılamayacağı halde, sırtındaki üniformadan anlaşıldığı gibi, her nedense askere alınan, kel kafalı, tombulca bir adamcağız, çok sarhoş bir durumda yere çökmüş, "annemi istiyorum" diye ağlıyordu. Orta yaşlı erin bu durumu hiç de komik değildi bence. Gelgelelim, metrodaki Fransızlar, pis pis sırıtarak, adamı alaya alıyorlardı. Onun yanına çömelip, "annenizi yakında görürsünüz mutlaka" diyerek, avutmaya çalıştım. Hattâ kel kafasını öptüm bile galiba. Sonra, onu, biraz daha sonra gelen trene bindirip, annesinin bulunduğunu umduğum yere sevk ettim.

Genellemeler hiç de doğru değildir elbette. Ama Fransa'ya, Fransız edebiyatına, Fransız kültürüne (bu kültürün bir parçası saydığım Fransız yemeklerine) hayranlık duyduğum halde; Avrupa'nın hiçbir burjuvası, bir Fransız burjuvası kadar sevimsiz olamaz bana kalırsa.

Bir şeyler almak için girdiğim her bakkaldan, her şarküteriden, biraz bozulmuş halde çıkardım. Çünkü satıcı kız, istediğim az miktarda yiyeceğin hesabını yaparken, *"c'est tout?"* (hepsi bu kadar mı?) diye sorardı. "Bunda bozulacak ne var?" diyeceksiniz. Ama önemli olan söylediğiniz söz değil, bu sözü hangi ses tonuyla söylediğinizdir. Satıcı kızların hepsi değilse bile çoğu, bu soruyu sorarken müşteriyi küçümserdi. "Bu kadar az alınır mı hiç? Yani seni de müşteri mi sayacağız?" derdi sanki.

Küçük burjuva satıcı kızların ancak parasızlara böyle davrandıklarını, beni bir ara varlıklı sandıkları için karşımda nasıl ezilip büzüldüklerini kendi gözlerimle görmüştüm. Çünkü şöyle bir durum olmuştu: 1948'de, ben iki aylığına Paris'teyken, Falih Rıfkı da oraya geldi birkaç günlüğüne. Hôtel Georges V'de kalıyordu; ben de onu görmeye gidiyordum. İstanbul'a geri dönmeden bir gün önce, beni çağırıp bir ricada bulundu: "Bana bir yığın şey ısmarladılar. Parasını da verdiler. Alışverişi hem hiç sevmem, hem de beceremem. Ne olur, beni bu belâdan kurtar. Kapıdan bir taksiye bin, bunları al gel" diyerek, elime bir yığın banknot ve upuzun bir liste verdi. Kitap ve plâk elbette yoktu o listede. Kadın ve erkek çamaşırları, kazaklar, parfümler, yüz boyaları, kremler, tıraş losyonları, bir fötr şapka, kravatlar, eşarplar, falan filân isteniyordu. Yani o sırada Türkiye'de bulunmayan, hepsi de tamamıyla gereksiz ve pahalı ıvır zıvır.

O lüks otelden çıkıp, kapıda bekleyen taksilerden birine bindim. Şoför, vaktiyle iyi günler gördüğü her halinden belli olan yaşlıca bir Beyaz Rus'tu. İyi ki, o günlerde "marka" sayılan bu eşyaları ısmarlayanlar bunların hangi sokağın hangi dükkânından alınacağını listede bildirmişlerdi.

O güne değin hiç ayak basmadığım pahalı dükkânların birinden çıkıyor, ötekine giriyordum. Satıcı kızlar, hepsi birbirinden kazık o parfümlerin, küçüğünü mü, orta boyunu mu, yoksa büyüğünü mü istediğimi sorduklarında, "büyüğünü" diyordum hiç duraksamadan. Parfümü almadan önce koklamamı önerdiklerinde, "hayır, istemem, gereksiz" diye tersleniyordum. Eşarpların, kravatların desenine bakmadan; çorapların rengini görmeden, hemen alıyor, fiyatını listeye yazıyordum. Ancak komiklik olsun diye, erkek şapkasını başıma geçirip, kendimi aynada seyrettim. Üstelik o fötr, kibar beyler arasında bir ara moda olan "röleve" denilen türdendi. Yani normal bir fötrden daha yuvarlaktı ve enli olmayan kenarları kıvrıktı. Satıcı kızlar o gülünç şeyi başımda görünce bile gülmediler. Çünkü eski püskü siyah kadife bir pantolon, hafif güve yeniği mavi bir kazak giyen beni, orijinalite olsun diye öyle kılıklarda gezen bir milyarder sanıyorlardı herhalde. Beni küçümseyerek, "hepsi bu kadar mı?" diye sormuyorlardı artık. Tam tersine, nezaketten nerdeyse kıvranarak, rahat geçeyim diye kapıları açıyorlar, binbir teşekkür ediyorlar, aldıklarımı taksiye taşıyorlardı. Paketler bagaja yığıldıkça, yaşlı Rus şoför, içinde hiç kötülük bulunmayan alaycı bir gülümsemeyle beni süzüyordu.

Üç dört saat süren bu tatsız alışveriş bitip de otele geri dönünce, şoföre şahâne bir bahşiş verdim. Paris'te taksi sürücülerine bahşiş vermek âdet olduğuna göre, şoför Fransız olsaydı, hiç itiraz etmezdi herhalde. Ama Rus şoför, paraya bakıp, "olmaz, bu çok fazla" dedi. Ben de bu paranın kendi cebimden çıkmadığını, o otelde kalmadığımı, tıpkı onun gibi çalışan biri olduğumu söyleyerek, durumu açıkladım. Sonra, adamın dostça koluna girdim, şahâne bahşişi zorla eline sıkıştırdım.

Korkarım ki, Parisli küçük burjuvalara verip veriştirirken, esas konumdan, yani Paris sokaklarından uzaklaşmak bir yana, genel olarak da Fransızlara biraz haksızlık ettim galiba. Çünkü o bölgelerde uzun zaman kalmadım ama, güneydeki Fransızlar, Paris'tekiler gibi kaskatı gelmedi bana. Daha önce de söylediğim gibi, Parisliler, Doğu'dan gelenleri hor görüp, onlara *sale métèque* derdi. Bu, öyle yaygın bir hakaretti ki, bir Türk arkadaşım, sokakta, Türkçe değil, sâdece Fransızca konuşmamı istemişti benden. Ben de kıyametleri koparmış, ille Türkçe, hem de yüksek sesle Türkçe konuşacağımı söylemiştim ona. Oysa 1940'ta Côte D'Azur'de iki üç hafta kaldığım pansiyona en yakın bakkal dükkânını işleten, çok cana yakın tombul hâtun, bana "*ma petite*" derdi; param yetmiyorsa, hiç tanımadığı bu yabancıya kredi açmayı önerirdi; bizim pazarlarda olduğu gibi, peynirlerin tadına bakmam için, kestiği küçük parçaları bıçağın ucunda bana uzatırdı; kimi zaman yanaklarımdan makaslar alırdı. Kaldığımız pansiyonda radyo bulunmadığından, haberleri dinlememiz için, bizi evine çağırırdı. Kırmızı şaraplar, elmalar, kendi eliyle soyduğu cevizler ikram ederdi bize. Yani Parislilerle kuramadığım insanca ilişkileri, onunla rahat rahat kurabilmiştim.

Seine boyunca gezintilerimde, kimi zaman rıhtıma inerdim. Bir tek balık tutmadıkları halde, ellerinde olta, sabırla bekleyen amatör balıkçılar arasında bir süre gezindikten sonra, Pont des Arts'a çıkardım. Paris köprülerini severim; ama bunların en güzeli Pont des Arts'dır bana kalırsa. Çünkü nehrin üstündeki adanın ve katedralin tam karşısındadır; çünkü zemini beton değil, ahşaptır; çünkü trafiğe kapalıdır.

Bir pazar sabahı, Pont des Arts'ın tahta banklarından birine oturmuş keyfederken, Notre Dame'ın önündeki meydanda korkunç bir rock müziği başladı. Bu münasebetsiz gürültünün oradan geldiğine inanmadım ilkin. Ama katedralin önüne gidince, hayretler içinde kaldım: Yaşları on iki ile on sekiz arasında, kızlı oğlanlı bir meydan dolusu izci, avazları çıktığı kadar bağıra bağıra bir rock şarkısı söyleyerek, sallana sallana, el çırpa çırpa, hoplaya zıplaya dans ediyordu. Tepeden tırnağa karalar giymiş genç bir papaz, kürsüye çıkmış, orkestra şefi durumundaydı. Rock müziğinin sözlerini anlayınca, hayretten dondum. Hazreti İsâ'yı, Meryem Ana'yı, *İncil*'i, azizleri, cenneti, melekleri filân konu eden dinsel bir şarkıydı bu. Yani hinoğlu hin Katolik Kilisesi, yaşadığı çağa uyum sağlamanın yolunu bulmuştu. Rock müziğinden yararlanarak, çoluk çocuğa Hıristiyanlık propagandası yapmaktaydı. "Pes yani! Bu kadarı da olmaz!" diye kendi kendime homurdanarak meydandan uzaklaştım.

Oralara otoyollar yapılmadan önce, nehrin rıhtımları daha da güzeldi. Suyun kenarından hiç ayrılmadan, uzun uzun yürüyebilirdiniz. Canınız isteyince, merdivenleri çıkıp, başka sokaklarda gezinebilirdiniz. Benim gibi, yön duygusundan tümüyle yoksun biri için bile kaybolmak tehlikesi yoktu. Çünkü merdivenleri gene inip ters yönde yürüyünce, kendi mahalleme er geç varırdım.

Ne gariptir ki, yalnız İstanbul'un eski halinin değil, Paris'in eski halinin de özlemini çekiyorum biraz. Örneğin şimdi otoyola dönüşen eski rıhtımları özlüyorum; eskiden bazıları ahşap parke olan sokakları özlüyorum; *Halles*'i özlüyorum. Kamyonlarla ve inanılamayacak kadar iri atların çektiği arabalarla, Paris'in yiyip içeceği oraya taşınırdı sabah erkenden. Geceleri geç vakit de, *Halles*'e gider, soğanlı çorba içerdik. Kocaman kazanlarda kızartılan, külâh biçiminde küçük paketlerde satılan kızarmış patatesleri özlüyorum. Ne yazık ki, şimdi McDonalds'ların tatsız tuzsuz patatesleri aldı bunların yerini. Mangallarda kızartılan kestane kebapları özlüyorum. O kestaneciler artık pek görünmüyor sokaklarda.

İlkin yirmi bir yaşında görüp sevdiğiniz bir kent, yarım yüzyıldan fazla bir süre içinde değişecek, siz de özlem duyacaksınız elbette. Gelgelelim, Paris Belediyesi'ni yönetenler, İstanbul Belediyesi'ni yönetenler gibi rant peşinde koşmadıklarından, kenti hiç çirkinleştirmeden, pek az değiştirdiler. Hattâ, bana sorarsanız, yepyeni güzellikler kattılar Paris'e. Örneğin çirkin bir hangara benzeyen Orsay İstasyonu, güzel bir müzeye dönüştü. Yeni gökdelenler, kentin içinde değil de, 1871'de Prusya ile savaş sırasında, Parisliler ölümü göze alıp, kentlerini burada savundukları için Défense yani "Savunma" adını alan yeni bir mahallede bir araya getirilip, trafiğe kapalı çok büyük bir meydanın çevresine dikildi. İçinde ağaçlar, çimenler, çiçekler, çeşmeler, heykeller bulunan bu meydan öyle büyük ki, rengârenk camdan gökdelenleri (aralarında pembe olanı da var) uzaktan görüyor, güzel bile buluyorsunuz. Bizim daracık caddelerde olduğu gibi, "ay! Şimdi üstüme yıkılacak!" korkusuna kapılmıyorsunuz üstelik.

Yeni yapılan anıtlar arasında, bir tanesi çok duygulandırdı beni. 1964'te Paris'e gidişimde, Abidin Dino, beni hemen oraya götürmüştü. Ne yazık ki, Paris'e giden yurttaşlarımın çoğu, bu anıtın farkında bile değiller. Nehrin üstündeki Ile de la Cité'yi bir gemiye benzetmiştim. Bu anıt, o geminin kıç kısmındaki parkın en ucundadır. Merdivenle inilen bir mahzendir orası. Mahzenin demir parmaklıklarından, nehrin bulanık suları görülür. İkinci Dünya Savaşı'nda Nazilerin toplama kamplarında ölen iki yüz binden fazla Fransızın adları, küçük seramik parçalarına yazılıp, zemini kaplar. Graffitileri yani duvarlara karalanan el yazılarını andıran bir yazıyla, Alman işgâline karşı direnme hareketini destekleyen şairlerden Robert Desnos'un, Eluard'ın, Aragon'un dizeleri, sanki bir bıçakla kazınmış gibidir bu mahzenin duvarlarına.

Paris'te bazı yenilikler, özellikle Louvre Sarayı'nın avlusundaki cam piramitler ve Beaubourg büyük tartışmalara yol açtı. Ben şahsen, cam piramitleri çok sevdim. Üçü büyük, biri küçük olan bu piramitleri, Çinli bir Amerikalı yapmış. Zâten bana kalırsa, ancak Doğu'nun düş gücüyle Batı'nın tekniğini birleştiren bir sanatçı yapabilirdi bunları. Piramitlerin yanında, koyu gri granitten, üçgen biçiminde üç havuz var. Bu fıskıyesiz havuzların suları, granitin üstünden akarken, onlara öyle garip bir ışıltı veriyor ki, hangisi su, hangisi taş anlayamıyorsunuz.

Aslında bu piramitler bir süs değil, tamamıyla işlevsel. Çünkü mermerden yapılmış spiral biçiminde büyük merdiveni inince, yeraltında uçsuz bucaksız izlenimi veren bir mekânla karşılaşıyorsunuz. Toplantı salonları, sergi salonları, lokantalar, kafeteryalar, kitap dükkânları ve artık Louvre Müzesi'ne sığmayan sanat eserleri orada toplanmış.

Beaubourg'a, yani resmî adıyla Pompidou Kültür Merkezi'ne gelince, durum karışıyor. 1977'de ilk gördüğümde, bu cırtlak renkli kültür fabrikasının sakilliği yüreğime inmişti. Hâlâ da pek alışamadım. Ama içine bir diyeceğim yok: Teknolojinin en son buluşlarından yararlanarak, her konuda rahatça bilgi edinmenizi sağlayan gerçek bir kültür merkezi. Bir tek saniye bile sıkılmadan, sabahtan akşama kadar istediğinizi öğrenebilirsiniz orada. En alt katta, çocukların doğayı daha yakından tanımasını amaçlayan büyük bir eğlence parkı bile var. (Zâten Fransızlar, çocukların hoş vakit geçirmelerini her zaman düşünürler: Arkadaşım Alev Ebüzziya'nın eski evinde kalırken, Alesia Meydanı'na giden caddenin geniş trotuarında bir atlıkarınca kurulduğunu, rengârenk giysili küçük çocukların, orada sevinç içinde fır fır döndüklerini gördüm. Oysa, bizim düş gücünden yoksun asık suratlı belediyelerimiz, çok geniş bir trotuarda ya da trafiğe kapalı bir meydanda da olsa, o atlıkarıncayı bir zıpırlık sayar, aslâ izin vermezdi kurulmasına.) Pompidou Kültür Merkezi'nin içinde bol bol yer kalması için, bütün teknik donanım, binanın dışında kurulmuş; o mavi, sarı, yeşil, kırmızı kocaman boruların içindeymiş. Asansörler de, cam tüpler içinde, binanın dışında işliyor. Bir yapının içiyle dışı arasında, bundan daha çarpıcı bir karşıtlık olamaz: İçi son derece güzel bir kültür cenneti; dışı ise, sanki çirkin olmasına ayrıca özen gösterilmiş, acayip ve sakil bir fabrika.

Paris'te yalnız Seine ve rıhtımları değil, kanallar da güzeldir. Örneğin St.-Martin Kanalı, irili ufaklı teknelerle doludur. Kıyısındaki çocuk bahçesinde kurulan küçük korsan gemisine, yalnız çocuklar değil, ben de bayıldım. Yaşımdan başımdan utanmasam, onlarla birlikte ben de binecektim o gemiye. Kanalın kıyısında çok hoşuma giden başka bir şey de, Parislilerin sinema sanatına vefasını kanıtlayan *Hôtel du Nord* tabelâsı oldu. Otelin çoktan yıkıldığı belliydi. Ama Marcel Carné'nin 1938'de çevirdiği filmin anısına, aynı yerde bir tuğla duvar örülmüş; bu duvara *Hôtel du Nord* tabelâsı asılmıştı. Aradan yarım yüzyıldan fazla geçtiği halde, o filmde, özellikle Arletti ile Louis Jouvet'nin, seyircileri nasıl büyülediklerini hâlâ unutamam.

Paris'in metro istasyonları her zaman canlı ve ilginçtir. Hele gece yarısına doğru büsbütün renklenirler. Paçavralara sarılı yaşlı evsiz barksızlar, yanlarında şarap şişeleri, yerlere ya da banklara uzanıp uyurlar. Kimileri, tencerelerini küçük gaz tüplerinin üstüne koyup yemek pişirir. Tamtamdan tutun da duygusal Fransız şarkılarına kadar her türlü ses duyulur. Tek duyulmayan şey klâsik müziktir. Ama günün birinde onu da duydum: Bir de baktım, ayakta durmuş, önünde nota sehpası, kemanıyla Mozart çalan genç bir kız. İşte o kızı hiç unutamıyorum. Orada müzik yapan saçlı sakallı gençlere, hippi kılıklı kadınlara hiç mi hiç benzemiyordu. Bambaşka bir çevreden geldiği besbelliydi. Gri bir tayyör, beyaz bir gömlek giymiş, güzel saçlarını alçak bir topuzla ensesinde toplamıştı. Utana utana eğildim, önündeki boş çanağa birkaç frank bıraktım. Bir metro istasyonunun gürültüsü ortasında; ter ter tepinen tamtamlar, elektrik gitarlı pop şarkıcıları, hokkabazlar, cambazlar arasında değil de, kültürlü ve kibar ailesinin salonunda keman çalıyordu sanki. O solgun yüzlü incecik kızın, o salondan bu metro istasyonuna, ayakta dimdik durduğuna göre nasıl düştüğünü demeyeceğim, nasıl geldiğini hüzünle düşünüp dururum hâlâ.

Zâten Paris, kimilerinin sandığı gibi, neşeli bir yer değildir her zaman. Açlıktan ölen evsiz barksızlar vardır orada. El kol hareketleri yaparak, sokaklarda kendi kendine konuşan, yapayalnız kederli ihtiyarlar vardır orada. Kırılan bacağı alçıda, kaldırıma çökmüş, göğsüne dayadığı kartona "sandviçinizin yarısını bana verin; açım" diye dilenen gençler vardır orada. İkide birde, birileri nehre atlar. Kimi zaman kurtarılır, kimi zaman kurtarılamaz.

Paris güvenilir bir kent de değildir. New York kadar tehlikeli olmamakla birlikte, her an soyulabilirsiniz. Otobüste ya da metroda, bir hırsız, dizinizin üstünde açık duran çantanıza elini daldırır, paranızı çalmaya kalkar. Bir defasında, çocuk denilecek kadar genç bir delikanlı bunu yaptı. Çantama giren elini, bileğinden sıkı sıkı yakaladım. "İmdat! Hırsız var!" diye bağırsaydım keşke. Ama böyle sağlıklı bir tepki göstereceğime, solcu öğretmen yanım ağır bastı. Sesimi hiç yükseltmeden, "utanmıyor musun sen! Para istiyorsan, bana söyleseydin. Sana yardım edebilirdim belki" dedim çocuğa. Bana hayretle baktı; yüzü bembeyaz kesildi. Sonra bileğini elimden koparıp, hızla kayboldu kalabalığın arasında. Çocuğa insanca davranayım derken, onu büsbütün utandırmış, büsbütün ezmiştim galiba.

Ne var ki, insan soyulduğunun farkına varmıyor her zaman: 1980 Ağustos ayında, trenle Londra'dan Gare du Nord'a geldim. Niyetim, Paris'te hiç kalmadan, doğru Normandiya'ya gitmek; Fahri Peteklerin Granville'deki evinde, onlarla ve Münevver Andaç'la bir hafta geçirdikten sonra, İstanbul'a geri dönmekti. Cebimdeki bozuk parayla, Montparnasse İstasyonu'na bir metro bileti aldım. Oraya varınca, Normandiya'ya giden treni kaçırmadığıma sevinerek, gişenin önündeki kuyruğa girdim. Sıra bana gelince, çantamı açtım ve paramı, pasaportumu ve dönüş biletimi içine koyduğum portföyün yok olduğunu gördüm. Tamamıyla kendi kabahatimdi bu. Çünkü omzuma astığım çantayı açık bırakıp, hırsızlara dâvetiye çıkarmış, "buyrun, gelin, rahat rahat alın" demiştim onlara. Fena bir şok geçirdim. Hattâ bayılma huyum olsaydı, 19. yüzyıl romanlarındaki çıtkırıldım bayanlar gibi, şıp diye düşüp bayılacaktım.

İstasyonun karakoluna gittim; polise ifade verdim; onlar da durumu saptayan bir kâğıt tutuşturdular elime. Sonra, bu altmış beş yaşındaki kadının çöktüğü iskemleden kalkmadığını görünce, hiç de nazik olmayan bir tavırla, ne beklediğimi sordular. "Düşünüyorum" dedim onlara. Sahiden de düşünüyordum. Paris'te meteliksiz ne halt edeceğimi düşünüyordum. Az sayıda insan tanıyordum bu kentte ve hepsinin ağustosta tatile çıktığını biliyordum. Öyle aptallaşmıştım ki, geceyi bir otelde geçirebilecek, Normandiya'ya telefon edebilecek kadar az miktarda borç istemeye kalktım polislerden. "Kâğıtlar imzalarım, saatimi rehin bırakırım, mutlaka geri veririm" dedim. Fransız polisleri kabalıkları ve merhametsizlikleriyle ünlü olduklarından, yanıt, beklediğim gibi, kesin bir hayır oldu. Derken, aralarından biri, Türk elçiliğine telefon etmemi önerdi. Elçi de yakın dostum Hâmit Batu. Rehberde elçiliğin numarasını buldum. Numarayı çevirdim. Sürekli olarak, "Elçi Bey tatilde, Elçi Bey tatilde" diyen ve bundan başka bir şey söylemeyen bir teyp çıktı karşıma. Konsolosluğa telefon etmeyi düşünmedim her nedense. Ama bu arada, Münevver'in oğlu Mehmet Hikmet'in Normandiya'ya gitmediği, onu Paris'te bulabileceğim aklıma gelmişti. Tek umudum da, onu evde bulmaktı.

Karakoldan çıktım. İki ağır bavulu sürükleye sürükleye Boulevard Raspail'a doğru yürüdüm. Hava iyice kararmıştı. İnceden bir yağmur başlamıştı. Bitkin düşünce kaldırımın kenarına çöküyordum. Mehmet'i evde bulamazsam, apartman kapısının eşiğine oturacağımı, o gelinceye kadar orada kalacağımı düşünüyordum.

Ama insan aslâ umutsuzluğa kapılmamalı: Apartmana yaklaşır yaklaşmaz, bir pencereden hafif sarkmış, sokağa bakan Mehmet'in sanki beni beklediğini gördüm. "Senin burada ne işin var? Granville'e gidecektin hani" diye seslendi.

Mehmet'i bulur bulmaz, her şey yoluna girdi. Normandiya'ya telefon edildi, borç para sağlandı, ertesi gün konsolosluğa başvurup pasaport yerine geçecek bir belge almam kararı verildi. Mehmet, dakikasında güzel bir sofra hazırladı. Ama ağzıma bir tek lokma koyamıyor, "su ver bana, Mehmet, su ver bana" diyor, bardak bardak üstüne su içebiliyordum ancak.

Başka bir yolculuğumda, Paris-Roma treninde soyuldum. Ama hiç kendi kabahatim değildi bu defa: Rahat edeyim diye ikinci mevki kuşet almıştım. Dört kişiydik kompartımanda. Kendi evimde, kendi yatağımda bile geceleyin en azından iki kez uyanan ben, deliksiz bir uyku uyudum. Öyle deliksiz ki, ancak kondüktörün Roma'ya vardığımızı, artık uyanmam gerektiğini söyleyip beni dürtüklemesiyle gözlerimi açabildim.

Bir de baktım ki, kompartıman boşalmış; yatmadan önce özenle başımın altına koyduğum para çantam da boş olarak yere atılmış. Uykum çok hafif olduğundan, en küçük bir tıkırtı duysam uyandığım için, bu duruma çok şaştım. Acaba aynı kompartımanda yatanlardan biri mi, yoksa dışardan gelen biri mi yapmıştı bunu? İtalyan kondüktör, şaşkınlığımı görünce, iki elini havaya kaldırıp, bir flit pompasıyla sivrisinek öldürüyormuş gibi hareketler yaptı. Hırsızlıkta en son yöntemlerden birini uygulayıp, beni fısfıslamışlar meğer. Yani yüzüme doğru vaporizatörle bir ilâç sıkarak, derin bir uykuya daldırmışlar. Bu marifetli hırsızı tanısaydım, o etkili ilacın reçetesini ister, uykusuz gecelerimde kendimi bir güzel fısfıslardım.

Trende soyulmam, Paris'teki istasyonda soyulmam gibi, kısa süren bir tragedyaya dönüşmedi. Herif, pasaportuma, biletlerime dokunmamıştı. Bir hafta sonra İstanbul'a geri döneceğim için, zâten az sayıda kalan dolarlarımı almıştı sâdece. İstasyondan bir taksiye bindim. Konuk kalacağım eve varınca, arkadaşım taksi ücretini ödedi. Ne var ki, aklım başıma gelmişti artık: İki ucunda uzun şeritler olan, patiskadan küçük bir çanta diktirdim. Paramı, pasaportumu filân, belime bağlayıp sıkı sıkı düğümlediğim o çantaya koydum. Üstümdeki giysileri çıkarmadan, kimse beni soyamayacaktı bundan böyle.

Paris'te Mayıs 1968'i ne yazık ki göremedim. Ömrümden birkaç yıl vermeye hazırdım o olaylara tanık olabilmek için. Ama buna karşılık, hiçbir zaman unutamayacağım 1989 yılının 1 Mayıs kutlamasını gördüm bu kentte. Ne gariptir ki, o kutlamadan tam altı ay sekiz gün sonra, Berlin duvarı ve o duvarla birlikte, yanılarak komünistliklerini Sovyetler Birliği'ne bağlayanların umutları da yıkılacaktı.

Yürüyüş Beaumarchais Bulvarı'nda, République Meydanı'yla Bastille Meydanı arasındaydı. Ve öyle kalabalıktı ki, kafilenin bir ucu Bastille'e çoktan varmışken, öteki ucu République'te hâlâ beklemekteydi. Çok acayip ama, Paris'te değil, İstanbul'da Taksim Meydanı'nda sandım kendimi. Çünkü yürüyüşe katılanların, hiç abartmadan yüzde sekseni, Türkler ve Kürtlerden oluşuyordu. (Aynı günün akşamı, 1 Mayısı kendi memleketlerinde kutlamak isteyen yurttaşlarımı, elleri tabancalı polislerin nasıl vahşice copladığını Fransız televizyonunda seyrettim.) Hafta sonuna eklenen bir tatil daha olduğundan, şımarık Fransız proletaryası güzel arabalarına binip dört günlüğüne kentin dışında keyfetmeye gittikleri için, çok az sayıda Fransız vardı. Yabancı işçiler, Şilililer, Arjantinliler, İranlılar, Filistinliler filân, ancak yüzer kişilik küçük gruplardı. Sonra, önde Türkler, arkalarından Kürtler, yürüyüşe geçtiler ve sonu gelmiyordu bizimkilerin. Trotuardan seyreden Parisliler, hayretler içinde, "ama hepsi Türk bunların! Hepsi Türk!" diye bağırışıyorlardı.

1 Mayısı kutlamak için Fransa'nın dört bir yanından gelen Türk ve Kürt işçileri, eşleriyle çocuklarını da beraberlerinde getirmişlerdi. Pusetlerde oturan güzel bebeler en ön saftaydı. Kimi babalar, küçük çocuklarını omuzlarında taşıyorlardı. Hepsi tertemiz bayramlık kılıklarındaydı. Kimilerinin üstünde yörenin folklorik giysileri vardı. Trotuarlardaki Fransız burjuvaları, Türklerle Kürtlerin davul zurna eşliğinde, oynaya oynaya ilerlemelerini alkışlıyorlardı. Türk solunun çeşitli grupları, ayrı ayrı pankartlar taşıyorlardı ama, bir bayram havası içinde birleşmişlerdi. Türkçe yazılı pankartlarla Kürtçe yazılı pankartlar, Türkçe sloganlarla Kürtçe sloganlar, Türkçe türkülerle Kürtçe türküler birbirine karışıyordu. Ve güneydoğuda kan gövdeyi götürürken, Paris'te Türklerle Kürtler, kardeş kardeş yürüyorlardı.

Fête de L'Humanité'de, yani *L'Humanité* gazetesinin şenliğinde birkaç kez bulundum. Bilindiği gibi, *L'Humanité*, Fransız Komünist Partisi'nin resmî gazetesidir. Eskiden, özellikle pazar günleri, kadın erkek, yaşlı genç, işçi aydın, değişik çevrelerden gelen militanların, *L'Humanité!* diye bağırarak, bunu sokaklarda kendi elleriyle satmaları beni çok duygulandırırdı.

Fransız Komünist Partisi gibi, Sovyetler Birliği'ne fazlasıyla bağlı olduğundan, *L'Humanité*'ye sinirlenirdim zaman zaman. Ne var ki, bu gazetenin düzenlediği kutlama günü, insanın içini açan gerçekten pırıl pırıl bir şenliktir.

İlkin Vincennes ormanında, daha sonraları oraya sığmadığından Paris'e yakın daha geniş bir yerde yapılan bu şenlik, büyük bir fuara da benzerdi. Fransa'nın her bir bölgesinden gelen yerel içkileri sunan büfeler, folklorik eşyalar satan dükkânlar ve yerel yemeklerin yenildiği yüze yakın lokanta vardı orada. Bunlardan birinde, büyük bir haz duyarak ömrümde ilk kez salyangoz ve kurbağa bacağı yemiş; bunları yemeyip ihraç etmemize fena halde şaşmıştım. Kocaman bir Cité du Livre yani her dilden kitap satılan bir yer de vardı orada. 1968'de Yeni Çağ adlı, Türkçe kitap satan bir bölüm görünce, sevinmiştim.

Ama bu sevincim pek uzun sürmedi. Çünkü bir de baktım ki, her memleketin yasal ya da yasadışı komünist partisinin bir tek pavyonu varken, biz Türklerin iki ayrı pavyonu, dolayısıyla iki ayrı komünist partisi var! Bunun ne demek olduğunu anlamak için, bir pavyondan ötekine koştum, yurttaşlarımdan bir açıklama istedim. "Aramız çok iyidir" demekle yetinip, hiçbir açıklama yapmadılar. "Aranız o kadar iyi ise, neden aynı yerde değilsiniz?" diye sordum öfkeyle. Yanıt verilmedi.

Oysa bu şenliğe tam bir kardeşlik havası egemendi. Fransız komünistlerin geleneğine uyarak, herkes birbirine "sen" diyordu. (Kırk yıllık karısına bile "siz" der Fransız burjuvası.) Değişik ülkelerden, değişik ırklardan, değişik sınıflardan insanlar, birbirleriyle kucaklaşıyordu. Birlikte yeniliyor, birlikte içiliyor, birlikte *Enternasyonal* söyleniyordu. Gündüzün siyasal nutuklar, geceleyin havayi fişekler atılıyordu. Bu şenlikte öylesine sevgi dolu ve coşkulu bir beraberlik vardı ki, kendi memleketimin komünistlerinin ikiye bölünmesi beni fena tedirgin etmişti.

1 Mayıs yürüyüşü ya da *L'Humanité* gazetesinin şenliği kadar görkemli olmasa da, Paris'te kaçırılmaması gereken gösteriler olur her zaman. İşte bu yüzden Ernest Hemingway, bu kent üstüne yazdığı kitaba "Paris hareket halinde bir şölendir" anlamına gelen *Paris is a Moveable Feast* adını vermişti. Çocuklu ol-

duktan sonra aklım hep İstanbul'da kaldığından, orada ancak on ya da on beş gün kalabildiğim halde, bu şölenlerin ikisine ben de katılabildim.

Birincisi bir Theodorakis konseriydi. Hangi yıl olduğunu unuttuğum konser, St.-Michel dolaylarında büyük bir kilisedeydi. Giriş ücretsizdi. Theodorakis'in kendisi de orada bulunduğundan, onu yakından görmek fırsatını kaçırmadım.

Sapsarı saçlı, masmavi gözlü yedi genç, Theodorakis'in şarkılarını söylemek için, tâ İsveç'ten gelmişlerdi bu Paris kilisesine. Meleklerin cinsiyeti bir tartışma konusuymuş. Meleklere benzeyen bu yedi İsveçli gencin de hangisinin kız, hangisinin oğlan olduğu hiç belli değildi. Theodorakis'in müziği Akdeniz'in kanlı canlı ve de cinsiyeti besbelli, çoğu esmer ve kara gözlü kadınlarıyla erkeklerine yakıştığından, bu sapsarı saçlı, masmavi gözlü Kuzeyli melekler bu şarkıları iyi söyleyemiyorlardı elbette. Ne var ki, o İsveçli gençlerin, Yunanlı Theodorakis ile bir Fransız Katolik kilisesinde bir araya gelmeleri, bütün sanatların, özellikle müziğin insanları birleştirdiğine candan inandığım için, beni umutlandırdı ve çok duygulandırdı gene de.

Rastlantı sonucu Paris'te bulunduğum için kaçırmadığım ikinci fırsat Joan Baez'in bir konseriydi. Daha sonraları İstanbul'da da dinlediğim Joan Baez'i çok severim. Çünkü TV'lerde gördüğümüz şarkıcı bayanlara hiç benzemez. Memeleri elbisesinin üst kısmından her an dışarıya fırlayacakmış gibi değildir. Bacaklarını gözler önüne sermek için, kalçalarına kadar açılan yırtmacı yoktur. Süslü püslü, yaldızlı, pullu, şatafatlı rengârenk giysiler giymez. Sırtına bir siyah pantolon bir de tişört geçirip, evinin mutfağında iş yaparken kendi kendine şarkı söyleyen bir kadının doğallığıyla söyler şarkılarını. Ve bu şarkılarda, çağımıza egemen olan bayağılığın en küçük bir izi bulunmaz.

Joan Baez, 1973'te, benim de üyesi olduğum Amnesty International yani Uluslararası Af Örgütü yararına veriyordu bu konseri. Sonra bilet bulamam korkusuyla, Olympia'ya iki saat önceden gittim. Ama gene de upuzun bir kuyruk vardı gişenin önünde. Kuyruktakilerin yaş ortalaması, on beşle yirmi beş arasındaydı. Bense o sırada altmışıma yaklaştığımdan, kendimi biraz mahcup hissettim bunca genç arasında. Benim yaşımdakiler pahalı biletlerini birkaç gün önceden almış, koltuklarında rahat rahat oturmaktaydılar içerde.

Kuyrukta sâdece üç kişi, genç bir çiftle ben kaldığımda, gişe kapandı; biletler bitti dediler. Genç çiftle ben, fena halde bozulduk ama beklemeye devam ettik. İyi ki beklemişiz. Çünkü içerden gelen bir yetkili, elindeki üç bileti sallayarak bize doğru koştu bir süre sonra.

İçeriye girdiğimizde konser başlamış, o kocaman salonda oturacak yer kalmamıştı. Son giren kırk elli kişilik grup, Joan Baez'in arkasında, kimi çömelerek, kimi bağdaş kurarak, kimi boylu boyunca yere uzanarak sahneye yerleşmişti. Bense çoluk çocuk arasında kalmamak için, sahneye çıkan on basamaklı merdivenin en üst kısmına iliştim. Joan Baez'i çok yakından dinleyebildim böylece. Birbirinden güzel her şarkının arkasından konuşuyor, siyasal yorumlar yapıyor, siyasal mesajlar veriyordu. 1973 yılında, bunların bir tekini memleketimizde söylese, Joan Baez'miş, çok ünlüymüş filân demezler, dakikasında atarlardı içeriye.

Aynı yıl Paris'te Uluslararası Af Örgütü'nün, çeşitli ülkelerde işkence konusunu ele alan belgesel filmleri gösterildi. Bunlardan biri de, Türkiye'de işkenceyle ilgiliydi. İşkence görenler ya da yakınları, mahsus ışığa ters durdukları için, yüzleri açık seçik görülmüyor, söyledikleri duyuluyordu ancak. Bunların hepsini biliyordum ama, utancımdan yerin dibine girdim. Çünkü böyle korkunç şeyleri kendi ülkemizde, kendi aramızda bilmek başka, yabancı bir ülkede duymak başka. Yüzüme tokatlar atılıyordu sanki.

VIII.
İngiltere

Vaktiyle *Son Şairler* adlı, kimin tarafından derlendiğini unuttuğum bir antolojide şu dizeleri okumuştum.

Paris'e git, hey efendi, aklın fikrin var ise,
Âleme gelmiş sayılmaz gitmeyenler Paris'e.

Hasan Tahsin Efendi adlı biri, 1834'te, yani tam 165 yıl önce yazmış bunu. Yerden göğe kadar hakkı da var bana kalırsa. Gelgelelim, bu Osmanlı efendisinin ilk gördüğü Avrupa kenti Londra olsaydı, aynı dizeleri yazar mıydı acaba diye düşündüğüm olmuştur.

1956'da İngiltere'ye ilk gelişimde, nerdeyse yirmi yıldır bildiğim Paris'in yanında, Londra bir taşra kenti izlenimini verdi bana. Nerede insanı büyüleyen o çekicilik? Nerede o renkli ve şaşırtıcı yaşam? Nerede gece gündüz, karda kışta bile canlı kalan o cıvıl cıvıl sokaklar?

Londralıların, Parisliler gibi sokaklarda değil, evlerinde yaşadıklarını hemen anladım. Bu yüzden de gece hayatı hiç yoktu. Gece yarısından bir saat önce, yaşam bitiyor, kent ölüyordu sanki. Sokaklar bomboş kalıyordu. Son seans akşam 7.30'da başladığı için, tiyatrolar, sinemalar da kapanıyordu. Ancak özel üyeleri olan tek tük gece kulübü ve İngiliz orta sınıfının bir ahlâksızlık yuvası saydığı Soho mahallesi biraz canlı kalıyordu.

İngilizlerin gece hayatından pek hoşlanmamaları, onların Püritenliğinden kaynaklanıyordu herhalde. Protestan İngiltere, Katolik Fransa'dan kat kat daha bağlıdır din ve ahlâk kurallarına. Örneğin, pazarları tatil günleri olduğundan; Fransızlar o gün istediklerini yaparlar, canları istediği gibi yaşarlar. İngiltere'de ise, pazar Tanrıya tapınma ve kiliseye gitme günü sayıldığından, eğlenmek yasaktır. Şimdi nasıl bilemem; ama eskiden tiyatrolar ve sinemalar ancak akşamın beşine doğru açılırdı. O saate kadar evinizde oturup pineklemek zorundaydınız.

Yalnız pazarları değil, Tanrının günü sinema ve tiyatrolarda, ancak gülünç diye niteleyebileceğim bir âdet vardı: Her gösteriden sonra, seyirciler, ayağa kalkıp, kötü bir piyanonun eşliğinde Büyük Britanya'nın millî marşı *God Save The Queen*'i (Tanrı Kraliçeyi Korusun) söylemek zorunda kalırdı. İyi ki, bundan vazgeçildi zamanla. Sahneye çıkınca tulûat yapmaktan hoşlanan ünlü aktör Peter Ustinov'un bir oyunun sonunda, bu törenin çok güldürücü bir parodisini yapmasının da bir katkısı olabilir bu gülünç geleneğin kalkmasında.

Zâten, haklı olarak demokrasinin beşiği sayılan İngiltere'de, salt göstermelik bir monarşinin yüzyıllardır sürüp gitmesine, benim gibi solcu bir yabancının hiç aklı ermez. Ancak İngilizlerin geleneklerine sıkı sıkı bağlanmalarıyla açıklanabilecek komik bir durumdur bu. Üstelik, *Times, Manchester Guardian, Independant* gibi ciddi gazeteler, Kraliyet Ailesi'nin kimi davranışlarını sürekli eleştirmektedirler. Örneğin Kraliçe'nin, o sırada küçük olan Prens Charles'ı, tilki avına götürerek, kan dökülmesine, hayvanların öldürülmesine alıştırmasını ayıplarlar. Ya da Kraliyet Ailesi'nden birinin, sanat açısından metelik etmeyen bir tiyatro oyununa ya da bir filme gitmesini; bu yüzden de tiyatro oyunu ya da film *Royal performance*, yani "Kraliyet temsili" sayıldığı için, İngilizlerin o değersiz gösteriye akın etmesini eleştirirler. Ne var ki, İngilizlerin gözünde gelenekler öyle kutsaldır ki, bu gazetelerde bir tek kişi bile ortaya çıkıp da, "şu zararsız ama gereksiz monarşiye son verelim artık" diye yazmayı aklının kenarından geçirmez.

Yıllarca önce, İngiliz televizyonunda şimdiki Kraliçe Elizabeth'in öyle bir davranışını görmüştüm ki, yüreğime inmişti:

Kraliçe, resmî bir törende, askerlerin önünden geçiyordu. Derken hava, İngiltere ölçülerine göre sıcak olduğundan, genç bir asker küt diye düşüyor, yerde baygın yatıyordu. Kraliçe ise, yerdeki bir insan değil de sanki bir eşyaymış gibi, bacağını kaldırıyor üstünden geçiyordu! Gözlerime inanamadım. Elizabeth çömelsin de askeri kucağına alsın demiyorum. Ama üstünden atlayacağına, iki adım atıp yanından geçebilir; hattâ bu gencin yerden kaldırılması emrini verebilirdi hiç olmazsa. Bu çirkin davranışın nedenini İngiliz dostlarıma sorunca, "Kraliçe'nin kabahati değil, öyle eğitilmiştir" dediler; "resmî bir törende, ne olursa olsun, dümdüz yürümesini ona öğretmişlerdir" gibi açıklamalarda bulundular.

Geçen yıl Prenses Diana bir trafik kazasında ölünce yer yerinden oynadı. Bunun nedeni de, İngiliz halkının Kraliyet Ailesi'ne duyduğu aptalca hayranlığın bir kanıtıdır. Prenses Diana, birkaç hayır işi yapmış; ama boşandıktan sonra, iki oğlunu ihmâl etmek pahasına, dünyanın en varlıklı erkekleriyle düşüp kalkmış, *dolce vita* meraklısı, sıradan bir kadındır. Salt Prens Charles'ın eski eşi olduğundan, İngiltere millî bir yasa girdi, Diana'yı bir azize saydılar nerdeyse. Oysa gerçek azize o değil, aynı sıralarda ölen Rahibe Teresa'ydı aslında.

Zâten yalnız İngiltere'de değil, bütün dünyada, orta sınıflar, özellikle de yoksullar, kral ailelerinin ya da çok varlıklı kişilerin özel yaşamlarına akılsızca bir ilgi duyarlar. Bunların şatafatlı yaşantısı, boyalı basının en bayağı magazinlerinde sürekli olarak gözler önüne serilir. Büyük bir şairin, bir romancının, bir müzisyenin, bir ressamın özel yaşamına merak duymazlar da, bu metelik etmeyen prenslerin ve para babalarının neler yaptığını öğrenmek için meraktan çatlarlar. Hattâ onlarla özdeşleşirler, onların dertlerini dert edinirler kendilerine.

Arkadaşım Müntekim Ökmen'in bana vaktiyle anlattığı bir öykü bu bakımdan çok aydınlatıcı: Eskiden oturduğu apartmanın kapıcısının Melek adında bir eşi varmış. Melek Hanım, adına lâyık gerçek bir melekmiş. Bütün gün sabahtan akşama kadar didinir durur; merdivenleri silip süpürür; her dairenin servisini yapar; üç çocuğunu büyütür; ve hayvan kocasından sürekli dayak yermiş. Ama gene de hiç yakınmaz; hal hatır soranlara çok iyi olduğunu söyler, hep gülümsermiş. Gelgelelim, günün birinde, Müntekim bir de bakmış ki, Melek Hanım, merdivenin alt basamağına çökmüş, yüzünü elleriyle kapatmış, hüngür hüngür ağlamakta. Müntekim, herhalde çok vahim, çok çok kötü bir şey oldu ki, o çilekeş kadın bu hale geldi diye düşünmüş. Ona yaklaşıp, derdinin ne olduğunu sormuş. Melek Hanım, "ah beyim, sorma! Ağlamayım da ne yapayım! Ah, bu ne felâket! İran Kralı, çocuğu olmadığı için Kraliçe Süreyya'yı boşamış " demiş hıçkırarak.

Paris'i Londra'dan çok daha fazla sevdim. Buna karşılık, genellikle Fransızlardan pek hoşlanmazken, İngilizlerden çok hoşlandım. İşin garip yanı şu ki, memleketlerine gidinceye kadar İngilizlere hiçbir yakınlık duymamıştım. Onları, kendilerini beğenmiş, soğuk, snop, kasıntı buluyor, yabancıları hor gördüklerini sanıyordum. İngiltere'de bir süre yaşayan dostlarım, aslında hiç de öyle olmadıklarını; oraya gidince bunu hemen anlayacağımı söyleyip duruyorlardı. Ama onlara inanmıyordum. "İngilizleri sevmiyorum. İngiltere'ye gitmeyeceğim işte!" diye tutturuyordum. (Nitekim doktoram için, İngiltere'ye değil, Fransa'ya gitmiştim.)

Dilini ve edebiyatını yıllardır seve seve öğrettiğim bu ülkeye ayak basmaya yanaşmamam yüzünden, bir İngiliz edebiyatı uzmanı olarak durumum biraz gülünç olmaya başlamıştı.

Sonunda kırk yaşındayken gitmek zorunda kaldım oraya. Gider gitmez de, arkadaşlarımın doğru söylediklerini, İngilizlerin kendi ülkelerinde bambaşka olduklarını anladım. *"You are no good for export"* dedim. Yani İngiltere'nin dışına çıkınca, işe yaramadıklarını söyledim onlara. Bu lâfa çok güldüler ama, dış ülkelere gidince, neden sevimsiz olduklarını açıklayamadılar. "Malûm ya, eskiden güneş, Büyük Britanya İmparatorluğu üstünde aslâ batmaz diye övündünüz" dedim. Acaba eski emperyalizminizin bir sonucu mu bu? Başka ülkelerin halkını metelik etmeyen yerliler saymak alışkanlığından mı kaynaklanıyor bu olumsuz tutumunuz?" diye sorunca, hafif bozulur gibi oldular.

Nedeni ne olursa olsun, İngilizler, İngiltere'de soğuk değiller, kendilerini beğenmiş de değiller, kasılmıyorlar da, tam tersine, yabancılara karşı çok nazik, hattâ sevecen davranıyorlar. O sırada altı yaşında olan oğlum Mustafa, bir tek kez kendi ayaklarıyla binmedi bir otobüse ya da bir metro trenine. Bir İngiliz, dakikasında çocuğu kucağına alıyor, hop diye kaldırıyor koyuyordu oraya. Bir defasında Mustafa, bir otomatik makineda bir çikolata göstermiş, "bunu istiyorum" demişti. Ben gereken parayı bulmak için çantamı karıştırırken, yaşlı bir gazete satıcısı hemen koştu, makineya gereken parayı attı, "al oğlum" diyerek, çikolotayı Mustafa'ya verdi. Parasını almayı da kabul etmedi. Kentin henüz yabancısıyken yol sorduğumda, İngilizler, aradığım yerin tam nerede olduğunu açıklamakla kalmıyor önüme düşüp, beni oraya kadar götürüyorlardı çoğu zaman.

İngilizlerin bu nezaketine öyle alıştım ki, günün birinde, asık yüzlü yaşlıca bir adama yol sorup, o da, "ben ne bileyim" diye terslenince, fena bozuldum. "Sizi rahatsız ettim, kusura bakmayın" dedim hafif titreyen bir sesle. Adamın yüzü allak bullak oldu; özür dilemeye başladı. Meğer hastaneden geliyormuş; eşinin kanser olduğunu yeni öğrenmiş; çok sarsılmış. "Ama gene de size terbiyesizce davranmaya hakkım yoktu" diyor, gideceğim yere beni kendi eliyle götürmek istiyordu. Yolda bir hayli dostluk ettik. Bana eşinin hastalığını anlattı; ben de onu elimden geldiğince avutmaya çalıştım. Bir Parisliyle kolayca kurulamayan bir ilişki kurulmuştu bu yaşlı İngilizle aramda.

İngilizlerin soğuk olmadıklarını anlamak için, bir *pub*'a gitmek yeter. (Uzun süre içki içilmesini engellemek amacıyla bu meyhaneler akşam altıda açılır, gecenin on birinde de kapanır.) *Pub*'larda herkes arkadaştır, herkes birbiriyle konuşur. Hiç tanımadığınız bir adam, sizde hiç gözü olmadığı halde bir içki ikram eder size. Viskiden pek hoşlanmam ama, ilk "malt" viskimi böyle içmiş ve normal viskiden çok daha pahalı olan bu değişik viski türüne bayılmıştım. (Viskiden hoşlanmamamın nedeni Mehmet Ali Aybar'dır: Çok gençken, viskinin ne biçim bir içki olduğunu ona sormuştum. O da beni alaya almış, "bir tahtakurusunu ezip kötü bir konyağın içine atarsın. İşte al sana viski!" demişti. Ben de elime aldığım her viski kadehinde, eskiden yazlarımızı zehir eden o tahtakurusunun kokusunu duymuştum yıllarca.) *Pub*'lardaki bu dostluk havasında alkolün verdiği *euphoria*'nın, yani gevşeme, rahatlama duygusunun da bir payı olabilir. Ama Romalılar, *in vino veritas*, yani bir insanın gerçek kişiliği içince meydana çıkar, derler. Demek ki, İngilizlerin gerçek kişiliği de soğuk ve mesafeli değil, yumuşak ve sevecendi.

İngiliz polisi terbiyelidir, şakadan da anlar. Çok kapalı bir kış günü havanın kasvetinden içime fenalıklar gelince, hıncımı genç bir polisten aldım. Kara bulutlar arasında kırmızı bir top gibi hayal meyal görünen güneşi delikanlıya parmağımla göstererek, "acaba bu nedir efendim? Bana söyleyebilir misiniz?" diye sordum sahte bir nezaketle. Bütün İngilizler gibi iklimin kötülüğünden ötürü aşağılık kompleksi duyan polis, "o güneştir, madam" dedi sıkıntıdan kıvranarak. "Emin misiniz güneş olduğundan? Ben Türküm; bizim ülkemizde güneş bambaşkadır" diye üsteledim. Genç polis gene terbiyesini bozmadı. O karanlık kış günü güneş pırıl pırıl parlamadığı için, nerdeyse özür dileyecekti benden. Bunun üzerine biraz utandım.

"Kusuruma bakmayın, biçimsiz bir şaka yaptım" diyerek, delikanlının gönlünü almaya çalıştım. O da rahatlayıp gülümsedi bana.

İngiliz polisi sâdece şakadan anlamakla kalmaz, sırasında kendi de şaka yapmasını bilir. Bunun çok hoş bir örneğini gördüm: Bilindiği gibi, 1521'de Martin Luther, Wittenberg'deki kilisenin kapısına *Theses* yani *Tezler* adlı kitabını çivileyerek Roma Katolik Kilisesi'ne karşı cephe almış, Almanya'da Protestanlık akımını başlatmıştı. Aslında çok soylu bir aileden gelen, lord olduğu halde bu unvanı kullanmaya aslâ tenezzül etmeyen ünlü matematikçi ve felsefeci Bertrand Russell da Luther'e öykünmüştü. 1960'lı yıllarda, nükleer silâhların yok edilmesini isteyen bir bildiriyi, İngiltere başbakanlarının ikametgâhı Downing Street'teki 10 no.'lu evin kapısına çivilemek istiyordu. Bütün sokak, bu tarihsel olaya tanık olmak isteyenlerle tıklım tıklım doluydu. Herkes huşû içinde bekliyordu. 1872'de doğduğuna göre o sırada bir hayli yaşlı olan Bertrand Russell, elinde bildiri, dört küçük çivi ve bir çekiçle, alkışlar arasında Başbakan'ın evine doğru yavaş yavaş ilerledi. Bildiriyi kapıya dayadı, eline bir çivi aldı; çekici tam kaldıracağı sırada, bir polis memuru, kalabalığı nezaketle yararak, yanına geldi. "İzninizle size yardım edeyim Lord Hazretleri" dedi. Cebinden yapıştırıcı küçük bir bant çıkardı; bildiriyi dakikasında yapıştırıverdi kapıya.

Bertrand Russell, "kapıya zarar verirse versin; ille Martin Luther gibi çivileyeceğim" diye tutturamazdı elbette. Ama fena halde bozulmuştu. Londra polisi bir oyun oynamıştı ona. Çünkü dramatik bir jest yapmasını engellemişler, o yapıştırıcı bandı kullanarak, eylemin bütün fiyakasını bozmuşlardı.

İngiliz güvenlik güçlerinin, kendi memleketimizde, Fransa'da ve birçok başka ülkede görmeye alıştığımız nemrut polis tipinden ne denli farklı olduğunu anlamak için, onların ara sıra Hyde Park'ta pazar günleri verdikleri açık hava konserini dinlemek bile yeter: Bu bir polis bandosu, ya da asker bandosu değildir. Sevilen klâsik parçalar çalınır, opera aryaları söylenir. Orkestranın öteki üyeleri gibi kırmızı üniformalı tombulca bir polisin, güzel bir tenor sesiyle, İtalyanca olarak bir arya söylediğini duyunca, "demek polisin böylesi de var" diye çok şaşırmıştım.

Fakülteden bir yıllığına izinli olarak, 1956'nın sonbaharında İngiltere'ye ilk gidişimde, altı yaşına basan oğlumu yanıma almış, iki yaşındaki kızımı annem ve dadımla birlikte evimizde bırakmıştım. Biraz aradıktan sonra, en büyüğü on iki en küçüğü üç yaşında ve düzgün İngilizce konuşan beş çocuklu bir ailenin yanında mutfaklı iki oda tuttum. Mustafa'nın onlarla oynayabilmesi için ailenin çok çocuklu olması, doğru İngilizce öğrenebilmesi için de, Londra halkına özgü *Cockney* şivesiyle konuşmamaları gerekiyordu.

Sırası gelmişken, burada bir parantez açıp, beni öteden beri çok tedirgin eden, şu şive ve toplumsal sınıflar konusuna kısaca değinmek isterim: İngiltere'de toplum üçe bölünür: İşçi sınıfını da içine alan aşağı sınıf, orta sınıf ve aristokrasi. Orta sınıf ise ikiye bölünür: *Lower middle class* (aşağı orta sınıf) ve *higher middle class* (yüksek orta sınıf). Orta sınıfın bu iki bölümü arasında dünyalar kadar fark vardır. Yüksek orta sınıf neredeyse aristokrasiye yakın sayılırken, aşağı orta sınıf, küçük burjuvazi sayılıp hor görülür.

Bu sınıflanmanın en tatsız yanı, kılığı kıyafeti, davranışları filân ne denli düzgün olursa olsun, bir İngiliz ağzını açıp da bir iki söz söyler söylemez, iyi İngilizce bilen bir yabancının, onun hangi sınıftan geldiğini şivesinden hemen anlaması; "bu aşağı sınıftan, şu orta sınıftan, öteki yüksek sınıftan" demesidir kendi kendine.

Bu sınıfsal şiveler yetmiyormuş gibi, bir de çeşitli bölgelerin yerel şiveleri sorunu var. Bunlar öyle değişiktir ki, *standard English* denilen dili öğrenmiş bir yabancı, bir tiyatro oyununu ya da bir filmi izlerken, ne denildiğini anlamakta güçlük çekebilir. "İngilizce konuştukları halde, ben neden anlamıyorum acaba?" diye telâşlanır. Bildiğim kadarıyla, İngiltere'de eğitim sistemi çok başarılı ve okullarda *standard English* öğretiyorlar. Buna karşın, toplumsal sınıflar şivesini de, yerel şiveleri de aynı kalıba dökmenin çaresini hâlâ bulamamalarını anlamıyorum. Bence ancak İngilizlerin tutuculuğuyla, geleneklerine ve köklerine körü körüne bağlı kalmak istemeleriyle; kendi kendilerine "madem ki dedelerim böyle konuşuyorlardı, ben de öyle konuşacağım" diye direnmeleriyle açıklanabilir bu.

Cockney şivesiyle konuşmayan bir ailenin evinde oturmaya özen göstermiştim. Gelgelelim, Mustafa, kendi İngilizce öğreneceğine, bu aileye Türkçe öğretmeye kalktı ilk hafta. Oğlumla birlikte kahvaltı ettikleri odaya girince, bir de baktım ki, çocuklardan biri, bir bardağı havaya kaldırıp, bir zafer havası içinde, Türkçe olarak, "bu bir bardak!" diye bağırdı. Ötekisi, çatalı havaya kaldırıp, "bu bir çatal!" dedi. Bir başkası, "bu ekmek!" dedi vb. Hepsi de çok gurur duyuyorlardı Türkçe sözcükleri öğrendikleri için. Bunun tam tersi olması gerektiğini; onların Türkçe değil, Mustafa'nın İngilizce öğrenmesini istediğimi çocuklara anlatabilinceye kadar bir hayli ter döktüm.

Oğlumun bu yeni ülkeye uyum sağlayıp sağlayamayacağı konusunda kaygılarım vardı ilkin. Nitekim, halim selim bilinen oğlum, orada okula ilk başladığında biraz belâlıymış. İngilizce bilmediği için ona sataşan çocukları hafif pataklıyormuş. Öğretmenleri, Mustafa'yı bu yüzden hiç ayıplamıyorlardı. "Elbette ki dövüşecek; üstelik bir Türk gibi güçlü sözünün doğruluğunu bize kanıtladı" diyorlardı gülerek. Ne var ki, zamanla, Mustafa İngiltere'yi benimsedi. Hattâ öyle benimsedi ki, İstanbul'a ilk döndüğümüzde, otobüse binerken adamın biri onu itince, "eskiden, biz İngilizken, böyle şeyler olmazdı" diye yakındı. Ben de, "oğlum, sen ne saçmalıyorsun? Biz İngilizken ne demek? Biz her zaman Türktük" deyince de, Mustafa, küçük çocukların şaşmaz mantığıyla, "hayır, biz oradayken İngilizdik; ama burada Türküz artık" diye yanıtladı beni.

İngiltere'yi Avrupa'ya bağlayan tünel yapılmadan önce, ancak feribotla gidilirdi oraya. Manş Denizi her zaman çalkantılı olduğundan, deniz tutanlar için bir sorun olurdu bu. Ama benim de, oğlumun da böyle bir derdi olmadığından, geminin güvertesinde, yüzleri nerdeyse yeşile dönmüş, şezlonglarda yarı baygın yatan öteki yolculara acıyarak, bir buçuk ya da iki saatte rahat rahat geçtik o belâlı Manş Denizi'ni.

Daha sonraları, Calais'den Dover'e *hovercraft* ile gittim. Fransızlar *aéro-glisseur* yani "havada kayan" diyorlardı gemiyle uçağın bu garip karışımına. Bu acayip aracı ilk gördüğümde, bir bilimkurgu filmi seyrediyorum sandım: Altında, iki metre boyunda, koskocaman, kapkara altı lâstik vardı. Tepesinde radarlar ve dört pervane. Karaya çıkınca, o altı lâstik pöf pöf söndü. Derken aracın kapısına bir merdiven dayadılar. Uçağa biner gibi *hovercraft*'a bindik, sonra lâstikler yeniden şişti. Ve suya belki hiç değmeden, suyun üstünde kaydık. Sıkı sıkı kapalı pencereler köpük içinde olduğundan, denizi hiç göremiyorduk. İnsanı sersemleten korkunç sarsıntılar içinde, kırk beş dakikada İngiliz sahiline vardık.

Ne var ki, bu bilimkurgu aracından hiç hoşlanmadığım, çağımıza egemen olan "vakit nakittir" lâfına da hiç inanmadığım için, böyle fena halde sarsıla sarsıla kırk beş dakikada İngiltere'ye uçacağıma (*hovercraft* seferleri için *flight* yani "uçuş" deyimi kullanılıyordu), oraya normal bir gemiyle etrafımı seyrede ede iki saatte gitmeyi yeğ tuttum.

İstanbul gibi, Roma gibi, San Francisco gibi, tepeli, inişli çıkışlı kentleri severim ben. Londra ise, Hampstead bir yana, yamyassı ve parklarının bolluğundan ötürü yemyeşildi. Bu yeşillik ilkin huzur verdi bana. Ama daha sonraları, ne yazık ki, Akdenizli damarım tuttu. Yağmurların hep nemli tuttuğu bu yeşil alanlardan bezmeye başladım. Kırmızıya çalan kupkuru bir toprak parçasını; iki yanı kayalı, dimdik bir yokuşu; o yokuşun tepesinde ansızın karşıma çıkıveren bir çam ya da servi ağacını özledim. İngiltere'nin coğrafyadaki durumunu hiçe sayıp, ağaçla dolu bu kentte neden çamlar yok, neden serviler yok diye yakınarak düpedüz saçmalamaya başladım.

Bu tam bir şımarıklıktı aslında; çünkü doğayı seviyordum ve Londra doğayla iç içe yaşayan bir kentti. Avrupa'nın hiçbir yerinde böyle büyük, böyle güzel parklar yoktu. Bunların bir kısmı, Hampstead Heath, Hyde Park ya da Primrose Hill gibi doğal halinde bırakılmış yeşil alanlardı. Regent's Park, St. James Park, ya da Kensington Gardens gibi bir kısmına da çiçekler ekilmiş, içinde kuğu kuşlarının yüzdüğü havuzlar yapılmıştı. Bu parklar birbirinden uzak değildi. Son yirmi yıldır Londra'ya her gidişimde, Cumhuriyet'in yetiştirdiği en değerli aydınlardan biri olan, ne yazık ki artık yitirdiğimiz sevgili arkadaşım Nermin Menemencioğlu Streater'in evinde kalırdım. Onun güzel evinden çıkıp yüz metre kadar ilerleyince, Primrose Hill'de bulurdum kendimi. Orada bir iki saat yürüdükten sonra Regent's Park'a geçerdim. Oradan başka bir parka gittiğim de olurdu. Saatlerce, ağaçların altında, çiçeklerin arasında gezinebilirdim böylece. Dinlenmek istediğimde, yalnız banklar değil, uzanabileceğim şezlonglar da vardı.

Derdinden öldüğüm Paris, yeşil alan açısından solda sıfırdır Londra'nın yanında. Küçük çocukların oyuncak teknelerini yüzdürdüğü havuzu ve Baudelaire ile Verlaine heykelleri yüzünden çok sevdiğim Jardin du Luxembourg, adı üstünde, bir park değil, bir *jardin* yani bir bahçedir aslında. Hem de Londra ölçülerine göre, küçük bir bahçedir.

Londra'nın yeşil alanları öyle büyüktür ki, doğal göller bulunur oralarda, Serpentine gibi ırmaklar akar içlerinden. Bunların suları da öyle temizdir ki, biz burnumuzun dibindeki Marmara Denizi'ne giremezken, havalar ısınınca, Londralılar yüzebilir oralarda.

Şimdi "havalar ısınınca" dedim de, birçok İngilizin dert edindiği başlıca iki sorun geldi aklıma : Biri İngiliz yemeklerinin tatsız tuzsuz olması, öteki de boyuna yağmur yağması.

Londra'da yüzlerce lokanta vardır. Fransız yemekleri, İtalyan yemekleri, Türk yemekleri, Çin yemekleri, Hint yemekleri bulunur oralarda. Ama İngiliz yemekleri genellikle yenilir yutulur türden olmadığından İngiliz yemekleri aslâ bulunmaz.

Hava durumuna gelince, yağmuru çok sevdiğim, gökyüzünden yeryüzüne sular düşmesini her zaman bir çeşit mucize saydığım için, sürekli yağmurların benim açımdan hiçbir sakıncası yoktur. Aylarca süren, insanı kavuran sıcaklardır benim asıl sorunum. Londra'da yaz, yani bizim bildiğimiz anlamda yaz sıcağı, sürse sürse, ancak dört beş gün sürer. O sıcak günlerde, pembe beyaz bedenleri biraz bronzlaşacak umuduyla, zavallı Londralılar mayolarını giyerler, keyiften mest olmuş bir halde güzel parklarının çimenlerine serilip, güneş banyosu yaparlar. Ne var ki, güneşten yanmak umutları boşunadır. Çünkü önce biraz kızarırlar, sonra pembe beyaz olurlar yeniden.

Pembe beyaz derken Anglosakson soyundan söz ediyorum elbette. Oysa Londra'da bir otobüse ya da bir metro trenine binip çevrenize şöyle bir bakarsanız, pembe beyazların ancak üçte bir oranında olduğunu görürsünüz. Bu üçte bir pembe beyazlar aşağı sınıftan ya da orta sınıftan gelir, yani kentin gerçek halkıdır. Yüksek sınıftan gelen öteki pembe beyazlar ise, kendi lüks mahallelerinde oturdukları, özel arabalarıyla gezindikleri için, otobüse de metroya da pek binmezler.

İkinci Dünya Savaşı'ndan sonra Büyük Britanya İmparatorluğu dağılınca, sömürgelerden gelenler İngiltere'ye üşüştüler ve onlara sığınma hakkı da, çalışma hakkı da sağlandığından, ülke, Hintliler, Pakistanlılar, Karayipliler, Afrikalılar ve Araplarla doldu. Anladığım kadarıyla, bunların arasında ancak Araplar varlıklıydı. Hattâ bazıları öyle varlıkılıydı ki, London Clinic gibi büyük bir hastaneyi ve ünlü Harrod's mağazasını şıp diye satın aldılar.

Soyların karışmasından öteden beri hoşlandığım ve salt pembe beyazlar arasında kalmak istemediğim için, bu "renkli" (İngilizcede "zenci" deyimi ayıp olduğundan, kara soydan gelenlere *coloured* yani "renkli" derler) göçmenlere yakınlık duyuyordum. Ancak Araplara bir türlü ısınamadım. Çünkü paranın verdiği küstahlıkla, görgüsüz, hattâ terbiyesiz davranıyorlardı genellikle. Örneğin Kensington Gardens'ta gezinirken, bir ağacın altına serilmiş çarşaflı kadınlar bana lâf attılar. Ömrümde ilk kez görüyordum kadınların başka bir kadına lâf attıklarını. Geri döndüm; ne istediklerini sordum. Bunu anlayacak kadar İngilizce biliyorlardı; ama beni yanıtlamadılar, aralarında pis pis gülüştüler. Benim Türk, dolayısıyla Müslüman olduğumu anlamaları hiç olası değildi. İster erkek olsun, ister kadın, önlerinden geçen herkese lâf atıyorlardı belki de. Üstelik bazı Arap kadınlarının görüntüsü çok ürkütücüydü. Çünkü çarşaflarının peçesini indireceklerine ya da bizim şeriatçı bayanlarımızın bir kısmı gibi kara camlı gözlük takacaklarına, yüzlerinin üst kısmın deriden yapılmış bir maskeyle örtüyorlar; o maskenin deliklerinden bakıyorlardı insana. Bir korku filminden çıkmışlardı sanki.

Bir defasında, bu deri maskeli kadınlardan biri, yiyecek satan büyük bir mağazada, İngiliz satıcı kızın önünde, şeffaf kâğıtlarla özenle paketlenmiş bir kutuya yerleştirilmiş üç şeftaliden birine elini uzattı. Kutuyu yırtıp, şeftaliyi ağzına tıktı. Isırdıktan sonra da, beğenmeyip yere tükürdü. Bunu ben yapsaydım, İngiliz satıcı kız, yaşıma başıma bakmadan, çok da haklı olarak, hem beni azarlar, hem de şeftalilerin parasını alırdı. Ama o Arap kadının ne kadar çok yiyecek aldığını görüp, susmayı yeğ tuttu.

Satıcı kızın paranın gücü karşısında sinmesi hoş değildi. Ama şu da var ki, İngilizler, Fransızların göçmenlere, örneğin

Cezayirlilere davrandıkları gibi sert davranmıyorlar ülkelerine sığınanlara. Geleneklere sıkı sıkı bağlı, çok tutucu Anglikan Kilisesi bile, hoşgörülü onlara karşı. 1977'de İngiliz televizyonunda bir dinsel tören izlerken, gözlerimle gördüğüme inanamadım: Karayip adalarına özgü, şarkılı ve danslı bir Hıristiyan âyiniydi bu. Rengârenk giysili bir yığın kara kızla kara oğlan, bir yandan bağıra çağıra şarkı söylüyor, bir yandan da çılgınca oynuyordu. Kara cüppeli, pembe beyaz, tombul ve yaşlıca bir Anglikan rahibi, kızlardan ikisinin ellerini tutmuş, onlarla birlikte hop hop zıplıyordu. Kırmızı cüppeli ve gene pembe beyaz bir kardinal de, bu curcunanın ortasında dolanıyor; istavroz işaretleri çıkarıp gülümseyerek herkesi kutsuyordu. Ve bu acayip âyin, bir kasaba ya da köy kilisesinde değil, Londra'nın en eski ve en büyük katedralinde, kralların taç giydikleri, en saygıdeğer İngilizlerin cenazelerinin kaldırıldığı Westminster Abbey'de yapılıyordu.

Demin "köy kilisesi" deyince, gene ufak bir parantez açmak gereğini duydum: İngiliz köylerinin, bizim köylerimizle uzaktan yakından hiçbir benzerliği yoktur. Onların *cottage* yani köy evi dedikleri; çiçekli çimenli bahçeleri olan güzel taş evlerini, küçük birer villa sayarız bizler. Avrupa'da bildiğimiz anlamda köylüsü olmayan tek ülkedir İngiltere. Hattâ *peasant* yani köylü sözcüğü aslâ kullanılmaz orada. Tarım işleriyle uğraşanlara *farmer* yani "çiftçi" derler. Bu çiftçiler, yoksul sınıfa değil, orta sınıfın alt tabakasına bağlıdır. Orta sınıfın üst tabakasından gelen daha varlıklı çiftçilere de *gentleman farmer* derler.

İngiltere'de yoksullar vardır elbette. Ama Avrupa'nın ve Amerika'nın birçok yerinde olduğu gibi, hiç kimse açlıktan ölmez, hiç kimse evsiz barksız kalmaz. Orada vatandaş devlete değil, devlet vatandaşa hizmet ettiği için, işsizlere geçinebilecek kadar bir maaş bağlanır. Hattâ bir işsizin, "paket turlara" katılıp, Bodrum'da ya da başka bir yerde on gün tatil yapmasına bile yeter bu para. Kişisel geliri olsun olmasın, bütün vatandaşlar, belli bir yaştan sonra her hafta bir miktar para alırlar.

19. yüzyılda ülkenin sanayileşirken yaşadığı o korkunç vahşi kapitalizm döneminden sonra, vatandaşı koruyan, eğitimden ve sağlık hizmetlerinden yoksun bırakmayan bu sosyal

devlet, yüzyılımızın ortalarında kuruldu. Ve öyle sağlam kuruldu ki, Demir Lady Margaret Thatcher'ın çelik dişleri bile şurasını burasını bir hayli kemirdiği halde, bu sağlam yapıyı yok edemedi.

Londra'da parklardan ve *pub*'lardan sonra en çok sevdiğim yerler, Picadilly Circus, Leicester Square, Trafalgar Square gibi bazı meydanlardır. Nerdeyse Paris sokakları kadar renkli ve canlıdır oraları. Birkaç basamakla inilen, trafiğe kapalı Trafalgar Square'de yüzlerce güvercin uçar, bronzdan yapılmış kocaman aslan heykellerinin sırtına küçük çocuklar tırmanır, havuzlardan sular fışkırır. Upuzun bir sütunun üstündeki Nelson heykelinin başını bulutlar sarar ve Norveçlilerin Londralılara her yıl armağan ettikleri çok büyük bir çam ağacı, Noel şenliğinde ışıl ışıl ışıldar.

Leicester Square bu çok geniş meydanın yanında minnacık kalır. Londra'nın çok kalabalık bir yerinde bulunduğu halde, çevresi duvarlarla kapalı küçük bir bahçenin sessizliği ve mahremiyeti vardır orada. Ortasındaki havuzda sevgilim Shakespeare'in heykeli durur. Tunçtan dört yunus balığı, sevgilimin üstüne sular püskürtür, sevgilimin başına serçeler konar.

Picadilly Circus'taki Eros heykelinin çevresindeki basamaklarda *punk*'lar oturur. Bu genç kızlarla oğlanlar, kurulu düzene karşı başkaldırmaktadırlar sözde. Çevrelerinde korku uyandırmak amacıyla, kendilerini çirkinleştirmek için ellerinden geleni yaparlar. Üstlerine çiviler kakılmış kapkara deri giysiler giyerler. Her bir taraflarına kalın halkalı demir zincirler asarlar. Bu demir zincirlerin irice kilitleri sallanır şuralarından buralarından. Boyunlarına sivri çivileri olan köpek tasmaları takarlar. Saçlarını kırmızıya, mora, yeşile, maviye boyayıp, bir çeşit tutkalla kafalarının üstüne dimdik dikerler. Yüzlerini de acayip renklere boyarlar. Tehdit edici bir sesle, anlaşılmayan bir şeyler homurdanırlar yanlarından geçenlere.

Gelgelelim, kimseyi pek korkutamazlar, gene de. Çünkü bu ürkütücü maskenin arkasından saf saf, hattâ biraz aptalca bakan maviş gözleri onların aslında ne denli zararsız olduklarını belli etmektedir. Üstelik kimi *punk*'larda, İngilizlere özgü gülmece duygusu, korkutmak isteğinden ağır basar. Örneğin, bir *punk*, köpeğinin kafasını, patilerini ve kuyruğunu, kendi saçlarının ve yüzünün renklerine boyamıştı. Bir delikanlıya bir de köpeğine bakarak gülümsediğimi görünce, o da gülmeye başladı.

Londra, *punk*'larına karşın, Paris gibi şaşırtıcı bir yer değildir. Ancak günün birinde bir hayli şaşırmıştım: Picadilly Circus'e yakın, kentin ortasında Shepherd's Market yani Çoban Pazarı adlı küçük bir meydan vardır. Eskiden bu meydanda koyunlar satıldığı için böyle bir ad verilmiş oraya. Bohem halkı ve trotuarlara kurulmuş açık hava kahveleriyle birazcık Paris'i andırır. Orada oturmuş bir kahve içerken, bir de baktım, çağımızdan olmayan acayip kılıklı bir adamcağız o küçük meydana geldi. Bukleli beyaz perukasının üstüne geçirdiği üçgen biçimli şapkası, pembe kadifeden işlemeli ve süslü uzun yeleği, ön kısmı ve kolları fırfırlı beyaz gömleği, dizine kadar inen mavi külotu, kırmızı ipek çorapları, tokalı iskarpinleriyle, iki yüzyıl önce nasıl giyinilirse tıpkı öyle giyinmişti. 18. yüzyıldan fırlamış bu adam, bitişik masaya oturdu. Elinde tuttuğu küçük radyodan haberleri dikkatle dinledi. Haberler bitince ayağa kalktı, gidip meydanın tam ortasına dikildi. Herkesin dikkatini çekmek için, cebinden çıkardığı bir çıngırağı birkaç kez salladıktan ve "Shepherd's Mahallesi'nin saygıdeğer halkına hitap ediyorum" diye anons yaptıktan sonra, radyoda dinlediği haberleri bağıra çağıra aktardı. Bu adamcağızı zararsız bir deli sandım doğal olarak, meğer mahallenin tellâlıymış, görevi de belediyeden bir küçük ücret alarak, eski törelere uyup haberleri halka bildirmekmiş. Yani o çok matrak durum, adamın deliliğinden değil, bazı İngiliz geleneklerinin abuk sabukluğundan kaynaklanıyormuş.

Tiyatro delisi olduğum halde, İngiliz tiyatrosuna uzun süre ısınamadım. Gerçi Londra'da her gece elliden fazla tiyatro, perdesini açardı ama, oyunların ancak ikisi üçü görülmeye değerdi. *Times* gazetesi, tiyatro ilânlarını "Arts and Entertainments" adı altında verirdi ve ne yazık ki, oyunların çoğu, sanat değil, ancak *entertainment* yani eğlenceydi: Her nedense İngilizler çok kolayca ve katıla katıla gülmeye hazır olduklarından, onlardan başka hiç kimseleri güldüremeyecek, komedya sayılamayacak sulu güldürüler, polisiye oyunlar (anımsadığım kadarıyla Agatha Christie'nin *The Mouse-Trap*'i yani *Fare Kapanı* otuz beş yıl, hattâ belki daha fazla, her gece sürekli oynanmıştı), bu türden fasa fiso oyunlar sahneleri işgâl etmişti.

Değerli bir oyuna gittiğimde bile, İngilizlere özgü, beni tedirgin eden acayip âdetler vardı. Her temsilden sonra millî marşın söylemesine daha önce de değinmiştim. Bundan başka, temsil sırasında çay ya da kahve servisi yapılırdı. Garson kızlar, çayları, kahveleri, bisküvi ya da pasta paketlerini, bir tepsiyle tiyatro salonuna getirirdi. Tepsi elden ele geçerek, bunları ısmarlayan seyircinin dizleri üstüne konulurdu. Böylece, öteki seyirciler, kâğıt hışırtıları, fincanlarda dönen kaşık tıngırtıları, ağız şapırtıları arasında oyunu seyretmek zorunda kalırdı. Bense, İngilizlerin sahnede söylenenleri pek önemsemediklerini kanıtlayan bu sinir bozucu durum karşısında dişlerimi gıcırdatır ve İstanbul Şehir Tiyatrosu'nun ilk yıllarında, Ertuğrul Muhsin'in salonda sessizce yürüyüp, kimi seyircilerin elindeki kabak çekirdeklerini, fındıkları fıstıkları usulcacık alarak, tiyatro âdâbı konusunda bizleri nasıl eğittiğini minnetle anımsardım.

İyi ki, İngilizler bu saçma âdetlerine son verdiler zamanla. Devletin para yardımıyla desteklediği National Theatre'ın salonları, Thames Nehri'nin South Bank denilen öteki kıyısında, Festival Hall adı verilen geniş bir alanda açıldı. National Theatre'ın kurulmasıyla birlikte, İngilizler, tiyatronun bir eğlenceden çok bir sanat olduğunun, seyircilere hiçbir eğlencenin sağlayamayacağı çok derin hazlar verdiğinin farkına vardılar.

O güzel Waterloo Köprüsü'nden geçip oraya varınca, Festival Hall'un sâdece tiyatroyla yetinmediğini, orada sürekli bir sanat festivalinin yer aldığını anlarsınız: Sinematek vardır orada, konser salonları vardır, resim galerileri vardır. Açık havada bedâva seyredebileceğiniz pandomimler ya da ortaçağdan kalma kısa güldürüler oynanır. Birkaç müzisyen bir araya gelip, küçük bir konser verirler. Okunmuş kitapları ucuza satan sergilerde, öteden beri aradığınız bir kitabı bulabilirsiniz. Nehir boyunca rıhtımlarda yürürken, nehrin karşı sahilindeki Londra'yı seyredebilirsiniz. Yorulunca ya da karnınız acıkınca, bir kafeteryaya ya da bir lokantaya gidip bir şeyler yer, dinlenebilirsiniz.

Oyunun 7.30 ya da 8'de başlayacağını bildiğim halde, Festival Hall'a saat 4'te gider, saatlerce gezer tozar, keyfederdim orada. Böylece sâdece iyi bir oyun seyretmekle kalmaz, öğleden sonrasını hoş bir biçimde geçirmiş olurdum. Elizabeth Çağı'nda, Shakespeare'inki dahil, bütün tiyatroların orada, yani South Bank'te, kurulduğunu bilmem, Festival Hall'u daha da çekici yapardı benim gözümde.

National Theatre'ı örnek alarak, özel tiyatrolar da, devletten para yardımı alan Royal Shakespeare Company gibi topluluklar da, kendilerine çekidüzen verip, daha kaliteli oyunlar sahnelemeye başladılar. Shakespeare Company'nin Warehouse'da yani "depo" denilen deneme sahnesinde oynadığı *Bingo*'yu hiç unutamıyorum. Shakespeare'in yaşamının son günleri üstüne Edward Bond'un yazdığı bir oyundu bu. Londra'nın ışıl ışıl West End'inden çok farklı; karanlık ve bir hayli pis bir sokakta, tiyatro salonuna hiç mi hiç benzemeyen eski bir depoda seyrettik oyunu. The Warehouse, adı üstünde gerçekten bir depoydu. Ne sahnesi vardı, ne kulisi, ne fuayesi, ne de koltukları. Küçükçe bir odaya, yastığı bile olmayan tahta iskemleler dizilmişti. Aktörler, odanın boş bırakılan orta kısmında oynuyorlardı. Kulis olmadığından, Shakespeare'in can çekişeceği yatak, giriş kapısının önünden alınıp, seyirciler arasından geçirilerek, odanın ortasına konuluyordu. Perde arasında, seyirciler, ya o daracık sokakta bekliyorlardı ya da karşı kaldırıma geçip, oradaki küçük *pub*'da on dakika geçiriyorlardı. Sözün kısası, bir ilkokul müsameresi bile böylesine yetersiz koşullar altında sahnelenemezdi.

Bütün bunlara karşın, *Bingo*'yu büyük heyecanlar içinde, derin hazlar duyarak seyredince, öteden beri sezdiğim bir şey dank etti kafama: Günümüzde "görsel tiyatro" denilen türün, şatafatlı numaralarla göz boyamaya kalkması, hiçbir işe yaramıyordu, nafile bir çabaydı. Bir tiyatro olayının, seyircilerde derin izler bırakması, yıllarca unutulmaması için, ne rahat koltuklara, ne geniş sahnelere, ne görkemli dekorlara, ne çarpıcı ışık efektlerine, ne şuna, ne buna gerek vardı. Gerekli olan iyi bir metin ve iyi oyunculardı sâdece. Bu iki şey yeter de artardı. Üstü salt fasa fisoydu.

O eski depoda unutulmaz bir tiyatro olayı yaşadığım gibi, Londra sokaklarında da unutulmaz bir yılbaşı gecesi yaşadım. Yılbaşlarında, doğum günlerinde falan, yani tarihi önceden bilinen, özenle organize edilen toplantılarda, insan gerçekten eğlenemez genellikle. "Buraya eğlenmek için geldiğime göre, mutlaka eğlenmek zorundayım" düşüncesi bile, sahiden eğlenmenizi engellemeye yeter. Oysa 1956 yılını 1957 yılına bağlayan gece, böyle bir zorunluk duymadığımdan, çok hoş vakit geçirdim.

Norveç'ten armağan edilip, süslenip aydınlatılarak Trafalgar Square'e dikilen o çok büyük Noel ağacını salt görebilmek için oğlum Mustafa ile birlikte yollara düştük. Bundan hiç haberimiz olmadığı halde, binlerce ve binlerce kişinin katıldığı bir yılbaşı partisine gitmişiz meğer. Ve partilerden pek hoşlanmayan ben, o partide eğlendim, hem de çok eğlendim.

Öyle kalabalıktı ki, Trafalgar Meydanı'na varamadık; Picadilly Circus'ta, aşk tanrısı Eros'un heykeli çevresinde sıkıştık kaldık. Hava soğuk değildi. Nerdeyse ılık denilebilecek ince ve güzel bir yağmur yağıyordu ara sıra. Yağmur değildi de, kalabalıkta terleyen yüzümüzü serinletmek için, gökyüzünden başımıza hafif hafif su serpiliyordu sanki. Herkes kafasına, kartondan yapılmış küçük şapkalar takmıştı. Başımızda o şapkalar olmadığını gören biri, bize de onlardan birer tane verdi. Mustafa'nınki, hiç unutmam, minik bir polis miğferiydi. Herkesin elinde bir şişeyle bir bardak vardı. Hiç tanışmayan güler yüzlü insanlar, sevgiyle birbirlerine içki sunuyorlar, sevgiyle birbirlerini öpüyorlardı. Bir ara zenciler çevremi sarıp beni kucaklayınca, Mustafa, "anne anne, yamyamlar seni sakın yemesin" diye şakalaştı. Sonra "yamyamlar" onu da kucakladılar; üstelik şekerlemeler koydular ceplerine.

Big Ben gecenin 12'sini çalınca, sevinç ve sevgi havası doruğa vardı. Bütün meydanları, bütün sokakları dolduranlar, el ele tutuşup, 18. yüzyılın İskoçyalı köylü şairi Robert Burns'ün dostluk şarkısını söylediler hep beraber. İskoçyalılara İngiliz dersen, çoğu fena halde bozulur; "hayır ben İngiliz değilim, İskoçyalıyım" der terslenerek. Oysa İngilizler, bir İskoçyalının, üstelik köylü diyalektiyle yazılmış, *Auld Lang Syne* şarkısını, bütün yılbaşlarında, aile toplantılarında, eski sınıf arkadaşlarıyla bir araya geldiklerinde, seve seve söylerler.

Ne yazık ki, Britanya adasında görmek istediğim birçok yere, bu arada çok güzel olduğunu bildiğim İskoçya'ya hiç gidemedim. Londra dışında Cambridge ile Oxford'u ve Stratford-upon-Avon'u görebildim ancak.

Geçmiş için hayıflanmak, "şunu neden yapamadım, bunu neden yapamadım" diye ah vah etmek hiç huyum değildir. Ama şunu söylemeliyim ki, kırk yaşındayken Cambridge'i ilk gördüğümde, "yirmi yaşındayken neden burada okuyamadım" diye fena halde ah vah ettim. Birkaç kez gittiğim Oxford da güzeldi. Ama orada böyle bir özlem duymamıştım. Çünkü üniversitenin binalarının bulunduğu yerler güzeldi sâdece. Magdalen College'ın parkında geyikler gezerdi. 1980'de oraya son gidişimde, geyikleri turistlerden korumak için, çevrelerinin tel örgülerle sarıldığını gördüm. Ne var ki, kentin büyük bir kısmı sanayileşmişti. Bir yığın sanayi tesisi, büyük bir otomobil fabrikası bile vardı.

Oysa sanayiyle birlikte gelen çirkinliğin hiç el sürmediği bir cennetti Cambridge. 16. yüzyılda nasılsa, günümüzde de öyle kalmıştı. Kentte otobüs yok gibiydi. Otomobil de çok azdı. Herkes, kara cüppelerinin etekleri uçuşan yaşlı üniversite hocaları da, öğrenciler de, alışverişe çıkan ak saçlı ev hanımları da, bisikletle oradan oraya gidiyorlardı. Her binanın önünde bisikletleri park edecek özel yerler vardı.

Cambridge'de bir aydan fazla kalacağım ve bisiklete binmeye bayıldığım için, ben de hemen bir bisiklet kiraladım. Kenarları yüksekçe, rahat bir küçük koltuğu da bisikletin arka tekerleğinin üstüne vidalattırdım. Mustafa, tam bir güven içinde oturabilirdi o koltukta. Oğlumla birlikte, Cambridge'de günlerce gezdik böylece.

Ne var ki, bir sabah küçük bir kaza oldu: Mâlum ya, bütün dünyada yolun sağından gidilirken, İngiltere'de yolun solundan gidilir. Yollara beyaz boyalarla, *Keep to the left* diye uyarılar yazılırdı. Hasan Âli Yücel'e bundan yakındığımda, gülerek bence soldan gitmek çok güzel, çünkü çağımızın yönü olur bu" dediğini hiç unutamam. Şimdi, sözü geçmişken, bir parantez açıp, o çok aydınlık kafalı ve cana yakın Hasan Âli Bey'in, insan idare etmekte ne büyük bir usta olduğunu kanıtlayan başka bir şeyi anlatmadan yapamayacağım: 1948 yazında, Sabahattin Eyüboğlu, Avni Arbaş, Selim Turan, Cahit Irgat ve daha birçok Türk, aynı yerde, Schola Cantorum'da kalıyorduk. Oğlunu görmek üzere Londra'ya gitmekte olan Hasan Âli Bey'in o sırada Paris'te bulunduğunu öğrenince, onu Schola Cantorum'a, Avni'nin atölyesine, yemeğe dâvet ettik. Yemek çok güzel, sohbetimiz de çok hoştu. Gelgelelim, şarabı biraz fazla kaçıran Cahit, damdan düşercesine, Hasan Âli Bey'e saldırdı. "Ama siz, Millî Eğitim bakanı olunca, diplomamı almama sâdece on beş gün kalmışken, beni konservatuvardan kovdurdunuz" dedi. Bu lâf hepimizin yüreğine indi. Masanın altından Cahit'e küçük bir tekme attım. Kısa bir sessizlik oldu. Derken, Hasan Âli Yücel bir kahkaha attı. Alaycı olmayan, içinden gelen, güzel bir kahkahaydı bu. "Ulan Cahit Irgat" dedi, "ne iyi yapmışım da seni kovdurmuşum! Konservatuvardan mezun olsaydın, ara sıra sahneye çıkan Ankaralı küçük bir memur olacaktın. Kovulman sayesinde adam oldun, sanatçı oldun, şair oldun. Aman ne iyi yapmışım!" Bunu duyunca, Cahit gülmeye başladı. Yerinden kalkıp Hasan Âli Bey'i kucakladı. Ve herkesin keyfi yerine geldi.

Neyse, İngiltere'de soldan gidiş konusuna geri dönelim: Bir sabah, hem hava, hem de Cambridge ayrıca güzel olduğu için, kendimden biraz geçmiş bir durumda, hızla pedal çevirirken, bu ters trafik düzenini unutuverdim. Bir an yoldan çıkınca, bisikletim bir otomobille çarpıştı. Seleden fırladım, otomobilin kaputu üstünde, sürücüyle burun buruna buldum kendimi. Ön camın arkasından adam bana bakıyor, ben adama bakıyordum. Cama çarpan sol bileğim zedelenmiş, bisikletin ön tekerleği yamru yumru olmuştu. İyi ki, Mustafa, arka tekerleğin üstündeki koltuğuna sıkı sıkı bağlı olduğundan düşmemiş, hiçbir yeri de acımamıştı. Ancak, korkudan biraz ağlıyordu.

Benim suçlu olduğum kesindi. Ne var ki, "ben yabancıyım!" diye bağırdıktan sonra, İngiltere'nin bu ters trafik düzenini öfkeyle suçlamaya başladım: Elbette ki, yabancılar kaza yapacakmış; herkese aykırı gelen bu soldan gitme kuralı yürürlüğe konulunca, işte sonuç böyle olurmuş; kendini beğenmişlikmiş bu; biz kimselere benzemeyiz, canımızın istediğini yaparız demekmiş, filânmış falanmış.

İyi ki arabanın sürücüsü, olağanüstü soğukkanlı ve terbiyeli bir adamdı. Alttan aldı, sustu. Bisikleti bagaja koydu; bizi de arabasına aldı. Bisikleti kiraladığım yerin adresini sordu; yeni bir tekerlek takılması için, bizi oraya götürmek zahmetine bile katlandı.

Sabahki şoku atlatabilmek için, o gün, güzel bir öğle yemeği yedikten sonra, benim bilmem kaç kez gördüğüm, Mustafa'nın da ilk kez göreceği, Şarlo'nun *Altına Hücum*'una gittik. Oğlum çok güldü, ama biraz da hüzünlendi. Akşam da, Cam Irmağı'nın kıyısındaki Cambridge'in tek açık hava *pub*'ı olan The Mill, yani Değirmen'e uğradık. (Cambridge'de öğrenci olan Cevat Çapan'la orada tanışmıştık.) İngiltere'de on sekiz yaşından küçük olanların, içkili yerlere girmeleri yasaktır. Çocukların, annelerini babalarını meyhanelerin kapısında, kimi zaman yağmurun altında beklediklerini görmek de bana biraz hazin gelir. Ama The Mill açık havada olduğundan böyle bir yasak yoktu. Cam Irmağı'nı, söğüt ağaçlarını, gondollar gibi dibi yassı, upuzun sopaları suya sokarak ilerleyen sandalları seyrettik. *Punting* denilen bu işi kolay sanmıştım. Ama ilk denediğimde, hiç de öyle olmadığını anladım. Dibe batan sopayı sudan çıkaramadım. Bir sırığa tırmanıp inemeyen küçük bir maymun gibi, ucuna yapışıp kaldım. Eğer yanımdaki arkadaş, sopayı sandalın üstüne çekip beni indirmeseydi, suya düşüp rezil olacaktım.

Cambridge ile Oxford'un *Don* denilen hocaları arasında, çok ilginç, çok acayip adamlar vardır. Bunlardan birini sokakta tanıdık. Rahmetli meslektaşım Vahit Turhan ile Cambridge'de bir *college*'ın önündeydik. (Bu iki üniversitede fakülte yoktur; tam sayısını bilmediğim bir yığın *college* vardır ve öğrenciler bunlardan birine kayıt olur.) Vahit, eşinden gelen mektubun bir kısmını bana yüksek sesle okuyordu. Derken mavi gözlü, kara cüppeli, ufak tefek, yaşlı bir *Don* yanımızda durdu. İki elini havaya kaldırarak, kendinden geçmiş bir halde *"Turkish!"* diye bağırdı. Sonra heyecandan titreyerek, konuştuğumuzun gerçekten Türkçe olup olmadığını sordu. Biz, "evet" deyince, konuşmaya devam etmemiz için yalvarıp yakarmaya başladı. Türkçe okuyup anlıyormuş ama, konuşulduğunu ilk kez duyuyormuş meğer. Bizi *college*'daki tıklım tıklım kitap dolu odasına götürdü. Kitaplığında iki raf, Türkçe kitaplara ayrılmıştı. Vahit de, ben de, bu ihtiyarın sahiden Türkçe okuyabildiğine pek inanmadık. Kitaplardan birini çekip, okumasını istedik. Türkçeyi ilk defa demin bizden duyduğu için telâffuz edemeyeceğini, bu yüzden yüksek sesle okuyamayacağını, ama İngilizceye çevirebileceğini söyledi. Ona gösterdiğimiz bir sayfayı, ancak bir tek sözcüğün anlamında duraksayarak, İngilizceye çevirince, afallayıp kaldık. Asıl alanı etnografyaymış. Her nedense Türkçeye merak sarmış ve hiç kimseden yardım görmeden dilimizi öğrenmiş.

Ufak tefek ihtiyarın bu marifetini, bizden başka kimseler bilmiyordu belki. Ama bazı *Don*'ların akıllara sığmaz bilgisiyle ilgili öyküler efsaneleşir, kuşaktan kuşağa geçer. Bu öykülerden birinden çok hoşlanmıştım: Eskiden "allâme-i cihan" denilen türden bir hoca varmış. Hem her şeyi bilirmiş, hem de bildikleri her zaman doğruymuş. Bu yüzden de, hangi konu açılırsa açılsın, herkes susup onu dinlemek zorunda kalırmış. Bu duruma fena halde içerleyen öteki hocalar, adama bir oyun oynamaya karar vermişler. Aralarında toplanmışlar ve bir uzman grubu tarafından Çin üstüne yeni yayınlanan bir kitaptan yararlanarak Çin müziği konusunu okuyup ezberlemişler.

Bilgisiyle sinirlerini bozan arkadaşlarıyla bir araya gelince, biri Çin demiş, öteki müzik demiş ve Çin müziği konusunda ezberlediklerinin hepsini anlatmışlar. Allâme-i cihanın, ömründe ilk kez ağzını açmadan onları dinlemesine pek sevinmişler. Gelgelelim, sevinçleri uzun sürmemiş. Çünkü, onlar susunca, adam, "beyler" demiş, "Çin müziği üstüne, imzasız olarak o kitaba gönderdiğim yazıyı dikkatle okuduğunuzu anladım, çok da memnun oldum. Ne var ki, kitap basıldığı sırada bu konuda bilgim sınırlıydı. Sonraları incelemelerimi derinleştirdim ve kitabın ikinci baskısına şunları eklemeye karar verdim." Allâme-i cihan bu açıklamayı yaptıktan sonra, Çin müziği üstüne yeni öğrendiklerini aktarmış ve herkes susup, onu bir saat kadar gene dinlemek zorunda kalmış

Cambridge'de yapılan bir kongre sırasında, otobüse bindirip, çok uzaklarda olmayan Kont Sandwich'in şatosuna götürdüler bizleri. İkide birde yediğimiz sandviçler, bu ailenin 18. yüzyılda yaşayan dördüncü kontu, John Sandwich'ten alır adını. Çünkü bu lord öyle tutkulu bir kumarbazmış ki, karnı acıkınca, kumar masasından kalkıp yarım saat bile sofraya oturmamak için, iki dilim ekmek arasına bir et parçası koyup kendisine getirmesini emredermiş uşağına.

Kapıda birkaç şilin verip bilet alarak içeriye girince, bu tarihsel şatonun bir müze değil, ailece oturulan bir ev olduğunu anladık: Koltukların arkasına ceketler asılıydı; sehpaların üstünde kahve fincanları ve kitaplar kalmıştı; küllüklerde izmaritler vardı, vb. Bizi karşılayan rehber kız, sıradan ziyaretçiler değil de, İngiliz edebiyatı kongresinin üyeleri olduğumuzu öğrendiği için, bizlere Kont Sandwich'in kendisi rehberlik etmek üzere hemen geleceğini bildirdi.

Orta yaşlı Lord Hazretleri, kılık kıyafet açısından biraz döküldüğü halde, ütüsüz gri flanel pantolonuyla, dirsek kısımları deri yamalı yün ceketiyle, İngiliz aristokratlarına özgü şıklığını korumaktaydı gene de. Haftada iki kez, öğleden sonraları evini yabancılara açmanın, kendisine ve ailesine güç gelip gelmediğini sorduk ilkin. Çaresizlik içindeymişçesine kollarını açıp, geçinebilmek için bunu yapmak zorunda olduklarını söyledi. Sonra, acı acı yakınmaya başladı: Şatosunu satamıyormuş, çünkü ancak Amerikalılarda varmış o kadar bol para. Atalarının evine onların sahip olmasını istemiyormuş. Şatonun şurasının burasının onarılması gerekiyormuş. Ekonomik durumu bunları yapabilmesine elverişli değilmiş. Gözünün önünde her şeyin kırılıp döküldüğünü, eli kolu bağlı seyretmenin acısını çekiyormuş, falan filân.

Adam bize şatosunu gezdirirken, o görkemli salonların birinde dikkatimi çeken bir tablo gördüm: Sarışın, gencecik, âfet bir delikanlının 18. yüzyıl Osmanlı kılığında bir portresiydi bu. Maskeli balo ya da karnaval kıyafeti değil, sahici Osmanlı giysileriydi üstündekiler. Türk olduğumu söyledikten sonra, bu güzel gencin kim olduğunu sordum. Meğer atalarından biri, bize elçi gelmiş eskiden, bu delikanlı da, onun genç yaşta ölen oğluymuş. O tablonun asıl yerinin Türkiye olduğunu, onu bize armağan etmesini önerince, Lord Hazretleri bana ters ters baktı ilkin. Sonra, "Ankara'daki elçiliğimize bağış ederim belki" dedi.

Stratford-upon-Avon, Shakespeare'in doğduğu, çocukluğunu geçirdiği ve öldüğü yer olduğu için, binlerce turist, özellikle Amerikalılar, her yıl oraya akın ederler. Doğduğu eve, mezarına, müzesine aval aval bakarlar. Birkaç saat sonra da, tarihsel değeri olduğu söylenen başka bir yere aval aval bakmak için, gene otobüslerine binip giderler.

Oysa üç kez gittiğim ve her gidişimde birer hafta kaldığım bu küçük kasaba, insanın keyif içinde haftalar geçirebileceği, Shakespeare'e adanmış bir cennettir. Oxford'a bile saldıran sanayinin kirli eli hiç değmemiştir oraya. Kasabada her yer, 16.

yüzyılda nasılsa şimdi de öyle kalabilmesi için, sürekli restore edilmiştir. Örneğin benim kaldığım otel, onarım gören, iki katlı bir Tudor Çağı konağıydı. Odaların kapısına numara yerine Shakespeare'in oyunlarındaki kişilerin adları yazılıydı.

İngiltere'nin yeşilliği her zaman hoştur; ama Stratford'da, başka bir güzelliği vardır bu yeşilliğin. Kentlerdeki yeşillikten daha doğaldır her nedense. Çünkü insan eliyle yaratılmış bir parkın yeşilliği değil, doğanın kendi yeşilliğidir bu. Ya deniz kıyısında kurulan, ya da içinden bir nehrin geçtiği kentleri severim öteden beri. Stratford-upon-Avon, adından anlaşıldığı gibi, bir büyük ırmağın üstündedir. Avon Irmağı'nın çevresinde salkım söğütler, sularında kuğu kuşları vardır. Kasabanın ender modern yapılarından biri olan Shakespeare Tiyatrosu da Avon'un kıyısındadır ve belirli dönemlerde, sâdece Shakespeare'in oyunları oynanır orada.

Yıllarca Shakespeare üstüne ders vermenin mutluluğu yetmiyormuş gibi, bir de onun doğup öldüğü bu cennet kasabaya, kongreler ya da bilimsel toplantılar dolayısıyla, üç kez dâvet edilmemi, yaşamımın büyük mutluluklarından biri sayarım.

1977 yılının Ağustos ayında, sevgili çocukluk arkadaşım Celâl Akbay'ı ve eşi Gülten'i görmek için, İngiltere'den İrlanda'ya geçtim. Celâl, Dublin'de elçimizdi o sırada. Benden dört beş yaş küçük olan Celâl'in annesi, benim annemin en yakın dostlarından biri olduğundan, Celâl'i kendimi bildim bileli tanıyordum ve daha önce de anlattığım gibi, acayip çocukluğumda felâket maço bir küçük kız olduğum için, onu hep hırpalamıştım. İkimiz de büyüyünce, bunca tekme yediği halde, benimle hâlâ arkadaş kalmasının nedenini sordum. "Çünkü" dedi Celâl, "ben on iki yaşına, yani artık dövemeyeceğin bir yaşa gelince, beni adam yerine koydun, benimle konuştun, sorularımı yanıtladın, öğrenmek istediklerimi elinden geldiğince öğrettin bana."

Galatasaray Lisesi'nde, her öğrenciye bir ad takarlardı eskiden. Celâl'in adı da "*Fou* Celâl" yani "Deli Celâl"di. Deli bilinen Celâl, ömrümde tanıdığım en üstün zekâlı insanlardan biriydi. Ama üstün zekâsı, bir anlamda deli olmasını engellemezdi elbette.

Celâl, Mülkiye'den mezun olup, Dışişleri Bakanlığı'na başvurunca, yazılı giriş sınavında, "memleketimiz İkinci Dünya Savaşı'na girmeli miydi yoksa girmemeli miydi" konusunu işleyen bir kompozisyon yazmasını istemişler. Celâl, kompozisyonuna, "adamın birine adını sormuşlar. O da Mülayim deyince, ulan, adın Sert olsaydı ne olurdu sanki demişler" tümcesiyle başlayarak, Türkiye'nin savaşa katılıp katılmamasının olayların seyrini hiç değiştirmeyeceğini açıklamış. Bunu duyunca, yüreğime inmişti: Celâl'i Hariciye'ye kesinlikle almayacaklarını sanmıştım. Ama yanılmışım; her nedense aldılar. Üstün zekâsını, mantığının nasıl pırıl pırıl işlediğini sezmişlerdi belki de.

Celâl, tüm tanıdıklarım arasında en mantıklı düşünen ve en saçma davranan insandı. Fazla alkol almanın zararlarını kusursuz bir mantıkla birer birer anlatırdı; ama kendi fazla içerdi. Kusursuz bir mantıkla hiç evlenmemek gerektiğini kanıtlardı; ama kendi üç kez evlenmişti. Hiç çocuk yapmamak gerektiğini de aynı kusursuz mantıkla kanıtlardı. Gerçi çocuk yapmamıştı ama, kedilerine öyle çılgınca bir tutkusu vardı ki, evlâtlarına aşırı derecede düşkün bir babanın bile katlanamayacağı özverilerde bulunurdu onların uğruna. Yaşamını değiştirecek kararları, kendini düşünerek değil, onları düşünerek verirdi. Örneğin emekli olduktan sonra, Avrupa'nın başka bir ülkesine değil de Fransa'ya yerleşmesinin nedeni son kedisiydi: Evcil hayvanlarla ilgili gümrük kurallarını incelemiş. Çoğu Avrupa ülkelerinde, evcil hayvanlar gümrükte bir süre karantinaya alınırmış. Eğer kedisi gümrükte böyle bekletilip, bir iki hafta kafesinde kapalı kalırsa, bunalıma girebilirmiş. Ancak Fransa gümrüğünde böyle bir uygulama yokmuş. Onun için Paris'te oturmaya karar vermiş.

Celâl'in meslek seçimi de saçmaydı bana kalırsa. Gerçi üstün zekâsı sayesinde Hariciye'de başarılı olmuştu ama, bir diplomat değil, akademik kariyer yapıp, dilbilimi profesörü olmalıydı aslında. Fransızcayı da İngilizceyi de mükemmel bilir ve sürekli okurdu. Benim gibi sâdece edebiyatla ilgili kitapları okumakla yetinmezdi. Dil bilgisi, dil yapısı, dil tarihi, etimoloji üstüne kitaplar okurdu ve doğuştan öğretmen olanların hepsi gibi, öğrendiklerini çevresindekilere aktarırdı. Bunun farkına varan Dışişleri Bakanlığı, öteki memurların Fransızcalarının ilerlemesi amacıyla, Celâl'e ek bir küçük ücret verip, ona uzun süre Fransızca öğretmenliği yaptırmıştı. Paris'te geçirdiği ömrünün son yıllarında Fransız argosuna ve bu argonun değişimlerini incelemeye merak sarmıştı. Bu konuda çok ilginç şeyler öğretmişti bana. Öğrettiklerini doğru kavradığımı denetlemek amacıyla da, ikide birde imtihan ederdi beni.

Celâl, İrlanda'yı çok sevmişti. Bu ülkeye yüzyıllarca egemen olan İngilizleri hor görür, İrlandalıları hep yüceltirdi. Onlardan söz ederken "benimkiler", İngilizlerden söz ederken "seninkiler" derdi. İngiliz subaylarıyla İrlandalı subaylar arasında bir binicilik yarışmasına beni götürmüştü. İrlandalı biniciler, İngilizlerden daha marifetli çıkınca, "benimkiler seninkileri yendi" diye övünmüştü. Celâl'in tek isteği Dışişleri Bakanlığı'nın onu Dublin'de unutması, emekli oluncaya kadar orada kalmasıydı. Ama ne yazık ki, Celâl'i Dublin'de unutmadılar; oradan alıp Gana'ya tâyin ettiler. Bir süre İstanbul'da oturduktan sonra, demin söylediğim gibi, kedisinin psikolojik durumunun sarsılmaması için, Paris'e yerleşti. Oraya her gidişimde buluşurduk.

Celâl'in tam tersine, son derece aklı başında, hoş bir kadın olan eşi Gülten'in kanserden ölümünden üç ay sonra, Celâl de 25 Eylül 1994'te Paris'te öldü. Ne yazık ki, yanında yoktum. Ama ikimizin de çocukluk arkadaşı sevgili dostum Ziya Şav, son dakikaya kadar yanından ayrılmamıştı. Celâl'in cenazesi Türkiye'ye getirilmedi; Paris'te de toprağa verilmedi; herhangi bir cenaze töreni de yapılmadı. Çünkü hayranlık duyduğum bir kararla, eşi de kendisi de ölü bedenlerini Paris Tıp Fakültesi'ne bağışlamışlardı. Bu aykırı davranışıyla, sonuna kadar "*Fou* Celâl" kalmanın yolunu bulmuştu sevgili arkadaşım.

İrlandalılar, Britanya'nın egemenliğinden kurtulmak, bağımsızlıklarına kavuşmak amacıyla, gerektiğinde kanlarını dökerek, iki yüzyıldan fazla uğraştılar. Savaşımlarının ünlü aşamalarından biri olan 1916 yılının Paskalya Ayaklanması, çağımızın en büyük şairlerinden İrlandalı W. B. Yeats'in dizelerinde ölümsüzleşti. Sonunda bu kıyasıya savaşım İngilizlerin yenilgisiyle sona erdi ve 1949'da ülkenin bir kısmı bağımsızlığını ilân ederek, İrlanda Cumhuriyeti'ni kurdu. *Gaelic* dilinde, *Eire,* İrlanda anlamına geldiği için, bu cumhuriyete Eire de denilir.

Bağımsızlık savaşlarında çektiklerinin unutulmaması amacıyla, İrlandalılar, *Bir Dinozorun Anıları* adlı kitabımda da anlattığım gibi, Dublin'de tâ 1796'da yapılmış bir hapishaneyi, hiç yenilemeden, boyamadan, badana etmeden, yani eskiden olduğu gibi bırakarak, bir müze haline getirmişler. Bu büyük müzede, hücre kapılarına çakılan plâkalarda, çeşitli yerlere konulan tabelâlarda, kimlerin nerede kaç yıl hapis yattığı, kimlerin nerede asıldığı ya da kurşuna dizildiği bir bir gösteriliyor. Duvarlarda belgeler, fotoğraflar, mektuplar, o günlerin gazetelerinden kesilip çerçevelenmiş kupürler var. Her şey o kadar güzel düzenlenmiş ki, salt o müzeyi gezmekle, İrlanda Cumhuriyeti'nin bağımsızlık savaşı üstüne bilgi edinebiliyorsunuz.

Bir İskoçyalıya İngiliz derseniz, fena halde bozulacağını söylemiştim. Ama bir İrlandalıya İngiliz derseniz, selâmı sabahı kesebilir sizinle. Bu, bir Türkü Arap sanmak gibi bir şey olduğu için, hakkı da vardır. Çünkü İngilizlerle İrlandalılar apayrı soylardan gelirler. İngilizler, Anglosakson kökenli; İrlandalılar ise Kelt kökenlidir. Kelt'ler, Büyük Britanya adalarının yerli halkıdır. Germenlere bağlı Anglosaksonlar ise, 5. yüzyıldan itibaren Britanya'yı işgâl etmeye, oraya yerleşmeye, Keltlerin dili *Gaelic*'i kabul etmeyerek daha sonra İngilizceye dönüşen Anglosaksoncayı ulusal dil yapmaya başladılar. Keltler, Britanya'nın ancak birkaç bölgesinde, bu arada İrlanda'da kimliklerini koruyabildiler. İngilizlerin çoğu Protestan, İrlandalıların çoğu Katolik olduğundan, sâdece soyları ve dilleri değil, dinleri bile başkadır.

İngiltere'den İrlanda Cumhuriyeti'ne geçince, Britanya'dan çıktığınızı, bambaşka bir ülkede bulunduğunuzu hemen anlarsınız. Gerçi ancak sekiz gün kalabildim orada, ama Dublin, Londra'dan tamamıyla değişik geldi bana. Sokakta gördüğüm insanların fiziksel görüntüsü bile başkaydı. Kırmızı yüzlü, sarışın, pembe beyaz Anglosakson tipleri pek görülmüyordu. Halkın çoğu, mat beyaz tenli, koyu renk saçlı; koyu yeşil, koyu mavi ya da elâ gözlüydü. Ve doğrusunu söylemek gerekirse, erkekler de kadınlar da, İngiliz erkek ve kadınlarından çok daha çekiciydi.

İrlanda Cumhuriyeti'nin iki resmî dili var: Biri İngilizce, öteki de İrlandaca dedikleri eski *Gaelic.* TV'ler, hem İngilizce hem İrlandaca yayın yapıyor. Bütün sokak adları, bütün tabelâlar iki dilde. (Sinemada tuvalete gidip de, kapıda *Ladies*'in altında *Mna* yazılı olduğunu ve "i" harfi eksik, kendi adımın İrlandacada "bayan" anlamına geldiğini görünce, biraz şaşmıştım.) İrlandalılar, onları yüzyıllarca ezen İngiltere'ye herhalde bir tepki olarak, Avrupa'da duyduğum hiçbir dile uzaktan yakından benzemeyen bu acayip millî dillerini çok önemsiyorlar. Ne var ki, Dublin'de kaldığım hafta süresince, İrlandaca konuşulduğunu pek duymadım. Eğitim görenler düzgün bir şiveyle, görmeyenler bozuk bir şiveyle, hep İngilizce konuşuyorlardı. Jonathan Swift, W. B. Yeats, James Joyce, Bernard Shaw gibi İrlandalı yazarlar da, geçmişte de, günümüzde de, hep İngilizce yazıyorlar. Anladığım kadarıyla, *Gaelic,* çoktandır arkaik bir dil durumuna düşmüş. Ancak kırsal kesimde, bir köylü diyalekti olarak kullanılıyordur belki.

İrlanda Cumhuriyeti'nin başkenti, Büyük Britanya'nın başkentinden daha güzel geldi bana. Bunun başlıca iki nedeni, Dublin'in Londra gibi yamyassı olmayışı ve deniz kıyısında bulunması. Dublin'in hemen yakınlarında, nerdeyse dağlar kadar yüksek, yemyeşil, ağaçlı tepeler var. Suları tertemiz, koyu mavi göller var. İçinde cumhurbaşkanının ikametgâhının bulunduğu Phoenix Park'ta, geyikler özgürce dolanıyor. Yalnız geyikler değil –ne gariptir ki– inekler ve koyunlar da var orada. Hem kentin ortasındasınız, hem de kentten kilometrelerce uzakta, kırlarda sanıyorsunuz kendinizi.

Dublin'in o uçsuz bucaksız kumsalları kendimden geçirdi beni. Çünkü hiç görmediğim, bilmediğim gel-git olayı vardı orada. Sular çekilip, tekneler yan yatınca, hemen çizmelerimi giyip, ıslak kumlarda yürürdüm. Benim gözümde birer hazine olan suların getirdiği dünya güzeli deniz kabukları bulurdum orada. Deniz kıyısına inebilmem çok kolaydı. Çünkü Celâllerin evi kumsala çok yakındı. Dört bir yanı büyük taraçalı, aydınlık, ferah, deniz manzaralı bir çatı katı kiralamışlardı. Artık tamamıyla evcilleşmiş üç martı besliyorlardı. Bunlardan birinin bacağı kopuk olduğu için, ona ayrıca özen gösteriliyordu.

Dublin'de en çok sevdiğim şeylerden biri kumsaldaki *tower*'ler, yani kulelerdi. Silindir biçiminde, çok uzun olmayan, kalın duvarlı, eski yapılardı bunlar. James Joyce'un gençliğinde bir ara oturduğu kuleyi, tek odalı bir müze yapmışlardı. Tam önünde de, her nedense *Forty Feet* yani Kırk Ayak denilen, sâdece erkeklerin gidip denize çıplak girdikleri bir kumsal vardı. (Müzeye giderken, şişman bir beyin güneşte pembeleşmiş poposunu uzaktan gördük.) James Joyce Müzesi'ne çıkmak için, daracık demir bir merdiven yapmışlar şimdi. Ama yazar orada yaşarken, bir ip merdivenle tırmanırmış kulesine. Kimseyi görmek istemeyince de ip merdiveni içeriye çekermiş. Bu küçük müzede, Joyce'un el yazısı örnekleri, mektuplar, fotoğraflar ve onunla ilgili bazı kitaplar sergileniyor. Bunların arasında Türkçe bir kitap, Murat Belge'nin bir çevirisini görmek çok hoşuma gitmiştir. Müzeden çıkınca, kumsalda yüzükoyun yatan beyin tombul poposunun hep aynı yerde olduğunu, ama biraz daha pembeleştiğini gördüm.

IX.
İtalya ve Bazı Avrupa Kentleri

Avrupa'nın en güzel ülkesi İtalya'dır bence. Memleketimden ayrılmak, başka bir yerde yaşamak zorunda kalsaydım, İtalyanca bilmediğim halde, kuşkusuz orasını seçerdim. Gerçi İstanbul özlemiyle gene de yanıp tutuşurdum ama, bana öyle geliyor ki, başka bir ülkede olacağımdan daha az mutsuz olurdum orada. Çünkü İtalya *Mare Nostrum* yani "bizim deniz" yani Akdeniz'in bir parçasıdır. İtalya'da sürgün yaşasaydım, kendi memleketimden çok uzaklarda hissetmezdim kendimi.

İtalya'nın sâdece taşına toprağına değil, insanlarına da yakınlık duyuyorum. 1937'de yirmi iki yaşındayken yurtdışına ilk çıkışımda, İtalyan kadınlarını da erkeklerini de çok sevimli bulmuştum; hemen kanım kaynamıştı onlara. Fransızlarla pek ender ya da hiçbir zaman kuramadığım iletişim, dakikasında kurulmuştu aramızda. Napoli'den Roma'ya giderken, yaşlıca ve şişmanca otobüs şoförü öyle şirindi ki, kötü bir niyeti olmadığı öyle belliydi ki, dikiz aynasından kaş göz işaretleriyle sözde çapkınlık etmesine, molalarda ben otobüsten inerken gülerek anlamadığım bir şeyler mırıldanmasına hiç bozulmadım. Oysa o kadar gençken kızlar öyle ürkektir ki, erkeklerin onlara belirli bir biçimde bakmasından bile tedirgin olabilirler.

Trende karşımda oturan, yanında taşıdığı büyük şarap şişesini ikide bir kafasına diken, kıpkırmızı yüzlü, tombalak köy papazı da öyle sevimliydi ki, ona da hiç kızmadım. Oysa herif,

Müslüman olduğum için, cehennemde cayır cayır nasıl yanacağımı, bozuk Fransızcasıyla anlatıp duruyor; ikide birde, "gencecik şirin bir kızsın, yazık değil mi sana? Hadi, bir an önce Hıristiyan ol" diyordu. Ben de ona, boyuna şarap içtiği için, Müslümanlara göre asıl onun cehennemde yanacağını ve benden daha yağlı ve alkolle tıka basa dolu olduğundan daha da cayır cayır yanacağını söylüyordum. Fransızca bilen bir yolcu, gülerek söylediklerimizi İtalyancaya çeviriyor, kompartımanımız kahkahayla çınlıyordu.

İtalyanların yumuşak ve sevecen huylarından ötürü, Mussolini tâ 1925'te diktatörlüğünü ilân ettiği halde, faşizm bile, insanlığa aykırı acımasız bir düzene dönüşmemişti İtalya'da. Musevilere ve solculara karşı önlemler alınıyordu elbette. Ama bu cezalandırmalar, Almanya'daki Musevilerin ve rejim aleyhtarlarının toplama kamplarında çektiklerinin yanında solda sıfır kalırdı gene de. Çünkü Hitler katil bir diktatördü, Mussolini ise gülünç bir diktatördü ancak. Hitler radyolarda bangır bangır bağırmaya başlayınca, korkardınız. Mussolini bağırmaya başlayınca ise, kafasındaki biçimsiz takkeyle şişko bir sünnet çocuğunu andıran komik hali gözünüzün önüne gelir, gülerdiniz. Ne var ki, savaşın son yıllarına doğru Naziler ülkeyi işgâl edince, İtalyanlar, faşizm felâketini tam anlamıyla yaşamaya başladılar.

Victoria Çağı'nın ünlü şairi Robert Browning, *Open my heart and you will see/Graven inside of it Italy* der. Yani yüreğini yarıp açarlarsa, orada "İtalya" yazıldığını göreceklerini söyler. İtalya, yalnız Browning'in değil, çoğu İngiliz şairlerinin ve yazarlarının yüreğine yazılıdır. Romantik dönemin büyük şairi P. B. Shelley, İtalya'ya *Paradise of exiles* (Sürgünlerin Cenneti) der. Shelley de, çağdaşı öteki büyük şair John Keats de, son günlerini orada geçirmişler; Shelley otuz yaşındayken bir deniz kazasında, Keats de daha yirmi beş yaşındayken veremden orada ölmüşler, orada toprağa verilmişlerdir.

İngiliz aydınlarının İtalya tutkusu tâ 16. yüzyılda, Elizabeth Çağı'nda başlamış ve hep devam etmiştir. Örneğin D. H. Lawrence üstüne yazdığım kitaptan anlaşılacağı gibi, 20. yüzyılın ilk yarısının bu büyük romancısı, çok yolculuk ederdi. Kırk beş yıllık ömründe gitmediği yer kalmamıştı nerdeyse. Ama en çok İtalya'da mutlu hissederdi kendini. Şimdi diyeceksiniz ki, İngilizler neden Avrupa'nın başka bir ülkesini, coğrafya açısından kendilerine daha yakın olan Fransa'yı ya da Almanya'yı değil de, ille İtalya'yı tutturuyorlar, ille oraya gitmek istiyorlardı. İngilizlerin bu ülkeye merak sarmalarını, sâdece göz kamaştıran güzelliğiyle ya da her açıdan, iklimiyle, insanlarıyla, yaşama biçimiyle, dinsel inançlarıyla Britanya'dan bambaşka olmasıyla, dolayısıyla onlara daha çekici görünmesiyle açıklayamayız. Tarihsel nedenleri de vardı bu merakın: Fransa'yla Almanya ancak 16. yüzyılda gelişmeye, Avrupa uygarlığında önemli rol oynamaya başlamışlardı. Oysa İtalya'da uygarlık antik çağlardan beri vardı. Orada kurulan Roma İmparatorluğu sayesinde, eski Yunan ve Lâtin kültürü, bütün Avrupa'ya yayılmıştı. Rönesans da 14. yüzyılda orada başlamış ve ancak iki yüz yıl sonra Avrupa'nın öteki ülkelerinde benimsenmişti.

İşte bu yüzden Elizabeth Çağı'ndan itibaren İngiliz aydınlarının İtalya'ya gitmeleri şart olmuştur. Oxford ya da Cambridge'de okuyan gençler, diplomalarını alır almaz, mutlaka oraya gidiyorlardı. Bunu yapmazlarsa, eğitimleri yarım kalıyordu sanki. İtalya'yı görmek öylesine vazgeçilmez bir zorunluluk halini almıştı ki, 18. yüzyılda Dr. Samuel Johnson, oraya gidemeyen bir İngilizin her zaman aşağılık duygusuna kapıldığını ileri sürmüştü.

Tıpkı Anadolu gibi Akdeniz'e uzanan İtalya yarımadası, kuzeyde Torino gibi sanayileşmiş birkaç yer dışında, baştan aşağıya göz kamaştırıcı bir güzelliktedir. Yaz kış çiçek açan bir bahçedir. Bu bahçenin içinde de sanki kendiliğinden oluşan açık hava müzeleri vardır. Örneğin Floransa'da, manzarayı hayran hayran seyrederek bir tepeye çıkarsınız ve bir de bakarsınız ki, Michelangelo'nun Davut heykeliyle, yani dünyanın en güzel erkek bedeniyle burun buruna gelmişsiniz. 1965'te Venedik'te toplanan bir kongreden geri dönerken arkadaşım Tatiana, Lozan ile Floransa'da bir iki gün kaldık. Orasını daha önce birkaç kez gördüğüm halde, gene kendimden öyle geçtim ki, kaldığımız pansiyona bir türlü dönmek istemedim. Sonunda hava karardı, ben de kayboldum. Geceleyin telâşlanan Tatiana, tam polise haber vermek üzereyken, her nasılsa pansiyona varabildim.

Ne yazık ki, bu ülkenin her bir yanını göremedim. Müthiş merak ettiğim Sicilya'ya ayak basamadım örneğin. Ama birbirinden görkemli İtalyan kentlerinde, Napoli'de, Siena'da, Verona'da, Milano'da filân bol bol gezindim. Ermiş San Francesco'nun 13. yüzyılın başlarında yaşadığı Assisi beni özellikle çarptı. Roma'dan trenle iki üç saat uzakta olan bu küçük kasabada, belki aynı yamaca yapıldıkları için, birbirinin üstüne dikilmiş izlenimini veren, Aşağıdaki Katedral ile Yukardaki Katedral denilen iki büyük kilise vardır. Giotto ile Cimabue, bu kiliselerin duvarlarına freskler yapmışlar. Kasabanın sokakları daracık ve dimdik yokuş; çoğu da merdivenli. Tepede de bir kalenin kalıntıları var. San Francesco'nun dünyadan çekildiği zaman sığındığı küçük manastır bir kayanın içine oyulmuş.

Annem Şefika, İtalya'da uzun süren bir balayına çıktığı, bu ülkenin her bir yanını aylarca gezdiği için, çocukluğumda Assisi'nin güzelliğini ondan dinlemiştim. Ama daha sonraları kendim oraya gidince, adını bile duymadığım bazı yerler keşfettim, Orvieto örneğin. Orvieto, Assisi gibi dimdik bir tepenin üstünde, görkemli bir katedrali olan, dünyalar güzeli küçük bir kasaba.

Ne var ki, anılarımı bir seyahatnameye dönüştürmeye niyetim olmadığından, birbirinden güzel o İtalyan kentlerini betimlemeye kalkmayacağım. Ancak sık sık gittiğim iki kent üstünde biraz duracağım. Bunlardan biri Venedik, öteki de Roma.

Roma bir yaşam kentidir, Venedik ise bir ölüm kenti. Dünyanın en güzel kentlerinden biri olan Venedik'e nasıl "bir ölüm kenti" der bu kadın diye bana kızacaksınız şimdi. Hakkınız da var. Venedik gerçekten dünyanın en güzel kentlerinden biridir. Ne var ki, bir ölüm kentidir gene de. Çarpıcı olduğu kadar kusursuz bir estetik içinde, kent yavaş yavaş çürümekte, Laguna'nın kokuşmuş sularına yavaş yavaş gömülmektedir. O görkemli sarayların ön cephelerinde kanallara inen mermer merdivenlerin alt basamakları, aslında bir bataklık olan Laguna'nın kirli sularının altında kalmıştır bile. Sarayların duvarları, rutubet yüzünden, cüzzama tutulmuşçasına lekeli ve delik deşiktir. Venedik, ağır ağır kirli sulara batmaya mahkûm, için için çürümüş muhteşem bir gemidir. Ölümcül suların üstünde zerafetle kayan o güzel romantik gondollar, kapkara cilâlı, upuzun tabutlara benzer. Bunların bataklığın dibindeki çamurlara saplanıp kımıldayamaz hale gelmelerini engellemek için, geceleyin Laguna'nın şurasına burasına rengârenk, sarı, mavi, yeşil, mor kırmızı fenerler dikilir. Bu fenerler, kentin geceleyin görüntüsünü büsbütün güzelleştirir.

Dünyanın her bir tarafından gelerek oraya buraya üşüşen, anlamsız vızıltılar çıkararak kente hayranlıklarını dile getirmeye çalışan binlerce ve binlerce turist, zararlı böcekler gibi Venedik'i kemirmekte, çürüme sürecini büsbütün hızlandırmaktadırlar sanki.

İtalya hayranı D. H. Lawrence'ın, bu ülkede sâdece Venedik'i sevmediğini okuyunca, şaşırmıştım. Ne var ki, orada birkaç gün kaldıktan sonra, bunun nedenini hemen anladım: Lawrence, yaşamı seven, yaşama hep bağlı kalan bir insandı; Venedik ise, sürekli can çekişen bir kentti.

İşin garip yanı şuydu ki, Venedik'in sürekli can çekişmesi; dünyanın en güzel, en çarpıcı, en çekici kenti olmasını hiç engellemiyordu gene de. Orada kalmak, uzun zaman oturmak istemem. Orasını sık sık görüp geçmek isterim sâdece. Ama her görüp geçişimde, bunca güzellik karşısında, kendimden geçerim.

Venedik'i son görüşüm Şubat 1989'daydı. İstanbul'a dönüş trenini öyle ayarlamıştım ki, sabah erkenden Venedik'e varacak, gece yarısı başka bir trenle oradan ayrılacaktım. Kar serpeliyordu ve Adriyatik Denizi'nden buz gibi rüzgâr esiyordu.

Karnaval zamanı olduğu için, incecik ipek giysili, yüzleri maskeli kadınlarla erkekler, barok müzikle çınlayan San Marco Meydanı'nda, doğaüstü güzel yaratıklar gibi oradan oraya uçuyorlar, sonra gizemli bir biçimde gözden yok oluyorlardı. O meydandan, daracık sokaklardan, köprülerden alamıyordum kendimi. Ne yağan kar, ne de Adriyatik'ten esen buz gibi rüzgâr bozabiliyordu Venedik'in büyüsünü. Gece yarısı trene bindiğimde ağır bir bronşit başlamıştı, ateşim vardı. Ama Venedik'i görmenin coşkusu içindeydim.

Venedik'in bu büyüleyici güzelliğinin dünyada hiçbir başka yere benzememesinden mi kaynaklanıyor acaba diye düşündüğüm olmuştur. Dünyanın hangi kenti dört kilometrelik bir köprüyle karaya bağlıdır? Dünyanın hangi kenti Laguna'ya serpilmiş üç yüz kadar adacık üstüne kurulmuştur? Dünyanın hangi kentinde o adacıkları birbirine bağlayan üç yüze yakın irili ufaklı köprü vardır? Dünyanın hangi kenti trafiğe tümüyle kapalıdır? Dünyanın hangi kenti mimarinin ve resim sanatının başyapıtlarıyla böylesine tıklım tıklım dolu büyük bir müzedir?

Gerçek şu ki, Venedik dünyanın hiçbir kentine benzememekle kalmıyor; dünyanın gerçeklerinden de tümüyle kopuk. Avrupa'nın öteki kentleri gibi yüzyıllar geçtikçe yavaş yavaş gelişmiş, yavaş yavaş biçimlenmiş bir kent değil; dâhi bir dekoratörün bir çırpıda kurduğu, inanılmaz güzellikte bir tiyatro dekoru sanki. Gelgelelim, gerçeklerden tamamıyla kopmaya uzun süre dayanamıyorsunuz. Bir gün, iki gün, bilemediniz üç gün, estetik açıdan kusursuz bir dekor içinde, kendinden geçmiş bir halde, hayran hayran geziniyorsunuz. Sonra, bu düş dünyasından çıkıp, bildiğimiz bir dünyanın gerçeklerini özlemeye başlıyorsunuz. Toprak ya da ot özlüyorsunuz örneğin. Ama Venedik'te toprak da yok, ot da yok; sâdece taş ve su var. Bir ağaç görmeyi özlüyorsunuz. Ama Venedik'te ağaç da yok; sâdece birbirinden güzel yapılar var. Bir kaya parçası özlüyorsunuz. Ama Venedik'te kaya da yok; sâdece görkemli kiliseler var. İnsan, gerçekler dünyasının özlemiyle öyle yanıp yanıp tutuşmaya başlıyor ki, çirkin sarı bir taksi görmeye bile can atıyor; ama Venedik'te otomobil de yok; sâdece kara kuğuları andıran gondollar var.

1965 yılı Ağustos ayında, İngiliz Edebiyatı Üniversite Profesörleri Uluslararası Kongresi orada toplandığı için, yedi sekiz gün Venedik'te kalmıştık. Her gece, ama her gece, yarım saat kadar süren gökgürültülü, şimşekli bir sağanak yağmur yağıyordu. Bir kahveye sığınıyor; nefis olduğu kadar sert bir içki olan *grappa*'mı yudumlarken, o dramatik gökgürültüleriyle şimşeklerin kente verdikleri büsbütün büyüleyici havayı seyrediyordum. Sağanak yağmur, o görkemli dekora uyduğu için, özellikle tasarlanmış, görüntü ve ses efektlerinin ağır bastığı bir mizansendi sanki.

Ama oyunun bitmesi, aksesuarlarla dekorların toplanması, yaşamın gerçeklerine geri dönmek isteği yoğunlaşınca, küçük bir *vaporetto*'ya binip kendimi Lido'ya atardım. Gerçi Lido'da toprak vardı, ağaç vardı, temiz deniz suyu vardı, otomobil de vardı; ama sıradan, hattâ çirkince sayılabilecek bir sayfiye yeriydi orası.

Kongre üyeleriyle, kimi zaman *vaporetto*'larla, kimi zaman kiraladığımız büyükçe motörlerle, Venedik açıklarında, Lido'dan çok daha ilginç başka adalara da gittik. Örneğin, dantellerin örüldüğü Burano, cam işçiliğiyle ünlü Murano'ya. Assisi'li ermiş San Francesco'ya adanmış, onun adını taşıyan San Francesco del Deserto'ya da uğradık. Çok küçük bir adaydı bu ve serviler arasında bir tek yapı, Fransisken rahiplerin yaşadığı bir manastır vardı orada. Manastıra girebilmemiz söz konusu olmadığından, meslektaşlarım motörde kaldı. Bense, küçük bir tümseğe çıkıp, manastırı uzaktan seyrettim. Sütunlarla çevrelenmiş avluda, uzun boylu, sarışın bir rahip, ağır ağır yürüyordu. O rahibi görünce, ömrümde ilk ve son kez garip bir sanrıya kapıldım: O rahibi çok iyi tanıyordum; çünkü uzun boylu, sarışın rahip bendim. Kendimi görüyordum ona baktıkça. O manastırı da çok iyi biliyordum; çünkü uzun yıllar yaşamıştım orada. Çok fena oldum, titremeye başladım. İyi ki, başka bir adaya gitmek isteyen meslektaşlarım o sırada beni çağırdılar. Deliriyorum korkusu içinde motöre koştum. "Titriyorsun, yüzün sapsarı" dediler bana. "Biraz üşüdüm" dedim, sustum.

Ben ki, ruha inanmam; Budistler gibi ruhların başka başka bedenlerle ve kişiliklerle yeniden dünyaya geldiklerine inanmam, nasıl olmuştu da o acayip sanrıya kapılmıştım? Nasıl olmuştu da, kısa boylu esmer bir kadın olan ben, o uzun boylu sarışın papazda kendimi görmüştüm? Nasıl olmuştu da ömrümde ilk kez gördüğüm o manastırda uzun yıllar yaşadığımı sanmıştım? Ancak Venedik'te bir hafta kalmamla ve Venedik'in dünyanın gerçeklerinden tümüyle kopuk olmasıyla açıklayabilirim o sanrıyı.

Paris ve Londra'dan sonra, Avrupa'da en uzun süre kaldığım, dolayısıyla en iyi bildiğim kent Roma'dır. Çünkü öteden beri yakın arkadaşlarımdan biri olan Yvette Franco ailesiyle oraya yerleşmişti ve birbirimizi özlediğimiz için, yurtdışına her çıkışımda, giderken de gelirken de, onun evinde bir iki hafta kalırdım mutlaka.

Venedik'te ölüm egemen olduğu gibi, Roma'da yaşam egemendir. Yaşamanın tatlılığı, yaşamanın sevinci, kentin taşından toprağından, yedi tepesinin her birinden fışkırır sanki; Roma, büyük bir imparatorluğun beşiği ve çok kalabalık bir kent olduğu halde, küçük bir köyün samimi havası içinde yaşar. Yoksul mahallelerde akşam olunca, yaşlı insanlar kapılarının önüne bir iskemle atıp, komşularıyla çene çalarak, serinlemenin keyfini tadarlar. Yazın sokaklarda, el arabasıyla, buzlar içinde, kıpkırmızı karpuz dilimleri satılır. Bunları alır, çekirdeklerini yere tükürmekten hiç çekinmeyerek şehvetle yersiniz.

Roma'nın suları, Laguna'nın suları gibi kokuşmuş değildir, ölüm de kokmaz. Tiber Nehri şehrin içinden gürül gürül akar; sayısız çeşmelerin fıskıyelerinden cıvıl cıvıl sular fışkırır. İrili ufaklı bu kadar çok çeşmesi olan bir kent görmedim ömrüm boyunca. Kimilerini ünlü heykeltıraşların tasarladığı fıskıyeli havuzlarda, Trevi Çeşmesi'nde olduğu gibi atlar şaha kalkar. Kimilerinde deniz tanrıları ya da yunuslar ağızlarından sular püskürtür. (Çocukluğumda adalara giden vapurlarla yarışan yunus balıklarından her zaman hoşlanırdım; ama Roma çeşmelerini gördükten, hele torunuma Yunus adı verildikten sonra, büsbütün sevdim onları.) Esedra Meydanı'ndaki su perili çeşmede birbirinden güzel dört çıplak kadın heykeli vardır. 1953'te Roma'da birkaç hafta kaldığım sırada, bu heykellere modellik eden kadınlardan birinin çok yaşlı olmakla birlikte hâlâ yaşadığını; ara sıra çeşmeye gelip "gençliğimde ben böyleydim işte" diye övünerek, heykelini orada bulunanlara gösterdiğini bana anlatmışlardı. Hem çok hoşlandığım, hem de beni şaşırtan çeşmelerden biri, geniş ve uzun bir merdivenle inilen İspanya Meydanı'nda, tekne biçiminde, her bir yanından sular fışkıran çeşmedir. Havalar ısınınca, Roma çeşmelerinde çocuklar oynar. Ne ana babalar, ne de polisler onları sudan çıkarmaya kalkar. Bağıra çağıra eğlenmek onların hakkıdır. Zâten İtalyanlar çocuklara taparlar. Çoğu İtalyan Katolikleri, Hazreti İsâ'yı, yetişkin bir adam olarak değil, anasının kucağında küçük bir bebek olarak görürler. Büyüyünce bile, İsâ, Michelangelo'nun *Pieta*'sında olduğu gibi, anası Meryem'in kucağında yatar. O ünlü heykelin birçok fotoğrafını görmüştüm. Ama San Pietro Katedrali'nde heykelin kendisini görünce, çarpılıp kaldım. Yalnız güzelliği değil, acayipliği de çarptı beni: Çünkü sanatçı, otuz üç yaşında ölen İsâ'nın annesi Meryem'i ancak yirmi yaşlarında gencecik bir kız yapmıştı. Oğlundan çok daha gençmiş izlenimini veriyordu. Dizlerinin üstünde yatan İsâ, onun çarmıha gerilip ölen oğlu değil de, sevgilisiydi sanki.

Üniversite yıllarında, boşuna uğraşarak bizlere Lâtince öğretmeye çalışan, Bartalini adında çok sevdiğimiz bir hocamız vardı. Bizim niyetimiz Bartalini'den Lâtince öğrenmek değil, onu konuşturup, anlattıklarını dinlemekti. Çünkü Bartalini'nin çok renkli bir kişiliği vardı. Edebiyat, felsefe ve hukuk dallarında üç ayrı doktora yapmıştı. Bilmediği şey de yoktu. Antifaşist ve sosyalist olduğundan, İtalya'dan sürgün edilmişti. Başka Avrupa ülkelerinde kolayca iş bulabileceği halde, "Mustafa Kemal Paşa'nın memleketine gitmek istiyorum" demiş, Türkiye'ye gelmişti. Ne var ki, uzun zaman öğretmenlik bulamamış, çok sıkıntı çekmişti. Hattâ geçinebilmek için borçlanıp bir koyun sürüsü satın almış, Çamlıca tepelerinde çobanlık etmişti bir ara. Bunu anlatırken, kendini ünlü ozan Vergilius'a benzetir, kahkahalar atardı.

İşte bu Bartalini, doğup büyüdüğü Roma için, hiç unutamadığım bir lâf etmişti. *"Rome est belle malgré ses monuments"* yani "Roma, anıtlarına rağmen güzeldir" demişti. Gerçekten de Roma, Venedik'ten farklı olarak, çok büyük bir sanatçının elinden çıkmış izlenimini veren, estetik açıdan kusursuz bir kent değildir. Fazlasıyla anıt vardır ve bunlar birbirinin üstüne yığılmıştır sanki. Faşist dönemde, rejimin kafa yapısına uygun, fazlasıyla kocaman, fazlasıyla şatafatlı yapılar dikilmiştir. Buna karşılık, lüks semtlerdeki apartmanlar, çoğu kentlerin apartmanlarından farklı olarak, göze hoş gelir. Bunlar, pembeye kaçan bej bir taştan yapılmış ve ancak beş altı kattır. Çoğunun en üst katında, çiçekler, itkiler, hattâ saksılara dikilmiş küçük ağaçlarla dolu nefis taraçalar vardır.

Zâten bu kentin güzelliği, Roma İmparatorluğu'nun kalıntılarının orada bulunmasından ya da Rönesans'tan kalan görkemli saraylardan ve kiliselerden kaynaklanmaz. Güzelliğinin nedeni, tam anlamıyla canlı, tam anlamıyla yaşayan bir kent olmasıdır.

Hocam Bartalini, "Roma, anıtlarına rağmen güzeldir" derken haklıydı bir bakıma. Çünkü kentin mimarisine estetik kurallar değil, şirin bir saçmalık egemendir: Bütün yapıların damları, sıra sıra onlarca heykelle süslüdür. Her sütunun tepesine mutlaka bir heykel oturtulur. Sâdece San Pietro Meydanı'nda yüz kırk heykel varmış bana söylediklerine göre. Bu kadar çok çeşmesi olan kent görmediğimi söylemiştim; bu kadar çok heykeli olan kent de görmedim.

Roma'nın sevimli saçmalıkları bu heykel bolluğuyla sınırlı değildir: Via Tritone'deki bir çeşmede, kocaman bir deniz kabuğunun içine bir deniz tanrısı oturtulur ve onun ağzına başka bir deniz kabuğu verilerek etrafa sular fışkırtılır. Bir fil heykelinin sırtına, Mısır'dan getirilmiş bir obelisk dikilir. Piazza del Popolo'da, upuzun başka bir obeliskin tepesi Hıristiyan haçıyla süslenir. Trafiğe kapalı, ancak küçük çocukların üç tekerlekli bisikletleriyle gezinebildiği o güzel Piazza Navona'da üç çeşme vardır. Ortadaki çeşmenin içinden gene bir Mısır obeliski yükselir.

Gelgelelim, akşamları Tre Scalini kahvesinde oturup, çevremizi seyderek bir Tartuffo dondurması yemek öyle bir mutluluktur ki, "o Mısır obeliskinin o Roma çeşmesinde ne işi var yani?" diye sormak kimsenin aklına gelmez. Çünkü hocam Bartalini'nin dediği gibi, Roma, bütün bunlara rağmen güzeldir.

Kardeşim Halil Atay'ın hariciyeci olmasından ötürü, onu görmek için birçok Avrupa kentine gittiğimi söylemiştim. Örneğin, 1957'de, o sırada yedi yaşında olan oğlum Mustafa ile bir yıl geçirdiğimiz Londra'dan İstanbul'a dönerken, Kopenhag'a gittik, üç hafta orada kaldık. Deniz kıyısında olduğu için, Londra'dan sonra Kopenhag ilkin güzel görünmüştü bana. Danimarkalılar da biraz şaşırtmıştı beni. Çünkü İskandinavlara soğuk ve mesafeli derler. Oysa Danimarkalılar hiç de öyle değildiler. "Kuzeyin İtalyanları" derlermiş onlara zâten. Türklerin Avrupa'ya göçü henüz tam başlamadığından, esmer insanlar onlara ilginç görünüyordu anlaşılan. Kardeşimle yolda yürürken bize yaklaşıyorlar, nereli olduğumuzu soruyorlardı. Küçüklüğünde kumral olan Mustafa'ya pek iltifat etmiyorlardı. Ama kara gözlü, kara saçlı ben ve Halil ile konuşmak istiyorlardı. Hattâ bir defasında bir kadın, "müsaade eder misiniz?" dedikten sonra, hiç sıkılmadan elini uzattı, Halil'in simsiyah saçlarına dokundu. Ben gülmeye başladım. Kardeşimin ise diplomatlığı tuttu; hiç hoşlanmadı bu samimiyetten.

Eski adı Helsingör olan Elsinore Kalesi'ni gezdik. Orada *Hamlet* temsilleri verilirmiş ara sıra. Ne var ki, Danimarka prensinin düş gücümde canlandırdığım şatosuna pek benzemediğinden, bu görkemli yapı beni etkilemedi. Hamlet'i göremedim o dekorun içinde.

Fazlasıyla sanayileşmiş ve herhangi bir Avrupa kentinden farklı görmediğim Kopenhag beni pek sarmadı. Her kentin, benim gibi orada sâdece üç hafta kalanların değil, uzun uzun yaşayanların görebildikleri güzellikleri vardır elbette. (Danimarka'da yıllarca oturan arkadaşım Alev Ebüzziya ile konuşmalıyım bu konuda.) Ama ne ayıptır ki, Kopenhag'da unutamadığım ve kırk yıl sonra bile özlediğim tek şey *smölebröd*'dür. Bu sözcüğü doğru mu yazdım bilemem, ama böyle telaffuz ediliyordu.

Smölebröd, kara ekmekle yapılmış açık bir sandviçtir. Yani iki dilim değil, bir tek dilimdir. Kanapeler gibi minik olmayan bu dört köşe büyük siyah ekmek dilimine tereyağı sürülür; üstüne de akla gelebilecek her tür şarküteri, jambonlar, salamlar, sosisler, ançüezler, zeytin ezmeleri, pateler, turşular, salatalıklar, daha neler neler konulur. "Ahlâksız" dediğim türden, yani sağlığa zararlı, ama çok lezzetli yiyeceklerin hiçbiri eksik değildir bu *smölebröd*'lerde. Bunlar sâdece dâvetlerde, kokteyllerde filân ikram edilmezdi. *Smölebröd* satan özel dükkânlarda büyük tepsiler içinde sergilenirdi. Hiçbiri ötekine benzemeyen bu açık sandviçlerden istediklerinizi seçer, evinize götürürdünüz. Çoğu zaman da dayanamayıp sokakta hemen yerdiniz.

Kopenhag'a gittikten iki yıl sonra, kardeşim Madrid'e tâyin edilince, Ağustos 1959'da oraya da gittim. Barcelona-Madrid treninde bir ara uyanıp dışarıya bakınca, kendimi İstanbul'dan Ankara'ya gidiyor sandım. Çünkü Castilla'nın çorak toprakları tıpkı Anadolu bozkırına benziyordu.

Ne yazık ki, ancak bir tek hafta kalabildim İspanya'da. Bu yüzden ne Madrid'de doğru dürüst gezebildim (Sâdece Prado Müzesi'ne şöyle bir göz atabilmek için bile bir hafta yetmez); ne de Endülüs'ün bütün o güzel kentlerini, Granada'yı, Cordaba'yı, Sevilla'yı görebildim.

Madrid'e yakın olduğundan günübirliğine gidebildiğim Toledo'nun haşin güzelliği beni çarptı. O daracık, dimdik, dolambaçlı yokuşları tırmanarak, El Greco'nun evini, bitişiğindeki müzeyi, tepenin eteğinde bir sel gibi akan Tajo Irmağı'nın köpüren sarı sularını ve aşağıdaki büyük katedrali görmek bir mutluluk oldu benim için.

Madrid'de geçirdiğim ilk gece, sabaha karşı alkışlarla uyandım. Aşağıda, sokakta, birileri el çırpıyor, "ola! ola!" diye bağrışıyorlardı. Her zaman umutlar içinde olduğum için, "tamam! Bir ihtilâl oldu, Franco devrildi! Millet sevinçten sokaklara döküldü!" dedim kendi kendime. Öteki yatak odasına koşup, müjdeyi vermek için kardeşimi uyandırınca, gene aptalca umutlara kapıldığımı anladım: Meğer, geceleri Madrid'in lüks semtlerindeki apartmanların sokak kapısını, o apartmanda oturanların değil de, bekçilerin açması âdetmiş. Bekçinin dikkatini çekmek için de el çırpılır, bağrılırmış. Ertesi gece sabaha karşı eve dönünce, biz de aynı şeyi yapmak zorunda kaldık.

Madrid'de erken yatmak hiç olası değildi zâten. Çünkü yazın öğleden sonra hayat sanki dururdu; herkes *siesta* yapardı. Güneş battıktan sonra, yeniden bir canlanma başlardı. İyi bir lokantada, henüz hazır olmadıklarını söyleyerek, saat sekizde ya da dokuzda yemek vermezlerdi. Yemek servisi ancak saat onda başlardı.

Garibime gitmişti bu. Garibime giden başka bir şey de, umumî bir yerde, parklarda, kahvehanelerde, otobüslerde filân, hiç kimsenin kitap, dergi ya da gazete okumamasıydı. Kardeşim, herkesin önünde okuyanların ayıplandığını söyleyince, ilkin buna inanmamıştım. "Bir deneyelim istersen" dedi. Güzel bir parkta, bir banka oturduk. Ben, çantamdan çıkardığım kitabı okuyormuş gibi yaptım. Önümden geçenler, dönüp dönüp hayretle bana bakıyorlardı. Sanki kitap okumuyordum da, münasebetsiz bir şey yapıyordum: Ayak tırnaklarımı kesiyordum örneğin.

Bu acayip tutumu Franco rejimine bağladım. "Faşizm böyledir işte! Hiç kimsenin okumamasını, herkesin aptal kalmasını ister" diye homurdandım. Oysa, Avrupa'nın başka başkentlerinde olduğu kadar bol olmamakla birlikte, kitap satan dükkânlar vardı Madrid'de. Ve işin garip yanı şuydu ki, o kitapçıların vitrinlerinde, faşistlerin öldürdükleri Lorca'nın çok şık maroken ciltli kitapları gözler önüne seriliyordu. Zâten Franco, çok sinsi, çok kurnaz bir diktatördü bana kalırsa. Amerikan deyimiyle, *he kept a low profile.* Yani kendini ön plana çıkarmıyor; mitingler, gösteriler düzenleyerek, gücünü kanıtlamıyor; caddelere, meydanlara adını vermiyor; kentin şurasına burasına heykellerini dikmiyordu.

Okuduğumu anlayacak kadar İspanyolca biliyordum. Çünkü eskiden, yabancı bir dil ve edebiyat kürsüsüne bağlı öğretim üyelerinin, profesör olabilmek için, iki değil, üç yabancı dil bilmeleri şarttı. (Bir üçüncü dil zorunluluğu kalktı artık.) Doçentlik sınavında Fransızcadan imtihan edilmiştim. Üçüncü dil olarak da İspanyolcayı seçtiğim için, bu dili çoktandır öğrenmeye çalışıyordum. Bu uğraşta başlıca yardımcılarım, hem esas metni hem de çevirisini veren, iki dilde basılmış şiir kitaplarıydı. Lorca'yı, Neruda'yı ve çeşitli iki dilli antolojileri okuya okuya, bu dili biraz sökebildim. İspanya'ya gelince, derdimi az çok anlatabildiğim ve karşımdaki yavaş konuşursa ne söylediğini anlayabildiğim meydana çıktı.

Ne gariptir ki, karşılaştığım her İspanyol, Franco ile rejimini çekiştiriyordu bana. Elçiliğimizdekilere, hiç korkmadan, nasıl böyle konuştuklarını sordum. Franco'nun, sıradan insanların ağzına geleni söylemesine pek aldırmadığını; ancak önemli bir kişi rejim aleyhtarlığı yaparsa, yazı yazarsa, ya da örgütlü bir eyleme geçerse, onu acımasızca cezalandırdığını anlattılar. Madrid'e giderken trende karşılaştığım, Fransa'ya sığınmış bazı Cumhuriyetçi İspanyolların, akrabalarını görmek üzere, İspanya'ya rahat rahat girip çıkmalarına da çok şaşırmıştım.

1975'te ölen Franco, görünüşte yumuşak, bu hesaplı kitaplı tutumu sayesinde İspanya'da otuz altı yıl egemen kalabildi. 1936'dan 1939'a kadar, üç yıl boyunca ülkeyi kasıp kavuran İç Savaş'a karşı tutumu da çok kurnazcaydı: "Yıllarca önce birbirimize kıydık. Ne var ki, artık geçmişte kaldı bunlar. O felâketi artık unutalım. Hepimiz İspanyoluz, hepimiz kardeşiz" mesajını veriyordu sanki. Bu mesajını güçlendirmek amacıyla da Madrid yakınlarında görkemli bir anıt yaptırdı.

"Ben o namussuz faşistin anıtına gitmem!" diye direniyordum. Kardeşim nerdeyse zorla beni sürükledi oraya. İyi ki sürüklemiş. Çünkü gördüğüm en görkemli savaş anıtlarından biriydi bu: Çok kocaman kayalar üst üste yığılmış; bunların tepesine yüz metre uzunluğunda bir haç dikilmişti. Bu haçın içinde bir asansör varmış; ama henüz tamamlanmadığından, o asansörle haçın en üst kısmına çıkıp, manzarayı seyredemedik. Haçın altındaki kayalığın içine, çok büyük bir yeraltı katedrali oyulmuş. Bunun doğru olup olmadığını bilemem ama, Franco yanlıları İç Savaş'ta ölen hem cumhuriyetçi hem de faşist İspanyolların, bu güzel katedralde yan yana gömüldüklerini iddia ediyorlar ve bu anıta "Şehitler Vadisi" anlamına gelen bir ad veriyorlardı.

Madrid'de elçilikten bazı tanıdıklarla birlikte boğa güreşine de gittik. Şimdi beni gene ayıplayacaksınız ama, bu gösteri bana son derece estetik geldi. O matador, karşısına ölümü almış, ayak parmaklarının ucunda, görülmedik bir zerafetle dans ediyordu sanki. Yalnız boğa değil, kendi de her an ölebilirdi bu ölüm balesinde. Yanımdaki hanımefendilerden biri, salt boğayı düşünerek, "bu ne vahşet!" diye isyan edince, "hanımefendi" dedim, "bugün öğleyin buraya gelmeden önce, kızartılmış bir kuzuyu afiyetle yediğimizi sakın unutmayın. Bu boğa, kendini savunarak, binlerce kişinin alkışları arasında şanlı bir biçimde can veriyor. Ama o zavallı küçücük kuzuyu, gözlerden uzak, karanlık bir mezbahada kesiverdiler. Ancak ağzına et koymayan bir vejetaryenin boğa güreşlerini vahşi bulmaya hakkı vardır. Bildiğim kadarıyla, ne ben vejetaryenim, ne de siz, hanımefendi."

Hanımefendi biraz bozuldu elbette. Ben de akşam yemeğinde, gene öldürülmüş hayvan etini karşılıklı yerken, gönlünü almak için Ferdinand'ın öyküsünü anlattım: Walt Disney'in eskiden çevirdiği kısa çizgi filmlerinden birinin başkişisi olan Ferdinand, saldırganlıktan tümüyle arınmış, çok akıllı uslu, çok barışsever bir boğadır. Günün birinde, Madrid'deki boğa güreşlerini organize eden bir grup adam, Fendinand'ın huzur içinde yaşadığı çiftliğe gelir. Gerçekten vahşi bir boğa seçmektir amaçları. Öteki boğalar, bu adamlar tarafından beğenilip, Madrid'e götürülmek umuduyla gösteriye geçerler. Ne denli belâlı, ne denli saldırgan olduklarını kanıtlamak için ellerinden geleni yaparlar.

Barışsever Ferdinand ise, arkadaşlarının bu çabalarını çocukça bulup hoşgörüyle gülümseyerek, bir ağacın altına oturmuş, onları uzaktan seyretmekte ve bir çiçek koklamaktadır. Derken, çiçekten çıkan bir arı Ferdinand'ın burun deliğine girer, onu sokmaya başlar. Zavallı Ferdinand acıdan çıldırır. Öteki boğaların üstüne saldırıp, onları darmadağın eder; boynuzlarıyla ağaçları kökünden söker; çevresinde tam bir dehşet yaratır. Bunu gören organizatörler, "işte aradığımız gerçekten belâlı boğa" derler; Ferdinand'ı Madrid'e götürürler. Ferdinand'ın ne denli vahşi olduğu konusunda müthiş bir reklâm kampanyası yapılır. O kadar ki, Ferdinand arenaya girince, boğa güreşçileri korkudan zangır zangır titremektedirler.

Gelgelelim boğa güreşinde şimdiye değin hiçbir zaman görülmemiş bir durum olur: Ferdinand dövüşmeyi kesinlikle reddeder. Onu kışkırtmak için boynuna şişler sokarlar, kılıçlarının uçlarıyla bedenini yaralarlar, her türlü eziyeti ederler. Barışsever Ferdinand, kocaman gözleriyle onlara tatlı tatlı bakar, "hayır, beni kızdıramazsınız" dercesine başını iki tarafa sallar. Yerinden kımıldamaya, saldırıya geçmeye yanaşmaz. Bunun üzerine seyirciler, rezil olan boğa güreşçilerini yuhalarlar. Sinir krizleri geçiren başmatador, Ferdinand'ın önünde diz çöker, gözyaşları dökerek, saldırması için yalvarır. Ama bu da nafiledir. Ferdinand'ı kuyruğundan tutup çeke çeke arenadan çıkarmak zorunda kalırlar. Çizgi filmin sonunda, onu gene çiftlikte görürüz. Aynı ağacın altında oturmuş, batan güreşi seyrederken bir çiçek koklamaktadır.

Brüksel'e, kenti görmek için değil, Behice Boran'ı ve onunla birlikte arkadaşlarım Yıldız ve Nihat Sargın'ı görmek için gitmiştim. Brüksel pek ilgimi çekmemişti. Herhangi bir Avrupa kentiydi bana kalırsa. Ama 1989 yılının Kasım ayında gittiğim ve ancak beş gün kalabildiğim Amsterdam, bana çok değişik, çok çekici geldi.

Orada düzenlenen bir tiyatro festivaline Ayşe Emel Mesci çağırmıştı beni. Ayşe Emel'i, tâ 1974'te, gencecik bir kızken, Behice ile birlikte Sakarya Cezaevi'nde hapis yatarken tanımıştım. Hem hapisteyken, hem de daha sonraları, Behice'ye gösterdiği sevgi beni çok duygulandırmıştı. Tiyatro festivalinde, Ayşe Emel'in Türkçe olarak sahneye koyduğu Dario Fo'nun *Bir Anarşistin Rastlantısal Ölümü*, aynı oyunun Londra'da gördüğüm temsilinden çok daha başarılı gelmişti bana.

Geceleri tiyatrolara gittim; gündüzleri de Jacques Brel'in bu kentin limanını anlattığı o güzel şarkısını, kimseler duymadan mırıldanarak Amsterdam'da gezdim. Venedik'te olduğu gibi, her bir tarafta kanallar, köprüler vardı. Çünkü burası da, suların üstünde, denize akan ırmakların oluşturduğu havuzlar üstüne kuruluydu. Ama Venedik Lagunası'nın kokuşmuş durgun suları değildi bu sular. Bu yüzden de Amsterdam, Venedik'in görkemli güzelliğine hiç erişememekle birlikte, can çekişen bir kent değil, tam tersine çok canlı, cıvıl cıvıl bir kentti.

Amsterdam'ı sevdim. Avrupa'nın başka kentlerine benzememesini sevdim. Tramvaylarla otobüslerin kenarlarının, İstanbul'dakiler gibi alacalı bulacalı çirkin reklâmlarla değil, çocukların yaptıkları şirin resimlerle süslenmelerini sevdim. Müzelerini sevdim. Kanallar boyunca kurulan çiçek pazarlarını sevdim. Nerdeyse Cambridge'de olduğu kadar çok bisiklet kullanılmasını sevdim. Öteki kentlerdeki beton bloklarının yerine, ancak bir iki odalı, beş altı katlı, uzun, daracık evlerini sevdim. Bunlardan da çok, kanallarda demir atmış mavnaların üstündeki evleri sevdim. Bacaları tüten, pencereleri perdeli, mutfaklarında bir kadının yemek pişirdiği, oturma odalarında kitap rafları görülen, çoluklu çocuklu, gece gündüz yaşanılan gerçek evlerdi bunlar.

Amsterdam'ın başlıca turistik atraksiyonlarından biri olan genelevleri de gördüm. Bir tek sokağa değil, bütün bir mahalleye yayılmıştı bunlar. Mahallenin ortasında da, her nedense, büyükçe bir kilise vardı. Kapıların üstünde, kırmızı bir neon ışık yanıyordu. Evin zemin katının sokağa bakan ön cephesi, duvar değil, baştan aşağı camdı. Böylece bütün ışıkları yanan odanın içini, mobilyaları, koltukları, masaları olduğu gibi görebiliyordunuz. Kadınları da görebiliyordunuz elbette. Odanın büyüklüğüne göre, içinde ya iki, ya üç ya da bir tek kadın vardı. Tek kişilik odalar yataklıydı. Tek kişilik odalara müşteri gelince, ya perdeler kapanıyor, ya da kadın müşterisiyle üst kata çıktığı için, elektrikler söndürülüyor, vitrin kararıyordu.

Kadınların çoğu genç ve güzelce, bir kısmı da orta yaşlıydı. Bedenlerinin iyice seyredilebilmesi için, üstlerinde ya sutyen ve külot ya da önü açık kısacık sabahlıklar vardı. Bir vitrinde oturuyormuş gibi seksi pozlar almıyorlardı. Onlara bakan hiç kimse yokmuşçasına, kendi evlerinde, normal hayatlarını yaşıyorlardı sanki. Kimi oturuyor, kimi ayakta duruyor, kimi arkadaşıyla konuşuyor, kimi kahve ya da sigara içiyor, kimi saçlarını tarıyor, kimi bir gazeteyi karıştırıyor, kimi tırnaklarını törpülüyordu; dikiş diken bile vardı. Cama iyice yaklaşıp, orta yaşlı kadınlardan biriyle göz göze gelince, ona olanca sevecenliğimle gülümsedim. Ama kadın, bana küfredercesine homurdanıp, başını çevirdi. Fena üzüldüm. Buna karşılık, gencecik bir kız bana el salladı.

Bir toplum cinsel yasaklardan ve baskılardan ne denli kurtulmuş olursa olsun, her yerde gizli ya da açık genelevler vardır. Hele Amsterdam gibi bir liman kentinde genelevlerin bulunması çok doğaldır. Ne var ki, bu mahalle, iki nedenden ötürü beni çok tedirgin etti. Birinci neden, kadınların, bir kasap dükkânının camekânına kancalarla asılan et parçaları gibi, gözler önünde sergilenmesiydi. İkinci neden ise, birincisinden çok daha fazla tedirgin ediyordu beni: Satışa çıkarılan bütün bu kadınlar arasında, Kuzeyli tipli, yani beyaz tenli, sarı saçlı, mavi gözlü bir tek kadın yoktu. Hepsi esmerdi. Bazıları, kara tenli Afrikalılar ya da simsiyah saçlı, çekik gözlü Asyalılardı. Varlıklı Avrupa'nın kadınları değil, üçüncü dünya ülkelerinin ya da eski sömürgelerin zavallı yoksul kadınlarıydı satışa çıkarılanlar. Amsterdam kerhaneleri bu et ticaretini vitrinlerde sergilerken, ırkçılığın korkunçluğunu ve ekonomik düzenin çirkinliğini de gözler önüne seriyordu sanki.

X.
Sovyet Rusya ve Doğu Bloğu Ülkeleri

Şimdi işadamlarımızın dadandığı Rusya'ya eskiden solcu Türk aydınları, şu ya da bu vesileyle ikide birde dâvet edilirdi. Beni hiç dâvet etmediklerinden, orasını ancak 1979'da, yani Berlin Duvarı yıkılmadan on yıl önce, 20 Haziran ile 29 Haziran arasında görebildim. Hiç hoşlanmadığım, "organize tur" denilen türden, yani başkalarıyla birlikte yapılan bir geziye ilk kez katılıyordum. Ne çare ki, o sıralarda, Sovyet Rusya'ya tek başına ya da bir iki dostla birlikte turist olarak gitmemin pek yolu yoktu. Elli kişilik grubumuzda, Halet, Nail, Azra İnal, Aylâ, Füreya, Neclâ, eşi Cüneyt, Gencay, Merih ve Olcay gibi arkadaşlarım vardı iyi ki.

Gümrükten geçer geçmez, herkesin portföyünün dolarlarla marklarla tıklım tıklım dolu olduğunu gördüm. Bense yasaların bana tanıdığı çok sınırlı miktarda döviz almıştım sâdece. O para çabucak tükenince, otellerdeki yemeklere içki dahil olmadığı için, tanıdıklarımın masalarına gidip, onların bana votka ikram etmelerini istemek, yani ilerlemiş yaşımda konsomatrislik yapmak zorunda kaldım.

Moskova Havaalanı'na inince, Türkçe bir anons yapıldı: Oğlu Rudik'in, babası Nail Çakırhan'ı çıkış salonunda beklediği bildirildi. Nail'in Rusya'da bir oğlu olduğundan kimselerin haberi olmadığından, bizim grup hayretler içinde kaldı. Ama ben, bu durumu biliyordum. Rudik'in bizi havaalanında karşılayacağını da. Çünkü yıllar önce, Nail bana, bir yaşında bir bebeğin fotoğrafını göstermiş, "bil bakalım, bu kim!" demişti. Ben de fotoğrafa bir göz atar atmaz, "bundan haberim yoktu, ama bu senin çocuğun" demiştim hiç duraksamadan.

Ancak çok romanesk romanlarda görülen türden inanılmaz bir öyküydü bu: 1937 ya da 1938'de Nail Moskova'da okurken, Vera adında, çok güzel sarışın bir kızla resmen evlenmiş; bir oğulları olmuş. Bebek bir yaşındayken, Nail, Türkiye'ye geri dönmek zorunda kalmış. İlk yıllar yazışmışlar, birbirlerinden haber alabilmişler. Daha sonraları, savaş araya girmiş, temas kopmuş. Nail de, Vera da yeniden evlenmiş. Vera'nın ikinci kocasından çocukları olmuş. Ama Vera, ilk oğluna babasının Türk olduğunu söyler, Nail'in resimlerini evinin duvarlarına asar, "babanı bul" dermiş. Rudik de elçiliğimize, konsolosluğa gider, boşuna uğraşırmış.

Kırk yıl sonra, babayla oğul, Halet sayesinde bir araya gelebildiler. Bizim organize turdan önce Sovyet Rusya'ya giden Halet, sistemli bir biçimde araştırmalar yaptı, iz sürdü. Ne yaptıysa yaptı ve sonunda Rudik'in de, annesi Vera'nın da adreslerini buldu; onlarla bağlantı kurdu. Rudik'in Moskova Havaalanı'nda Nail'i karşılamasını ayarladı.

Birbirini hiç tanımayan baba oğul, kırk yıl sonra sevinç gözyaşları dökerek, birbirine sarılınca, hepimiz çok duygulandık. Fotoğraf makinelerimizi çıkarıp bu buluşmanın bir yığın resmini çektik. Tam o sırada, bizim gruptan bir bayan, "ah! Halet Hanım için ne hazin!" demez mi! Kadıncağızı fena tersledim: "Siz ne saçmalıyorsunuz böyle?" dedim. "Oğulu bulup babayla birleştiren Halet'in kendisi. Halet için hazin filân değil, Halet'in bir zaferidir bu!" Nail o gün, yalnız oğluna değil, tıpkı Türk kızları gibi esmer güzel torunlarına kavuşmuş, daha sonraları onlarla sık sık İstanbul'da da buluşmuştu.

Moskova'ya akşam varmıştık. Otelimize yerleştikten sonra, Sovyet Rusya'daki bütün yemekler gibi fazla uzun süren, zerzevat ve meyvenin eksik olduğu yemeğimize oturmuştuk. Bu ülkede zerzevatla meyve vardı mutlaka; olmasaydı, gördüğümüz elma yanaklı küçük çocukların tombul bedenlerinden sağlık fışkırmazdı. "Tek ayrıcalıklı sınıf çocuklardır", 1917 Devrimi'nin eski güzel günlerinden kalma çok sevdiğim bir slogandır. Zerzevatlarla meyveleri çocuklara saklıyorlar anlaşılan diye düşündüm. Çünkü bu lüks otellerde bile, turistlere bol bol et, patates, biraz turşu ve sonunda bir dondurma veriyorlardı sâdece. Sekiz günde, sekiz kişilik soframıza ancak bir tek kez sekiz portakal geldi.

Yemek bittiğinde, gece yarısı olduğu halde, aramızdan bir grup, Kızıl Meydan'ı görmek istedi. Sokakta karşımıza çıkan, saçlarını sarıya boyamış, kulaklarına uzun küpeler takmış, kıpkırmızı giysili yaşlı bir kadına yolu sorduk. Bizi oraya götüreceğini söyledi. Hepimizin bilet parasını kendi ödeyerek, Moskova'nın lüksüyle ünlü metrosuna bindirdi. Sonra değişik dillerde, avaz avaz opera aryaları söyleyerek, önümüze düştü. Rahat Fransızca konuşan bu çılgın hâtun, emekli bir opera sanatcısıymış. Adı da Olga imiş.

Bir sokak lambasının altından geçerken, Olga bizleri yanına çağırdı. Başkalarının görmemesi için çevresine bir göz attıktan sonra, çantasını açtı ve sevgilisinin resmini ortaya çıkaran bir kadının cilveli halleriyle, bize Stalin'in küçük bir fotoğrafını gösterdi. "O yaşasaydı, bizi kurtarırdı" diye fısıldadı. Böyle fısıldamasına, resmi gizlice göstermesine hiç gerek yoktu aslında. Çünkü Stalin hayranlığını Olga ile paylaşan bir yığın Sovyet vatandaşı vardı. Stalin'in o fotoğrafı, birçok mağaza camekânlarının köşesinde, devletin işlettiği turist otobüslerinin ön camlarının kenarında da hep karşımıza çıkıyordu.

Kızıl Meydan'ı, TV ekranlarında ve gazetelerde, resmî geçit yapan askerlerle, top arabalarıyla, tanklarla doluyken görmüştüm hep. Bu çirkin savaş görüntülerinden arınmış bir halde, gece yarısından sonra görünce, büyüklüğü ve görkemi beni çarptı. Ermiş Basil'in kilisesi, altın kubbeleriyle, inanılmaz bir yapıydı. "Olamaz, olamaz" diyor, gözlerimi ovuşturuyor, bir daha, bir daha bakıyordum. Kremlin'in açık kırmızı surları da şaşırttı beni. Lenin'in pembe ve siyah mermerden mozolesinin önünde, gecenin o saatinde bile, kuyrukta bekleyenler vardı. Saat kulesinin yakut gibi ışıldayan kırmızı yıldızı ışıl ışıl yanıyordu. Kızıl Meydan bizi büyüledi.

Leningrad'ın –her ne kadar resmî adı artık St. Petersburg ise de, ben oraya Leningrad adını vermeyi inatla sürdüreceğim– güzelliğini okumuş, duymuştum. Ama Moskova'nın bu kadar güzel olacağını tahmin etmemiştim. "Gruptan ayrılamazsınız, hiçbir yere yalnız gidemezsiniz" demişlerdi bize. Oysa biz, kentin haritalı bir rehberini aldık, canımızın istediği yerde rahat rahat gezdik. Kiril alfabesinin karşısına Lâtin alfabesinin harflerini yazdığım bir kâğıdı yanımda taşıdığım için, *pectopah*'ın "restoran" olduğunu arkadaşlarıma bildiriyor, fiyaka yapıyordum.

Ama bir yandan da, Rusçayı gençken, kafam daha kireçlenmeden öğrenmediğime bin pişmandım. Çünkü elime böyle bir fırsat geçmişti. Üniversitede öğrenciyken, Murka adında, dünyalar güzeli bir Beyaz Rusla dost olmuştum. Kadın varlıklı bir işadamıyla evliydi. Türk kocasıyla bir sorunu yoktu ama, çoluğu çocuğu da yoktu, işi gücü de. Dolayısıyla sıkıntıdan patlıyor, bana ders vermeye can atıyordu. Bense, Rus gramerinin ne denli çapraşık ve güç olduğunu öğrenince, korktum. Daha doğrusu tembelliğim tuttu, üşendim. Böylece en sevdiğim yazarları, Dostoyevski'leri, Tolstoy'ları, Çehov'ları kendi dillerinde okuyabilmek mutluluğundan yoksun kaldım. "Slav ruhu" denilen o acayip psikolojik durumların bir kurbanı haline gelen Murka'ya gelince, kocasından, da İstanbul'dan da ayrıldı. Ortadoğu'da, çöl gibi bir yerlerde, bir manastıra kapanmış, rahibe olmuş, daha sonraları duyduğuma göre.

Moskova'da gezintilerimiz sırasında bir şey dikkatimi çekti: Şimdi nasıl bilemem, ama 1979'da Sovyetler Birliği'nde, insanların rahatlamalarını, oturup bir soluk almalarını sağlamak, yaşamlarını kolaylaştırmak için, hiçbir önlem alınmamıştı. Sokaklarda, caddelerde, meydanlarda, o görkemli Kızıl Meydan'da bile, bir tek bank yoktu. Nehrin rıhtımlarında da yoktu. Bankları ancak parklarda bulabilirdiniz. Sanki belediye yetkilileri, "dinlenme yeri parklardır; parkların dışında dinlenmeye hakkınız yoktur" diyordu. Haziran ayında olduğumuz halde, trotuarlara kurulmuş açık hava kafelerinden vazgeçtik, bir çay içilebilecek, bir küçük sandviç yenilebilecek kapalı kafeler de yoktu. Ortada büfe filân da bulunmadığından, susayınca, yandınız demektir. Eğer açık havada değilseniz, sigara içmenizin de yolu yoktu. Ruslar, uçaklarda, tiyatrolarda filân, Amerikalılar kadar yobazdı sigara konusunda.

Yürüye yürüye yorulduğumuz için, biraz dinlenmek üzere sığındımız Aleksandrovski Parkı'nda, uzun bir sütun üstüne, sosyalizme katkısı olan düşünürlerin adları yazılıydı. Bunların arasında, öteki ütopyalarla birlikte sevgilim Thomas More'un da adını görünce, duygulandım. Çünkü benim gözümde, 1935'te Katolik Kilisesi'nden *Saint* yani ermiş sıfatını alan Thomas More, has bir komünistti.

Elli kişilik grubumuzda, ancak on kişi solcu sayılabilirdi. Ötekilerin çoğu, Sovyetler Birliği'ne en olumsuz gözlerle bakmaya hazır bir durumda bu yolculuğa katılmışlardı. Sefalet, pislik, zorbalık, düzensizlik bekliyorlardı. Bir de baktılar ki, bunlardan en küçük bir iz yok. Sokaklarda dilenen yok. Paçavralar içinde insan yok. Polis ortada pek görünmüyor; görünürse de ne tabanca taşıyor, ne de cop. Geniş caddelerde çok az sayıda araba ve otobüs bulunduğundan, trafik sıkışıklığı da yok. Hele Sovyet kentlerinin temizliği karşısında, bizim burjuvaların hayranlıktan ağızları açık kaldı. Sokaklar öyle temizdi ki, kendi lüks salonlarının pırıl pırıl parkesine bir izmarit atamayacakları gibi, orada da atamıyorlar, bir çöp kutusu buluncaya kadar, sönmüş sigaralarını ellerinde tutuyorlardı. Hele gece geç vakit, sokakların, caddelerin, meydanların, döner fırçalı makineler taşıyan, sabunlar saçan arabalarla temizlenmesi, onları mest etmişti.

Ortaya garip bir paradoks çıktı böylece: Sağcılar, Sovyetler Birliği'nde gördüklerini pek beğeniyorlar; biz solcular, onların göremediklerini gördüğümüz için tedirgin oluyorduk. Bu ülkede, bambaşka şeylerin dikkatimizi çektiği besbelliydi. Örneğin bir adamcağızın göğsüne yirmiye yakın madalya takması, onlara normal görünüyor; bizlerce bir görgüsüzlük sayılıyordu. Parklarda, otobüslerde metrolarda kitap okunması, kitapçı dükkânlarının önünde kuyruklar oluşması ve kitapların da, plâkların da çok ucuza satılması, bizlerin hoşuna gidiyor; onlar bunun farkına bile varmıyorlardı. Çevreyi kirleten, alacalı bulacalı kocaman reklâm panolarının karşımıza çıkmaması, bizleri rahat ettiriyor; bunların yerine Lenin'in büyük boy fotoğraflarıyla karşılaşmak, onları rahatsız ediyordu. Oysa, tıpkı bizim Mustafa Kemal gibi, fotoğraflarına da, heykellerine de yansıyan karizmatik kişiliğiyle, kenarları aşağıya doğru kıvrılan gururlu ağzıyla, çekik gözleriyle, Lenin çok çekici geliyordu bize.

Gelgelelim Nâzım Hikmet'in mezarına gitmek söz konusu olunca, bizim grubun solcularıyla sağcıları arasında, şaşılacak bir "millî birlik ve beraberlik" durumu ortaya çıktı: Rus rehberlerimiz, sabah kahvaltısında, onarım çalışmalarından ötürü, mezarlığın kapalı olduğunu, oraya gidemeyeceğimizi bildirdiler. Bunun üzerine, solcular daha ağızlarını açmaya vakit bulamadan, sağcılar, öfkeyle ayağa fırlayıp kıyametleri kopardılar: Bir mezarlık nasıl kapalı olurmuş? Bir müze değilmiş ki onarım görmek üzere kapatılsın! Nâzım, büyük bir Türk şairiymiş. Türklerin onun kabrini ziyaret etmeye hakları varmış. Ruslar bunu kesinlikle engelleyemezlermiş, falan filân. Bu "millî galeyan" karşısında iki rehberimiz dehşete düştü; hemen ertesi gün bizi oraya götürdüler.

Mezar gerçekten güzeldi. Bir granit bloğundaki kabartmada, Nâzım hafif öne eğilmiş gibi gösteriliyordu. Ne gariptir ki o hafif eğilişi, Mustafa Kemal'in bir parmağı dudağında, eskiden 250 kuruşluk paralarda bile görülen o ünlü fotoğrafını anımsatıyordu biraz. Granite, Türk harfleriyle Nâzım Hikmet'in imzası kazılmıştı. Mezara çiçek demetleri bıraktık. Bizim sağcılar, şairin anıtının başında, birbirlerinin poz poz fotoğraflarını çektiler.

Rusya'da bizi en çok tedirgin eden şeylerden biri Sovyet vatandaşlarının, tüketim toplumunun en bayağı ürünlerine bile sahip olabilmek için ne denli aç gözlü davrandıklarını görmek oldu. Yabancı olduğumuzu anlar anlamaz, bize yanaşıyorlar, takas yoluyla bir şeyler almaya çalışıyorlardı. Küçük çocuklar Lenin rozetlerine karşılık çiklet istiyorlardı. Rozetlerdeki Lenin'in o güzel yüzüne, sonra da çiklet paketine bakıp fena oluyordum. Büyükler, ruble verip dolar istiyorlardı, ya da blucin, mont, tişört istiyorlardı. Üstelik tişörtlerin en alacalı bulacalılarını, üstünde yazılar, resimler bulunanını beğendiklerini anlamıştım. Çünkü bahşiş verecek param olmadığından, oteldeki temizlikçi kadına bir çift çorap bir de lâcivert tişört hediye etmiştim. Kadın sevinmesine sevindi ama, elini göğsüne koyarak, yazı yazıyormuş ya da resim çiziyormuş gibi hareketler yaptı. herhalde tişörtün üstünde *I Love Michael Jackson* gibi yazılar, abuk sabuk resimler olmasını istiyordu. Oysa ben bunu alırken, yazısız ve desensiz bir tişört bulabilmek için çok uğraşmıştım. Leningrad'da bir köprüde, çok sevimli, gencecik iki çiftle karşılaşmıştık. Oğlanlar gitar çalıyor, kızlar hafif sesle şarkı söylüyorlardı. "Bu güzel gençler, bizden bir şey istemez herhalde" diye düşündük. Ama onlar da yanımıza gelip, ruble ve dolar pazarlığına başladılar hemen.

Sovyet Rusya'da düğünler çok ilginç: Gelinle damat geleneklere uyarak, önce Lenin'in mezarına gidiyorlar. Bu yüzden de düğün ayı olan haziranda, mozolenin önündeki kuyrukta, beyazlar içinde, telli duvaklı bir gelin mutlaka bulunuyor. (Moskova dışında evlenenler başka bir ulusal anıta giderlermiş.) Sonra, arkadaşlarıyla birlikte, ellerinde çiçekler ve şampanya şişeleriyle, taksilere binip şarkılar söyleyerek, o meydan senin bu meydan benim, kentin içinde cirit atıyorlar. Karşılarına çıkanlarla kaynaşıyorlar, onlara şampanya ikram ediyorlar. Gelinlerin çoğu sevimli; ama aralarında sevimsiz olanı da var. Bunlardan biri, grubumuzdaki hanımların ona bir yüzükle bir bilezik armağan etmeleri yüzünden şımararak, öyle açgözlü davrandı ki, sanki yazarımızın otele iç çamaşırlarıyla geri dönmesi olasıymış gibi, Nezihe Meriç'in üstündeki elbiseyi satın almaya kalktı. Bunu başaramayınca da, Nezihe'nin güzel eşarbına göz koydu.

Sovyet halkının küçük burjuva özentileri içinde, tüketim toplumunun ürünlerine aşırı bir özlem duyması, bunları elde etmeye can atması beni üzüyordu. Ama fuhuş sorunu, bundan çok daha fazla üzüyordu beni. Benim yıllardır inanmadığım bir şeye, yani sosyalizm cennetinin Sovyetler Birliği'nde tam anlamıyla kurulduğuna candan inanan, çok saf, çok idealist genç bir çift vardı grubumuzda. Moskova'ya geldikten iki gün sonra, genç çiftin yoğun bir depresyona girdiğinin, ağızlarını bıçak açmadığının, aramızdan kaçıp köşelere sığındıklarının farkına vardım. "Size ne oldu?" diye sorunca, bana açıldılar. Sovyetler'de fuhuş olduğunu; sokaklarda Rus kızlarının, bizim Türklere yanaşıp pazarlığa giriştiklerini kendi gözleriyle gördüklerini söylediler. İkisi de öyle yıkılmışlardı ki, onları avutmak için yalan söyledim. "Böyle tek tük soysuzlar, sosyalist toplumlarda bile çıkar; ne olur, bunu büyütmeyin" dedim.

Oysa, ne acıdır ki, fuhuş bir hayli yaygındı. Üstelik o sıralarda açlık henüz söz konusu olmadığından, Rus kızları, aç kaldıkları için değil, dolarla alışveriş yapılan, yabancılara mahsus lüks eşya satan özel dükkânlardan yararlanabilmek için, kendilerini dolara karşılık satıyorlardı. Rejimin çöküşünden sonra, bir Rus lisesinde yapılan ankette, kız öğrencilerin, birinci en iyi mesleğin işletmecilik, ikincisinin de fuhuş olduğunu söylediklerini gazetelerde okuyunca, yüreğime inmişti.

Yolculuğumuz boyunca, devletin işlettiği büyük otellerde kaldık; yemeklerimizi de hep o otellerde yedik. Akşam yemeklerinde, orkestra, Rusça sözlü, bayağının bayağısı bir pop müziği çalıyordu. Bir yığın kadınla erkek, büyük yemek salonunun boş kalan orta kısmına fırlıyor, ellerini kollarını sallaya sallaya, hoplaya zıplaya, karşılıklı tepiniyorlardı. Çocukluğumda ve ilk gençlik yıllarımda, Beyaz Rus lokallerinde, o dünyalar güzeli şarkıları dinlemiş olan ben, otellerde de bunları söyleyeceklerini sandığım için, fena bozuluyordum. Kendimi tutamayıp, sofrada karşımda oturan Haydarbi'ye çattım. (Tatar kökenli, çok düzgün İstanbul Türkçesi konuşan Haydarbi, iki rehberimizden biriydi.) "Şu turistler ne kadar bayağı!" dedim. Haydarbi, "onlar turist değil, hepsi Sovyet vatandaşı" diye açıklayınca, öfkem büsbütün arttı. "Bu ne kepazelik!" dedim. "Bu otel devletin yönetiminde değil mi? Eğer devletin yönetimindeyse, Batı taklidi, ama Batı ülkelerinde çalınanlardan çok daha rezil bu sözümona müziğe nasıl izin veriliyor? İster hüzünlü, ister neşeli olsun, dünyanın en güzel hafif müziklerinden birinin sizin şarkılarınız olduğundan haberiniz yok mu? Neden burada o şarkılar söylenmiyor da bu âdi şeyler söyleniyor? Eğer ille hoplayıp tepinmek isteyen vatandaşlarınız varsa, kendi gece kulüplerine gitsinler, orada hoplayıp zıplasınlar. Bizim başımızı şişirmesinler!"

Bu saldırı üzerine, Haydarbi'nin keyfi öyle kaçtı ki, başının ağrıdığını söyleyerek, yemeğini yarıda bırakıp sofradan kalktı. Yemekten sonra salona geçtiğimizde, onu bir koltuğa gömülmüş, eli alnında, derin derin düşünürken buldum. Karşısına dikilip, "düşünün, evet düşünün, çok çok düşünün" dedim. "Sovyet Komünist Partisi'nin üyesi olduğunuzu söylediniz bana. Bir parti üyesinin sorumlulukları vardır. Batı'nın refahına özeniyorsanız, bunun yolu, yabancı turistlerden giysiler satın almaya kalkmak değildir; böyle âdi gürültüler içinde hoplayıp zıplamak da değildir. Ben, yabancı bir komünist olarak, gidişatınızı beğenmiyorum. İş işten geçmeden, aklınızı başınıza toplayın." Zavallı Haydarbi, bana acı dolu gözlerle baktı. Sonra, bir tek şey söylemeden, başını önüne eğdi.

Sovyet vatandaşlarının sâdece pop müziğine değil, çok daha kaliteli hafif Batı müziğine de meraklı olduklarını daha sonraları Paris'te anladım: Père Lachaise Mezarlığı'nda geziniyordum. Önce Mur des Fédérés'ye, yani 1871 Komün ayaklanmasında birçok devrimcinin önünde kurşuna dizildiği duvara baktım. Sonra Thorez, Duclos gibi ünlü komünist liderlerin ve Parti üyesi büyük şair Paul Eluard'ın mezarlarına gittim. Derken, ellerinde çiçek buketleri, bir grup Sovyet turisti göründü. Onların da aynı mezarlara gideceklerini, çiçeklerini saygıyla o mezarların üstüne bırakacaklarını sandım elbette. Ama Ruslar, o mezarlara, o duvara bir göz bile atmadan, başka bir yere yöneldiler. Ben de merak edip, peşlerinden gittim. Onları Edith Piaf'ın mezarının çevresinde toplanmış buldum. O çiçekler, Thorez'in, Eluard'ın mezarlarına ya da devrimcilerin kurşuna dizildikleri duvarın dibine bırakılmak amacıyla alınmamış meğer. Derin bir saygıyla hepsini Piaf'ın mezarının üstüne yığdılar; orada birbirlerinin fotoğraflarını çektiler. Piaf'ı çok beğendiğim, her zaman hazla dinlediğim halde, Sovyet turistlerinin bu davranışı karşısında gene düş kırıklığına uğradım. Edith Piaf'ın kabrini ziyaret etmeleri iyi hoş ama, daha önce büyük komünistlerin mezarlarına da bir göz atabilirler, oraya da birkaç demet çiçek bırakabilirler, orada da bir iki dakika durabilirlerdi.

Gece yarısı kalkan bir trenle sekiz saatte Moskova'dan Leningrad'a geçtik. 19. yüzyılın sonlarına doğru yazılmış bir Rus romanında sandım kendimi bir ara. Çünkü o romanlarda anlatıldığı gibi, vagonun arka kısmında yaşlı bir kadın bir semaverin önüne oturmuş, küçük bir bahşişe karşılık, yolculara bardak bardak çay veriyordu. (Rusların çayı, Avrupalılar gibi porselen fincanlarda değil de, bizler gibi cam bardaklarda içmelerinden hoşlandım. Çünkü gece gündüz çay içebilirim ama, çayı kalın porselenden –ya da daha beteri– plâstik fincandan içmeye katlanamam.) Ne var ki, bu tren yolculuğunda, çay içmeye pek fırsat bulamadım. Çünkü bizim Türkler, kompartımanlardan birini küçük bir meyhaneye çevirmişlerdi: Sovyetler Birliği'nin lehine ya da aleyhine nutuklar atılıyor, türküler söyleniyor, başta votka çeşit çeşit içkiler içiliyordu orada. Nerdeyse bütün vagon Türk işgâli altında olduğundan itiraz eden de yoktu.

Yaşadığım büyük şoklardan biri olan ad değişikliğine henüz uğramadığı için, 1979'da Leningrad denilen bu kentin çok güzel olacağını biliyordum; ama sandığımdan da güzelmiş. En çok sevdiğim bütün kentler gibi, İstanbul gibi, sularla iç içeydi. Baltık Denizi'nin körfezinde, Neva Irmağı'nın deltasında bulunan kırk iki adanın üstüne kurulmuştu. Neva, Boğaziçi kadar genişti. Seine, Thames, Tiber filân, birer küçük ırmak kalırdı onun yanında. Kentin her bir tarafında kanallar ve üç yüzden çok köprü vardı.

Trende uyumamıştık; Leningrad'da kaldığımız iki gün iki gece de hiç uyumadık. Çünkü kentin "beyaz gecelerinde" oraya varmıştık. Bu "beyaz geceler", doğanın bir mucizesi gibi göründü bana: Gecenin 11'inde her taraf aydınlık. Gece yarısında alacakaranlık başlıyor; sabahın ikisine kadar hava kararıyor; sonra gene aydınlanıyor. İki saat için uyumaya değmez diyorduk; sokaklarda, kanallar boyunca, köprülerde gezinmemizi sürdürüyorduk.

Sovyet yönetimi, İkinci Dünya Savaşı'ndan önce de sonra da Leningrad'ın güzelliğini olduğu gibi korumaya, yıkılan yerleri sürekli onarmaya büyük özen göstermişti. Yaptıkları yenilikler, kentin görüntüsünü hiç bozmayan olumlu işlerdi. Örneğin Petro ve Pavel Kalesi'nin içinde, eskiden siyasal mahkûmların kapatıldığı hapishaneyi, tıpkı Dublin'dekine benzeyen bir müze yapmışlar; hücrelerin kapısına, orada yatan devrimcilerin adını ve resmini koymuşlardı. Bunların arasında Lenin'in yirmi bir yaşındayken kurşuna dizilen kardeşinin resmini görmek beni özellikle duygulandırmıştı. Kentteki sayısız katedrallerden birinin "Dinler Müzesi"ne dönüştürülmesi güzel bir buluştu. Bu kentte gördüğüm en güzel şeylerden biri de, dokuz yüz gün süren Leningrad Kuşatması'nın anısına yapılan anıttı. Kız ve oğlan izciler orada sürekli nöbet tutuyor, Şostakoviç'in o görkemli *Leningrad Senfonisi* sürekli çalınıyordu.

Leningrad'da geçirdiğimiz iki günün en mutlu anları, sevgili arkadaşımız Server Tanilli'yi görmeye gitmemiz oldu. Server, kentin merkezinden kırk elli kilometre uzakta, bir rehabilitasyon hastanesinde tedavi görüyordu. Dört taksiye doluşup oraya yollandık. Bizim taksinin şoförü, çok şık giyinmiş, Marlboro içen, bıçkın hallerle kaykılarak direksiyon kullanan, fiyakalı bir delikanlıydı. Rıhtımdan geçerken, 1917 Devrimi'nin başlangıcında önemli bir rol oynayan savaş gemisini görünce, bizler heyecanlanarak, "bu Aurora mı yoksa?" diye sorduk. Rahat İngilizce konuşan delikanlı, Amerikan sigarasını tutan eliyle lânetlercesine bir hareket yapıp, "Evet Aurora! Bütün felâketlerimiz bu gemiyle başladı!" demez mi! Bizler kulaklarımıza inanamadık, ne demek istediğini sorduk. Şoför suratını astı; "İhtilâlin bu batasıca geminin verdiği işaret üzerine başladığını bilmiyor musunuz?" diye çattı bizlere.

Bu delikanlı, kendisini koruyan, besleyen, eğiten rejime nasıl bir kin duyuyordu da bunları söyleyebiliyordu, üstelik hiç tanımadığı yabancılara? Birkaç yıl önce, Kenter Tiyatrosu'nda gördüğüm, şimdi adını unuttuğum bir Sovyet yazarının çok ilginç oyunu geldi aklıma: İkisi oğlan biri kız, üç liseli, ellerinde çiçekler, fizik öğretmenleri olan yaşlıca kadının evine gelirler. O gün doğum günü olduğu için, onları görünce, öğretmen çok sevinir. Ama bir süre sonra durum anlaşılır: Bu gençler, doğum gününü kutlamaya değil, ertesi gün yapılacak sınav sorularını ellerine geçirmek amacıyla evine gelmişlerdir. Bu soruları almak için her türlü zorbalığa başvururlar. Hattâ öğretmenin gözü önünde, beraber geldikleri kızın ırzına geçecekleri tehdidinde bulunurlar. İdeallerine bağlı öğretmen (Yıldız Kenter çok güzel oynamıştı bu rolü), "ah! Biz ne canavarlar yetiştirmişiz!" diye acıyla bağırır bir ara. O idealistlerin yetiştirdikleri canavarlardan biri de o genç şofördü anlaşılan.

Server'in odasına giderken, onun vurulduğunu TV haberlerinden geç vakit nasıl duyduğumu; Haydarpaşa'daki Göğüs Cerrahi Hastanesi'ne gece yarısı nasıl koştuğumu; büyük bir kalabalığın doldurduğu hastane bahçesinde sabaha kadar nasıl beklediğimizi; saatlerce süren ilk ameliyattan sonra, Server'in yaşamak umudu olduğunu, ama sakat kalacağını nasıl öğrendiğimizi anımsadım.

Bu olaydan önce, Server Tanilli'yi yakından tanımıyordum. Ama faşistlerin silâhlı saldırısına uğrayıp, tekerlekli bir iskemlede yaşamaya mahkûm olduktan sonra, ona büyük bir hayranlık duymaya başladım. Server, bir erdem ve güç örneği, bir kahraman oldu benim gözümde. Çünkü bu korkunç koşullar altında yaşamaktan yılmıyordu; umutlarını ve sosyalizme inancını yitirmiyordu; katillerine kin beslemiyordu. Çünkü çoğu insan, başları biraz ağrısa bile kendilerine de çevrelerine de hayatı zehir ederken, Server, çektiklerinden hiç yakınmıyor, hep gülümsüyordu. Çünkü Server, yıkılan bedenine meydan okuyarak, kafasını pırıl pırıl tutuyor, sürekli çalışıyor, sürekli üretiyor, kitap üstüne kitap yazıyordu.

Bizleri görünce, Server'in gözleri sevinç yaşlarıyla doldu. Ben de eğildim, onu sevgiyle kucakladım. Sonra çikletlere karşılık bana verilen Lenin rozetlerinin en güzelini, bir madalya takarcasına saygıyla göğsüne taktım. Devrim kahramanlarına verilen Lenin madalyasına, hiç kimse Server Tanilli kadar lâyık olamazdı bana kalırsa.

Leningrad'dan Kiev'e bir saat kırk dakikada uçtuk. Kiev, Leningrad'dan da Moskova'dan da, daha yeşil daha bol ağaçlıydı. Sanki insandan çok ağaç vardı orada. Çok parklı bir kent değil de, uçsuz bucaksız bir parkın içine kurulmuş bir kentti sanki. Bu yeşilliğin içinde kıpkırmızı üniversite binaları vardı. Bu kırmızılığın nedenini sorunca, iki ayrı öykü anlattılar: Bir söylentiye göre, Çar, "öğrenciler, siyasal faaliyetlerinden ve Çarlığa karşı sürekli başkaldırmalarından hiç utanmıyorlar, yüzleri hiç kızarmıyor; bari eğitim gördükleri binaların yüzleri kızarsın" demiş. Başka bir öyküye göre de, üniversitenin kırmızılığı, öğrencilerin devrim uğruna döktükleri kanları simgeliyormuş.

Neva'da yüzememiştik; ama Kiev'deki Dinyeper'de yüzdük. Çünkü Neva kadar geniş olan bu ırmağın kıyılarında, soyunmak için kabineli, güzel kumsallar vardı. Açıktan kocaman gemiler geçiyordu. Hava sıcak olduğundan, plaja bir yığın insan gelmişti. Bizlerle konuşmaktan çekinmedikleri için, rahat rahat sohbet ettik onlarla. Siyasal konulara pek değinmeden, eğitimleri, işleri, aileleri filân konusunda sorular sorduk. Çoğu, özellikle orta yaşlılar, yaşamlarından hoşnut görünüyordu. Onlar Fransızca biliyordu. Daha tedirgin izlenimini veren gençlerin bildikleri dil ise İngilizceydi. Bu kısa sohbetler bile, Sovyet vatandaşlarının ne kadar iyi bir eğitimden geçtiklerini kanıtlamaya yeterdi.

Kiev'de beni en çok etkileyen şey, kentin dolayındaki Babi Yar oldu. Bir uçurumun adıymış bu.

İkinci Dünya Savaşı'nda Naziler, 30 bin kadar Rusu ve 70 bin kadar Yahudiyi öldürüp bu uçuruma atmışlar. Sonraları bir barajın yıkılmasıyla, uçurum toprakla dolmuş. Sovyetler de çok güzel bir anıt yapmışlar oraya: Uzunluğuna dikilmiş bu anıtın tepesine, özellikle düzensiz yapılmış izlenimini veren bir merdivenle çıkılıyor. Orada, üst üste yığılmış, acılar içinde kıvranan on bir insan heykeli var. En üstte de, elleri arkadan bağlı olduğu halde, eğilmiş, kucağında yatan çocuğunu öpen bir ananın heykeli. Kiev'e gitmeden çok önce Yevtuşenko'nun "Babi Yar" şiirini ve D. M. Thomas'ın *The White Hotel (Beyaz Otel)* romanını okuduğum için Babi Yar katliamını bildiğim halde, bu anıt gene de çok sarstı beni.

Berlin Duvarı yıkılmadan bir yıl önce, 1988 yazında, Doğu Bloğu ülkelerine çok hoş bir gezi yaptım. Polonyalıların açtıkları sergileri görebilmek amacıyla, bizim grafikerler düzenlemişti bu turu. Kiraladıkları bir otobüsle, 16 Temmuzda Budapeşte'ye, Varşova'ya, Krakov'a, Prag'a gidilecek; sonra Viyana'ya da uğrayarak, 30 Temmuzda İstanbul'a geri dönülecekti. Otobüste boş yer olduğundan, beni de yanlarına aldılar. Çok sevimli birçok öğrenci dışında, tanıdığım kişiler de vardı grupta. Örneğin Mengü Ertel ile eşi Ülfet, Yurdaer Altıntaş, Oral Tan, Behiç Ak, Tijen Par ile Engin Uludağ. Peşte'de Aydın Boysan da bizim gruba katıldı.

İnsan yaşlandıkça belleği iflâs ettiğinden; uzak geçmişi yakın geçmişten daha iyi anımsadığından, altmışımdan sonra yolculuklarda not tutmaya alıştırmıştım kendimi. Ne var ki, bu gezi sırasında aldığım notları bir türlü bulamadım. Bu yüzden anılarım eksik ve biraz bölük pörçük kalacak.

İyi ki, hiç unutamadığım bazı şeyler var. Budapeşte'nin olağanüstü çekiciliği örneğin. Tuna'nın o sarımtırak kirloz suları üstünde, çiçekli bahçeleriyle, büyük ağaçlarıyla, çayhaneleri, lokantalarıyla, yemyeşil bir gemi gibi yüzen adanın güzelliği. Bir de tarihsel anıtların ve katedralin bulunduğu tepedeki Hilton Oteli. "Bir Hilton otelinin anımsanacak nesi olabilir ki?" diyeceksiniz. Hakkınız var. Ama o otelin güzelliğinin nedeni, hiç görülmemesiydi. Çünkü koyu renk camdan yapılmıştı. Koskocaman bir ayna gibi, sâdece meydanı yansıtıyor, anıtları yansıtıyor, orada gezenleri yansıtıyor, meydanın ortasında ayakta durmuş, flüt çalan bir delikanlıyı yansıtıyordu. Ancak o eski meydan, o anıtlar, o katedral, o insanlar vardı ortada. Hilton Oteli hiç yoktu sanki. Mimarlar bu konuda ne düşünürler bilemem. Ama ben, ayna işlevi gören o camdan oteli, mimarlık sanatının bir zaferi saydım.

Konuştuğumuz Macarlar, Sovyetler Birliği'ne karşı yoğun bir kin içindeydiler. Bu kin, nerdeyse paranoyak diyebileceğimiz boyutlara varıyordu. Örneğin bir lokantada tanıştığımız bir delikanlı, yıldızı komünizmin bir simgesi saydığı için, bayrağımızdaki yıldızı çıkarmamızı, sâdece ayı bırakmamızı önerdi bize. Rehberimiz ise, uzaktan gördüğümüz bir anıta götürmek istemedi bizleri. Biz ancak oraya doğru yönelince, peşimizden gelmek zorunda kaldı. Bu, Sovyetlerin diktikleri bir anıtmış meğer.

İşin ilginç yanı şu ki, Doğu bloğunda Macaristan, ekonomik açıdan en iyi gelişmiş, yaşaması en rahat ülke izlenimini veriyordu. Demir Perde'nin arkasında değil de Avrupa'daydık sanki. Yoksulluk izleri nerdeyse hiç yoktu. Lokantalar, kafeler keyifli insanlarla doluydu. Dükkânların camekânlarında sergilenen eşyalar, hem çok kaliteli, hem de çok boldu.

Polonya'ya geçince, durum değişti. Orada yoksulluk vardı. Hem de çok belirgindi. Varşova'da kaldığımız otel, bir kısmı sarhoş karaborsacılarla doluydu. Hepsi, *"Change money! Change money!"* diye bağıra çağıra yabancı turistlerin üstüne üşüşüyordu. Polonya parasına karşılık ille dolar istiyorlardı. Biz fakir Türkler, dolar zenginiydik onların gözünde. Otel yöneticileri, adamları zorla dışarı atıyor, kaşla göz arasında hemen geri dönüyorlardı.

Bir iki dolara karşılık şahâne votkalar alabiliyorduk. Rus votkası solda sıfır kalır Polonya votkasının yanında. Şişenin içinde, yassı, ince uzun bir tek bitki vardı. Şişenin üstünde de bir bizon resmi. O bitkinin ve bizon resminin nedenini sorunca, eskiden Polonya'da bizon sürüleri bulunduğunu ve bizonlar bu bitkiyi yiyince, fitil olup sağa sola saldırdıklarını gördükleri için, o bitkiyi votkalarına koyduklarını anlattılar. Bunun ne denli doğru olduğunu bilemem. Saflığım herkesçe mâlum olduğundan, belki de arkadaşlarım beni işletmek için uydurdular bu öyküyü.

Varşova'da unutamadığım bir şey de, Chopin'in, kentin merkezinden elli kilometre kadar uzakta olan evinin bahçesiydi. Bu bahçede, birbirinden güzel on bin tür çiçek varmış ve çoğunu ömrümde görmediğim bu çiçekler, Chopin müziğini sevenlerin ne denli değişik ülkelerden ve soylardan geldiklerini simgeliyormuş. Polonya'da bir kült haline gelen Chopin'in heykelinin bulunduğu bir Varşova parkında, yazın her pazar günü, bedâva bir Chopin konseri veriliyordu. Güllerle çevrili bir alandı orası. Ortasında büyük bir havuz vardı. Chopin'in heykeli bir salkım söğüdün altındaydı. Hayranları banklara oturup ya da çimenlere uzanıp onun müziğini dinliyorlardı.

Avrupa'da en çok acı çeken ülke Polonya'dır kuşkusuz. Prusya'dan çekmiştir, Avusturya'dan çekmiştir, en çok da Rusya'dan çekmiştir. Onun için Polonyalıların Türklere sevgi duymaları bana çok dokundu. Krakov'da bize bir sarayı gezdiren, yaşlı ve çok kültürlü kadın rehberimiz, Osmanlı İmparatorluğu'nun ülkesine karşı ne denli iyi davrandığını o güzel Fransızcasıyla anlatırken, heyecandan ağlıyordu nerdeyse.

Prag'da ne yazık ki, ancak iki gün kalabildik. Oysa bu kent öyle olağanüstü güzel ki, iki gün, bir tek sokağını görmeye bile yetmez. Eski mahallenin her bir evinin önünde durup, bir tablo seyredercesine, saatlerce bakmak istersiniz. Onun için, Prag'ı gerçekten gördüğümü söyleyemem. Tek söyleyebileceğim, Prag'a geldiğimizde yağmur yağdığı ve benim Nâzım'ın dizelerini anımsadığımdır:

Yağmurlar içindeydi Prag
Bir gölün dibinde gümüş kakmalı bir sandıktı.
Kapağını açtım
İçinde genç bir kadın uyuyordu camdan kuşlar arasında.

XI.
Amerika, Los Angeles ve Meksika

Amerika'ya iki kez gittim. İlkin 1974'te, sonra da 1992'de. Her iki gidişimde de ancak birer ay kaldım. 1974'ten önce, oraya gitmek için üç fırsat geçmişti elime. Bunların üçünden de yararlanmayı doğru bulmamıştım.

Birincisi, liseyi bitirir bitirmez bana verilen burstu. Anılarımın birinci cildinde anlattığım gibi, Nazi Almanyası'ndan kaçıp bize sığınan yabancı profesörler sayesinde İstanbul Üniversitesi en parlak dönemini yaşarken, bir edebiyat öğrencisi olarak Leo Spitzer'lerden, Eric Auerbach'lardan yararlanmak fırsatı elime geçmişken, ne idüğü belirsiz bir Amerikan üniversitesinde ne işim var diye düşündüm.

İkinci fırsat Fulbright bursuydu. Soğuk savaş yıllarıydı o sırada. ABD vizesini alabilmek için insanı küçük düşüren bir yığın formaliteye boyun eğmeniz gerekiyordu. Bir yabancı ülkeye değil de, çoğuna yasak bir cennete gidiyordunuz sanki. Örneğin, suçluymuş ya da suç işlemeye her an hazırmışsınız gibi, parmak izleriniz alınıyordu. O cenneti tüberküloz gibi hastalıklarla kirletmemeniz için, akciğer röntgeniniz çekiliyordu. Hele nerdeyse yüz soru içeren bir liste vardı ki, onu görünce iyice tepem atmıştı. Komünizmle ilişkiniz olup olmadığı araştırılıyordu o saçma sapan sorularda. Gereğinde hakkınızda polis soruşturması yapabilmek için, on iki yaşından beri oturduğunuz her yerin adresi isteniyordu. "Teyzenizin ya da halanızın eşi komünist miydi?" türünden gülünç sorularla, nikâh yoluyla bile olsa, ailenizde komünist olup olmadığı öğrenilmek isteniyordu. Bu soruya, "gerçi ailemde komünist yok ama, ben kendim öyleyim" diye bir yanıt yazmayı düşündüm. Ama 141-142'nci maddeler henüz yürürlükte olduklarından, bunu yapamadım; Fulbright bursundan dakikasında vazgeçtim.

Üçüncü fırsat 1970'li yılların başında oldu. Parmak izleri, akciğer röntgenleri, abuk sabuk sorular dönemi artık bitmişti. American Information Office'ten, İngilizce konuşan bir erkek bana telefon etti. Bir aylığına ABD'de gezmeye dâvet ediyorlardı beni. Önce terbiyeli davrandım; "kusuruma bakmayın efendim; şu sırada vaktim yok" dedim. Adam, "gezi tarihini siz kararlaştırırsınız; istediğiniz zaman gelirsiniz, isteğiniz yerlere gidersiniz" dedi. "Peki, bu geziyi kim finanse ediyor?" diye sorunca, "Amerikan hükümeti" demez mi! Bunun üzerine kesin bir "hayır" dedim; bunun nedenlerini de açıkladım: Amerika'yı görmek isterdim elbette. Ama oraya, ancak bir Amerikan üniversitesi ders vermek üzere beni dâvet ederse, ya da kendi üniversitemin sağladığı parayla, ya da kendi kişisel paramla gidebilirdim. Amerikan hükümeti gibi davranışlarını ve güttüğü siyasal amaçları hiç doğru bulmadığım bir hükümetin parasından yararlanmayı aklımın kenarından bile geçirmezdim. Bunları söyledikten sonra telefonu kapadım. Telefon hemen yeniden çaldı. Sivri sesli bir kadın Türkçe konuşuyordu bu kez. "Ama sizin kadar solcu birçok kişi bu dâveti kabul etti" dedi sivri sesli kadın. Ben de terbiyemi biraz bozarak, "iyi etmişler; ne de olsa domuzdan kıl koparmak hayırlı bir iştir. Ama ben, Türkiye İşçi Partisi'nin bir üyesi olarak, domuzdan kıl koparmayı bile doğru bulmuyorum" diyerek, telefonu gene kapadım.

ABD hükümetinin tutumunun bu arada değiştiğini; o rezil McCarthy döneminde solcuları ülkelerine sokmazlarken, şimdi onları izzet ikram dâvet edip, kurdukları uydurma cenneti gözleri önüne sererek, solcuları etkilemeye kalktıklarını o zaman anladım.

Sağcısı solcusu, herkes Amerika'ya gitmeye can attığı için, benim bu tepkim, Information Office'tekilere öyle acayip geldi ki, ertesi gün müdür hesap sormak üzere, Edebiyat Fakültesi'ne, bizim şubeye geldi. Aksiliğe bakın ki, müdür *African American*'dı; yani yıllarca Amerika'da sömürüldükleri ve ezildikleri için, benim çok tuttuğum kara soydandı. Meslektaşlarımın, ABD ile kültürel ilişkilerimizin zedelenmesini hiç istemediklerini bildiğim için, müdürle karşılaşmayacağımı, odama kapanacağımı, benim biraz çatlak olduğumu söyleyerek, durumu idare etmelerini bildirdim.

Bu üç fırsattan yararlanmadığım halde, gene de iki kez gidebildim Amerika'ya. 1974'te, bizim İngiliz Edebiyatı Profesörleri Derneği, Los Angeles'ta bir kongre düzenledi. Ben de kendi fakir üniversitemin sağladığı parayla bu kongreye katılabildim. Los Angeles Üniversitesi'ndekiler, bu kongrenin gerçekten uluslararası olmasını, yani Amerikalı profesörler gibi bol para kazanmayan Avrupalı öğretim üyelerinin de oraya gelmelerini istiyorlardı. Bu amaçla, aklın alamayacağı kadar ucuz bir *charter* uçuşu ayarlamışlardı. Londra-Los Angeles gidiş-dönüş uçak parası, hiç unutmam, sâdece 115 dolardı. Londra Havaalanı'nda toplanıp, o ucuz uçağa doluştuk. Yolcuların hepsi İngiliz edebiyatı profesörüydü; orada tek Türk de bendim.

Sâdece bulutları görerek, yedi saatte Atlantik Okyanusu'nu aşıp, New Jersey'e indik. Oradaki havaalanının cam duvarlarından bakınca, New York gökdelenlerinin ünlü siluetini gördüm. Bu görüntüyü filmlerden bildiğim halde, gene de şaşırdım kaldım. Sonra başka bir *charter* uçağıyla beş altı saatte Los Angeles'a vardık. Gece gündüz birbirine karıştı; saatler öyle bir sapıttı ki, hiçbirimiz bilmiyorduk saatin tam kaç olduğunu.

Bana öyle geliyor ki, ancak 19. yüzyılın ortalarında Meksika'dan koparılan Kaliforniya, ABD'nin bir parçası değil de, öteki eyaletlerden bambaşka, apayrı, bağımsız bir ülke. Hattâ, bundan dört beş yıl önce, Kaliforniya Eyalet Meclisi'nden iki temsilci, ABD'den ayrılıp, resmen bağımsız olmayı önermişler. Gerçi bu öneri kabul edilmemiş ama, o temsilciler bölücülükle suçlanmamışlar. *WASP (White, Anglo-Saxon, Protestant)* denilen, beyaz soydan, Anglosakson kökenli, Protestanlığa bağlı kişiler, belki nüfusun üçte birinden bile daha az orada. Çoğunluk *Lâtin American* yani Amerika kıtasının güneyindeki ülkelerden; *Asian American* yani Japonlar, Koreliler, Çinliler gibi Asya kökenli; ya da *African American* yani Afrika'dan gelen kara soydan. Kaliforniyalıların hepsi, kendi dillerini özgürce konuşuyor. Kendilerini bir cumhuriyet ilân eden komik bir bayrakları bile var: Kocaman bir ayı, ayının tepesinde bir yıldız, çevresinde de *The Republic of California* yazılı.

Kaliforniya, Türkiye'nin yarısından çok daha büyük olduğu için, birbirine aykırı görünen neler yok ki orada: Bir yanda son derece bereketli narenciye ve meyve bahçeleriyle bağlar, bir yanda çöller, bir yanda kocaman ormanlar, bir yanda uçsuz bucaksız kumsallar. Yani olağanüstü zengin bir doğanın her çeşidi, her rengi. Bitkiler, ağaçlar çiçekler, Avrupa'dakilerden farklı ve çok daha güzel.

Gelgelelim, doğadan fışkıran bu güzellikle insanların yaptıkları çirkinlikler arasında bir çatışma var. Örneğin, acayip kırmızı çiçekler açmış, dünyalar güzeli bir ağacın hemen yanına; bayağının bayağısı, cırtlak renkli, koskocaman bir reklâm panosu dikilmiş. Bu çirkin panolardan birinde, "ben Türküm" diyen, esmer, yakışıklı, bıyıklı ve de fena halde maço bir yurttaşımla karşılaşınca bir hayli bozulmuştum. Daha sonraları yasaklanan sigara reklâmlarından biriydi bu. "Ben sigara içiyorum ama, bakın ne kadar güçlüyüm" diyordu bizimki.

Kaliforniya'nın öteki büyük kenti San Francisco'yu ne kadar çok sevdimse, Los Angeles'ı o kadar az sevdim. Zâten orası bir kent değil; otoyollarla birbirine bağlanan ve irili ufaklı kasabalardan oluşan bir yerleşim bölgesi. Bir kentin güzelliğini yapan başlıca öğelerden biri, mimari düzenlemesidir. Los Angeles'ta mimari sanatı yok. Yapılar arasında uyum da yok. Yapılar, gelişigüzel yan yana dikilmiş sanki. İki katlı bir villanın yanında, bilmem kaç katlı, koskocaman bir apartman var. Villadan da, apartmandan da zenginlik ve bayağılık fışkırıyor. San

Fransisco'nun aynı stilde o güzel ahşap evlerini düşündükçe, Los Angeles'ın yapılarının çirkinliği, insanın gözüne büsbütün batıyor.

Bu kentte beni en çok tedirgin eden şeylerden biri, o geniş yollarda insan değil, sâdece motörlü vasıtaların görünmesi. Bizim profesörlerden küçük bir grup, dört beş mil yürüyerek, Los Angeles'ın kasabalarından biri olan Hollywood'a gittik. İn cin bulunmayan yollarda yürüyenler görünce, bir polis arabasındakiler, kuşkulara kapıldılar anlaşılan. Polisler arabalarından inip yanımıza geldiler. Baktılar ki, halim selim, orta yaşlı insanlarız. Kim olduğumuzu sordular. Bilimsel bir toplantı dolayısıyla Los Angeles'ta bulunduğumuzu açıkladık. "Ama neden yürüyorsunuz? Arabalarınız yok mu?" diye sordular hayretle. "Yok" dedik. "Neden araba kiralamıyorsunuz?" diye sordular bu kez. Biz, "araba istemiyoruz; hava güzel, yürümek istiyoruz" deyince, hayretleri ayyuka çıktı. Herhalde çok acayip buldular bu Avrupalı profesörleri.

Hollywood'u şöyle bir gördük. Ünlü Sunset Bulvarı'nda yürüdük; Beverley Hills'teki oyuncuların oturdukları şatafatlı villalara baktık. Hollywood'un bu görüntüsü beni pek etkilemedi doğrusu. "Hiç görmesem de olurdu" dedim kendi kendime. Biraz gezindikten sonra, iki taksiye binip Westwood Village'e döndük.

Bu Westwood Village, adı üstünde, Los Angeles'ın kasabalarından biri değil, bir köydü sözde. Kentin en güzel ve en sessiz semtlerinden biri sayılıyordu. Los Angeles Üniversitesi'ne yakın olduğundan, bizleri oraya yerleştirmişlerdi. Gerçi üniversiteye yakın olmasına yakındı ama, üniversitenin çok büyük hastanesine de yakındı. Dolayısıyla, ambulansların ve polis arabalarının sabahlara kadar uluyan siren seslerinden ötürü, geceleri pek uyuyamıyordum. Bir korku filminde yaşıyordum sanki. "Acaba şimdi kim vuruldu, kim bıçaklandı, kim ağır hasta, kim can çekişiyor" diye düşünüp duruyordum bütün gece. Amerikan polisiye filmlerden anlaşıldığı gibi, aklın alamayacağı kadar çok vukuat vardı Los Angeles'ta. Sirenler ulumadığı zaman da, Kaliforniya'nınki gibi, hiçbir zaman fazla sıcak olmayan, rutubetsiz, güzel bir iklimde hiç gerekli saymadığım klima âletlerinin sürekli vınlaması duyuluyordu. *Bir Dinozorun Anıları*'nda da anlattığım gibi, o soğutma sistemi yüzünden ses tellerim perişan oldu. İstanbul'a geri döndüğümde ameliyat edildim; bir iki yıl sessiz kalmaya mahkûm oldum.

Kaliforniya'nın çoğu kampusları gibi çok geniş bir alana yayılan UCLA'nın (University of California at Los Angeles) kampusu şahâneydi. Orada Sculpture Garden denilen açık havada bir heykel müzesi bile vardı. Los Angeles'lılar ne yaparlarsa yapsınlar doğanın zenginliğini, ağaçların, çiçeklerin güzelliğini bozamıyorlardı zâten. Hattâ bu güzellikten yararlanmak için özel çaba gösteren Los Angeles'lılar de vardı. Örneğin, Huntington Library'yi yönetenler, nefis botanik bahçeleri kurmuştu. Bunların arasında, tıpkı Japonya'dakilere benzediği söylenen bir Japon bahçesi ve bazıları çiçek açmış yüzlerce kaktüslü bir Desert Garden, yani çöl bahçesi vardı. Bir de, şirinlik olsun diye, bir Shakespeare Garden düzenlemişlerdi. Shakespeare'in oyunlarında sözünü ettiği her çiçek ekilmişti oraya.

Yüzme havuzlarını sevmem. Hele bizim Ege ve Akdeniz kıyılarında dalgasız ılık sularda güzel güzel yüzmek varken, bunları tamamıyla gereksiz bulurum. Ne var ki, Pasifik Okyanusu sahilinde yüzme havuzları gerçekten gerekli. Çünkü kocaman dalgalar insanı oradan oraya savuruyor; iki kulaç bile atamadan, *surf* denilen o kırık dalgaların köpükleri arasında boğulur gibi oluyorsunuz. Üstelik bazı kıyılarda suyun ısısı 12 dereceyi aşmadığı için, donuyorsunuz.

Bunları biliyordum ama, deniz tutkum gene de ağır basıyor, ille Pasifik Okyanusu'nda yüzmek istiyordum. Bir kafadar da bulmuştum. Upsala Üniversitesi'nden sağ bacağı protezli, İsveçli bir profesördü bu. Adamı, sâdece topal sanmıştım ilkin. Ama gümrük muamelesi için uçağımız New Jersey Havaalanı'na inince, durumu anladım. Çünkü üstünde silâh olup olmadığını denetlemek için, elektronik teçhizatlı yerden geçerken, ziller çıngır çıngır çalıyordu. Adamcağız, maden paralarını, çakısını, saatini filân cebinden çıkarıp bir yana koyuyor; ama ziller gene çalıyordu. Sonunda anladı; "kusura bakmayın, takma bacağım yüzünden" dedi.

Westwood Village'den her saat başı kalkıp Santa Monica'ya giden bir otobüs bulduk. İşte o otobüsten inince, ilk kez gördüm Pasifik Okyanusu'nu. Yola bitişik bir gezi yeri vardı. Tâ aşağıda da upuzun merdivenlerle inilen, ağustos ayında olduğumuz halde *surf* yapan birkaç kişi dışında, nerdeyse bomboş, çok geniş ve uçsuz bucaksız bir kumsal.

Merdivenlerin birinden indik; kabinlerde mayolarımızı giydik. Upsala'lının protezinin tâ kalçadan başladığını görünce, üzüldüm. "Rahat yüzerim ama, bana yardım etmeniz gerek" dedi; ne yapacağımı da anlattı: Adam yarı beline kadar suya girdikten sonra, takma bacağını çıkaracak, ben de onu alıp, dalgalardan uzak bir yere, kumsala koyacaktım; sudan çıktığında da geri getirecektim. Kongre toplantıları biter bitmez, nerdeyse her akşam Santa Monica'ya gittiğimiz için, takma bacağı götürüp getirmeye kolayca alıştım. Böylece öteki profesörler otel havuzlarında uslu uslu bıcı bıcı yaparken, tek bacaklı Upsala'lıyla ben Pasifik Okyanusu'nun dev dalgalarıyla boğuşuyorduk.

Los Angeles dönüşü, gene ilkin New Jersey'deki havaalanına indik. Orada özel ve ucuz uçağımızla Londra'ya gittik. Gece havalandık ve New Jersey New York'a bitişik olduğundan, dakikalarca New York'un üstünde uçtuk. Bu yolculuk sırasında gördüğüm en güzel şeylerden biri, o kentin ışıklarıydı. Sâdece beyaz değil, renk renkti bu ışıklar. Alçaktan uçan uçağımızın kanatlarına yansıyorlar, onları da rengârenk yapıyorlardı. Dolunay da öyle büyük ve bize öyle yakındı ki, her an ona çarpabilirdik sanki. Sonra uçak yükseldi ve sâdece bulutları gördük.

Zâten sınırlı olan dolarlarım çoktan tükenmişti. Bu yüzden, ne içeceğimi soran hostese, yaşlı başlı ve edepli bir hanım gibi davranarak, alkollü bir şey istemediğimi, sâdece portakal suyu içeceğimi söyledim. İyi ki tam o sırada, arkamda oturan ihtiyar profesörün boğuk sesi, "içkiler bedâva; başpilotun bize ikramı" diye fısıldadı. Bunun üzerine, yaşlı başlı ve edepli bir hanım gibi davranmaktan dakikasında vazgeçip, bir cin tonik istediğimi bildirdim. Bütün yolcuların profesör olduklarını öğrenen kaptan pilot, bize bir tek kez değil, üç kez aynı ikramda bulundu. İçki meraklısı olmayanlar, kendi paylarına düşenleri meraklılara aktardıkları ve ayrıca yemeklerde şampanya sunulduğu için, yedi sekiz saat içinde bu kadar çok içki hiç içmemiştim. Derken, pilot kabininin kapısı açıldı ve başpilot, sendeleye sendeleye aramıza daldı. Çoğumuzu, bu arada beni de kucaklayıp öptü. Birer içki daha ikram etmek istediyse de, profesörlerin hanımları buna karşı çıktılar. Kabinde iki pilot daha bulunduğunu bildikleri halde, başpilotun ayakta duramayacak kadar içkili olduğunu görmek, onları tedirgin etmişti. Bense, bu sevecen ve sarhoş pilota tam bir güven duymuştum. Onun kadar sarhoştum herhalde; çünkü uçak Londra'ya indiğinde, hâlâ havalarda uçmaktaydım biraz.

Los Angeles'ı sevmemiştim ama, oradaki kongre sayesinde, bir haftalığına Meksika'ya, iki günlüğüne de çok sevdiğim San Francisco'ya gidebildim. Meksika'yı hemen, San Francisco'yu ise ileride anlatacağım. San Francisco beni öyle çarpmıştı ki, orayı yeniden görmek; orada iki gün değil, iki hafta kalmak istiyordum. Nitekim 1992'de, yani on sekiz yıl sonra, Amerika'ya ikinci gidişimde, bunu yapabildim.

Meksika faslına geçmeden önce, 1974'te San Francisco'dan Los Angeles'a dönüşüme kısaca değinmek istiyorum şimdi: Bir saatte Los Angeles'tan San Fransisco'ya rahat rahat uçmuştum. Dönüşte Pasifik kıyılarını uzaktan da olsa, şöyle bir görebilmek için, bir gündüz otobüsüyle gitmenin daha hoş olacağını düşünmüştüm. Oysa ünlü Greyhound Şirketi, San Francisco'dan Los Angeles'a iki ayrı yoldan gidermiş. Biri *scenic drive* yani manzaralı gidiş, sahili izlermiş; öteki de karadan gidermiş. Ben bunu bilmediğimden, karadan giden otobüse binmişim. Böylece on bir saat süren tam bir karabasan yaşayıp, güzel Kaliforniya'nın çirkin yanlarını gördüm. Wim Wenders'in bir filmini seyrediyordum sanki. Üstünde bir tek ağaç, bir tek yeşillik bulunmayan çölün ortasından geçerken, uzaklarda biçimsiz sanayi bölgelerini, hüzünlü ve ıssız kasabaları, çirkin benzin istasyonlarını hayal meyal görebiliyordum. Bir de "otomobil mezarlıkları" vardı. Yani kazaya uğrayan ya da artık onarılmayacak kadar hurda olan arabaların üst üste yığıldıkları yerler. Ölüler ve can çekişen yaralılarla dolu savaş alanları kadar hazindi bunlar. Otoyolda hızla ilerlerken, sağımızdan solumuzdan arabalar geçiyordu; ama bunların içinde insan yoktu sanki. On bir saat boyunca yolda gördüğüm tek canlı, yalınayak yürüyen, delik deşik pantolonlu, gömleksiz bir zenci çocuğu oldu.

Los Angeles Üniversitesi, kongre üyelerine çok ucuza uçak bileti sağlamakla kalmadı, kongre bittikten sonra, gene çok ucuza, bir yolculuk yapmak olasılığını da verdi bizlere. Üç yerden birini seçecektik: Ya Kaliforniya'nın görmediğimiz bölgelerinde, ya Hawaii adasında ya da Meksika'da bir haftalık bir geziye gidebilecektik. Bu üç seçeneğin üçü de çok çekici geldi bana. Ama biraz düşünüp taşındıktan sonra Meksika'yı seçtim. Çünkü Kaliforniya'ya ileride belki gene gidebilirdim, (nitekim gittim de). Hawaii'nin ABD'nin bir eyaleti olduktan sonra çok bozulduğunu, bayağılaştığını söylüyorlardı. Meksika ise, yeryüzünde en çok merak ettiğim ülkelerden biriydi. Böyle bir fırsat da bir daha elime geçemezdi.

Meksika'ya gitmesine gittim, sekiz gün de kaldım orada. Ama şimdi düşünüyorum da, oraya sahiden gittim mi acaba? Yoksa bir düş müydü bu? Meksika gibi bir ülkeyi sekiz günde görmenin yolu var mıydı? Değil sekiz gün, en azından sekiz ay gerekir Meksika'yı gördüm diyebilmek için.

Meksika, coğrafya açısından bile, aykırılıklarla dolu acayip bir ülke, dünyanın en acayip ülkesi belki. Bir yandan Atlantik Okyanusu'na, bir yandan Pasifik Okyanusu'na açık. Buzlu karlı dağlardan tutun da, ılımlı bölgelere ve tropiklere kadar, iklimin her türü var orada. Çölleri uçsuz bucaksız; bereketli toprakları da. Bir yanda 5600 metreden yüksek Popocatepetl Yanardağı var; bir yanda, hindistancevizi ağaçlarıyla dolu, altın kumsallar. Gökyüzü bulutlanmadan, yağmurlar yağar. Mexico City'de nerdeyse her gün öğleden sonra sağanaklar var. Acapulco'daki otelin havuzunda gece yarısı yüzerken, bir de baktım yağmur başladı ve bu ılık yağmur bütün gece boyunca sürdü. Meksika, coğrafyasıyla, iklimiyle, bitki örtüsüyle, birbirine aykırı bölgeleriyle, aklın alamayacağı kadar şaşırtıcı ve garip bir yer.

Uygarlığı da bir o kadar acayip. Bir yanda 17. ve 18. yüzyılların barok stilinde Katolik kiliseleri; bir yanda Azteklerin tapınakları. Ama ne yazık ki, ülkenin değişik bölgelerini göremediğim gibi, bir haftada, bu kiliselerin ve tapınakların da pek azını görebildim. Maya uygarlığını ve Aztek İmparatorluğu'nu ancak kitaplarda okudum, resimlere baktım. Yucatan'daki piramitleri göremedim. Mayaların fresklerini göremedim. Mexico City'ye yakın olduğu halde, Teotihuacan'daki Güneş Piramidi'ni göremedim. (Bütün bu acayip yer adları Kızılderililerin eski dilinden kalma.) Nemrut Dağı'ndakilerden belki beş kat daha büyük olan Tula'daki dev heykelleri göremedim. Aztek tapınaklarının kabartmalarını göremedim. Kim bilir daha neler neler göremedim.

1974 yılının Ağustos ayının son haftasında, üç buçuk saatte Los Angeles'tan Acapulco'ya uçtuk. Uçağın kapısı açılınca, bir fırının kapağı açıldı sanki. Yalnız iklim değil, ağaçlarla bitkiler de Kaliforniya'dakilerden bambaşkaydı. Ömrümde ilk kez gördüğüm bu ağaçlarla bitkiler, yalnız farklı değil, çok da güzeldi. Kumsallarda, tepesinde demet demet çok iri hindistancevizleri asılı, palmiye türünden upuzun ağaçlar vardı. Acayip çiçekler, acayip kuş sesleri, acayip kokular vardı. Artık tropiklerde olduğumu anladım. Çok yüksek dağlarla çevrili, Pasifik Okyanusu'na açılan körfez, aklın alamayacağı kadar güzeldi. Ama Acapulco, Amerikalı zenginlerin dadandıkları bir eğlence yeri olduğundan, insanın yüreğine inen çirkinlikler de vardı orada. Örneğin, sipsivri sakil gökdelenler, gürültülü diskolar, geceleri kırmızı ışıklarla aydınlanan koskocaman kokakola reklâm panoları filân.

Humphrey Bogart'a hayranlığımdan ötürü, Acapulco'da üç gece kaldığımız otelin adının Casablanca olduğunu aslâ unutamam. Kentin bütün yapıları gibi yüksek bir tepenin üstündeki otelin taraçasından bütün körfez göründüğü için, manzara görkemliydi. Hele güneş batarken, bu görkem, akıllara sığmaz öyle boyutlara vardı ki, kendimden geçtim. Üstelik, otelde geçireceğimiz ilk gece onuruna hepimize birer kart verdiler. Bu karta karşılık, bedâvaya bir *margarita* içebilecektik. *Margarita*'nın Meksikalıların millî içkisi *tequilla*'dan yapılmış bir kokteyl olduğunu biliyordum; ömrümde tatmadığım bu *tequilla*'nın ne biçim bir şey olduğunu da çok merak ediyordum. Gruptaki meslektaşlarımın bir kısmı böyle egzotik içkileri ağızlarına koymadıklarından, kendi kartlarını bana verdiler. Ben de, taraçada batan güneşe karşı bir koltuğa yerleşip, ilk *margarita*'mı istedim. Kenarları tuzlu bir şampanya kadehinde, buz gibi soğuk bir içki geldi. Sıcaktan fena halde bunaldığımdan, hızla içtim bunu. Derken bir tane daha, bir tane daha içtim. Ancak üçüncü *margarita*'dan sonra başım dönmeye başlayınca, aklım başıma geldi. Zararsız sandığım bu kokteylin ne denli sert olduğunu anladım. Meksika'da kaldığım hafta boyunca, gerçi her akşam *tequilla* içtim ama, bu belâlı alkolün nasıl içilmesi gerektiğini öğrenmiştim artık. Akşam yemeğinden önce, çok yavaş yavaş bir tek *margarita,* geceleri uyumadan önce de, gene çok yavaş yavaş, ikinci ve son *margarita*'mı içiyordum.

İstanbul'da Adalar'a işleyen vapurlar boyunda bir gemiyle, Acapulco Körfezi'nde üç saat süren bir geziye çıktık. Gemi Amerikalı turistlerle doluydu. Onlara şirin görünmek için, çeşit çeşit tatsız numaralar yapılıyordu. Örneğin, korsan kılığında bir adam, kılıcıyla, yolculardan birinin sözde gırtlağını kesiyordu. Bunun şipşak fotoğrafı çekiliyor ve başı kesilen yolcuya hemen satılıyordu. Meksikalı gencecik yoksul çocuklar, dimdik yarların tâ tepesinden dalıp, turistlerin suya attıkları maden paraları, itişe kakışa denizin dibinden topluyorlardı. Benim ise, dalarken ayakları kayacak, kayalara çarpıp parçalanacaklar diye ödüm kopuyordu. Bir yandan da rehberler, körfezi çevreleyen tepelerin yemyeşil yamaçlarında ağaçlar arasındaki şahâne villaları yolculara göstererek, Hollywood'un ünlü yıldızlarının adlarını sayıyorlar. "Şu Rock Hudson'ın villası, şu Gary Grant'ın villası, şu bilmem kimin villası" diye açıklamalar yapıyorlardı.

Fondo de Cristal yani "Dibi Aynalı" denilen bir tekneyle yaptığımız körfez gezisi, kat kat daha ilginç geldi bana. Bu on beş yirmi metrelik motörün dibi yassıydı ve tahtayla değil, kalın yekpare bir camla boydan boya kaplıydı. Camın çevresindeki küçük parmaklığın arkasında oturuyor, denizin derinliklerini rahat rahat seyredebiliyordunuz. Benim gibi, denizin dibine, oradaki bitkilere, taşlara, mercanlara, balıklara ve her şeye manyakça bir merak duyan bir insan için büyük bir mutluluktu bu. Teknenin tayfasından bir delikanlı, dalıp dalıp, camın altına yüzüyor, eliyle tuttuğu deniz yıldızlarını, deniz kabuklarını gülümseyerek bize doğru uzatıyordu. Derken, gene tayfadan güzel bir kız suya dalıyor; yakışıklı delikanlıyla el ele tutuşuyor; suların altında hoş bir bale başlıyordu.

Dibi canlı tekne gezisinin asıl amacı, bize bu oyunları değil, suların altındaki Meryem Ana heykelini göstermekti. Rehberin anlattıklarına göre, Meksikalılar, ülkelerini koruduklarına inandıkları ve Virgen de Guadalupe yani "Guadalup Bâkiresi" dedikleri bu Meryem Ana'nın, bronzdan, platinden ve gümüşten yapılmış sekiz metre boyundaki bu heykelini, 1926'da suların dibine dikmişlerdi. "Neden?" diye sorduk. Ne var ki, tam o sırada rehberin İngilizcesi iflâs etti ve İspanyolca konuşmaya başladı. Öyle bir hızla konuşuyordu ki, bu dili okurken anladığım halde, adamın söylediklerini anlayamıyordum. Bu yüzden de, Meryem Ana'nın suların içinde ışık ışıl ışıldadığını kendi gözlerimle gördüm ama, heykelin neden Pasifik Okyanusu'nun dibinde olduğunu hâlâ bilemiyorum. Bildiğim tek şey, böyle camlı bir teknenin Akdeniz'in bazı kıyılarında, örneğin Gemili Adası ya da Kekova dolaylarında ne denli yararlı olacağıdır. Çünkü neler neler gömülüdür bizim o sularımızın altında.

Acapulco'da kaldığım üç gece, uyumadan önce, Casablanca Oteli'nin bahçesindeki yüzme havuzunda uzun uzun yüzüyordum. Armut biçiminde havuz, mavi bir ışıkla altından aydınlanmıştı ve o geç saatte, benden başka in cin yoktu ortada. İkinci ve son *tequilla*'mı havuzun kenarına koyuyor, ara sıra bir yudum içiyor ve yüzmeye devam ediyordum. Bir ara bir ıslık sesi duydum. Altmış dört yaşında olan bana kimseler ıslık çalmazdı elbette. Islıklar sürüp gidince, çevreme baktım: Tropiklerin o rengârenk acayip kuşlarından biri, havuza bitişik ağaçlardan birine tünemiş, benimle şakalaşıyordu.

Ne denli keyifli olursa olsun, yüzme havuzları yetmiyordu bana. Acapulco'nun güzel kumsallarında da yüzmek istiyordum. Bizim otelin bulunduğu tepenin altında, bedâva girilen bir plaj vardı. Bambudan yapılmış soyunma kabinleri, rahat şezlongları olduğu halde, varlıklılar yüzme havuzlarını yeğ tutarlar, ancak yoksul yerli halk, gelirdi oraya. Çoğu şezlonglara uzanmaz, suya da girmezdi. Bütün gün çalıştıktan sonra, eşlerini, çoluklarını çocuklarını alıp, kumlara çömelirler, hiç kıpırdamadan, Pasifik Okyanusu'nun büyük dalgalarına ve batan güneşe sessizce bakarlardı. Çocukların bile gürültü ettiklerini, hattâ aralarında konuştuklarını hiç duymadım. Sessiz, soylu ve umarsız bir hüzün içindeydiler hepsi.

Meksika nüfusunun yüzde altmışı melez, yüzde otuzu Kızılderili kökenli ve sâdece yüzde onu İspanyolmuş. Ama bana öyle geldi ki, bütün az gelişmiş ülkelerde olduğu gibi, iktidar ve para bu yüzde onluk azınlığın elindeydi. Melezler bir çeşit orta sınıf sayılabilirdi belki. Ama asıl ezilenler, ülkeye İspanyol işgâlinden önce sahip olan yerli Kızılderililerdi. Bunlardan birkaçının yüzünü hâlâ unutamadım. Biri, akşamüstü deniz kıyısına uzanmış, çok zayıf, orta yaşlı bir kadındı. Ayakları çıplak, saçları kırlaşmış. Kuma gömülü başını ara sıra çeviriyor, korkunç bir hüzünle dalgalara bakıyordu. Kalınca ve çok uzun bir ip, sol bileğine sıkı sıkı sarılıydı. Sağ elini yavaş yavaş kaldırıyor, sol bileğindeki bu kalın halkayı yokluyordu zaman zaman. Bu gece, o tropikal ağaçlardan birine kendini asacak korkusu düştü içime. Öteki on dört on beş yaşlarında bir kızdı. Rıhtımda bir bankın önünde her nedense yere oturmuş, başını banka dayamıştı. Ara sıra başını kaldırıyor, perişan gözlerle çevresine bakıyor; sonra, başını gene banka dayıyordu. O banka oturmak, saçlarını okşamak, ona gülümsemek, çektiği acıyı biraz olsun hafifletmeye çalışmak geldi içimden. Ama insanca temaslar kurmaktan her zaman alçakça korktuğumuz için, bunu yapamadım.

Otobüsle Pasifik kıyılarından ve Acapulco'dan ayrılırken, bu şahâne kentin öteki yüzünü gördüm: Bizdekılerden kat kat daha sefil gecekondular, çamurlu patikalar, geniş kenarlı şapkalar giyen eşeğe binmiş köylüler; bizde olduğu gibi erkeklerinin peşinden yaya yürüyen, başlarının üstünde koskocaman sepetler taşıyan kadınlar; kirli derelerde çamaşır yıkayan genç kızlar; paçavralar içinde insanlar; her bir yanda yoksulluk, umutsuzluk, hüzün.

Buna karşılık, doğanın güzelliği gittikçe daha görkemli oluyordu. Çünkü 1800 metre yüksekliğinde olan Taxco'ya ("Tasko" telâffuz ediliyor) gidiyorduk ve otobüs yavaşlayarak yokuş yukarı çıkıyordu. Acapulco'da görmediğim bitkileri, ağaçları görüyordum şimdi. Örneğin, kahve ağaçları, kakao ağaçları. (Kakao sözcüğünün de, hâlâ çocuklar kadar sevdiğim çikolata sözcüğünün de Aztek dilinden geldiğini öğrendim bu arada.) Meksika'ya özgü bir meyve olan *agave* ağaçları, çok büyük muz ağaçları, ananas ağaçları, koskacaman şamdanlara benzeyen çiçek açmış kaktüsler ve acayip sesler çıkaran rengârenk kuşlar. Kaliforniya doğasına bayılmıştım ama, o otobüsle giderken gördüklerim çok daha çarpıcı geldi bana.

Sipsivri bir tepenin üstündeki Taxco kasabası da bir şaheserdi. Aynı adı taşıyan sönmüş bir yanardağın bitişiğindeydi. Bir tek gece geçirdiğimiz Rancho Oteli, ömrümde kaldığım otellerin en güzeliydi. İspanyol mimarisine uygun olarak (unutmayalım ki, Meksika'ya "Yeni İspanya" denilirdi eskiden) bir *patio*, yani bir iç avlunun çevresinde kurulmuştu. Bu iç avlunun ortasında, altı ayrı gövdeli, acayip olduğu kadar nefis, çok büyük bir ağaç dikiliydi. Odanızdan galeriye çıkınca, iç avludaki çiceklerden ve o kocaman ağaçtan gözünüzü ayıramıyordunuz.

Taxco bir kent değil, küçükçe bir kasabaydı aslında. Küçük taşlarla döşenmiş daracık yollarında, dimdik yokuşlarında kaybolmamızın da yolu yoktu. Çünkü nereye giderseniz gidin, İspanyolların yaptığı barok kilisenin kulelerini görüyordunuz. Bu kiliseye "baroğun en baroğu" demek yerinde olur. Böylesine yaldızlar ve süsler içinde, böylesine ışıldayan, böylesine çılgın bir mimari örneği ömrümde görmedim. Taxco dolaylarında artık tükendiği söylenen gümüş madenleri bulunduğundan, herhalde bol bol gümüş de vardı o kilisenin yapısında. Zâten "Gümüş Kasaba" denilen Taxco'nun başlıca gelir kaynağı, gümüş takılar, gümüş biblolar satan ve her sokakta görülen küçük dükkânlardan geliyordu. Bunların vitrinlerindeki gümüş el işleri öyle güzeldi ki, yeterince param olmadığından, yolculuklarımda, "ah şunu neden alamadım, ah bunu neden alamadım" diye hayıflanma huyum hiç olmadığı halde, Taxco'da bir hayli hayıflandım gerçeği söylemek gerekirse.

Taxco'nun tek büyükçe meydanı, o gümüşlü kilisenin önündeydi. Orada bir küçük orkestra vardı ve halk coşkuyla dans ediyordu. Buradaki Kızılderili kökenli yerlilerin yoksulluk ve açlık çekmedikleri besbelliydi. Acapulco'dakiler gibi ezik, hüzünlü ve sessiz değildiler. Tam tersine, yaşama sevinci içinde, oynuyor, şarkılar söylüyorlardı. O küçük meydanda öyle bir mutluluk havası vardı ki, yorgunluktan yıkıldığım halde, uzun süre oradan ayrılıp güzel otelime gidemedim. Sonunda bir sağanak yağmur başlayınca, otele sığınmak zorunda kaldım. Yağmur bütün gece sürdü ama, meydandan hâlâ müzik sesleri ve şarkılar geliyordu.

Ertesi sabah Taxco'dan Cuernavaca'ya giderken, küçük çocuklar, bağıra çağıra, otobüsümüze koşuyor, bir iple bağlayıp ellerinde tuttukları canlı iguana yavrularını bize satmak istiyorlardı. Demek ki, Meksika'nın turistik eşyalarından biri de bunlardı. Ama aramızdan hiç kimse, minyatür timsahlara benzeyen bu sevimsiz yaratıkları satın almayı aklının kenarından bile geçirmedi.

Bir tek gün kaldığımız Cuernavaca, Taxco gibi coşturmadı beni. Orada da barok bir katedral ve şimdi adını unuttuğum, acayip çiçeklerde dolu bir park vardı. Köylüler, kaldırımlara oturmuş, kendi yaptıkları resimleri satıyorlardı. Bunlar, tuval ya da kâğıt olarak kullanılan ağaç kabukları üstüne hep aynı motifleri işliyordu: Mavi, mor, kırmızı ya da yeşil atlar; çok uzun kuyruklu rengârenk kuşlar ve o atlar ve kuşlar gibi, gene bu dünyadan olmayan çiçekler. Ucuz oldukları için, iki resim aldım; çerçeveletip evime astım. Onlara baktıkça, "ah Meksika!" diyorum; içim sızlıyor.

Son durağımız olan Meksika'nın başkenti Mexico City'de çok kocaman ve çok sevimsiz bir otelde üç gece kaldık. Yüksekliği 2260 metre olmasına karşın Mexico City hiç serin değil, gene tropikal, gene yemyeşildi ve kimi zaman uzun süren ılık yağmurlar yağıyordu. Varoşlarıyla birlikte nüfusu on yedi milyona yakın olduğundan, her bir yanı tıklım tıklım kalabalıktı. Kimi zaman mini etekli güzel polis kızların yönettiği trafik korkunç sıkışıktı ve gece geç saatlerde bile sokaklar nerdeyse Paris'inkiler kadar canlı, cıvıl cıvıldı.

Kalabalığından ve gürültüsünden ötürü, sokaklarında rahat rahat gezinemeyeceğim, nereye, nasıl gideceğimi bilemeyeceğim böyle karmakarışık, böyle büyük bir kentte, beni kurtaran Dominique Eluard'ın iki kadın arkadaşı oldu. Dominique, Eluard ile evlenmeden önce, uzun zaman Meksika'da yaşamış. Hattâ yanlış anımsamıyorsam, şairle orada tanışmışlar. Yakın dostları olan bu iki kadının telefon numaralarını bana vermişti. Onlara telefon edince, küçük arabalarıyla hemen gelip beni o sevimsiz otelden aldılar; üç gün sabahtan akşama kadar beni gezdirdiler. Akşamları da evlerine götürdüler, uygar yemekler yedirdiler bana. Böylece, *tortilla* ve çok acı bir biberle yapılmış çikolata soslu kuru fasulye yemekten kurtuldum. Çünkü gittiğim ucuz lokantalarda Meksikalıların bu millî yemekleri hep karşıma çıkıyor, ben de dayanamayıp onları yiyordum. Kadınlardan biri Beyaz Rus asıllıydı. Öteki de Franco rejiminden kaçan Cumhuriyetçi bir İspanyoldu. Onların sayesinde hem kenti biraz görebildim; hem de, üç gün de sürse, insanca ilişkiler yaşayabildim.

Mexico City, Texcoco Gölü'ndeki bir adanın üstüne kurulduğu için, bir yığın kanalı vardı; çevresi de hep suydu. Tropikal iklimden ötürü, kimi zaman bu kanallar ve sular, güzel bitkiler ve çiçeklerle öyle doluydu ki, bunlara "su üstünde yüzen bahçeler" diyorlardı. Uzun sopalarla yönetilen dibi yassı sandallarla geziniliyordu orada. Geceleri bu sandallar rengârenk fenerlerle aydınlanınca, bir peri masalına dönüşüyordu o yüzen bahçeler.

Bu kadar kısa zaman kaldığım kentlerde müzelere pek gitmem ama, orada iyi ki gittim. Chapultepec adlı çok güzel bir parktan geçerek varılan Modern Sanat Müzesi, her bir yanı camdan yapılmış yuvarlak bir binaydı. Modern Meksika sanatının çok ilginç örnekleri sergileniyordu orada. Ama beni bu sanat eserleri kadar etkileyen başka bir şey de vardı: Girişi bedâva olan müze, çoluğunu çocuğunu yanına almış Kızılderili kökenli kadın erkek köylülerle doluydu. Hayran hayran tablolara, heykellere bakıp, bazı ayrıntıları birbirlerine gösteriyorlardı. Oysa, ne yazık ki, halkın eğitimini hiç mi hiç önemsemeyen kendi ülkemde, fakir fukara, Topkapı'ya da ayak basmaz, Ayasofya'ya da. Müzeler sâdece cebi dolarlı turistlere açıktır sanki.

Dünyada gördüğüm en ilginç müzelerden biri olan Millî Antropoloji Müzesi'nde de, çocuklarıyla gezen Kızılderili aileler gördüm. "Ha şöyle! Kendi atalarının yarattığı Aztek uygarlığının kalıntılarını bari görebilsin şu fakirler" dedim. Sâdece içindekiler değil, o müzenin mimari yapısı da müthişti: Tek bir sütun üstünde duran bir çatısı vardı ve inanılacak gibi değil ama, o tek sütundan sular fışkırdığı için, çatı suların üstünde duruyordu sanki.

O müzede gördüklerimin bazılarını hiç unutamam. Örneğin, firûze ve kırmızı bir deniz kabuğundan yapılmış, sedef gözlü bir ölüm maskesi; "güneş taşı" denilen, koskocaman yuvarlak bir taşın üstüne oyulmuş takvim; ve yeşim taşından çok küçük bir çocuk heykeli.

Mexico City'de kamu binaları, belediyeler, millî saraylar da birer müze sayılabilir aslında. Çünkü adını aslâ unutamayacağım aydınlık kafalı José Vasconcelos, 1920'li yıllarda kültür bakanlığı sırasında, devletin denetimindeki binaların duvarlarını devrimci sanatçılara açmış, "hodri meydan! Buralara canınızın istediği gibi resim yapın!" demişti. Böylece Orozco'lar, Diego Rivera'lar, Siqueiros'lar, Meksika'nın hem sömürge olarak geçmişini, hem de yüzyıllar boyunca sömürüden kurtulmak için verdiği savaşımı anlatan büyük freskler yapmışlardı duvarlara. Bu fresklere bakınca, Meksika'nın bütün tarihi canlanıyordu gözünüzün önünde.

Mexico City Üniversitesi'ni de görmek istiyordum. Çünkü üniversite kitaplığının, dış duvarları baştan aşağı mozaikten yapılmış resimlerle kaplı bir binada bulunduğunu duymuştum. Koskocaman dikdörtgen bir yapının her bir yanının Meksika tarihi ve üniversitelerin işlevleriyle ilgili resimlerle süslenmesinin pek hoş bir şey olmayacağını sanmıştım. Ama yanılmışım; çünkü çarpıcı olduğu kadar da güzeldi bu kitaplık binası. Üstelik böyle bir kitaplıktan yararlanan öğrencilere büyük saygı duydum. Çünkü onlar, tek dinlenme günü olan pazarları, sabah erkenden üniversiteye gelirler; yoksul, dolayısıyla eğitimsiz köylüleri kampuslarına çağırırlar; onlara konferanslar, konserler verirler; kitaplar, kasetler armağan ederlermiş.

Mexico City'de üç gece kaldıktan sonra bu düş yolculuk bitti; Los Angeles'a geri döndük.

XII.
Amerika
New York ve San Francisco

Öteki dünyaya değil, bu dünyada son yolculuğuma, 1992 yılının ilkbaharında yetmiş altı yaşındayken çıktım. Bu yolculukta, ABD'nin en çok merak ettiğim iki kentini, hiç gitmediğim New York'u görebildim ve on sekiz yıl önce ancak iki gün kalabildiğim San Francisco'ya yeniden gidebildim. On beş gün New York'ta, on beş gün de San Francisco'da geçirdim.

Çocukluğumdan beri yakın dostum olan psikolog doktor Daisy Franco, yıllardır New York'ta oturuyor ve beni ısrarla çağırıyordu. Benim de onu göreceğim gelmişti. Berkeley'de doktora yapan genç arkadaşım Ayfer Bartu ise, on bir yaşındaydı onu ilk tanıdığımda. Ayfer'i hem çok seviyor hem de çok beğeniyordum. (Çünkü insanın, hiç beğenmeden çok sevdikleri vardır ne yazık ki.) Ama Ayfer'i beğeniyordum, hem de öyle beğeniyordum ki, ona, "fahri torunum" unvanını vermiştim. O ve aynı evi paylaştığı arkadaşı Aylin, beni Berkeley'e çağırdılar ve istediğim an, tam yirmi iki dakikada, oradan San Francisco'ya gidebileceğimi söylediler. Bunun üzerine, ikinci Amerika yolculuğuma çıkmaya karar verdim.

Sabahın köründe uçağa tam binmeden önce, bir kız, herkese sorduğu abuk sabuk soruları bana da sordu: ABD hükümetini yıkmaya niyetim var mıymış? Çantamda tehlikeli silâhlar var mıymış? Bombalar var mıymış? filân falan. "ABD hükümetini yıkmaya fena halde niyetim var. Ama ne çare ki, buna gücüm yetmez" dedim. Kahkahalar atarak, çantamın da Kalaşnikoflar ve bombalarla dolu olduğunu bildirdim. Anlaşılan bu kızcağız gülmece duygusundan tümüyle yoksunmuş. Kaşlarını çattı: "Efendim, bu bir formalite. Ama size sormak zorundayım. Bu benim görevim. Zâten uçağa binerken de inerken de detektörden geçeceksiniz" dedi. Formalitelerin her zaman saçma olduğunu, ama bu kadar saçmasını ömrümde görmediğimi de söyledim kıza.

Dört yüz elli kişilik bir Jumbo Jet ile yedi saat kırk dakikada New York'a uçtuk. Çok sıkıntılı bir yolculuk oldu. Pencerelerden uzak, ortalarda bir yerde oturduğum için, bulutları bile göremiyordum. Bir rezalet yaparak, sigara yasağını gene deldim. Tek avuntum, hiç görmediğim bir Woody Allen filminin bir ara gösterilmesi oldu. "Cinsellik konusunda bilmek istediğiniz ve sormaya cesaret edemediğiniz her şey" gibi çok uzun bir adı olan bu filmde, Woody Allen çeşitli cinsel sapıklıkları çok güldürücü bir biçimde ele alıyordu. Örneğin, adamcağızın biri, psikiyatra gidiyor, utancından ecel terleri dökerek, "Margaret'e âşığım" diye bir itirafta bulunuyor. Ruh doktoru, "sıkılacak ne var bunda? Margaret'e âşıksan âşıksın, üzülme" diyor. "Ama siz Margaret'i görmediniz ki?" diyen adamcağız, bir daha gelişinde Margaret'i de yanında getiriyor. Meğer Margaret beyaz bir koyunmuş. Dantelli, siyah bir don giymiş, boynu siyah fiyonklu bu çok seksi beyaz koyuna, ruh doktorunun da dakikasında vurulduğunu görünce, kendimi tutamayıp katıla katıla gülmeye başladım. Bunun üzerine uyuklayan öteki yolcular başlarını kaldırıp ayıplayan gözlerle bana baktılar. Yani sigara rezaleti yetmiyormuş gibi, bir rezalet daha yapmıştım sanki.

Neyse, her tarafı sıkı sıkı kapalı kocaman bir kutuda sarsıla sarsıla, sonunda New York'a vardık. Benim ödümü koparan, o insansız, salt elektronik havaalanından çıkınca, iyi ki New York'ta oturan arkadaşım ressam Ergin Atlıhan beni karşıladı ve arabasıyla Daisy'nin oturduğu yere götürdü.

Çok büyük, çok yüksek bir binanın önünde durduk. Üstü tenteyle örtülü uzunca bir giriş; kocaman bir hol; holde aynalar, halılar, masalar, koltuklar ve operet generallerine benzeyen, yaldızlı apoletli, lâcivert üniformalı bir kapıcı görünce, "burası otel, sen beni yanlış yere getirdin" dedim Ergin'e. Manhattan'da apartmanların hep böyle olduğunu söyledi. Derken kapının önünde, normal bir otomobilden nerdeyse iki kat daha uzun, bütün camları simsiyah bir araba gördüm. Bu kasvetli aracı bir cenaze arabası sandım doğal olarak. "Eyvah, apartmanda ölen biri var!" dedim. Ergin, bunun bir *limousine* olduğunu, kimi zenginlerin bunları her gün kullandıklarını; kimilerinin de, düğünlerde, ziyafetlerde ya da çok önemli konukları gezdirmek için bu *limousine*'leri kiraladıklarını sabırla açıkladı. "Ben bunlara kesinlikle binmem" dedim, arkadaşım Daisy'nin beni böyle bir araçla New York'ta gezdirmeye hiç niyeti olamayacağını bildiğim halde.

Havaalanından Daisy'nin evine giderken, yollarda bir şeyler görmüştüm. Ama saatlerin yedi saat ileriye ya da geriye alındığı, gecenin gündüze karıştığı bu uzun ve sıkıntılı uçuştan sonra, öyle sersemlemiş bir haldeydim ki, ne gördüğümün pek farkında değildim. Çıktığım havaalanı neredeydi, geldiğim sokak neredeydi, hiç bilmiyordum.

İstanbul'dayken, bir ansiklopediye bakarak, New York'un coğrafi durumu konusunda biraz bilgi edinmeye çalışmıştım. Ne var ki, bu bilgi çok karışıktı kafamda: New York kenti (çünkü bir de New York eyaleti var) Atlantik Okyanusu'nun kıyısında adalar üstüne kurulmuş. Manhattan Adası'ndan bir köprüyle Brooklyn'e, sonra da Long Island Adası'na gidiliyormuş. Kentin önemli bir yerleşim bölgesi ve büyük bir ada olan Staten'e araba vapurları işliyormuş. Ayrıca, eskiden göçmenlerin ABD topraklarına ilk ayak bastıkları yer olan Ellis Island ve elinde meşale tutan Özgürlük Heykeli'nin bulunduğu Liberty Island gibi küçük adalar varmış. New York'un (içinden mi, yoksa kenarlarından mı, bunu pek anlayamadım) Hudson River, East River gibi ırmaklar akıyormuş.

New York'ta bir iki gün kalınca, kentin asıl merkezinin, bütün gökdelenlerin dikildiği, Broadway'in bulunduğu Manhattan adası olduğunu hemen anladım. Benim arkadaşın evi, 72.

sokakta, bu adanın ortasındaydı. Central Park'a da çok yakındı, en lüks caddelerden biri olan 5. Avenue'ya da. Bütün sokaklar ve caddeler numaralı olduğundan, ya birbirine paralel ya düzenli bir biçimde kesiştiğinden, benim gibi yön duygusundan yoksun bir insanın bile, orada kaybolmasının yolu yoktu.

New York'un bende uyandırdığı ilk tepki şaşkınlık oldu. Manhattan'ın o ünlü görüntüsünü filmlerde kaç kez görmüştüm. On sekiz yıl önce, New Jersey Havaalanı'nın cam duvarlarından da görmüştüm. Ama gene de, gözlerimle gördüğüme inanamıyordum. Başımı kaldırıp gökdelen yığınına bakıyor bakıyor, "olamaz! Böyle şey olamaz!" diyordum kendi kendime. Şaşkınlığıma biraz korku da karışmıştı ilk günler. Çünkü Manhattan Adası, insanların yaşadığı, çalıştığı, gezip tozduğu bir yer değil de; tâ yukarlara doğru sivrilen gökdelenleriyle, korkunç silâhlarla dolu, her an harekete hazır, dev boyutlarda bir savaş gemisi izlenimini vermişti bana.

Bu karabasandan uyanmak, gerçekler dünyasına kavuşabilmek için, çok yakında olan Central Park'a koşuyordum hemen. Manhattan ne kadar yapaysa, adı üstünde, kentin merkezindeki Central Park da o kadar doğaldı. İnişleri çıkışları vardı, kaya yığınları vardı, gölcükler vardı, ağaç kümeleri vardı, otlar vardı. Londra'daki Regent's Park ya da Kensington Gardens gibi, çiçeklerle süslenmemişti. Çimenleri yeşil kadifeden bir halıya benzesin diye sürekli biçilmemişti. Gölcükleri havuz haline getirilmemişti. Düzenli patikalar yapılmamıştı. Gezinirken karşımıza sevimli ve hiç ürkek olmayan sincaplar çıkıveriyordu. Her şey doğanın yarattığı gibi kalmıştı orada.

Central Park'ın bu hali, Manhattan'ın gökdelenleri kadar beni şaşırttı: Şimdi ekoloji diye bir bilim var; çevreyi korumak diye bir kavram var; doğanın bozulmaması gerektiğini biliyoruz artık. Ama nasıl olmuştu da, 19. yüzyılda, bunlar henüz yokken, kapitalist sistemlerin en vahşisi olan Amerikan kapitalizmi, kentin merkezindeki bu uçsuz bucaksız alanı hemen parselleyip satışa çıkarmamıştı, oraya da gökdelenler dikmemişti?

Manhattan gökdelenleri üstüme fazlasıyla yıkılınca, kaçtığım başka bir yer, biraz uzaklarda olan Greenwhich Village'di. İkide birde bir otobüse binip oraya giderdim. İşin tuhafı şuydu ki, Greenwhich Village'in hiçbir özelliği yoktu, hiçbir güzelliği de yoktu. Sıradan bir yerdi. Oradan hoşlanmamın tek nedeni, Manhattan Adası'nın içinde bulunduğu halde, Manhattan'a hiç mi hiç benzememesiydi. Herhangi bir Avrupa ülkesinin yoksul bir mahallesini andırırdı. Küçük bir meydanın çevresinde kahveler diziliydi. Kahvelerin önüne masalarla iskemleler konulurdu; açık havada bir şeyler içilirdi. Lüks yoktu orada, gösteriş yoktu. Küçük dükkânların vitrinlerinde, *I buy; therefore I am* (Satın alıyorum; demek ki varım) yazılı değildi. Binalar normal boyda ve normal yükseklikteydi. Alışılagelmiş bir dünyada yaşamanın huzuru vardı orada.

New York'ta en çok sevdiğim yerlerden biri Long Island oldu. Çocukluk arkadaşım Ziya Şav'ın oğlu, New York'ta yaşayan Mustafa, Brooklyn'den geçerek beni oraya götürdü. Manhattan'dan sâdece otuz kırk dakika uzakta, bir cennette buldum kendimi. New York'un Atlantik Okyanusu'nun kıyısında kurulduğunu, ancak oraya gidince anlıyordunuz. Uçsuz bucaksız kumsallar vardı. Rockaway gibi, dünyalar güzeli koylar vardı. Rıhtımlara irili ufaklı birçok tekne bağlıydı. Balığa çıkmak isteyince, bunları kiralıyordunuz. İki üç katlı evlerin bir kısmı ahşaptı. İnsanın içi açılıyordu orada.

Zâten, Manhattan'ı Brooklyn'e bağlayan köprüden geçince, "normal" dediğim bir dünya başlıyordu. Brooklyn Köprüsü, atlı araba günlerinde yapılmış, uzun bir köprü. Brooklyn ise, büyük ve kalabalık; ama Manhattan'ın yanında bir hayli yoksul sayılabilecek bir semt. Anladığım kadarıyla, varlıklılar Manhattan'da otururken, daha az parası olanlar Brooklyn'de oturuyorlar.

Manhattan dışında ilginç yerler olduğunu anlamıştım artık. Oralarını görmek istiyordum. Arkadaşım Daisy, geceleyin saat dokuzdan sonra, sokağa tek başıma çıkmamı yasak ettiği gibi, metroya binmemi de yasaklamıştı. Onun için otobüslerle geziniyordum. Avrupa kentlerinde de uygulamaya koyduğum bir yöntemim vardı: Belirli bir durakta herhangi bir otobüse biniyor, son durağa kadar gidiyor; sonra aynı otobüsle, bindiğim durağa geri dönüyordum. Ama, karşıma merak ettiğim bir yer çıkarsa, numarasını iyice bellediğim otobüsten iniyor; orada istediğim kadar dolandıktan sonra, gene o otobüse binip yoluma devam ediyordum.

Bu gezilerim sırasında, kadınlı erkekli, hattâ kimileri yaşlıca sayılabilecek birçok New York'lunun, hava karardıktan sonra bile, *jogging* yaptığını; yani spor olsun diye sokaklarda koştuğunu gördüm. Central Park'ta ya da trafiğe kapalı yerlerde koşsunlar ama; o trafiğin ortasında, egzoz kokuları arasında koşmalarının, onlara ne gibi bir yararı olacağını anlayamadım. Zâten sâdece New York'luların değil, bütün Amerikalıların bir sağlık saplantısı var. Bütün besin paketlerinin üstünde, şu kadar kalori, şu kadar kolesterol, şu kadar bilmem ne vitamini gibi bir şeyler yazılı. Şunu yersen, şöyle olursun; bunu yersen böyle olursun gibi sürekli hesaplar yapıyorlar. Saçma boyutlara varan bu sağlık saplantısı, son derece sağlıksız geliyor bana. Bu tür saplantıların kurbanları, her an gerçekten hastalanabilirler bana kalırsa.

Otobüsle gezinme yöntemiyle, birçok yeri, bu arada "sakın oraya gitme; başına bir belâ gelir" dedikleri Harlem'i gördüm. Filmlerde orasını o kadar çok seyretmiştim ki, hiç de yabancı gelmedi bana. Dünyanın en zengin kenti New York'un, yoksul ve kara yüzüydü Harlem. Filmlerde hiç gösterilmeyen *homeless*'leri, yani evleri olmadığı için, sokaklarla yaşayanları da gördüm. Los Angeles'ta da görmüştüm onları. Bu varlıklı ülkede, açlıktan sürünmek için, ille kara soydan gelmek şart olmadığından, ne gariptir ki, evsiz barksızların hepsi beyaz soydandı. Aralarından biri yüreğimi sızlattı; çünkü kaldırımda yatarken, göğsünün üstüne koyduğu kartona, "evim yok ve Aids'im var" diye yazmıştı.

Paris'te, Défense Meydanı'ndakiler bir yana, gökdelenleri hiç sevmem. (Fransızların bunlara *gratte-ciel* yani "gökyüzünü kaşıyan ya da tırnaklayan" değil de, çok daha güzel bir sözcük olan *tour* yani "kule" demeleri ilginçtir.) Ama ister gökyüzünü kaşıyan, ister kule denilsin, doğaya aykırı bir biçimde fazlasıyla yükselen bu yapılardan, hele İstanbul'dakilerden nefret ederim. Kapitalizmin simgesi saydığım bu yapıların doğup büyüdüğüm kentte çoğalacağı kaygısı içimi kemirir. Gelgelelim, biraz utanarak, şunu itiraf etmeliyim ki, bunların en yükseğinin en üst katına, bütün turistler gibi, ben de çıktım. Eskiden en yüksek bina Empire State'miş. Şimdi onun yerini World Trade Center'ın aynı boyda iki gökdeleni almış. Bunlardan birinin en üst katına, yani yüz yedinci katına, bir asansörle "pırt" diye çıkıverdik. Bu son katın her bir yanı camdı ve hafif sallanıyordu gibi geldi bana. O camlardan bakınca, alçaktan uçan bir uçaktaymış gibi görüyordunuz her şeyi. Manhattan'ın okyanusla çevrili bir ada olduğunu da anlıyordunuz. Öteki gökdelenler kısa görünüyor, aşağılarda kalıyordu. Özgürlük Heykeli, bir oyuncak bebek kadar küçüktü. Şuraya buraya giden kocaman vapurlar da birer oyuncaktı.

Kaliforniya'da soyların karıştığını; *WASP*, yani Anglosakson kökenli beyaz Protestanların yanında, Afrika'dan, Asya'dan, Güney Amerika'dan gelen bir yığın göçmen olduğunu söylemiştim. Ama değişik soyların ve milletlerin asıl karıştığı yer Kaliforniya değil, New York kenti. Çünkü dünyanın dört bir bucağından, özellikle Avrupa'dan gelen insanlar var orada: Çok sayıda Yahudi, İtalyan, İrlandalı, Polonyalı, Çekoslovak, Yunanlı, hattâ Türk. Yani New York tamamıyla kozmopolit bir yer. (Şu "kozmopolit" sözcüğünün, değişik ülkelerden gelenlerin bir arada yaşadığı bir kent demek olduğuna göre, neden genellikle hep olumsuz anlamda kullanıldığını bir türlü anlayamamışımdır.) Kozmopolitliğinden ötürü, New York, tipik bir ABD kenti sayılamaz; oraya yerleşenlere de tipik Amerikalı denilemez. Orasını ABD'nin öteki kentlerinden daha ilginç bir yer yapan da, kendi kültürlerini beraberlerinde getiren bu Avrupalı göçmenlerdir bana kalırsa.

Belki onların sayesindedir ki, kültürle sanat böylesine önemsenir New York'ta. ABD'nin başka hiçbir yerinde dinleyemeyeceğiniz konserleri, seyredemeyeceğiniz oyunları, göremeyeceğiniz sergileri bulabilirsiniz orada. Örneğin, New York'ta ancak on beş gün kaldığım halde, Carnegie Hall'da, ünlü Japon şefi Seiji Ozawa'nın yönettiği orkestranın bir konserine gidebildim. Ariel Dorfman'ın *Ölüm ve Genç Kız* oyununda Glenn Close ve Gene Hackman'ı seyredebildim. Çünkü New York, Amerika'nın kültür başkenti olarak bilindiği için, Hollywood'un bu ünlü sinema oyuncuları, orada sahneye çıkmayı bir onur sayıyorlar. New York'lular sanata öylesine meraklı ki, konserler ve tiyatro oyunları son derece pahalı olduğu halde, haftalarca önceden bilet satın alıyorlar.

New York sinemalarında en eskisinden en yenisine kadar, sanat değeri olan bütün filmleri seyredebilmek olasılığı var. Ama bu seçkin filmleri seyrederken bile sinirinize dokunan küçük bayağılıklar olabiliyor: Örneğin koltukların kenarında yuvarlak bir delik var. Kocaman bir plâstik kavanoz içindeki patlamış mısırı, o deliğe koyuyorsunuz. Bir yandan film seyrederken, bir yandan da patlamış mısırları çıtır çıtır yiyorsunuz. Derek Jarman'ın, Marlowe'nun *İkinci Edward* tragedyasından esinlenerek çevirdiği filmi seyrederken, arkamda oturan kızla oğlanın, çıtır çıtır sesler çıkararak bunu yaptıklarını görünce, öğretmen otoritesinden yararlanıp, onları öyle bir azarladım ki, zavallıların ödleri koptu. Patlamış mısır kavanozunu koltuktan hemen çıkarıp, kızın sırt çantasına tıktılar.

Amerikan televizyonunun belki yüze yakın olan kanalları genellikle, ya sıradan ya da düpedüz bayağıyken, New York'lular Channel 13 dedikleri kablolu özel televizyonda, her gün değerli tiyatro oyunları, filmler, konserler, dokümanterler izleyebiliyorlar.

New York'a yerleşen Avrupa kökenliler, yaşadıkları kentin üstünlüğünün ve ayrıcalıklarının bilincindeler. "Biz Amerikalıyız" demiyorlar da "Biz New York'luyuz" diyorlar genellikle ve ABD'nin hiçbir başka yerinde oturamayacaklarını ileri sürüyorlar ikide birde.

Bense, New York'u gördüğüme memnunum. Ama benim gibi bir "Eski Dünya"lıya, o "Yeni Dünya"da on beş gün kalmak yeter de, artar da.

Atlantik Okyanusu'nun kıyılarından Pasifik Okyanusu'nun kıyılarına geçerek, New York'tan San Francisco'ya altı saatte uçtum. Genç arkadaşlarım, ayarladıkları bir arabayla, beni havaalanından alıp Berkeley'e götürdüler. San Francisco'yu Berkeley'e bağlayan Bay Bridge'in uzunluğu beni hayretler içinde bıraktı. Öteki asma köprüler gibi iki kuleli değil, dört kuleliydi. Ama asıl hayranlık duyulması gereken şey, bu teknoloji hârikası değil, Golden Gate Körfezi'yle San Francisco'nun olağanüstü görüntüsüydü.

Berkeley'de kaldığım on beş gün boyunca, Ayfer ile Aylin, beni sıcak bir konukseverlikle ağırladılar. Kaldıkları dairede, sâdece büyük bir oturma odası, büyükçe de bir yatak odası vardı. Yatak odamı başkalarıyla paylaşmaktan hiç hoşlanmadığımı bilen Ayfer (ancak çocuklarım küçükken onlarla aynı odada yatardım), bana kendi odalarını verdi. Arkadaşıyla o, oturma odasında yerlere serdikleri şiltelerde yattılar. Ev çok büyük ağaçlarla çevriliydi ve her bir tarafında geniş pencereler olduğundan, bir ormanın içinde uyuyordunuz sanki. Ayfer, rakı bulup, evin taraçasında bana çilingir sofraları kurmanın bile yolunu buldu.

Aynı evin en alt katında, bana çok yakın bir genç arkadaşım daha vardı: Orhan Orgun. Bu delikanlı, otuz altı yaşında ölen sevgili okul arkadaşım Saffet Orgun'un torunuydu. Orhan, Boğaziçi Üniversitesi'ne girmiş, makine mühendisi olmuş ve *master*'ını yapmak üzere Berkeley'den bir burs kazanmıştı. Ama bu arada, onu asıl ilgilendiren konunun makine mühendisliği değil, lengüistik olduğunu anlamıştı. Mühendisliği beceremedi de dilbilimine yöneldi demesinler diye, *master* diplomasını başarıyla elde ettikten sonra, babasına bir mektup yazıp, durumu bildirmişti. Ömrü boyunca sevmediği bir alanda çalışmanın insanı nasıl mahvedeceğinin bilincinde olan babası da bunu anlayışla karşılamıştı. Zâten Orhan, üstün zekâsı sayesinde bir dilbilimi bursu da kazanmıştı bu arada ve çok geçmeden, yeni alanında değerli bir öğretim üyesi oldu.

Yanlış meslek seçenlerin ne kadar acı çektiklerini ben de bildiğim için, Orhan'ı örnek göstermek isterim böylelerine. Karşılarında koca bir ömür varken, beş yıl, hattâ on yıl yitirdim diye yılmasınlar, asıl sevdikleri işi cesaretle yapsınlar.

Orhan'ın babaannesi sevgili arkadaşım Saffet böbreklerinden hastalandığında, doktorlar, "yaşasa yaşasa altı ay daha yaşar" demişlerdi. Ne var ki, o sırada Profesör Frank'ın asistanı olan Prof. Dr. Orhan Ulutin'in usta hekimliği sayesinde, iki buçuk yıl yaşadı, hem de yataklara düşmeden, Kandilli Kız Lisesi'ndeki görevini sürdürerek.

Durumu ağırlaşınca, kan vermek gerekti. Benim kan grubum ise, herkesinkine uygundu. Yan yana uzandık; Dr. Orhan, benden ona kan aktarımı yaptı. Saffet gülüyor, "Orhan, yeter artık; ben Drakula gibi kızın kanını emiyorum" diyordu. Bense, bir işe yaramanın mutluluğu içinde ve kan kaybından ötürü hafif sarhoş bir durumdaydım. "Uzan, biraz dinlen, ayran filân iç" dediler. Onları dinlemedim. O sırada iki yaşında olan oğlum Mustafa'yı bir an önce görmek istiyordum her nedense.

Yaz mevsimi için Niyazi Berkes'ten bir katını kiraladığımız Anadoluhisarı tepesindeki konağa gitmek üzere, hava kararırken, Saffet'in ablasının Suadiye'deki evinden çıktım. Niyetim bir taksiye binmekti. Ama bir de baktım ki, yanımda ancak otobüse binebilecek kadar para var. Geri dönüp ödünç para alacağıma, sendeleye sendeleye, Kadıköy'e giden bir otobüse bindim; oradan Üsküdar otobüsüne, oradan da Beykoz otobüsüne. O son otobüste başım öyle dönüyordu ki, şoföre, "midem bulanıyor; burada hemen dur" dedim. Otobüs durdu; kendimi yolun kenarındaki hendekte buldum.

Orada ne kadar kaldığımı, eve nasıl dönebildiğimi pek bilmiyorum. Tek anımsadığım, duvarlara tutuna tutuna odama gittiğim, Mustafa'nın küçük yatağını benimkinin yanına çektiğim; ve sisler içinden çıkan bir sesin, kafama bir çekiçle vururcasına, "Saffet gene de ölecek, Saffet gene de ölecek" demesiydi.

Nitekim bir iki ay sonra, Saffet, otuz altı yaşındayken öldü. Gülümseyerek, ölümcül hastalığı konusunda bir kara mizah ustası gibi şakalar yaparak, öyle bir bilgelik, öyle bir yiğitlik içinde öldü ki, Profesör Frank, "arkadaşınız, Sokrates gibi öldü" dedi bana.

Saffet, okulu bitirdikten bir yıl sonra, hepimizin Gügü dediği (hâlâ öyle deriz) Günel'i doğurdu. Yirmi yaşındaydım; Gügü kucağıma aldığım ilk bebekti. Onu hep severdim; ama on dört yaşında annesiz kalınca, daha da çok sevdim ve Gügü benim her zaman güvenebileceğim vefalı oğlum oldu.

Böylece, genç ölmenin o korkunç haksızlığından ötürü, arkadaşım Saffet'in hakkı olan mutlulukları ben yaşadım: Gügü'nün güzel bir insan olarak gelişmesini gördüm; birbirinden yetenekli iki çocuğunu, Orhan ile Gün'ü yetiştirmesini gördüm; torunlarının dünyaya gelişini gördüm. Arkadaşımın hakkı olan bu sevinçler hep bana bağışlandı.

Geniş bir alanı kaplayan Berkeley kampusu, Kaliforniya'ya özgü o görkemli doğasıyla, meyve ağacı olmadıkları halde acayip kırmızı çiçekler açan ağaçlarıyla, korularıyla, havuzlarıyla, dereleri aşan küçük köprüleriyle, beton yığınlarına dönüşmeyen üniversite binalarıyla bir cennetti.

Yalnız kampus değil, Berkeley kasabası da, dolayları da çok güzeldi. San Francisco'ya gitmediğim günler, otobüslere binip son duraklarda inmek yöntemini uygulamaya koyarak, şurada burada gezinirdim. Birçok yeri, bu arada küçük ahşap evleri ve çiçekli bahçeleriyle çok sevimli bir yer olan Alameda'yı gördüm. Alameda, çok uzun bir tünelle varılan bir adaymış meğer. Otobüsün şoförü, boylu poslu, şahâne bir kara hâtundu. Sırtındaki resmî şoför ceketinin altına, kırmızı ipekten daracık bir mini etek giymişti. İnce uzun bacaklarında siyah çoraplar; ayağında çok yüksek topuklu, ucu sivri kırmızı ayakkabılar vardı. Şahâne kara hâtuna bakıp bakıp, içimden, "yaşasın böyle bir kılığa izin veren Berkeley Belediyesi, yaşasın bu kasabanın otobüs idaresi!" diyordum.

Otobüsten inince, hemen oradaki bir ağacın altına oturduğumu gören kara hâtun, ne beklediğimi sordu. Otobüsün kalkmasını beklediğimi, bilmediğim yerlerde böyle gezindiğimi anlattım. Kara hâtun bunu beğendi, beni çok akıllı buldu. "Gel sana şuradaki kafeteryada soğuk bir şeyler içireyim. Otobüsü biraz daha geç kaldırırım, ziyanı yok" dedi. Dönüşte şoför yerinin hemen arkasına oturdum. Çene çala çala, Berkeley'ye vardık.

Genç arkadaşlarım beni bağlar bölgesi Napa'ya götürdüler. Boy boy şarap fıçılarıyla dolu mahzenleri gezdik. Uzun bir masada değişik renkte, değişik türden şarap şişeleri diziliydi. Bunlardan bir kadehe birer parmak koyuyor, isteyenlere tattırıyorlardı. En beğendiğiniz şarabı alabiliyordunuz böylece.

Bütün bunlar iyiydi hoştu ama; o sırada tombul, kel kafalı, orta yaşlı bir Amerikalının, "bunları neden cam şişelere koyuyorlar? Şarabı da kokakola gibi teneke kutuları koymalı, daha pratik olur" dediğini duyunca, tepem altı. Herifi terslememek için kendimi zor tuttum. Hele bir düşünün! O güzel şarapları teneke kutulardan içecekler! Hem de bir bardağa koymadan, kutunun deliğinden içecekler. Bardak kullanmamak, Amerikalıların ve ne yazık ki bizlerin de barbarca bir alışkanlığı oldu artık. Alkollü ya da alkolsüz, her içki bardağa konulmadan ağıza dikiliyor ve mideye indiriliyor.

Amerikalıların içmekle ilgili bu alışkanlığından ne denli hoşlanmıyorsam, yemekle ilgili başka bir alışkanlıklarından da o denli hoşlanıyorum. Birazdan açıklayacağım *doggy-bag* yani "küçük köpeğin çantası" alışkanlığı bu.

Fransız mutfağı, Türk mutfağı, Çin mutfağı gibi geleneksel bir mutfak türü elbette yok Amerika'da. Ancak iki yüz yıl önce uygarlığa kavuşan; dört ayrı kıtadan ve Avrupa'nın değişik ülkelerinden gelen göçmenlerden oluşan bir toplumda geleneksel millî bir mutfak nasıl gelişebilirdi ki? Amerikan mutfağının özgün bir ürünü sayılabilecek tek yiyecek, o sevimsiz hamburgerlerdir bana kalırsa. Onun da eski tadını bozmanın çaresini bulmuşlar. Çünkü 19. yüzyılın sonunda yazılmış bir romanda okuduğuma göre, yüz yıl önceki hamburgerler çok daha lezzetliymiş: Izgara edilmiş büyük yassı bir köfte, bol bol kavrulmuş soğan ve kızartılmış domatesle, iki dilim kara köy ekmeği arasında yenilirmiş. Oysa, şimdiki hamburgerlerde, sağlığa aykırı bilinen kavrulmuş soğanlar, kızartılmış domatesler gibi şeyler yok. O yuvarlak ekmeğe gelince, pamuk kadar beyaz ve pamuk kadar tatsız.

Amerika'nın millî bir mutfağı yok. Ama buna karşılık, dünyanın belki en güzel lokantaları oranın büyük kentlerinde, özellikle New York'ta. Fransız, İtalyan, Rus, İspanyol, Türk, Yunan, Hint, Japon, Çin lokantalarında –eğer yeterince paranız varsa elbette– canınızın istediği türden ve çok kaliteli yemekler yiyebilirsiniz.

Ölmeden önce, ünlü Pekin ördeğini yemek fırsatını, New York'ta bir Çin lokantasında bulmuştum. Garson cilâlanmış gibi parlayan koyu kahverengi ördeği önce bize göstermiş, sonra dilim dilim kesip bir yufkaya sarmıştı. Sahiden çok lezzetliydi.

Gelgelelim, Amerikan lokantalarında yemek porsiyonları genellikle öyle büyüktür ki, normal iştahlı bir müşterinin, hattâ iyice ihtiyarlamadan önce benim olduğum gibi anormal iştahlı bir müşterinin, bu dev porsiyonlarla başa çıkmasının yolu yoktur. Önünüzde dünyalar güzeli bir yemek vardır. Yiyebildiğiniz kadar yersiniz, ama yarısı gene de tabakta kalır. Bir ikileme düşersiniz: Yiyemezseniz, aklınız o tabakta kalanlara takılacak. Yerseniz, mide fesadına uğrayacaksınız. İşte *doggy-bag* geleneği o zaman imdadınıza yetişir. Yüzünüzde biraz sinsi bir ifadeyle, "bunu köpeğime götüreyim" dersiniz garsona. En şık lokantalarda bile bunu yapabilirsiniz. Garson tabağınızı mutfağa götürür; artıkları folyo kâğıtlara sarıp, kahverengi mukavvadan yapılmış üstünde *doggy-bag* yazılı güzel bir poşete koyar. Siz lokantadan çıkarken, bunu elinize tutuşturur.

Aslında garson da çok iyi bilir o pakettekileri köpeğinizin değil, sizin yiyeceğinizi. Bunu o kadar iyi bilir ki, bir defasında, garsonun biri bana ikramda bulundu: Sanal köpeğimin yemeyeceği besbelli olan meyveleri, güzel bir şefaliyi, bir elmayı, bir de armudu *doggy-bag*'ime koydu.

Berkeley Üniversitesi'nde, beyaz soydan öğrenci sayısı, *Latin American* yani Güney Amerika'dan gelen ya da *Asian American*, yani Asya'dan gelen öğrenci sayısıyla eşit gibi. Çinli bolluğu özellikle dikkatimi çekti. Zâten San Francisco'nun en ünlü mahallesi, sâdece Çinlilerin oturdukları, Çin malları satan dükkânlarla dolu China Town. Bu Çinli bolluğunun nedeni de, vaktiyle demiryolları yapılırken, Çin'den gelen yığınla işçinin o bölgeye yerleşmesiydi.

Yoksul kesimden, Çin kökenli kızlarla oğlanları, Berkeley gibi çok yüksek düzeyde eğitim veren, çok pahalı sandığım bir üniversitede görünce, ilkin şaşırmıştım. Sonra, Berkeley'nin devlet üniversitesi olduğunu öğrendim; yani yabancı öğrencilerden çok para alınıyor, ABD vatandaşlarına çok daha ucuza eğitim veriliyordu. Böylece, ucuz emek oldukları için demiryolları yapımında canları çıkıncaya kadar köleler gibi sömürülen Çinlilerin torunları, Amerika'nın en değerli üniversitelerinden birinden yararlanmanın keyfini sürüyorlar, hak da yerini buluyordu.

Berkeley'de soy karışımı çok hoşuma gidiyordu. Çok daha fazla hoşuma giden başka bir şey de, orada gördüğüm özgürlük havasıydı. Bu özgürlük öylesine sınırsızdı ki, orada olup bitenleri görseler, bizimkilerin yüreklerine iner, buna anarşi, hattâ anarşilerin en korkuncu derlerdi. Örneğin, hava biraz sıcak olunca, kız öğrenciler de, oğlanlar da yalınayak geziniyorlardı. Kızlar bir sutyen takmak ve kısacık bir şort giymekle yetiniyorlardı. Bazı öğrencilerin tişörtlerinin üstünde, büyük siyah harflerle *Fuck the Police* yazılıydı ve bu tişörtler sokaklarda kurulan tezgâhlarda serbestçe satılıyordu. Bunlardan bir tane almayı çok canım istedi bir ara. Böyle bir tişörtü sırtıma geçirip, Manisa'daki işkenceci polisler duruşmasına gitmek ne hoş olurdu mesela. Gelgelim, bizde halk da devlet de şakadan anlamaz. Beni ya sokaklarda linç ediverirler ya da âhir ömrümü zindanlarda geçiririm korkusuyla, bundan vazgeçtim.

Berkeley'de insanlar, canları istediği gibi yaşıyorlar. Berkeley marinasında denize uzanan belki bir kilometre belki daha uzun bir iskele var. O iskelenin ucunda, Asya kökenli kadınlı erkekli bir grup, bir çadır kurmuşlar, balık avlıyorlar, tuttukları balıkları, orada bir mangalda ızgara edip yiyorlar; orada yatıp kalkıyorlar. Hiç kimse, "burası belediyenin malıdır; burasını işgâl etmeye hakkınız yoktur" demiyor onlara.

Gerçi devlet (eğer kara soydan gelmiyorlarsa) bireylere pek az karışıyor; onları, aklına geleni yapmakta ya da söylemekte özgür bırakıyor. Ama onlara karşı çıkan başka bireylere de aynı özgürlüğü tanıyor. Örneğin, eşcinseller özgür, cinsel tercihlerini gizlemek zorunda değiller. Ama Berkeley kampusunda bir delikanlı, bir masanın üstüne çıkıp, eşcinselliğin bir sapıklık ve ahlâksızlık olduğu, mutlaka cezalandırılması gerektiği konusunda nutuklar atmakta da özgür. Sutyenli ve şortlu kızlar özgür; ama aralarında dolanan yaşlı bir adamcağız, elindeki Kutsal Kitap'ı havaya kaldırarak, bu kızlara, "iş işten geçmeden önce, pişman olun!" diye bağırmakta ve avaz avaz dinsel şarkılar söylemekte de özgür.

Berkeley kasabasının en civcili caddesi Telegraph Street'te *The Hate Man* yani "Kin Adamı" diye bilinen, beyaz soydan çılgın bir adam var. Durup dururken gelip geçene nefretle bakıyor. Sevgiye inanan biri olarak, ona gülümsemeye kalktım. Neden herkesten nefret ettiğini soracaktım. Ama adam, kin kusarak, bana öyle bir baktı ki, gülümsemem dudaklarımda dondu; ödüm koptu, yanından kaçtım.

Oysa Berkeley'liler, "bir insanın sevmeye hakkı olduğu gibi nefret etmeye de hakkı var" diyor, yanından geçiyorlar. Doğrusunu söylemek gerekirse, böyle bir hoşgörü bende bazı kuşkular uyandırıyor. Acaba kayıtsızlıktan mı; "bana ne"cilikten mi; ya da o iğrenç "her koyun kendi bacağından asılır" zihniyetinden mi kaynaklanıyor bu hoşgörü diye kaygılandığım oluyor.

Gelgelelim, hoşgörünün gerçekten çok güzel örnekleri de var orada: Ayfer'i görmeye gittiğimde, bir de baktım, Antropoloji Bölümü'nün binasında, bir *homeless* kadın, bir banka uzanmış, mışıl mışıl uyumakta. Yöneticiler de, öğretim üyeleri de, kadıncağızın yağmurdan korunması ve geceleri üşümemesi için, Antropoloji Bölümü'nün koridorunda barınmasını, son derece normal sayıyorlar. "Burası resmî bir yer, bir üniversite binası, senin burada yatmaya hakkın yok" demek, kimsenin aklının kenarından bile geçmiyor. İşte ben, gerçek hoşgörü derim buna.

Zâten Berkeley'de bütün evsiz barksızlar korunuyor. Yetkililer, barınakları olan People's Park'ı, yani Halk Park'ını, geceleri kapatmaya kalkınca, öğrenciler kıyametleri koparmışlar. Evsiz barksızların sığınabilmeleri için, park, geceleri açık bırakılmış hemen. Kimse *homeless*'leri hor görmediği gibi, onlar da kendilerini küçük görmüyorlar sanki. Dileniyorlar ama; bizdeki dilenciler gibi yüzlerine acıklı bir ifade vermeden, şakalaşırcasına dileniyorlar. "Hadi bana bir dolar atıver" ya da "şu yediğin sandviçin yarısını bana bırak" diyorlar gülümseyerek. Yanında köpekleri de olan evsiz barksızlar, göğüslerine dayadıkları kartona, "ikimizin de karnı aç" diye yazabiliyorlar. Anladığım kadarıyla, bir yabancıdan biraz para istemek ayıp değil Berkeley'de: Bir durakta otobüs beklerken, üstü başı düzgün bir genç, yanıma gelip benden yarım dolar istedi. Ben de otobüse binecek bozuk parası yok sandım; hemen verdim. Delikanlı parayı cebine atıp, teşekkür etti. Sonra yaptığı çok normal bir davranışmış gibi, salına salına duraktan uzaklaştı.

Berkeley'liler evsiz barksızlara gösterdikleri ilgiyi sakatlardan da esirgemiyorlar. Kasabanın caddeleriyle sokaklar, tekerlekli koltuklarla dolu. Bunlardan birinin motörü bozulunca ya da bir yokuşu çıkamayınca, hemen yardımına koşuyorlar. Türk arkadaşlarıma burada çok sakat olduğunu söyleyince, "Türkiye'de çok daha fazla vardır herhalde; ama bizimkiler genellikle evlerinde oturur; bunlar sokaklarda gezinir" dediler. Canları istediği gibi gezinmemeleri için de hiçbir neden yoktu. Çünkü halka açık her yerde, sakatlar için özel tuvaletler vardı. Duraklarda şoförler bir düğmeye basınca, otobüsün basamakları yok oluyordu. Onların yerini kaldırıma dayanan küçük bir köprü alıyordu ve tekerlekli koltuklu, otobüse rahat rahat girip, şoförün hemen arkasındaki özel yerine yerleşiyordu.

Berkeley, sivil toplum örgütleriyle doluydu ve bu örgütlerin hepsi, kendi dâvâlarını savunan broşürler yayımlıyorlardı. Feministlerin bir broşüründe *womyn, humyn* gibi bir şeyler görünce, İngiliz dilinde böyle sözcükler bulunmadığından, bunların ne anlama geldiğini sordum. Meğer kimi feministler, öyle manyakça bir erkek düşmanlığına kapılmışlar ki, *man* yani "erkek" sözcüğünü kullanmamak için, *myn* diye bir şey uydurmuşlar; *woman* yerine *womyn, human* yerine *humyn* diyorlarmış.

Kara soydan gelenleri savunan Kara Panterler örgütü olduğu gibi, yaşlıları savunan bir de Gri Panterler örgütü olduğunu

Berkeley'de öğrendim. Çoğu protestocuların mekânı olan Telegraph Street'te dolanıp, oradaki bazı tezgâhlarda satılan şahâne deniz kabuklarını hayran hayran seyrederken, yaşlı ve çılgınca bir adamcağız, önce benim ak saçlarımı hafifçe okşadı, sonra da beni Gri Panterler'e üye yapmak istedi. Kılığından kıyafetinden, bu sevimli ihtiyarın eski bir hippi olduğunu hemen anladım.

Zâten hippi akımının Kaliforniya'da başlaması bir rastlantı değildir. Hippilik, para kazanmayı ve mevki sahibi olmayı her şeyden fazla önemseyen *American way of life* denilen yaşam biçimine ve *establishment* denilen kurulu düzene, son derece ilginç ve sağlıklı bir tepkiydi aslında. Hippiler, yaşamda para ve mevkiden çok daha anlamlı şeyler olduğunu haklı olarak savunuyorlar, özgürce ve doyasıya yaşamak istiyorlardı her şeyden önce. Ama ne yazık ki bu akım, hangi değerlerin yıkılması gerektiği, bunların yerine hangi değerlerin geçeceği konusunda sağlam bir ideoloji üretemediği için, zamanla yozlaştı, zıpırlaştı ve sonunda yok oldu. ABD'de, hippiler değil, *yuppie*'ler, yani becerikli işler çevirip çok para kazanmayı kendilerine amaç edinen gençler egemen artık.

1968 yılı gençlik ayaklanması denilen, Türkiye dahil bütün Avrupa'ya yayılan ve Paris'teki sokak çatışmalarında doruğa varan hareketin, en faal merkezlerinden biri de Berkeley Üniversitesi'ydi. İstanbul'a geri dönmeden bir gün önce, yani 1 Mayıs 1992'de, Berkeley sokaklarında son kez gezinirken, o heyecanlı güzel günleri neden burada yaşayamadım, neden Mayıs 1968'de burada değildim diye ah vah ediyordum. Derken, akıl almaz bir durum oldu. İnanmadığım Tanrı, benim gibi bir dinsizin isteğini yerine getirdi sanki: Bir de baktım, kampusta kıyametler kopuyor. Yüzlerce öğrenci sloganlar atarak, bağıra çağıra protesto ederek, yürüyüşe geçmiş, kasabanın içine yayılıyorlar. Dükkân sahipleri, korkular içinde, kapılarını kilitliyor; camları kırılmasın diye vitrinlerinin önüne tahta perdeler çakıyorlar. Boş şişeler, taşlar havada uçuşuyor. Otomobiller camları kırılır korkusuyla caddelerden kaçışıyor. Banklara, duvarlara, herhangi yüksekçe bir yere tırmanabilenler, nutuklar atıyor. Bir otomobilin üstüne çıkan bir kız öğrenci, kurulu düzeni suçluyor. Los Angeles'ta yapılan korkunç haksızlığın, ABD'nin her köşesinde, her gün yapıldığını söylüyor. "Adalet istiyoruz! Hemen, şimdi adalet istiyoruz!" diyor. Bütün yumruklar havaya kalkıyor. Sokakta herkes, "adalet istiyoruz!" diye hep bir ağızdan bağrıyor. Kızılca kıyamet koparken, polis olup bitenlere müdahale etmiyor. Ama hava kararmaya başlayınca, sirenler ötüyor, sokağa çıkma yasağı ilân ediliyor. Öğrencilerin buna pek aldırdıkları yok. Bense, her şeyi görmek istediğim için, üç saattir oradan oraya koşuştuğumdan, hem sevinçli, hem de yorgunluktan bitik bir halde, arkadaşlarımın evine dönmek zorunda kalıyorum. Gecikmeme telâşlanan gençler, beni alaya alıyorlar. "Pes doğrusu, hocam! Giderayak ne yaptınız da üniversitemizin böyle altını üstüne getirdiniz?" diye soruyorlar.

Olup bitenlerin nedenini onlardan öğrendim: Los Angeles'ta bir araba dolusu beyaz soydan polis, ıssız bir yolda, Rodney King adlı kara soydan bir adamı yakalamışlar; sille tokat yere sermişler. Adamın silâhı yokmuş; dört kişiye karşı kendini savunacak, ya da kaçacak hali de yokmuş. Ama polisler, uyuşturucu işlerine karıştığı konusunda kuşku duyulan bu zenciye eziyet etmenin keyfi içinde, yerde baygın yatan adamı coplarla kıyasıya dövmeye, ona tekmeler atmaya devam etmişler. Oradan geçen beyaz soydan amatör bir fotoğrafçı da video kamerasıyla bu durumu saptamış. İş mahkemeye düşünce, tümüyle beyaz vatandaşlardan oluşan jüri, beyaz polisleri suçsuz bulmuş. Durumu saptayan video bandı, bütün televizyonlarda ikide birde gösterildiği için, yer yerinden oynamış. İster beyaz, ister kara olsun, adalet isteyen bütün Amerikalılar, harekete geçmişler; yeni bir jüriyle, yeni bir yargılama istemişler. Los Angeles'ta başlayan protestolar bütün ülkeye yayılmış. Karışıklıklar sırasında yirmi beş kişi ölmüş, yüzlercesi yaralanmış.

Daha önce de söylediğim gibi, çok hızlı trenlerle, kimi zaman yerüstünden, kimi zaman yeraltından geçerek, o upuzun dört kuleli Bay Bridge'i aşarak, Berkeley'den San Francisco'ya tam yirmi iki dakikada gidebiliyorsunuz. Bu hızlı trenlerden yararlanıp, çoğu günlerimi San Francisco'da geçiriyor, ancak akşamları Berkeley'e dönüyordum.

Berkeley, güzel kampuslu hoş bir kasabaydı ama, San Francisco çok daha güzel uçsuz bucaksız bir kentti. Adını Assisi'li Aziz Francesco'dan alan bu kent öyle büyüktü ki, her bir yanını gördüğümü söylemem gülünç olur. Güzelliklerinin ancak çok küçük bir kısmını görebildim herhalde.

Bu güzellikler, Embarcadero, yani rıhtım denilen yerde, trenden iner inmez hemen karşınıza çıkan Hyatt Regency Oteli'yle başlıyordu. O koskocaman lüks otellerden hiç mi hiç hoşlanmam; ama bambaşka bir şeydi bu: Ağaçları, yeşillikleri, çiçekleri ve oturacak rahat yerleri olan, gökyüzüne açık, yuvarlak büyük bir *lobby*'nin çevresinde kurulmuştu. *Lobby*'nin ortasında büyük bir havuz vardı. Havuzun ortasında da, güneş tutulmasını simgeleyen büyük boy bir heykel. Rengârenk camlardan, yapılmış asansörlerin, *lobby*'nin etrafındaki kat kat galerilere ve oradaki odalara çıktığını görüyordunuz. Bunlar inip çıkarken, renkli ışıkları havuza yansıyordu. Bu otelde doğanın güzelliğiyle teknolojinin hârikaları, kusursuz bir estetik içinde kaynaşmıştı sanki.

San Francisco'da ve herhalde ABD'nin başka büyük kentlerinde, kimilerine garip gelecek ama, benim çok akla yakın bulduğum bir gelenek vardı: Orada ihtiyarlar genellikle çoluğunun çocuğunun ailesiyle birlikte oturamadıkları ve tek başına yaşamaları onlara güç geldiği için, yeterince parası olanlar bir huzurevine yerleşeceğine, bir otele yerleşiyorlar. Bir bakıcı tutmak zorunda kalmadan, orada yiyor içiyorlar, orada yatıyorlar, her işleri orada görülüyor. Hasta olunca da, otel idaresi, onları ailelerine ya da istedikleri hastaneye gönderiyor. Huzurevinde, hep aynı ihtiyarlarla baş başa kalmak sıkıntısını çekmeden, otelden gelip geçen değişik kişilerle tanışıp konuşuyorlar, dış dünyayla ilişkileri kopmuyor, yaşamları biraz renkleniyor böylece.

1974'te San Francisco'da üç gün iki gece geçirdiğimde kaldığım Federal Hotel'de, kadınlı erkekli böyle ihtiyarlarla tanışmıştım. Yaşlı bir kadın, odasının temizlendiğini, çamaşırının yıkandığını, yemeğinin önüne koyulduğunu; adam tutup ev kiralasaydı bu kadar rahat edemeyeceğini anlattı. Aynı otelde, bacağı kesik, tekerlekli sandalyeli yaşlı bir adam da vardı. Çok renkli bir ihtiyardı. Uzun ak saçları, kırmızı bir kurdeleyle ensesinde toplanmıştı. Kırlaşmış bıyıkları, ağzının kenarlarından aşağıya doğru sarkıyordu. Başında kocaman bir kovboy şapkası, sırtında alt kısmı püsküllü bir deri ceket, tek ayağında mahmuzlu ve çok gösterişli kırmızı bir kovboy çizmesi vardı. Otelde kalmaktan memnun olup olmadığını sordum. Bıyıklarını hafifçe burarak, beni şöyle bir süzdü: "Sürekli burada oturmasaydım, sizin gibi bir Türk bayanla birkaç söz etmek fırsatını hiç bulabilir miydim?" dedi.

İyi ki değilim ama, ben de Amerikalı olsaydım, çok da param olsaydı, ihtiyarlığımı San Francisco'nun Hyatt Regency Oteli'nde geçirmek isterdim doğrusu.

Los Angeles bana ne kadar itici geldiyse, San Francisco da o kadar çekici geldi. Los Angeles gibi, birbirine gelişigüzel eklenmiş kasabalardan oluşan bir yerleşim bölgesi değil, kendine özgü bir kişiliği olan gerçek bir kentti San Francisco. O fazlasıyla kocaman şatafatlı villaların yerini, normal boyda güzel ahşap evler almıştı. Mimari açıdan tutarsızlık yoktu.

Beton yığınları yoktu. Gökdelenler bile güzeldi. TransAmerica gökdeleni, gittikçe daralarak, bir ok gibi gökyüzüne fırlıyordu. Golden Gate Körfezi'nin ve Büyük Okyanus'un nefes kesen o görkemli doğasıyla kentin yapıları arasında tam bir uyum vardı.

Bütün ilginç kentlerde olduğu gibi, San Francisco'da da, beni şaşırtan yerler gördüm. Örneğin, kentin ticaret merkezinde, büyük yapılar ve trafik gürültüsü arasında yürürken; birdenbire, ağaçlarla dolu, küçükçe, sessiz, yeşil bir meydanda buluverirdim kendimi ve 1912'de Çin Cumhuriyeti'ni kuran Sun Yat-sen'in ışıl ışıl ışıldayan bir metalden yapılmış bir heykeli çıkıverirdi karşıma. Çin toprakları dışında en kalabalık Çin toplumu San Francisco'daki China Town'da bulunduğuna göre, herhalde Çinli göçmenler dikmişlerdi o heykeli.

San Francisco'nun en şaşırtıcı yanlarından biri, yokuşlarının bolluğu ve dikliğidir. Amerikan polisiye filmlerinin arabayla kovalama sahnelerinde bunlardan hep yararlanıldığı için, oraya gitsek de gitmesek de, o dimdik yokuşların farkındayızdır herhalde. Yedi tepeli İstanbulumuz yamyassı bir kent kalır San Francisco'nun yanında; çünkü yedi değil, kırk üç tepe varmış orada ve çoğu dimdik. Lombard Street örneğin öyle dik ve öyle dönemeçli ki, bir sağa bir sola savrularak, otomobille oradan aşağı inerken, bir lunaparkta raylar üstünde kayan küçük bir arabayla, heyecan verici bir iniş yaptığınızı sanırsınız. *Crooked* sözcüğü İngilizcede hem "çarpık" hem de "dolandırıcı" anlamına geldiğinden, San Francisco'lular bir kelime oyunu yaparak Lombard Street'in, New York'taki finans merkezi Wall Street'ten sonra dünyanın en *crooked* sokağı olduğunu söylerlermiş.

Demin lunapark dedim de aklıma geldi: San Francisco'nun başlıca eğlencelerinden biri, *cable-car* yani "kablolu-araba" denilen tramvaylara binmektir. Yaşlılara çok ucuza satılan özel kartlardan birinden yararlandığım için, bir tramvaydan inip bir başkasına binerek, San Francisco'da cirit atıyordum. Her vatmanın kendine özgü bir çan çalışı olduğunun farkına vardım bir süre sonra. Kimi melodiyi önemser, kimi caz gibi, kesik kesik çalardı. Bu farklılıklarından ötürü gurur duyarlarmış. Çünkü müşteriler, kaç numaralı tramvayın geldiğini uzaktan anlarlarmış.

Tramvayların ara sıra raydan biraz çıktığı da olurdu. O zaman bütün yolcular aşağı iner; çok eğlenceli bir oyun oynarcasına, güle söyleye Anadolu usulü bir imece yapar, tramvayı ite kaka rayına oturturlardı. Bir tepeye varınca da aynı şey olurdu. Tramvaydan gene hepimiz inerdik; tramvayı çevirip bu kez yokuş aşağı iterdik. Bu imece, yani hep birlikte bir iş yapmak, yolcular arasında çok sevimli bir yakınlaşmaya neden olurdu. Vatmanlar da, özellikle yabancı yolculara, çok dostça davranırlar; bir çeşit fahri rehber görevini üstlenip, kent konusunda ilginç şeyler anlatırlardı onlara.

San Francisco'nun beş asma köprüsünün en çarpıcı olanı, 1937'de yapıldığına göre, bunların herhalde en eskisi olan Golden Gate'tir. Filmlerden öteden beri bildiğim bu köprünün, paslanıp da o rengi aldığını sanırdım. Oysa köprü o garip kırmızıya özellikle boyanırmış. Golden Gate, çok daha gelişmiş bir teknolojinin ürünü olan bizim Boğaz Köprüsü'nün yanında hantal bir demir yığını izlenimi verebilir kimilerine. Ama kendine özgü bir şiirselliği olduğundan, çirkin değil, tam tersine, çok güzel göründü bana. Üstelik, o köprünün kenarlarındaki yolda, aynı adı taşıyan körfezi ve San Francisco'yu seyrede ede yürümek, büyük bir haz veriyor insana.

Yıllarca önce, bizim Boğaz Köprüsü ilk yapıldığında, iki yanındaki yaya yollarında yürümeye hakkınız vardı. Kulenin içindeki asansörle çıkıp, her ne kadar güzel de olsa, San Francisco'dan kat kat daha güzel bulduğum İstanbul'a bakarak, o yolda yürümüş, on beş yirmi dakikada Asya'dan Avrupa'ya geçmiştim. Çoluğunu çocuğunu almış, benim gibi gezinenler vardı orada. Köprü, ayaklarımızın altında hafif titreşimler içindeydi. Temmuz ayında olduğumuz halde, püfür püfür bir yel esiyordu. Sonra, Ortaköy'deki kulenin asansörüne binip, Avrupa'dan Asya'ya geri dönmüştüm. Daha sonraları, her nedense, köprümüzün kenarında yürümek yasak edildi. Şimdi, ancak kendini öldürmeye niyetlenenler, bariyeri aşıp yola geçiyorlar. Kimi *show* yapmakla yetiniyor, kimi kandırılıp vazgeçiyor, kimi de sahiden atlıyor denize.

San Francisco'nun en renkli yerlerinden biri Fishermen's Wharf'tur (Balıkçılar Rıhtımı). Orada, okyanusa uzanan *pier*'ler, yani iskeleler var. Bunların en ilginci 39 no.'lu, çok uzun, iki katlı iskele. Her şey bulunur orada: Lokantalar, kafeteryalar, büfeler ve yığınla dükkân. Bu dükkânların özelliği uzmanlaşmış olmaları; yani her çeşit mal değil, sâdece bir tek çeşit mal satmaları. Kimisinde sâdece uçurtmalar, kimisinde sâdece deniz kabukları, kimisinde sâdece fenerler, kimisinde sâdece bıçaklar, kimisinde sâdece mumlar ve kandiller, kimisinde sâdece hamaklar, kimisinde sâdece çikolatalar, kimisinde sâdece kediyle ilgili eşyalar satılıyor, vb.

39 no.'lu iskele öyle uzun ki, yürü yürü bitmiyor. En sonunda da bir atlıkarınca, küçük bir lunapark ve değişik gösteriler yapılan, hokkabazların filân marifetlerini gösterdikleri gene küçük bir açık hava tiyatrosu var. 1906'da San Francisco'yu yerle bir eden depremin anısına bir müze bile bulunuyor orada. Bu müzede gösterilen filmin görüntüler ve ses efektleri çok ustaca kurgulandığından, filmi seyrederken o korkunç depremi nerdeyse, hisseder gibi oluyorsunuz; sanki yer sarsılıyor ayaklarınızın altında. Sözün kısası, bu iskelede günlerce hiç sıkılmadan gezip tozabilirsiniz.

Ona yakın, numarasını unuttuğum başka bir iskelede, "deniz aslanı" denilen, ömrümde ilk kez gördüğüm acayip hayvanlar var. İskelenin çevresine bağlanmış salların üstünde yuvarlanıp duruyorlar. Neden deniz aslanı adını aldıklarını anlamadığım bu yaratıklar, biraz fok balığına benziyorlar. Ama onlardan çok daha iri ve çok daha hantal. Havlıyormuş gibi, çirkin sesler çıkarıyorlar. Oysa eskiden alt katını kiraladığımız Vaniköy'deki yalının kayıkhanesini kendine mekân seçen fok balığı, hem çok daha sevimliydi, hem daha insanca sesler çıkarırdı.

Balıkçılar Rıhtımı'nda bazı iskelelerin arasında küçük kumsallar var. Bunlardan birinde, bikinili kapkara bir hâtun gördüm. San Francisco'da denizin ısısı yazın bile 12 dereceden yukarıya pek çıkmadığı için suya girmiyor, güneş banyosu yapıyordu. Yanındaki küçük beyaz oğlan, suyun kenarında oynuyordu. Ara sıra da, koşup kara hâtunun üstüne atlıyor, sevecenlikle birbirlerine sarılıyorlardı. Kara hâtun, küçük beyaz oğlanın dadısıydı büyük bir olasılıkla. Ama soyların, hele beyazlarla karaların kaynaşmasından her zaman hoşlandığım için, onları uzun uzun seyrederken, "keşke ana-oğul olsalardı" dedim içimden. Biri kara, biri beyaz bir çift sevgili olsalardı, daha da mutlu ederlerdi beni. Çünkü daha önce de söylediğim gibi, dünyanın en iğrenç başbelâlarından biri olan ırkçılık, ancak soyların kaynaşması, melezlerin doğmasıyla çözümlenebilir. Üstelik doğa bunu özellikle istiyormuşçasına, melezler, annelerinden de, babalarından da daha güzeldir her zaman.

Balıkçılar Rıhtımı'nda, 1 no.'dan başlayıp 41 no.'ya kadar uzanan sıra sıra iskele olduğunu sanmıştım. Ama öyle olmadığının farkına vardım hemen. Ancak bazı iskelelerin numaraları var. Bunlardan 41 numara gerçek bir iskele. Yani körfezde gezi turlarına çıkan büyük motörler oradan kalkıyor. Ben de bunlardan birine binip Alcatraz Adası'na gittim.

Amerika'da çevrilen eski gangster filmlerini seyredip de Alcatraz adını duymayan pek yoktur herhalde. Kentin ancak iki kilometre kadar açığında bulunduğu halde, tâ 1858'den beri hapishane olarak kullanılan bu kayalık adadan kaçmanın pek yolu yokmuş. Tam tarihini bilmiyorum ama, sanırım 1968'de cezaevi kapatılmış ve Alcatraz turistik bir merkeze dönüşmüş. Hapishaneler bana öyle bir hüzün verir ki, San Francisco'ya gelen bütün turistler gibi oraya gittiğime, bunca insanın acı çektiği o lânetli adayı gördüğüme bin pişman oldum.

San Francisco, güzel olduğu kadar, halkı da sevecen göründü bana. Örneğin, Golden Gate Parkı'nda yürürken, iriyarı, kapkara bir delikanlı, durup dururken, "*good-morning, Mama!*" diye sesleniyordu bana. Balıkçılar Rıhtımı'nda, bitiremediğim bir sandviçi doğrayıp martılara verirken, bir genç resmimi çekiyor; sonra adresimi alıyor, o fotoğrafı, İstanbul'daki evime postalıyordu. Bir defasında çok kalabalık bir otobüse bindiğimde, şoför otobüsü zınk diye durdurdu. Sonra ayağa kalkıp beni göstererek, "bu gencecik hanıma hanginiz yerini verecek bakalım" diye yolculara seslendi. Birkaç kişi ayağa kalktı; bu gencecik hanım da rahat rahat oturabildi. Otomobil sürücüleri, yaşlılara özellikle saygılıydı. O kadar ki, trafik kurallarına boş vermeye başlamıştım. Birkaç adım ötede ışıklı geçit olduğu halde, "gencecikliğime" güvenerek yolun ortasından salına salına geçiyor, bütün otomobiller de duruyor, geçmemi bekliyordu. Ancak bir kez, genç bir sürücü, "seni gidi yaramaz ihtiyar!" dercesine, sözümona beni azarlıyormuş gibi, işaretparmağını, bana gülümseyerek salladı. Başka bir defasında, yaşlı bir adama, China Town'a nasıl gidebileceğimi sordum. Beni bir otobüse bindirip, yanıma oturdu. Sonra, China Town'a varmadan otobüsten ineceği için, "ona iyi bak" diye tembih ederek, yolculardan on iki yaşlarında sevimli bir Çinli oğlana beni emanet etti. New York'ta ya da Los Angeles'ta hiç olası görünmeyen insanca davranışlardı bunlar.

Her şey aklıma gelirdi ama, İstanbul'da geçmişi özlediğim gibi, topu topu on yedi gün geçirdiğim San Francisco'da da geçmişi özleyeceğim, yani nostalji çekeceğim aklıma gelmezdi. Oysa o da oldu: 1974'te, San Francisco'da sâdece iki gün kaldığımda, Chocolate Square denilen bir meydana gitmiştim. Meydan, eskiden orada işleyen çikolata fabrikasından almış adını. Bu adı da, meydanı da çok sevmiştim. Bir çeşit sanat merkeziydi orası. Açık havada kahveler ve lokantalar vardı. Her köşesinde birileri marifetlerini gösteriyordu: Bir delikanlı keman çalıyor, bir genç kız bale yapıyor, başka biri gitar çalıp şarkı söylüyor, bir pandomimci ilginç bir gösteri yapıyor, seramikçiler el işlerini yerlere seriyor, ressamlar tablolarını havuz kenarlarına ya da duvarlara diziyorlardı. Hepsinin önünde para toplamak için bir çanak bulunan bu sanatçılar arasında dolaşmak çok hoştu.

On sekiz yıl sonra San Francisco'ya gidince hemen yeniden görmek istediğim yerlerden biri Çikolata Meydanı oldu. "Böyle bir yer yok" diyordu herkes. Sonunda yaşlı bir adam, Çikolata Meydanı'nın artık adını değiştirdiğini, Ghirardelli Meydanı olduğunu söyledi ve beni oraya götürdü. On sekiz yıl önceki meydanla şimdi gördüğümün aynı yer olduğuna inanmamın yolu yoktu. Ne amatör sanatçılar vardı ortada, ne kahveler, ne lokantalar. *Shopping center* yani alışveriş merkezi denilen türden, pahalı giyim eşyası satan sevimsiz bir yer gördüm. Ghirardelli adını ünlü bir dondurmacıdan almış. Orada dondurma yiyebilmek de çok sevimsiz bir işti: Kuyruğa girip, dondurmayı ısmarlıyor, parasını ödeyip bir fiş alıyordunuz. Sonra bir masaya oturup bekliyordunuz. Sonunda hoparlörle fişinizin numarası okununca, tezgâha gidiyor, dondurmanızı alıyordunuz. Bu bürokratik muameleleri öğrenince, Cyrano de Bergerac gibi, "istemem, eksik olsun" dedim ve dondurma yemekten vazgeçtim.

Sonsöz

Anılarımın birinci cildini, "bu sonsöz, gerçekten bir sonsöz değildir belki" diye bitirmiştim. Ama şimdi yazdığım sonsöz, gerçekten bir sonsöz. Anılar bitti artık.

Duygularımı ve düşüncelerimi paylaştıklarını bildirmek için bana mektup yazan, telefon eden yüzlerce okuyucuma candan teşekkür ederim. Ne yazık ki, sağlık durumum bunu engellediğinden, mektup gönderenlere yanıt yazamadım; beni görmek isteyenlerle tanışamadım. Onlara hiçbir zaman ödeyemeyeceğim bir gönül borcu duyduğumu söylemekle yetiniyorum.

El yazımı bilgisayara geçirerek bana büyük bir yardımda bulunan genç arkadaşım Nahide'ye özellikle teşekkür ederim.

Bu dinozor öyle bir yaşa geldi ki artık, bunca genç, bunca çocuk ölürken, daha fazla yaşamak biraz ayıp gelmeye başladı ona. İsteği, çevresine ve kendisine bir başbelâsı haline gelmeden, bu dünyadan göçüp gitmek. Kalanlara sonsuz sevgiler.

M. U.
Temmuz 1999

ALBÜM

1916'da bir aylık Mîna annesi Şefika'nın kucağında.

Mîna Urgan 9 yaşında.

Mîna Urgan 1933'te Büyükada'da Fatin Rüştü Zorlu ile.

Denizsever Mîna, 1935'te, plajda.

1938, Uludağ. Lucy, Mîna Urgan ve dadısı Gülistan hanım.

Mısır'a ilk seyahat. 1938.

Deniz, sandal ve Mîna. Ama hava soğuk. Yıl 1942.

En önde çimenlere uzanmış olan Mîna Urgan.

1950'de Mîna ve deniz... Bu kez yelkenlide.

Mîna Urgan 25 yaşında. Yine denizden çıkmış.

Bir "Mavi Gezi"den Mîna Urgan'a kalan fotoğraftakiler: Oktay Rifat ve eşi Sabiha.

Soldan sağa: Nurullah Ataç, Erol Güney, Sabahattin Eyüboğlu, Güzin Dino. Yıl 1950. Mîna Urgan'ın albümünden.

Anadolu'da bir müze, müzede bir heykel, heykelin başı Mîna Urgan.

Mîna Urgan 1960'ta.

Gökova'daki Halil'in Yeri 1960'larda fotoğraftaki gibiydi.

1964'te Mîna Urgan Stratford'da, ünlü bir Shakespeare uzmanıyla.

Amasra 1972. Mîna Urgan, Murat Belge ve sağdaki oğlu Mustafa Irgat.

Bir grup Türk aydını 1979'da Leningrad'a Server Tanilli'yi görmeye gitti. Tekerlekli iskemlede oturan Tanilli'ye sarılmış olan Mîna Urgan.

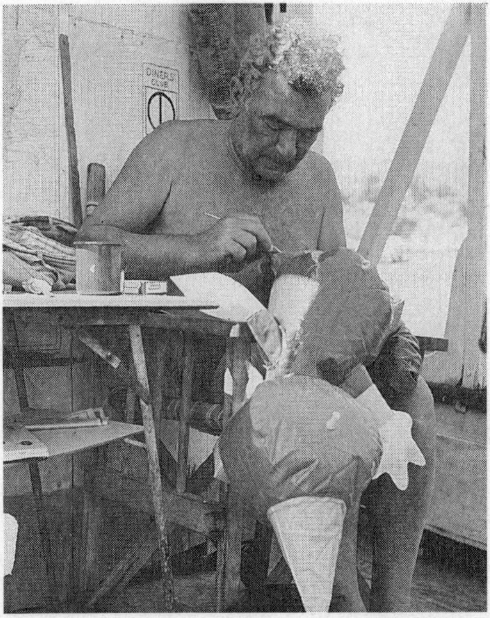

Sabahattin Eyüboğlu, Mavi Yolculuk sırasında oyuncak yaparken.

Soldaki Prof. Berna Moran dansöz, sağdaki Mîna Urgan Arap şeyhi kılığındalar. Gezi yine Mavi Yolculuk; yıl 1986.

1987 Haziranı... Bir grup tutkun Mavi Yolcu...

Bir Mavi Yolculuk hatırası daha. Yıl 1987.

Yıl 1987, mâlum yine Mavi Yolculuk... Soldan sağa: Aylâ Gürsoy, Mîna Urgan, Öget Tanör, Halûk Gerger, Bülent Tanör, Gencay Gürsoy.

Mîna Urgan, Mengü Ertel ve eşi Ülfet ile Budapeşte'de, Temmuz 1988.

Mengü-Ülfet Ertel ve Mîna Urgan bu kez Polonya'da, Temmuz 1988.

Temmuz 1988'de Viyana'da. Soldan sağa: Ülfet Ertel, Mengü Ertel, Mîna Urgan, Aydın Boysan.

Ayfer Coşkun, Enis Coşkun, Mîna Urgan, Cüneyt Başbuğ, Feridun Aksın.
Paris, Mayıs 1989. 1 Mayıs yürüyüşü sırasında.

Nâzım'ın Moskova'daki mezarı.

Mîna Urgan 1992'de San Francisco'da.

Hürriyet teknesi ile bir Mavi Yolculuk. Arka sırada sol baştaki Mîna Urgan.

Mîna Urgan, 1980.

Aylâ Gürsoy ve Meduza'nın başı.

1997, Mîna Urgan Moda'daki evinde.

Mîna Urgan, 1999. (Fotoğraf: Gündüz Kayra)

Yaşantı

Kâzım Taşkent ve Yapı Kredi Bankası Sadi Abaç
Türkçe Bir Hayat - Ömer Asım Aksoy'un Özyaşamöyküsü Ömer Asım Aksoy
Kavak Yelleri ve Kasırgalar Çetin Altan
Günce (1953-1955) Nurullah Ataç
Günce (1956-1957) Nurullah Ataç
Başıbozuk Günceler Ece Ayhan
Güneş Toprakları Oya Ayman
Önce Çizdim, Sonra Yazdım Semih Balcıoğlu
Savaş İçinde Barış - Kore Savaşı Anıları Tuna Baltacıoğlu
Yeni Adam Günleri Tuna Baltacıoğlu
Roland Barthes Roland Barthes
Uzak Ülke: Bir Kıbrıs Çocuğu Taner Baybars
El Yazılarına Vuruyor Güneş (1955-1990) İlhan Berk
İnferno İlhan Berk
Kanatlı At İlhan Berk
Uzun Bir Adam İlhan Berk
Günce'den Eksiltmeler (1975-1995) Mazhar Candan
Mavi Saçlı Kız Burçak Çerezcioğlu
Bosnalılar Velibor Çoliç
Amadeo Modigliani'nin Olağanüstü Kısa ve Garip Hayatı Velibor Çoliç
Babam General Kâzım Dirik Orhan Dirik
O Pera'daki Hayalet haz. Sezer Duru-Orhan Duru
Turne Mektupları Ahmet Erol
Tanpınar'dan Hasan-Âli Yücel'e Mektuplar haz. Canan Yücel Eronat
Ertuğrul Süvarisi Ali Bey'den Ayşe Hanım'a Mektuplar haz. Canan Yücel Eronat
Yakup Kadri'den Hasan-Âli Yücel'e Mektuplar haz. Canan Yücel Eronat
İki Gözüm Aziz Kardeşim Efendim haz. Nüket Esen
Balkan Yolcusu Füruzan
Gölgenin Kadınları Berat Günçıkan
İstanbul'da İki İskandinav Seyyah Knut Hamsun, H.C. Andersen
Bedrettin Tuncel'e Mektuplar haz. Alpay Kabacalı
Kültürümüzden İnsan Adaları Alpay Kabacalı
İndim Zaman Bahçesine Güneş Karabuda
Zaman Bahçesinden Portreler Güneş Karabuda
Kerguelen Adalarındaki Kemer Jean-Paul Kauffmann
Rüzgar İt Beni-Bigamekibasuyake Hülya Koç
Thomas Bernhard'la Konuşmalar Kurt Hofmann
Shakespeare: Bir Yaşam Park Honan
Şevket Rado'ya Mektuplar Orhan Veli Kanık - Melih Cevdet Anday - Oktay Rifat haz. Emin Nedret İşli
Bir Tayyarecinin Anıları Vecihi Hürkuş haz. Gönül Hürkuş Şarman - Sevim Hürkuş Maxon
Uzun Gecenin Tutsakları-Barış Derneği Cezaevi Günlüğü-1982 Uğur Kökden
Geçmişe Açılan Pencere Uğur Kökden
Cangüncem küçük İskender
Yarısı Roman İsmet Kür
Renée Vivien'den Kerime'ye Mektuplar haz. Jean Leproux
Bir Hayalin Peşinde Yedi Zirveler - Batı Yarıküre ve Antarktika Nasuh Mahruki
Everest'te İlk Türk Chomolungma - Dünyanın Ana Tanrıçası Nasuh Mahruki
Bir Dağcının Güncesi Nasuh Mahruki
Asya Yolları, Himalayalar ve Ötesi Nasuh Mahruki
Sınırülkeler-Ulus ve İmparatorluk Scott L. Malcomson
O Günler Boris Pasternak
Tüpteki Bebek İv Psalti
Tolstoy'un Yaşamı Romain Rolland
Karısını Şapka Sanan Adam Oliver Sacks
Renkkörleri Adası Oliver Sacks
Sesleri Görmek Oliver Sacks
Gizli Günlük George Sand
"Serin Mavi" (Behçet Necatigil'den Eşine Mektuplar) haz. Selma Esemen - Ayşe Sarısayın
"Çok Şey Yarım Hâlâ" Ayşe Sarısayın
Av ve Gezi F. C. Selous

Annem Sabiha Sertel Kimdi, Neler Yazdı Yıldız Sertel
Amerikan Biçimi Yaşam Zekeriya Sertel
Adalet Cimcoz- Bir Yaşamöyküsü Denemesi Mine Söğüt
Günler Cemal Süreya
Onüç Günün Mektupları Cemal Süreya
Tezer Özlü'den Leyla Erbil'e Mektuplar
Tezer Özlü'ye Armağan
Yaşamak Hatırlamaktır Ülkü Tamer
Ben Mutlu Bir Down Annesiyim Elçin Tapan
Devam Eden Hikâyemiz - Ben Mutlu Bir Down Annesiyim - 2 Elçin Tapan
Beni Okuyunuz, İlyas Mâcid ve Eserleri haz. A. Mahir Toktan
Babam Nurullah Ataç Meral Ataç Tolluoğlu
Aşçıbaşı Mahmut Nedim Bin Tosun
Yıllar Böyle Geçti Vedat Nedim Tör
Nevhîz'in Günlüğü Ahmet Nedim Servet Tör
Bir Maniniz Yoksa Annemler Size Gelecek - 70'li Yıllarda Hayatımız Ayfer Tunç
Bir Eğitimcinin Öyküsü Hesabali Turan
Bir İmparatorluk Çökerken... –Anılar– Cahit Uçuk
Bir Dinozorun Anıları Mîna Urgan
Bir Dinozorun Gezileri Mîna Urgan
Benim Lokantalarım Artun Ünsal
Dosdoğru Günlük Fikret Ürgüp
Leyla ya da "Açgözlü Genç Kızlar" Roger Vailland
Walter Benjamin Bernd Witte
Tanıdıklarım Hüseyin Cahit Yalçın

Roman, Öykü, Anlatı, Senaryo
İngiliz Müziği Peter Ackroyd
Chatterton Peter Ackroyd
Gece Hayatım Adalet Ağaoğlu
Göç Temizliği Adalet Ağaoğlu
"Fikrimin İnce Gülü" Adalet Ağaoğlu
Toplu Öyküler I Adalet Ağaoğlu
Toplu Öyküler II Adalet Ağaoğlu
Toplu Oyunlar Adalet Ağaoğlu
Ölmeye Yatmak Adalet Ağaoğlu
Bir Düğün Gecesi Adalet Ağaoğlu
Üç Beş Kişi Adalet Ağaoğlu
Hayır Adalet Ağaoğlu
Romantik/Bir Viyana Yazı Adalet Ağaoğlu
Ruh Üşümesi Adalet Ağaoğlu
Yazsonu Adalet Ağaoğlu
Suç ve Ceza Cem Akaş
Olgunluk Çağı Üçlemesi Cem Akaş
Toplu Oyunlar Gülten Akın
Öyküler - Gazoz Ağacı, Yaralı Hayvan ve Ötesi Sabahattin Kudret Aksal
Oyunlar - Evin Üstündeki Bulut'tan Önemli Adam'a Sabahattin Kudret Aksal
Son İki Eylül Hulki Aktunç
Bir Çağ Yangını Hulki Aktunç
Bütün Öyküleri 1 Sabahattin Ali
Bütün Öyküleri 2 Sabahattin Ali
Kürk Mantolu Madonna Sabahattin Ali
İçimizdeki Şeytan Sabahattin Ali
Kuyucaklı Yusuf Sabahattin Ali
Kalem Bahçelerinden Yedi Hayat Çetin Altan
"Yalnızlık Gittiğin Yoldan Gelir" Selçuk Altun
Aylak Adam Yusuf Atılgan
Bütün Öyküleri Yusuf Atılgan
Canistan Yusuf Atılgan
Anayurt Oteli Yusuf Atılgan
Sahtekâr Şırıltı Ercüment Aytaç
Ve: Blues Ercüment Aytaç
Updike ve Ben Nicholson Baker
Acı Bilgi Enis Batur
Gözün Kahverengi Suyu Memet Baydur
Hikâye Sırasında S. Beckett
Odun Kesmek Thomas Bernhard
Bitik Adam Thomas Bernhard
Yüzbaşı Corelli'nin Mandolini Louis de Bernières
Güz Gelmeden Selçuk Baran
Aşk Üzerine Alain de Botton
Piyanoçalanlar Anthony Burgess
Yakutiler Cihat Burak
Cardonlar Cihat Burak
Çeşm-i Bülbülün İçindeki Cin A.S. Byatt
Yeni Bulunmuş Hikâyeler Anton Çehov
Yüce Sultan Miguel de Cervantes
Agatha İle İstanbul'da C. Fernandez Cubas
Batan Güneş Osamu Dazai
Harran'da Dolunay Yeşim Dorman
Fırtına Orhan Duru

Swann'ların Tarafı Marcel Proust
Mahpus Marcel Proust
Albertine Kayıp Marcel Proust
Yakalanan Zaman Marcel Proust
Yükseltin Tavan Kirişini - Ustalar, Seymour: Bir Giriş J.D. Salinger
Çavdar Tarlasında Çocuklar J.D. Salinger
Dokuz Öykü J.D. Salinger
Franny ve Zooey J.D. Salinger
Pasaport Antonis Samarakis
Tarçın Dükkânları Bruno Schulz
Gemi Adamları Zeyyat Selimoğlu
Böyle Yaşıyoruz Artık Susan Sontag
Keçiler Dönemi Luan Starova
Babamın Kitapları Luan Starova
Zoo Viktor Şklovski
Saatleri Ayarlama Enstitüsü Ahmet Hamdi Tanpınar
Huzur Ahmet Hamdi Tanpınar
Mahur Beste Ahmet Hamdi Tanpınar
Pervaneler Ali Teoman
Bayan Mira'yla Ufak Bir Gezinti Semra Topal
Hay bin Yakzan İbn Sina/İbn Tufeyl
Aziz Bey Hadisesi Ayfer Tunç
Mağara Arkadaşları Ayfer Tunç
Düş Günler Güven Turan
Yıllar Merdiveni Anne Tyler
Amber Faruk Ulay
İti Faruk Ulay
Bech Döndü John Updike
Geçip Gitti Göçmen Kuşlar A. Didem Uslu
Hikâye H. Ziya Uşaklıgil
İpek ve Bakır Tomris Uyar
Kâmil ile Meryem'e Dair Artun Ünsal
Gönül Abla Nathanel West
Aşkımumya Murat Yalçın
Hafif Metro Günleri Murat Yalçın
Soydaşınız Balık Burcu Mehmet Yaşın
Enayi Bir Aşk Şiir Erkök Yılmaz
Abdullah'ın Ablası Şiir Erkök Yılmaz

Deneme, Araştırma, Eleştiri
Geçerken Adalet Ağaoğlu
Karşılaşmalar Adalet Ağaoğlu
Başka Karşılaşmalar Adalet Ağaoğlu
İse Cem Akaş
Denemeler, Konuşmalar Sabahattin Kudret Aksal
Markopaşa Yazıları ve Ötekiler Sabahattin Ali
Şeytanın Gör Dediği Çetin Altan
Kadın, Işık ve Ateş Çetin Altan
Dilimiz Üstüne Konuşmalar Melih Cevdet Anday
Söyleşiler Nurullah Ataç
Dergilerde Nurullah Ataç
Okuruma Mektuplar ~ Prospero ile Caliban Nurullah Ataç
Diyelim ~ Söz Arasında Nurullah Ataç
Karalama Defteri ~ Ararken Nurullah Ataç
Günlerin Getirdiği ~ Sözden Söze Nurullah Ataç
Sivil Denemeler Kara Ece Ayhan
Morötesi Requiem Ece Ayhan
Aynalı Denemeler Ece Ayhan
Dip Yazılar Ece Ayhan
Şiirin Bir Altın Çağı Ece Ayhan
S/Z Roland Barthes
Kum Saatından Harfler - Sokulgan Okur için İçbükeyler Enis Batur
Issız Dönme Dolap Enis Batur
Bu Kalem Melûn© Enis Batur
Bu Kalem Bukalemun Enis Batur
Yazının Ucu Enis Batur
E/Babil Yazıları Enis Batur
Aciz Çağ, Faltaşları Enis Batur
Smokinli Berduş, Şiir Yazıları (1974-2000) Enis Batur
Sade'ı Yakmalı mı? Simone de Beauvoir
Tek Yön Walter Benjamin
Poetika İlhan Berk
Logos İlhan Berk
Asya Mektupları Niyazi Berkes
Michel Butor Üstüne Doğaçlamalar Michel Butor
Bütün Yazıları Asaf Hâlet Çelebi
Kör Okur - Sâdık Hidâyet Üzerine *Kör Baykuş* Merkezli Okuma Denemesi Oğuz Demiralp
Yazı ve Yalnızlık Oğuz Demiralp
Kutup Noktası Oğuz Demiralp
Okuma Defteri Oğuz Demiralp
My Lady Di(es) haz. Aslıhan Dinç
Yazılar Ahmet Muhip Dıranas
Şiir, Bugün Mehmet H. Doğan
Tekrarın Tekrarı Mehmet H. Doğan
Şiir ve Eleştiri Mehmet H. Doğan

Çağının Tanığı Olmak Mehmet H. Doğan
Tango Geceleri Orhan Duru
İstanbulin Orhan Duru
Tüm Ders Notları Ferit Edgü
Seyir Sözcükleri Ferit Edgü
Yazmak Eylemi Ferit Edgü
Dram Sanatının Alanı Martin Esslin
Şiir ve Hakikat Beşir Fuad
Duyumsanmayan Karanlık Memet Fuat
Biçemden Biçeme Memet Fuat
Düşünceye Saygı Memet Fuat
Eleştiri Sorumluluğu Memet Fuat
İki Yönlü Yozlaşma Memet Fuat
Özgünlük Avı Memet Fuat
Unutulmuş Yazılar Memet Fuat
Her Yer Tiyatrodur Memet Fuat
Evsahipleri Füruzan
Yeni Konuklar Füruzan
Kusur Konusunda Algirdas-Julien Greimas
Ada Akşit Göktürk
Çeviri: Dillerin Dili Akşit Göktürk
Okuma Uğraşı Akşit Göktürk
Sözün Ötesi Akşit Göktürk
Kafka- Minör Bir Edebiyat İçin
Gilles Deleuze-Félix Guattari
Edebiyattan Yana Eser Gürson
Mavi Bereli - Edebiyat ve Dil Yazıları
Doğan Hızlan
Güncelin Çağrısı Doğan Hızlan
Şiir Çilingiri (Kitaplar Kitabı I) Doğan Hızlan
Düzyazı Ayracı (Kitaplar Kitabı II) Doğan Hızlan
Kitaplar Kitabı Doğan Hızlan
Saklı Su Doğan Hızlan
Vejetaryenliğin Yararları Sâdık Hidâyet
Dede Korkut'ta Renkler Seyfi Karabaş
Ölümsüz Adagio'lar Şadan Karadeniz
Düşlerin Günbatımı Uğur Kökden
Tiksinti Çağı Uğur Kökden
Seslerin Resmi Uğur Kökden
1900'e Veda Uğur Kökden
Edebiyat Kapısı Cevdet Kudret
Gündemdeki Sanatçı Onat Kutlar
Klasik Amerikan Edebiyatı Üstüne İncelemeler
D.H. Lawrence
Ölümcül Kimlikler Amin Maalouf
Okumanın Tarihi Alberto Manguel
Mektuplar Behçet Necatigil
Bile / Yazdı Behçet Necatigil
Bütün Düzyazılar I - Yazılar Behçet Necatigil
Bütün Düzyazılar II - Yazılar Behçet Necatigil
Anlatıların Aynası - Yazınsal Eleştiriler 2
(1954-2000) Ahmet Oktay
Gece Defteri Ahmet Oktay
İsrafil'in Sûr'u Ahmet Oktay
Şairin Kanı Ahmet Oktay
Çiçek Dürbünü Sevin Okyay
Namık Kemal ve İbret Gazetesi Mustafa Nijat Özön
Alfabetika İshak Reyna
A.H. Çelebi Bütün Yazıları haz. Hakan Sazyek
Toplu Yazılar I - Şapkam Dolu Çiçekle ve
Şiir Üzerine Yazılar Cemal Süreya
İşaretname ve İntermezzo Levent Şentürk
Mücevherlerin Sırrı: Derlenmemiş Yazılar,
Anket ve Röportajlar Ahmet Hamdi Tanpınar
Beş Şehir Ahmet Hamdi Tanpınar
Yahya Kemal Ahmet Hamdi Tanpınar
Dede Korkut Oğuznameleri Üzerine Notlar
Semih Tezcan
Seçme Yazılar Bedrettin Tuncel
Oktay Rifat'la Sarmaş Dolaş haz. Güven Turan
Yazıyla Yaşamak Güven Turan
Alla Turca'nın Sonu Necdet Uğur
D.H. Lawrence Mîna Urgan
Virginia Woolf Mîna Urgan
Yazının Sınırları Tahsin Yücel
Yapısalcılık Tahsin Yücel
İnsanlık Güldürüsü'nde Yüzler ve Bildiriler
Tahsin Yücel
Tartışmalar Tahsin Yücel
Yazın, Gene Yazın Tahsin Yücel
Alıntılar Tahsin Yücel
Söylemlerin İçinden Tahsin Yücel
Salaklık Üstüne Deneme Tahsin Yücel
Samuel Beckett Tiyatrosu Ayşegül Yüksel